U0073826

龍淵

上卷

墨氏謎塚

驃騎／著
變種水母／繪

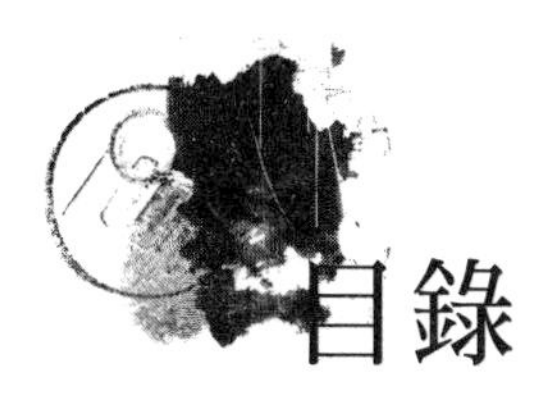

目錄

第一章　霜降詭事

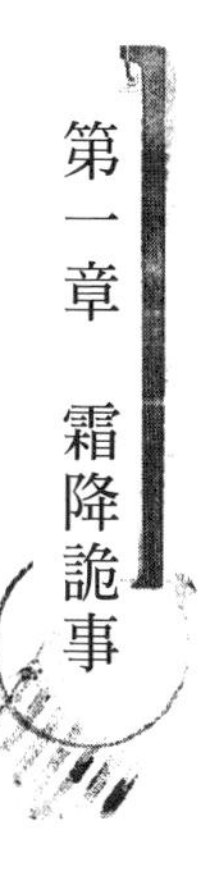

霜降，古稱「三候」，氣肅而凝，露結為霜矣！

一場秋雨一場寒，到了霜降還下雨，這是什麼鬼天氣？秦濤茫然的任憑冰冷的雨點落在臉上，疾風帶著驟雨襲過，黑壓壓的林海發出了一陣令人毛骨悚然的鬼哭神嚎。

轟的一聲爆炸響起，隨著地面微微顫動，幾塊拳頭大小的碎石掉落在秦濤身旁，秦濤不由自主的皺了皺眉頭，自己距離爆破點一百五十公尺，唯一的解釋就是炸點鑽洞的角度多傾斜了至少三度，裝藥也多裝了差不多五百克。

秦濤拿著手中的一幅套著塑膠封的簡易臨摹復刻地圖，藉著手電筒微弱的亮光反覆對比軍事地圖，簡易復刻地圖十分簡單，一條彎彎曲曲的路線，終點是一個紅筆所畫的數學阿爾法符號。

已經連續炸山三天了，全連攜帶的炸藥幾乎耗盡，秦濤也不知道這夥地質勘探隊到底在尋找什麼，地面上雨水匯成的道道溪流竟然由渾濁開始變紅？秦濤望著淹沒腳面如同鮮血一樣的雨水發呆。

一旁幾名滿臉興奮的勘探隊員奔相走告：「找到了，找到了！」不遠處，鄂倫春族的老鄉導跪在雨中手捧著泥土，喃喃自語的似乎在祈禱什麼？

「秦連長你過來一下！」一位身披雨衣的老者向秦濤招了招手。秦濤看了一眼老者，這位錢永玉據說是地質勘探一〇二九所退休返聘的老專家，錢永玉從口袋裡拿出一張紙遞給秦濤：「秦連長，感謝你們配合我們的工作，爆破取樣工作結束了，謝謝你們。」秦濤與錢永玉握了一下手，感覺十分的粗糙有力，並不像一個年近七十的老者。

部隊有保密紀律，不該知道的不知道，不該問的不要問，不該看的不要看，這一點秦濤心知肚明，既然勘探隊沒有主動告知，那就代表不需要自己知道，只需要配合完成爆破任務。

秦濤看了一眼蓋有「師」作戰司令部紅印的命令，雨水沖刷著紅色的印章流下淡紅色的液體，秦濤將命令揣入口袋中，點了點頭略帶不滿的敬了一個禮：「深山老林，讓大家多注意安全。」

一道閃電貫穿天際，電光乍現，秦濤恍然發現被炸得面目全非的山頭似乎像一個俯視著埋骨溝的巨大骷髏頭？

十幾分鐘後部隊整隊完畢，徒步離開作業地點前往十幾公里外的林場十六號場站登車返回駐地，秦濤望了一眼烏雲翻滾的天空，雷鳴閃電不斷，濕滑的林間小路上，不時有戰士滑倒，山坡上更不斷有鬆散的風化石滾落。

滿臉橫肉，一副屠夫模樣的三排焦大喜在摔了一跤後，氣呼呼的幾步追上了秦濤：「連長，你說這算什麼？卸磨殺驢也太快了一點吧！老子又沒吃他家的大米，這都十九點一刻了，雨夜趕山路，遇到洪水山剝皮誰負責？」

秦濤瞪了焦大喜一眼：「廢話這麼多！帶著七班長和九班長給全連殿後，不能讓一名戰士掉隊，明白嗎？」秦濤的每一句話都是大吼出來的，即便這樣，在呼嘯的風雨中聲音剛一出口，就被風刮走。

「是！保證完成任務。」焦大喜敬禮轉身跑步離開。

秦濤轉身望了一眼埋骨溝方向，勘探營地搖曳的燈火早已不見了蹤影，黑色的密林在風雨中搖擺發出陣陣嘶吼，秦濤的心底湧起了一絲不安。對於這次任務秦濤心底充滿了疑惑，關於地質勘探方面秦濤還是略微知道一些的，錢永玉指揮的勘探隊連夜冒雨進行爆破作業，本身就十分危險，而且秦濤覺得這夥人不像是在搞地質勘探，更像在尋找什麼？

不安歸不安，全連一百二十九人從林場返回駐地已經是兩天後的事情了。

連續三天的大雨讓人心煩氣躁，營房內一切都帶著一股冰冷的寒意，例行戰備檢查，眼看就要下第一場雪了，部隊竟然還要做防洪抗洪準備，讓每個人都有一種說不出來怪怪的感覺。

由於步兵一連老指導員調離原部隊，新指導員缺編，季度總結、年底總結、換裝冬季服裝一系列事情全部落在秦濤身上，忙得秦濤暈頭轉向，至於配合地質勘探隊那一碼子不愉快的事情，早被秦濤丟到了九霄雲外。

夜晚，雨勢和風勢開始加大，冬雨敲打在房檐門窗上發出劈啪的響聲，陣風的風力已經超過六級，大雨藉著風勢如同鞭子一般。

團部通知駐地軍民共建，幫助扶持孤寡老人的連營幹部要連夜走訪到戶，不能落下任何一人，行走在風雨中的秦濤一不留神滑倒在地，手電筒摔得粉碎。

抹了一把臉上冰冷的泥水，秦濤惋惜的拾起變了形的手電筒，轉身望著不遠處燭火搖動的小窗戶。這是秦濤今晚走訪的幫扶對象最後一戶，作為白城駐軍的一名連級幹部，秦濤所照顧的孤寡老人原本有三名，第四名是秦濤自己加上去的，這老頭據說曾在偽滿洲國任過職，是一名「歷史有前科」的孤寡老人。

秦濤進入充滿霉味，在風雨中搖搖欲墜的泥坯房內，環顧四周，幾個不知多少天未刷洗的碗泡在水盆中，屋外大雨，屋內小雨。

秦濤脫下雨衣披在坐在木床上的老人身上：「李大爺，我接你到部隊營房住一晚吧！」

滿臉皺紋，幾乎沒有了牙齒的老者用乾枯的手一把抓住秦濤的手：「小夥子，聽大爺給你講個故事吧！這個故事大爺原本準備爛在肚子裡的。」

秦濤望著窗外越來越急的風雨：「大爺，到部隊營房你再講給我聽吧。」

老者搖了搖頭：「大爺的時間不多了，也只能講給你一個人聽。」

秦濤坐在了木床上，老者沉思了片刻開口：「我原本不姓李，我姓那木都魯氏，是旗人，日占時期我在營口水產生物研究所和關東軍的憲兵司令部充當漢滿蒙翻譯，那是一段不光彩的過去。」

老者猛烈的咳嗽了幾下，面頰上出現了潮紅：「你知道當年營川，也就是現今的營口墜龍事件嗎？」秦濤伸手摸了一下李老頭的腦門，確定老頭不是發燒被燒糊塗了。營口墜龍事件？這個世界上怎麼可能有龍？

李老頭推開秦濤的手，有些不滿道：「那是民國二十二年，營口墜龍震驚天下，小夥子，我可是當年的親歷者。」李老頭的話引起了秦濤的好奇：「親歷者？你老親眼見過龍？這怎麼可能？」

一道驚雷炸響，李老頭彷彿陷入了回憶當中，自言自語：「不騙你，我當年就在營口日本人的水產生物研究所供職，我親眼見過墜落的龍，當地士紳還組織人給搭過涼棚澆水呢。」

雨借風勢，秋雨敲打著木窗發出劈啪的響聲，秦濤想早點把李老頭勸到部隊營區過夜，只好順著說道：「好，我相信你真有龍，我們走吧！等到了部隊營房，咱們爺倆燙二兩酒再細聊。」

李老頭歎了口氣：「說了半輩子假話，頭一回說的全是真話，小夥子你怎麼就不信呢？」

秦濤一臉無奈：「大爺，你要講故事也得選個地方不是？今晚這麼大的風雨，你這房子能不能立到天亮都是個問題。」

李老頭用顫巍巍的手從懷中掏出一個塑膠袋，打開拿出一張老舊發黃的手繪地圖。秦濤是軍人，天生對地圖比較敏感，秦濤一眼就認出了那是一幅民國時期的中國疆域輪廓地圖，不同的是，上面竟然將諸多山脈繪成了大致三條龍的模樣？見秦濤望著地圖有些遲疑，李老頭略微得意道：「看吧，這就是三大幹龍，北龍、中龍、南龍，華夏三大龍脈之所在。」

秦濤非常無語，昏了頭的李老頭明顯是在向自己宣揚封建糟粕（註1），要是早幾年，估計直接拉出去扣高帽子噴氣式遊街了。秦濤接過李老頭的地圖疊了起來，收進塑膠袋交給了李老頭：「大爺，我們革命軍人不信這一套，你說的這個什麼三大幹龍和營口墜龍有關係嗎？」

李老頭頓時一愣，幾次動了動嘴唇欲言又止，他似乎知道，秦濤根本不信他所說的一切。

秦濤把握住機會勸解道：「大爺，你就跟我去營區過夜吧！你這房子實在不安全。」

李老頭面無表情的點了點頭：「徒勞無功啊！霜降見秋雨，大災伴大難，這見鬼的天氣，走吧！去你那過夜。」

秦濤背起李老頭，用雨衣裹著兩人，邊走邊說：「大爺，這就對了，到了我們那，讓炊事班燒熱水，泡個熱水澡驅驅寒氣。」對於李老頭的固執秦濤早就領教過了，原本打算強行背走，沒想到李老頭這次倒是出奇的配合，兩人沒走出十米，身後傳來一聲巨響。

待秦濤轉身才驚訝的發現，李老頭的房子完全垮塌了，只留下一片斷垣殘壁在雨中搖搖欲墜。秦濤被驚出了一身冷汗，如果李老頭再固執一點，自己再耽誤一會，那麼後果簡直是不堪設想。

與死神擦肩而過的感覺並不好，不知是雨水還是冷汗，雖然身穿雨衣，秦濤的渾身裡外幾乎全部濕透，望著站在營區大門口的連部文書陶文科，綽號陶大膽的陶文科，一臉堅毅神情，蠢貨一般打著一把被吹得只剩下傘杆的雨傘站在雨中等待自己，秦濤不知自己該感動還是應該責備。

一道驚雷伴隨著閃電照亮操場對面的一排老舊的兩層小樓，秦濤能夠明顯的感覺到自己背上的李老頭猛的一哆嗦，李老頭在秦濤耳邊小聲道：「別去那邊，危險。」

突然，砰、砰、噠噠、噠噠噠！五六式衝鋒槍短點射的聲音在雨夜響起，秦濤立即警覺的撥開了腰間槍套的保險扣：「陶文科送李大爺去連部休息，我去看看情況。」

李老頭想伸手抓住秦濤抓了一個空：「大爺還有話說。」

望著秦濤衝入雨中的背影，李老頭輕歎了口氣：「也沒什麼可說的了。」

槍聲就是戰鬥命令，冰冷刺骨的雨水這一刻被滿腔熱血和亢奮抵消，丟掉雨衣的秦濤以百米衝刺跑向響槍的二號庫房方向。通過剛剛的槍聲秦濤判斷，這絕對不是普通的走火，因為哨兵的彈夾內一共有七顆子彈，前兩顆是空包彈，空包彈每次擊發後都要手動退殼重新上膛，很明顯，前兩槍是哨兵的射擊警告，後面則是兩個短點射。

抵進二號庫房，營區內響起了刺耳的手搖蜂鳴警報聲，營區內探照燈不停來回巡視，軍營也紛紛亮起了燈。噠噠、噠噠！兩個精準的短點射將二號庫房附近的兩盞探照燈全部打碎，對方竟然有武器？持槍闖入部隊軍營的庫房？簡直就是光屁股騎老虎，找刺激不挑日子。

很快，團特務連的應急戰備排趕到，將庫房圍了個水泄不通，二號庫房是老式的日偽建築，只有一個正門和一排後窗，秦濤與趕來坐鎮指揮的團政委李建業研究決定，特務連在大門吸引匪徒注意力，自己帶五個人攀爬後窗，十五分鐘後給二號庫房送電，利用亮燈的突然性前後夾攻。

李建業採納了秦濤的方案，十五分鐘後，從二號庫房後窗潛入的秦濤等人全部就緒，李建業下令開燈，秦濤等人配合從正門衝入的戰士高喊：「舉起手來，繳槍不殺！」充滿震懾力的吼聲在庫房內迴蕩，三具嘴角流著黑血的屍體躺在庫房的一角，兩支老式的蘇制衝鋒槍丟在一旁。

竟然自殺了？好像還是服毒自殺？三具屍體都穿著時下常見的藍色工作服，身上沒有攜帶任何能夠證明身份的物品和證件。這些以往只能在電影中看到的情節竟然真實的出現在眾人面前，秦濤忽然想起了一句話，藝術來源於生活，高於生活！

根據五號塔哨的哨長也就是開槍的班長介紹，當晚每個哨位三人一組，一名固定哨，兩名巡邏哨，當兩人巡邏到二號庫房附近發現裡面似乎有手電筒晃動，兩名戰士正要過去查看，被潛伏在草叢中的一個歹徒用匕首將兩人刺傷，帶班的班長立即鳴槍示警，凶徒冥頑不靈，隨即擊斃凶徒。

秦濤不負責保衛工作，他不過是第一個抵達事發地點的幹部，對於武裝歹徒潛入部隊營區堆放雜物的二號庫房，秦濤簡直是一頭霧水，排除活膩找死的可能，二號庫房堆放的都是雜物，四個人闖入駐紮有兩千七百多人的野戰部隊大院鬧事？最終，除了門外被擊斃的那個歹徒，其餘三人服毒自盡？

這種悍不畏死、近乎瘋狂的行徑令秦濤十分震驚，這是真正的悍匪，三個人腳上穿的鞋引起了秦濤的注意，光面高幫厚底，似乎還有一定的防水功能，鞋底印的都是英文，應該是進口貨，這種軍用鞋靴秦濤只聽管後勤的哥們提起過，能穿上這樣的鞋，也就說明這夥人不簡單。

一夥這麼不簡單的人進快要廢棄的二號庫房找什麼？保衛科的幾名二把刀（註2）幹事將現場勘察完畢，得出的結論是，境內外敵對勢力相互勾結，妄圖武裝襲擊駐軍營區，破壞技術裝備。

七九團是甲種師的絕對主力團，曾經井崗藤田時期整編的紅軍團，戰爭年代贏得了「猛虎團」的譽稱，但是並不代表其保衛部門的保衛幹事們有多少水準。

顯然，李建業對保衛科幹事提出的這個結論非常不滿意，瞪著眼睛訓斥道：「都是幹什麼吃的？竟然讓境內外敵對勢力武裝分子潛入我團防區不說，還滲透進入營區？我們有什麼技術裝備？放著對面山上的空軍雷達站不破壞，來破壞我們一個步兵團的廢棄庫房？你們打算讓我和張師長這麼彙報嗎？四條人命啊！明顯是怕我們活捉，服毒自盡，這顯然是一夥早有預謀和準備的亡命之徒。」

秦濤非常清楚，這是李建業雷霆大怒的前兆，平日裡看起來溫文爾雅的團政委李建業一旦暴怒起來，分分鐘就能從慵懶的花貓變成吃人的老虎，不想觸霉頭，走為上策。

秦濤正準備悄悄的靠邊閃人，不料李建業連頭都沒回：「一連長秦濤，你分析一下今晚是什麼情況？」聽到了政委點名詢問，「流年不利」四個字突然出現在秦濤的腦海中，讓自己分析一下？自己又不是保衛幹事，分析什麼？怎麼分析？分析對了得罪保衛科一幫蠢貨，分析錯了鐵定會成政委的出氣包。

果然，保衛科的幾個人都用頗為不善的目光盯著秦濤，無奈之下，秦濤搓著手嬉皮笑臉道：「政委，我又不是幹保衛刑偵的，我能分析個啥啊！」

李建業眉頭一皺：「你給我嚴肅點，你不是有個總來找你喝酒的刑警隊長朋友嗎？我讓你分析就分析，廢話怎麼這麼多？」

秦濤知道李建業說的刑警隊長是自己的童年玩伴郝簡仁，可是郝簡仁也是個刑偵「二把刀」，屬於什麼都懂，什麼都不精的傢伙。讓秦濤無比鬱悶的是，我的童年玩伴是刑警隊長，我就該懂刑偵嗎？這算哪門子邏輯？

猶豫再三，秦濤把心一橫，看了一眼保衛科的那幾個蠢貨，心底暗自叨咕，反正死道友不死貧道，你們瞪老子也沒用。

秦濤沉思了一下，決定把自己的疑惑提出來，清了一下嗓子：「政委，實際上我最奇怪的是這四個身份不明的傢伙潛入我團營區駐地，是帶有明顯目標的，他們的目標就是堆放雜物的二號庫房。」

一旁的大方臉剃著光頭的保衛科長李東勝牛眼一瞪：「我說一連長，你他〇的不要在政委面前胡說八道，這二號庫房除了破爛就是破爛，這夥傢伙明顯是被哨兵發現被迫退入庫房，在我們強大的政治攻勢和軍事攻勢的震懾下絕望服毒自盡的。」

李建業轉身望著李東勝：「我讓你說話了嗎？剛剛讓你說你怎麼不說？能管好自己的嘴不？管不好我給你縫上，人都潛入營區了，你這個保衛科長是怎麼當的？等過會我再和你算帳。」李東勝臉色慘白，立即一聲不吭的退到一旁。

李建業環顧二號庫房內部，疑惑道：「把二號庫房的圖紙找來。」

退到一旁的李東勝撓了下頭：「政委，二、三、四這三座庫房是日偽時期修建的，根本沒有建築圖紙。」

秦濤來到三具屍體前，三具屍體的表情完全沒有服毒瀕死前的掙扎、猙獰和扭曲，反而是一臉享受的模樣？到底是什麼樣的劇毒能夠在極短的時間內，令人體的反射神經來不及反射神經痛覺就讓人死去？

秦濤忽然注意到，在一具屍體旁地面散落著一把鶴嘴鎬，鎬尖上沾有紅磚和石灰的粉末，這夥人好像挖掘過什麼？

秦濤立即將自己的這個發現報告給了李建業，很快，特務連警衛排在與三號庫房相鄰的東牆上發現了鑿痕。被明顯鑿過的牆面上被人為的草草抹了一層灰土，拙劣的偽裝。

李建業一揮手，幾名特務連的戰士拿著鎬頭和鋼棒，幾下就將兩扇門寬的磚牆拆毀。令人詫異的是拆除的磚塊竟然向外傾斜坍塌，裡面露出了一道鏽跡斑斑的金屬門。

「把門打開！」李建業一聲令下，幾名身強體壯的戰士開始擰動法蘭式門柄，隨著鐵鏽不斷掉落，法蘭一圈圈旋轉，鐵門被開啟。

瞬間，一股充滿腐臭味道，灰濛濛的氣體噴湧而出，不知道是誰喊了一聲毒氣，在場眾人四散奔逃，秦濤從一旁的儲物架上扯下一箱六五式防毒面具分發給眾人，當把最後一個遞給李建業後，秦濤這才發覺箱子裡已經沒有了防毒面具。

李建業用衣袖掩著口鼻將防毒面具遞給秦濤，用命令的口吻道：「一連長，你給我戴上，我命令你戴上。」秦濤抓過防毒面具逕自扣在李建業的臉上：「你是團主官，你不能有閃失。」

兩人掙扎推讓了好一會，才猛然發覺，哪裡有什麼毒氣？不過是因為密室封閉過久，裡面產生了霉變，一股夾雜著腐爛臭味的灰塵而已。

李建業面無表情的看著陸續返回的保衛科幾名幹事，拿起手電筒：「一連長秦濤，你帶三個人跟我進去看看。」李東勝剛想攔阻，被李建業凌厲的目光瞪了回去。

秦濤和幾名戰士檢查了一下武器，拉動機柄推彈上膛，關閉保險，秦濤拿著手電筒走在李建業身前，小心翼翼的走下佈滿塵土的一截樓梯，五支手電筒的光柱在來回擺動，一名戰士發現了一處五項刀閘電源開關，冒然合閘，密室內一陣火星電光迸濺閃動，電光如同蛇形一般不斷在空氣中放電發出嗡嗡響。

秦濤等人面前出現幾名身穿化學防護服的人正在搬運一些帶有模糊編碼的箱子，一名佩著軍刀的日本軍官似乎在走來走去指揮什麼？最後，日本軍官似乎將懷中的什麼東西藏入了牆壁裡？

日本軍官突然轉身，手摸向腰間的手槍皮套，身後湧出一大批身穿日本軍服卻貌似惡鬼般的身影。

一名戰士失控驚呼一聲：「鬼啊！」一名新戰士丟掉武器轉身連滾帶爬，試圖逃離密室，站在秦濤一旁的一名戰士則瞬間將五六式衝鋒槍的保險撥片推到底，扣住扳機連發掃射：「老子跟你們拼了。」

五六式衝鋒槍的槍口噴射出長長的槍口噴焰，隨著機柄連續後座，一枚枚帶著青煙的彈殼飛跳彈出，落在水泥地面上發出叮噹的響聲。彈頭擊中密室內的鋼樑發生的反彈，帶著一溜火花擊中了開槍戰士的腿部，槍聲一停，日本軍官和形似骷髏惡鬼的日軍張牙舞爪，近在咫尺。

李建業揮舞著手槍架著受傷的戰士高呼：「撤退，所有人快撤退。」秦濤回頭望了一眼正在狼狽撤退的政委和受傷的戰士，啪的一個戰術甩刺刀動作，雙腿蓄力身體微微後傾，推開保險撥片，做出突刺準備。

李建業望著秦濤的背影心底升起一股崇敬之情，秦濤非常清楚，如果這個時候大家都撤，那麼誰也撤不下去，必須有人留下斷後。秦濤用力握住衝鋒槍托的手開始發白，腿也開始繃得緊緊的。

突然，電閘開關崩裂著火，隨著斷電，肆意橫飛的電弧停止，日本軍官和他身後惡鬼一般的日軍士兵，在一陣迎面而來激盪的煙塵中消散。

一切，彷彿從來沒有發生過一樣？

但地上的血跡、丟棄的武器和彈殼的餘溫，卻讓秦濤感覺到了「真實」！

李建業到底是經驗豐富的政治工作者，首先命令秦濤與三名戰士在科研人員沒調查清楚之前，對此要嚴格保密，接著命令全部參與人員嚴格執行保密條例，否則以洩漏軍事機密罪論處。

秦濤神情略顯呆滯的坐在一個空置的彈藥箱上，對於秦濤來說，剛剛無疑是做了一個夢，而且還是一個不折不扣的噩夢。

李建業來到秦濤面前，遞給了秦濤一根香煙，秦濤擺了擺手，李建業執意不肯。秦濤無奈的接過香煙，用微微顫抖的手點燃，深深的吸了一口。

李建業滿意的拍了拍秦濤的肩膀：「不錯，很好！到底是將門出虎子，沒給你老子丟臉。」與一般政委不同，秦濤知道身為政工幹部的李建業作風更像軍事幹部，不但很少表揚人，罵人甚至動手乃是家常便飯。

英雄是什麼？對秦濤來說這輩子就沒想當過英雄，短短的一瞬間，留下成為英雄，或是轉身跟大家一起撤？根本沒有任何考慮的時間。勇敢與懦弱的抉擇都是憑藉著潛意識，如果非要在這個時候說自己想起了父母、老師當年的諄諄教導，想起了自己的責任和使命，想起了諸多根本來不及想的事情，秦濤能一個大耳光把胡說八道的傢伙扇到南天門去。

其實，秦濤自己清楚，最開始他是被震撼到了，那麼清晰逼真的景象，等他上刺刀準備玩命的時候政委卻下達了撤退命令，近在咫尺，想跑腿又有些抽筋……想到這裡，秦濤呼啦一下站起身，密室裡到底有什麼，老子一定要弄清楚。

恢復對地下密室的供電後，秦濤驚訝的發現，原來在二號庫房和三號庫房之間，竟然有一個面積不小的地下室，而地下室的門則被刻意的用磚牆遮蔽住了，這裡面到底隱藏了什麼？

在昏暗的燈光下，秦濤發現了一具坐在椅子上的屍體，屍體拄著軍刀歪靠在椅背上，左手的中指上戴著一個碩大的戒指，戒指的介面上鏤空雕著609的數字？

屍體已經完全被風乾，軍服和大衣上浸滿了屍液浸泡的痕跡，從軍服上看很像影像裡面的那個日本軍官。零散的檔，幾個彈藥箱上擺著黑漆漆的各種罐頭和幾個空酒瓶，牆角堆放著各種物資，散落的武器，還有圍成一個圓圈，身穿化學防護服的屍體跪叩在地面上，散落的彈殼和一把南部式手槍丟在一旁，屍體的後腦都有彈孔的痕跡。

秦濤倒吸了一口涼氣，這些屍體一共九具，竟然全部是被處決的？除了兩具屍體雙手被鋼絲勒在身後外，其餘屍體都是坦然的排隊等待行刑，秦濤很難想像那是一種如何瘋狂的景象？

身穿關東軍皮大衣坐在椅子上的日本軍官顯然就是行刑者，而這個行刑者似乎最終也難逃一死？為什麼這些屍體會形成一個圓圈？難道是日本人的喪葬風俗習慣？

秦濤望著彈藥箱組成的酒桌，忽然發現日軍軍官的屍體大衣懷中露出了一個黑漆漆的東西，深深的呼了口氣，秦濤用袖子墊著手將黑漆漆的東西抽了出來，一本厚厚的牛皮日記？

野田一郎，日記本封面上燙了一個秦濤都認識的日本名字。

翻開日記，裡面鬼畫符一樣記滿了密密麻麻的符號和一些令人極其費解的圖案。李建業見秦濤似乎找到了什麼，於是走了過來：「一連長有什麼發現？」

秦濤將日記遞給李建業：「鬼子軍官的日記，裡面都是些鬼畫符的東西。」

李建業接過日記翻看了一下，裝進自己的口袋裡：「還有什麼發現？」

秦濤搖了搖頭：「這密室裡面似乎沒有什麼特別有價值的東西，值得搭上四條人命。這夥人一進來就開始拆牆，很明顯他們知道這密室的準確位置，我們團進駐大院至少二十年了，幾次整修營房擴建我們都沒能發現這個密室的存在，這夥人來得是不是太蹊蹺了？」

李建業將日本軍官的武士刀抽了出來，邊看邊說道：「四具身份不明的武裝人員屍體，一個日偽時期的密室，一段神乎其神的影像，我怎麼和師長解釋今晚發生的這一切？」

一名戰士忽然拉開另外一面牆壁上的幕簾，一幅巨大泛黃的中國全境地圖展現在了眾人面前，地圖上南北中的山脈似乎用粗線做了加注，這些山脈竟然宛如一條條磐龍一般？

為什麼會對這副地圖有一種似曾相識的感覺？秦濤微微皺了眉，一聲驚雷響徹耳邊，李老頭？自己在李老頭那裡見過一幅小很多類似的地圖，北、中、南三大幹龍？

「命令特務連排一個排實施警戒，在我向師黨委報告之前，沒有我的命令任何人不准進去！」李建業下達命令後轉身準備離去。

秦濤走上樓梯，恍然間想起了剛剛進入密室，電流閃現的那段影像，那個日本軍官似乎把什麼東西藏進了牆裡？

秦濤從一旁的戰士手中接過工兵鏟，三步並做兩步來到牆壁前，憑著記憶在牆上敲敲打打聽聲音。李建業見秦濤舉動怪異停住了腳步，望著秦濤在一塊塊的敲擊青磚。

終於，一塊青磚後傳來了砰砰的空響。

秦濤揮動工兵鏟，一會工夫就把一塊青磚撬了出來，秦濤順著空槽用手電筒照進去，裡面竟然空無一物？被人拿走了？還是那個日本軍官乾脆什麼也沒放？或者是自己看錯了？

驚訝之餘，秦濤發現自己手中的那塊青磚竟然是空心的？裡面塞著一團布，把布拽出來發現裡面裹著一個非常精緻的小木盒，木盒上有一個三重的密碼鎖？

秦濤略微猶豫，來到日本軍官的屍體前，看了一眼戒指上的數字，撥動密碼輪，喀嚓、喀嚓、嚓喀，盒蓋彈開。秦濤看了一眼盒子裡，嘴角剛剛出現的一絲笑意蕩然無存，這是什麼東西？

李建業走近，秦濤端著的盒子裡整齊的擺放著五塊拇指大小的紅色骨頭。

◊

天彷彿漏了一般，沒完沒了的傾盆大雨如同鞭子一般抽打著地面上的一切。雨夜的槍聲讓人感到深深的不安，這種不安如同黑暗一般在悄然漫延。

因為師部就在十公里之外，七九團的突發狀況已經驚動了師部，所有參與二號庫房圍捕的幹部戰士全部在團部小會議室集合待命。李老頭病了，被連部文書陶文科送入了團衛生隊，秦濤等營連主官幹部在團部小會議室等待政委彙報情況返回。

小會議室內可謂是烏煙瘴氣，十幾個煙筒一根接著一根的不停抽煙，天南地北，南腔北調的大偵探們，所謂的專家們各抒己見，故事的版本已經到了李政委飛身奪槍，用三發子彈擊斃四名歹徒。

作為當事者的秦濤也被不斷的拎出來證明哪個版本是真實的，秦濤此刻想死的心都有，這夥人真不該當兵，去天橋說相聲應該更掙錢，好歹也是搞藝術的。

片刻，走廊響起一陣腳步聲，團政委李建業步入小會議室脫去雨衣，原本如同菜市場般的小會議室頓時一片寂靜，李建業環顧四周：「都別瞎猜了，幾個毛賊，哨兵過於緊張開了槍，各營連解除戰備狀態，解散，一連長秦濤留一下。」

有重要任務要交給自己？秦濤興奮的啪的一個立正敬禮：「保證完成任務！」

……望著李政委離去的背影，秦濤可謂是滿肚牢騷，竟然讓自己帶著一連去城南找一個姓舒的老者？這明明是居委會或者警察的工作，自己幹了居委會和警察的工作，他們幹什麼？再者，沒有詳細的地址，只有大概不算清晰的基本情況，城南至少聚集著七個國營大廠加煤礦八萬多戶，幾十萬人口，在其中找一個姓舒的老頭無疑是大海撈針，自己一個連百十號人扔進去，連個水花都不帶起的。

尤其是政委臨走的時候叮囑自己要有禮貌，無奈之餘，秦濤想起了一個人。

清晨，秦濤帶著車隊抵達雙河橋旁，這是雙方約定見面的地方，身為軍人秦濤養成了極為苛刻的守時習慣，時間對軍人來說不僅僅是紀律，一旦戰爭爆發，延遲一分鐘甚至幾秒鐘，付出的都將是血的代價。

等待之餘，秦濤從口袋裡掏出一封來自南國的信件，似乎連信封都帶有陣陣的清香，秦濤忍不住輕輕聞了聞那不存在的香味。

紅豆生南國，春來發幾枝，願君多採集，此物最相思。

再往下的內容讓秦濤感到天地崩塌，由於不能在自己士兵面前失態，秦濤強忍住心中的憤怒，輕輕的合上信紙，手指微微一抖，信紙隨風飄落在河面上，轉瞬即逝。

秦濤甚至連一旁有人悄悄走到他身旁站了片刻也渾然不覺，一段三年的生死熱戀終於畫上一個句號了，信封內的那顆紅豆因為整日的搓磨，已失去了光澤，正如同逝去的感情一樣。

「相思，別名江上贈李龜年，出自王維，大唐天寶年間，五言絕句！分手信寫這首詩也是真長見識了。」這個人就是讓秦濤煩得不能再煩的童年玩伴兼死黨和損友，一個整天喊著為人民服務，私下卻總惦記著發財致富，過上令人憎惡資本主義腐朽生活的傢伙。

郝簡仁一身時下最為流行的牛仔裝，燙著滿腦袋的羊毛卷，秦濤無論如何也看不出郝簡仁是一名人民公安，秦濤知道郝簡仁的父親比較有能量，所以郝簡仁能夠第一批上學回城參加工作，與自己那個堅持原則的父親不同，他的父親更靈活一點。

秦濤看了一眼手錶和路邊的幾輛軍車，以及站在不遠處打哈哈的幾個民警，握住了五六式衝鋒槍的護木：「行啊！簡仁你這小子也會跟我打起哈哈來了？」

郝簡仁急忙掏出煙捲：「哪能？你是我大哥，一輩子的大哥。」

秦濤並沒接過煙捲：「你小子比我大三歲，別叫我大哥，要是因為這個我找不到媳婦，第一個找你算帳。」

郝簡仁用一個奧地利的打火機瀟灑的給自己點燃香煙，隔著縹緲的煙霧望著秦濤：「媳婦這玩意兒國家有規定，每人一個指標，我也不能搞特殊化照顧你，況且我也沒有不是？我說哥你也別死心眼，你二十三歲的連長，放在一個師、一個軍那也是鳳毛麟角，何必一棵樹上吊死？再說了，方怡的老爸恢復職務了，人家那背景怎麼可能同意女兒未來和你兩地分居？你又捨不得脫軍裝。」

秦濤突然轉向面對郝簡仁，表情嚴肅道：「好了，該給的面子我已經給足你了，誰讓咱們是兄弟，我有軍令在身，得罪了兄弟。」

秦濤一揮手，彪形大漢山東濟南人的一排長李壽光跳下解放卡車，扯著大嗓門：「全連下車集合，三路縱隊！」急促的哨聲下，只聽見急促的腳步聲，百十名幹部戰士迅速完成列隊，靜靜的樹立在汽車旁，好似銅鑄鋼澆一般。李壽光滿意的用目光巡視佇列：「檢查武器！」

一陣嘩啦槍機拉動的聲音後，一臉煞氣身高足有一百九十公分的李壽光跑步到秦濤面前啪的一個立正，「報告連長同志，七九團一營一連，全連應到一一九人，實到一一九人，值班排長李壽光，請連長指示。」

秦濤立正回禮：「稍息！」李壽光返回佇列：「稍息！」

郝簡仁丟掉口中的煙捲：「哥這是怎麼說的？找個人還要動用你們解放軍？你弟弟我好歹也是這區的所長。」

「你怎麼成所長了？不是刑警隊長嗎？」秦濤帶著一臉的疑惑望著郝簡仁，郝簡仁卻一副風輕雲淡的模樣：「我爹不讓幹了，說太危險，濤子哥咱們是自己人，有事你吱聲交待就成。」

秦濤看了一眼郝簡仁，從口袋裡面掏出一張紙：「舒文彬，男，七十二歲，漢族，東京帝國大學畢業，原日偽時期營口生物研究所研究員。」

郝簡仁驚訝萬分：「老舒？那老人家人緣不錯，是不是搞錯了？哥你告訴我老舒到底犯了什麼事？」

秦濤望著郝簡仁：「保密條例忘記了？不該說的不要說，不該問的不要問。」

郝簡仁深深的呼了幾口氣：「好吧！我去把老舒帶來，你們在這裡等著，要不你這大軍掃蕩，我這所長也別幹了。」

秦濤微微一笑：「一排長，組織部隊登車。」

郝簡仁頓時一愣，反應過來哭笑不得：「哥，你是我親哥，合計著剛剛你是嚇唬我呢？」

秦濤靠近郝簡仁的耳朵輕聲道：「是也不是，不是也是！」

郝簡仁無奈的搖了搖頭帶著他的幾名警察離去。

秦濤看了一眼一排長李壽光如同大熊一般背影，李壽光綜合素質出眾，由於性格問題成了全團出了名的刺頭兵，硬是在秦濤手中磨成了寶，而且還提拔為幹部，李壽光只認秦濤，還曾經揚言什麼時候秦濤不在部隊幹了，他也收拾東西跟秦濤走。很難想像，李壽光那凶神惡煞的相貌下，有一顆溫暖的心，李壽光愛收留流浪動物，經常定時、定點投食，以至於營區流浪動物氾濫，有李壽光撐腰，自然沒人敢轟趕打殺，幾任營幹部都沒搞清楚這些昂首挺胸的流浪動物是從哪裡來的？

至於郝簡仁，秦濤也知道不逼著這小子肯定不行，有他這個地頭蛇的幫助，自己找人肯定事半功倍，尤其剛剛郝簡仁聽到舒文彬的名字，秦濤可以斷定郝簡仁一定認識舒文彬。

一會工夫，郝簡仁帶著一位衣著樸素打著補丁的清瘦老者來到自己面前，一同前來的還有一個大約二十多歲，大眼睛，紮著兩條大辮子的年輕女孩。

郝簡仁無奈的搓了搓手：「老舒，這是秦連長，部隊的事情我們不方便過問。」

女孩一副橫眉冷對的架勢擋在了秦濤面前：「我爺爺犯了什麼法？你們今天不說清楚就別想走。」

秦濤微微一笑：「一排長！」

李壽光面無表情：「到！」

秦濤一揮手：「都帶上車。」

女孩滿臉的不可思議，好像不敢相信自己會被帶上車，甚至連掙扎都沒掙扎。

郝簡仁有點著急：「我說哥，這個是不是有點過頭了？舒楠楠可是清大古生物學的高材生，我們所的幫扶對象。」

秦濤微笑：「是我未來弟妹嗎？」

郝簡仁略微有點臉紅：「哥，我們之間是純潔的男女關係，我好歹大小也是個所長，不能出個人生活作風問題。」

秦濤：「不和你瞎扯了，老爺子年紀大了，我們這些當兵的粗手笨腳的怕照顧不好，有他孫女在正好。」

郝簡仁與秦濤握手之後：「下次你回來，我請你東門涮肉。」

秦濤微微一笑：「一言為定！」

汽車行駛在顛簸的公路上，前提這還能勉強稱之為公路，氣鼓鼓的舒楠楠和一臉平靜、寵辱不驚的舒文彬坐在駕駛室中，秦濤則與戰士們坐在後車廂。

後車廂不時傳來一陣陣的歡笑聲和歌聲，坐在駕駛室的舒文彬轉身回頭望著秦濤開心的笑容，感慨：「日本人和國民黨到今天恐怕都想不明白當年怎麼就打不過、剿不光共產黨，勝利多少年了？共產黨的幹部還跟當年一個樣，厲害啊！」

舒楠楠不滿的哼了一聲：「就是一個活軍閥，土匪。」舒楠楠的言語引起了駕駛員小錢的不滿：「秦連長才二十三歲，我們團最年輕的連長，為人隨和，全團的全能訓練標兵，聽說人家可是軍人世家高級幹部出身，秦連長怕老爺子顛簸，特意讓出指揮員位置，副駕駛位置不是妳想坐就能坐的，你們就知足吧！」

舒楠楠轉頭看了一眼秦濤，不經意間與秦濤四目相對，蘇楠楠臉頰一紅，急忙移開了目光。

秦濤從口袋裡掏出一支口琴，吹起了那首他最喜歡的《喀秋莎》，一旁的士兵小聲的附和唱了起來。

正當梨花開遍了天涯，河上飄著柔曼的輕紗；喀秋莎站在那峻峭的岸上，歌聲好像明媚的春光。

喀秋莎站在那竣峭的岸上，歌聲好像明媚的春光。

姑娘唱著美妙的歌曲，她在歌唱草原的雄鷹；她在歌唱心愛的人兒，她還藏著愛人的書信。

直到車輛駛入一處位於群山環繞的日式營房區，舒楠楠的耳邊還縈繞著《喀秋莎》的旋律，舒楠楠驚訝的發覺自己竟然不想下車？而且，看起來秦濤也似乎沒有之前那麼討厭了。

秦濤剛剛下車，就被看似年紀比他父親還大，滿臉溝壑縱橫的副連長徐建軍拽住，徐建軍將秦濤拉到一旁，十分嚴肅叮囑道：「連長，私下裡不是我倚老賣老，我比你大快二十歲，我過的橋比你走過的路還多，你怎麼能犯蘇修（註3）錯誤？」

秦濤滿臉不解：「蘇修？什麼意思？」

徐建軍：「小秦，我以一個黨員的身份提醒你，《喀秋莎》是蘇修歌曲，身為革命軍人怎麼能夠傳唱，尤其你還是連隊主官，這樣影響非常不好。」

秦濤驚愕了片刻，無奈的點頭：「徐副連長批評的對，我虛心接受。」

徐建軍滿意的點了點頭：「咱們連沒指導員和副指導員，我這個副連長擔任代支部書記，我自然就要擔負起這個責任，連長同志啊！防微杜漸。」徐建軍猶如唐僧一般的緊箍咒讓秦濤連連賠不是，保證絕對不再犯，暗地裡秦濤決定下次部隊野營拉練，一定要把副連長留在營區負責留守。

舒楠楠望著之前威風凜凜的秦濤一副點頭哈腰的模樣就想笑，很快，她和爺爺被一名姓黃的參謀帶入了路旁的一棟佈滿爬山虎的兩層灰色小樓內。

黃參謀在二樓窗口向秦濤招了招手：「秦濤，二樓會議室。」

徐建軍望著屁顛屁顛逃離的秦濤，知道自己這次的批評教育又是一陣耳邊風，徐建軍自恃是經過大風大浪的，他不想秦濤這麼年輕的優秀幹部在一些不相干瑣事上栽跟頭。

老式的三葉風扇在緩緩轉動，會議室內只有為數不多的幾個人，之前帶來的老舒坐在靠前的位置，秦濤發現張師長和團政委竟然站在一位穿著軍裝的老者身後。

張師長看見秦濤進入房間招手：「秦濤你坐，這個會議你必須參加一下。」秦濤立正敬禮後，一頭霧水的坐在了位置上，主持會議的張師長看了一眼黃參謀：「黃參謀，你來介紹一下情況。」

一臉雀斑的黃精忠有個綽號叫芝麻燒餅，平日少言寡語，屬於那種一轉身就能夠被忘記的人，所以這麼多年，他的同袍已經有當上了團參謀長，而他還是個團作訓科「代科長」。

對於這次難得能夠在首長面前顯示存在感，爭取早日去掉「代」字，黃精忠可謂使出渾身解數，連忙起身介紹道：「各位尊敬的首長、專家，昨晚有武裝匪徒意圖盜竊我團營區分屬二號庫房，被哨兵擊斃一名，服毒自盡三名，發現二號庫房內日偽時期密室一間，繳獲正在清點造冊。」

舒文彬一下激動的站了起來：「二號庫房是不是左邊的兩層灰樓？那個祕密隔間是不是在地下一層的樓梯下面？」

黃精忠一臉震驚：「你是怎麼知道的？」

穿軍裝的老者微笑：「這裡解放之前是隸屬關東軍的一處祕密研究所，舒文彬同志曾經在這裡工作過。」

舒文彬急切道：「那些東西還在嗎？」

秦濤目瞪口呆的坐在一旁，黃精忠看了一眼穿軍裝的老者，老者點頭示意，黃精忠打開了托盤上的紅色絨布，幾塊血紅的骨頭一樣的東西出現在托盤中。舒文彬神情十分激動，向托盤伸了伸手，突然臉色變得蒼白起來，用手捂住胸口，人軟綿綿的倒在了地上，會場一片混亂。

舒文彬被送往基地附近醫療設施更完備一些的二院救治，張師長返回會議室，用手帕擦了一下汗：「沒什麼大礙，就是過於激動導致心跳過快。」

老者起身自我介紹道：「很多同志都在猜測我的身份，那麼我給大家做一個自我介紹，我姓呂，名長空，是分區新來的政委，很多同志對我都不熟悉，沒關係嘛，來日方長，今天我來就是給你們師下達一個重要任務，下面請張師長具體介紹情況。」

張師長一臉為難：「老首長，還是請專家介紹一下情況吧！畢竟術業有專攻，我介紹的未必全面。」得到老首長的點頭示意後，張師長伸手向一位穿著小翻領英式西服，大概四、五十歲，頭髮梳的一絲不苟，戴著精緻的金絲邊眼鏡的中年男子：「請科學院的沈瀚文教授給我們大家介紹一下具體的情況。」

一副文質彬彬模樣的沈瀚文起身給每個方向都鞠躬施禮：「同志們，不知道大家清不清楚一九三四年在我國營口發生了著名的墜龍事件？還在有一九四四年松花江流域的肇源縣陳嘉圍子出現的黑龍江龍王事件，現在依然難辨真偽，原因就是缺乏最為直接的證據。」

秦濤一臉難以置信的表情，自己被從作訓營地調回，又帶著全連驚動了地方公安請回了一個舒文彬，現在又出現了一個什麼北京來的沈瀚文教授，給自己講一九三四年營口的天上掉下一條龍？一九四四年黑龍江的龍王上岸了？

如果不是張師長、團政委的老首長在，秦濤肯定用軍車把信口開河的沈瀚文，送進距離基地不到五公里的十里堡第三精神病院，秦濤甚至懷疑是不是昨晚下大雨，精神病院的牆塌了，跑出這麼一個傢伙來。

沈瀚文推了推眼鏡，微笑道：「同志們，我們共產黨員是堅定的唯物主義者，但是請大家記住，全世界平均每年能夠發現至少數千種新物種，龍是中華民族的圖騰，我們自稱是龍的傳人，這個世界上到底有沒有龍？龍是圖騰還是真實存在？還是中華民族先祖的臆造？難道你們不好奇嗎？」秦濤看了一眼手錶，一副無所謂的樣子，而在座的眾多軍官幾乎各個神遊太虛，直接完美的將沈瀚文無視。

被當成透明人的沈瀚文一臉尷尬，掏出手帕擦了擦汗水，又擦了擦眼鏡片，與會的營連一級幹部依舊一副「這個神經病是哪裡來」的神情，最終無奈的將求援的目光投向了張師長。

正在喝水的張師長用茶缸敲了一下桌子：「都幹什麼呢？認真聽沈瀚文教授講話。」與會的軍官們立即擺出了一副嚴肅認真，革命到底的架勢，各個目不轉睛的瞪著沈瀚文，沈瀚文無奈只好低頭看著資料緩緩敘述道：「同志們，情況是這樣的，營口墜龍事件真偽難辨，但是根據舒文彬同志的口述，當年日本人做了詳盡的研究和記錄，最終龍骨被日本人隱藏了起來，作為尚未被證實的不明物種，聯繫到昨晚有境外敵對勢力雇用境內不法分子，試圖盜竊一間我們之前沒有發現的密室，秦連長在密室的牆中發現了幾塊紅色的動物骨頭，上級指示我們要作出詳盡的調查，堅決不能讓境外敵對勢力的陰謀得逞。」

「好！」秦濤帶頭鼓掌，一時間會議室內掌聲雷動，尷尬無比的沈瀚文漲紅著臉，帶著一臉無奈和不甘坐回位置上，輕輕的歎了一口氣。

張師長瞪了一眼帶頭鼓掌的秦濤，起身：「散會。」

距離門口最近的秦濤起身就想開溜，張師長眉頭微微一挑：「秦濤留一下。」張師長這一聲秦濤留一下，讓秦濤頓時石化站在了原地，從秦濤身旁經過的幾個連長都帶著一臉壞笑逐一與秦濤握手道別。

這時，一名作戰參謀一臉慌張的快步跑入會議室，驚呼道：「報告，特務連昨晚執行任務後有幾個幹部戰士發燒，剛剛一大半人都病倒了，衛生隊的值班醫生說很有可能是疫情爆發。」

疫情爆發？部隊是集體生活，從新兵入伍就要開始注射各種疫苗，一旦部隊營區發生疫情就意味著出現了重大問題。

身穿白色防護服和綠色化學防護服的衛生人員與化學防護兵，將特務連駐地用封閉障礙物全部阻斷，滿頭大汗的李建業束手無策的站在一旁乾著急，到底是什麼疫情？

師部醫院的幾個主治醫生一臉茫然，短短幾個小時發病，病人高燒嘔吐，意識不清，傳染力極強，甚至有可能是通過空氣傳染，這哪裡是什麼疫情，分明是武器級別的病毒。

調查病毒來源。李建業咬牙切齒的丟下一句話轉身離開，駐地營區之內已經人心惶惶了，要不然把部隊拉出去作訓？誰知道還有沒有疫情攜帶潛伏者，萬一疫情擴散他李建業就百死難贖了。

回到會議室，李建業看了一眼遭到落井下石的秦濤一臉生無可戀的站在會議室內，秦濤非常清楚，這會師長單獨喊自己留下肯定與這個上面來的沈教授有關。

自己剛剛帶隊協助過一個地質勘探隊，耽誤了兩個星期的訓練，眼看年底大比武就要開始了，每年一連都是全團、全師第一，今年秦濤照例自然也想來個三連冠。

呂長空從一旁的秘書手中接過一份蓋有絕密方章的檔案袋：「同志們，時間緊迫，我直接宣讀一下經黨委研究的重要決定。」秦濤、張師長等人全部立正，呂長空撕開保密封條，交給一旁的秘書，拿出一份檔環顧四周，目光在秦濤身上停留了幾秒。

目不斜視的秦濤似乎察覺到了呂長空的目光，呂長空翻開檔用洪亮的聲音大聲道：「根據黨委會研究一致批准代號一〇二七行動，行動總負責沈瀚文同志，副隊長葛瑞絲．陳，軍事保障負責人秦濤同志，後勤支援協調人呂長空同志，我正式宣佈，代號一〇二七行動進入準備階段，十月二十七日科考探索隊整裝出發。」

沒有掌聲，秦濤對葛瑞絲．陳這個名字十分困惑，葛瑞絲是什麼玩意兒？怎麼聽都不像正常人名，在場的幾名科研人員似乎在竊竊私語，秦濤隱約聽到一〇二七並不是什麼好日子？

秦濤從內心鄙視了一番這些所謂的知識份子，革命軍人無所畏懼，一〇二七不過就是個不能再普通的軍事行動日期類代號，難不成打仗也要看黃曆選日子？

呂長空來到秦濤面前，秦濤轉身立正敬禮，這時，一位棕色長髮微卷，身材高挑，五官秀美端莊，穿著一件黑色的長皮風衣，束腰皮靴的女孩走進會議室，用充滿青春的亮麗聲音道：「不好意思，各位，我來晚了。」女孩從秦濤面前走過，高聳的胸部和皮衣內高領的紅色毛衣是那樣的扎眼，讓秦濤不敢直視，卻又忍不住多看幾眼，秦濤竟然一下想起了電影中那些喝著外國酒，吞雲吐霧的女特務。

在場的年輕軍人和科研人員全部用異樣火辣的目光望著奇裝異服的女孩，沈瀚文來到女孩面前無奈的搖了搖頭，給呂長空介紹道：「這位就是副隊長葛瑞絲．陳，中國名字陳可兒，她的父親是世界著名的探險家、考古學者，同樣也是古生物、古人類研究領域的泰斗，陳國斌老先生。可兒是陳老的獨生女，歸國華僑，英國劍橋、牛津雙碩學位，病毒學、古生物、古人類基因進化學領域的專家，這次是應國家邀請，回國為國效力，真真赤子情，拳拳愛國心啊！」

陳可兒露出一絲微笑與呂長空握手：「沈叔叔過譽了，我還要向國內的老前輩多多學習。」

呂長空聽到陳可兒是歸國的專業領域專家，在驚異這位專家過於年輕之餘，對陳可兒的奇裝異服自動給予過濾，畢竟人家是願意歸國為國效力的愛國專家學者，總不能拿藍綠黑三大色的服裝要求去要求人家吧？國家還一窮二白，很多人不惜一切的走出去，而這個優秀的姑娘卻願意放棄國外優越的生活回國，這讓呂長空心底湧起一絲的感慨，彷彿又想起了自己那個借學習之機留在國外，讓自己兒子傷心欲絕的兒媳。

呂長空中斷了自己的回憶，看了一眼秦濤：「秦連長需要什麼，儘管提出來，我這裡盡一切能力解決。」

秦濤啪的一聲立正敬禮：「保證完成任務。」

呂長空點了點頭：「你是七九團、全師乃至全軍的優秀基層幹部，軍事素質過硬，有高度政治覺悟，此次任務我要你保證，萬無一失，這些科研人員都是國家的寶貴財富，作為革命軍人，我要求你們在緊要關頭，不惜一切代價保護他們的生命安全，甚至犧牲你們自己，能做到嗎？」

秦濤明顯的感覺到房間內的氣氛似乎緊張了起來，似乎有了一絲臨戰狀態的意味，點了下頭：「請首長放心，堅決完成任務。」

呂長空滿意的點了點頭：「張師長，沈教授他們有什麼需要，盡一切可能滿足他們，我要向黨委班子做彙報。」

張師長側身敬禮：「請老首長放心。」

沈瀚文站在一旁與陳可兒小聲交談，秦濤則快速的列出了一張裝備物資明細遞給張師長，秦濤覺得自己似乎有些獅子大開口，畢竟現在部隊的物資也很緊張，忐忑之際，張師長快速的在單子上簽字，並且備註，通知後勤部門，秦濤可以先拿物資裝備，後補出庫單和主官簽字。面對師長突如其來的慷慨大方，秦濤似乎嗅出了一絲特別的味道。

李建業來到陳可兒面前猶豫了一下道：「陳可兒同志，駐地營區似乎出現了嚴重的疫情，聽說你是病毒方面的學家，能不能給予我們一些指導？」陳可兒點了點頭跟隨李建業離開，張師長望著陳可兒的背影一副欲言又止的模樣，呂長空則站在窗前望著被完全封閉的特務連駐地，不知道在思考什麼。

傍晚，秦濤組建特別小分隊擔負祕密任務的消息在七九團大院傳開了，秦濤望著多達上百人的名單也頭疼不已，小分隊名額有限，師裡提出小分隊一專多能的人員選拔，但秦濤卻希望術業有專攻，多而雜往往不如少而精。

門忽然開了，徐建軍端著一碗熱氣騰騰的麵條，滿臉笑容走進房間：「老秦，別忙了，先吃麵。」

秦濤警惕的看了一眼徐建軍手裡的麵條，裡面竟然有兩個雞蛋？而滿臉笑容的徐建軍怎麼看都像給雞拜年的黃鼠狼，而以往的小秦也變成了剛剛的老秦。

二十三歲軍事過硬，意氣風發的連長，四十二歲的副連長，如果年底之前不能再前進一步的話，徐建軍的軍旅生涯也將畫上一個不算是完美的句號。即便徐建軍當了連長，那麼三年後，他如果不能再進一步，那麼他的軍旅生涯同樣還要畫上句號，這一點秦濤非常清楚，老徐這人除了咬死理，不講人情之外，工作還是訓練都是一把好手，徐建軍是被這個特殊的年代耽誤了的基層幹部代表。

秦濤接過麵條狼吞虎嚥起來，邊吃邊說：「老徐，這可是病號飯（註4），你這可是違反紀律。」

徐建軍尷尬的搓了搓手：「胡說咧，麵條雞蛋是我媳婦幾個月前坐月子剩下的，我沒捨得吃，看你辛苦才給你吃的，狗咬呂洞賓，不識好人心，不吃拿回來。」徐建軍口中說著要拿回來，卻沒有起身的意思，秦濤更不會把到嘴裡的雞蛋吐出來，吃過半碗麵條和一個雞蛋，秦濤將碗遞給了徐建軍：「給你。」

徐建軍微微一愣：「怎麼？」

秦濤微笑：「有蛋同享！你和我搭伙也辛苦你了，小分隊的事情我可以考慮給你留個副隊長，前提是要你媳婦同意。」

徐建軍直接起身：「小秦子，夠意思。」徐建軍誇完秦濤，轉身離開，留下一臉無可奈何的秦濤繼續面對名單發呆。

◊

陶文科滿臉大汗的跑進連部：「連長，李大爺人不見了，衛生隊徐欣怡隊長讓你去一趟。」

「徐欣怡讓我去一趟？」秦濤一副完全難以置信的表情，一旁的徐建軍則一臉壞笑。

陶文科一臉擔憂：「連長，那位李大爺把衛生隊的病房搞得烏煙瘴氣，衛生隊的徐隊長現在火冒三丈，等你過去要找你算帳。」啊？秦濤邁出去的腿當即又收了回來。

七九團的人都知道，衛生隊的徐欣怡隊長二十九歲還待字閨中，於是好心人給秦濤介紹牽線，一開始接觸雙方的感覺還不錯，徐欣怡刻意隱瞞了家世，秦濤也沒提自己父親那碼子事。

直到雙方家長一見面頓時天崩地裂，兩家的父輩竟然是老死不相往來的冤家，加上徐欣怡竟然是副團級，讓當時秦濤這個排長很受傷。

龍潭虎穴都得闖上一闖！秦濤帶著三個排長六個班長一同前往衛生隊，美其名曰幫忙收拾殘局，實則打的是法不責眾的主意。

到了衛生隊，秦濤被徐欣怡鄙視了一番：「至於嗎？讓你來個衛生隊，差點把全連都拉來，秦連長好歹也是咱們軍的五項全能的第一名，想搞法不責眾？沒門！」秦濤尷尬的嘿嘿一笑也不言語，暗中腹誹徐欣怡，徐欣怡是道地的練家子，而且學得不是什麼傳統武術套路，而是偵查兵的格殺戰技。

徐欣怡非常不滿道：「你們昨晚送來的老人家今天突然不見了，而且還把房門反鎖了，害得我們只好拆了門，不打招呼人走了就算了，但是你來看看，把我們的病房搞成什麼樣了？亂寫亂畫太沒公德心了。」

秦濤步入病房，頓時驚得目瞪口呆，整間房間的牆壁、屋頂、地板上佈滿了各種奇形怪狀的符號和圖案，這些符號似乎是用什麼東西刻上去的？

秦濤摸了一下牆體痕跡上紅色黏糊糊的東西，放在鼻子下聞了一下，驚呼道：「是血？」

一旁的徐欣怡皺著眉頭道：「確實是血跡，這痕跡是用指甲摳出來的。」

秦濤一臉難以置信的表情望著徐欣怡：「開什麼玩笑？指甲勾摳出來的？妳摳一個給我看看，牆面上除了兩毫米厚的白灰層，下面就是高強度的水泥牆，怎麼可能用指甲摳得動？」秦濤拔出腰後的匕首在牆上用力劃了一下，又劈砍了兩下，火星四濺後，發現痕跡還沒有符號和圖案的一半深。

徐欣怡也是一臉無奈，讓人端過一個醫療托盤，裡面擺放著幾個變形脫落的指甲：「你自己看，我不管，人是你送來的，這個房間你負責給我恢復原樣，否則別怪我去找政委和團長。」

徐欣怡轉身離去，秦濤望著房間內的眾多符號和圖案總有一種似曾相識的感覺，沒想到這李老頭給自己惹這麼大一個麻煩，沒事在衛生隊的病房裡亂寫亂畫？

垂頭喪氣返回連部的秦濤正琢磨如何給衛生隊修繕病房，突然鈴鈴鈴電話鈴響起，秦濤心不在焉的接起電話：「喂，一營一連部，我是秦濤，找哪位？」

電話另外一端響起了黃精忠急促的聲音：「喂、喂喂，是秦連長嗎？我在二院，舒文彬遇襲了！」

前往二院的途中，秦濤一直在想，舒文彬這老頭到底什麼身份，住個醫院都能遭遇襲擊？朗朗乾坤，青天白日，公然襲擊人民醫院？一系列的事情讓秦濤感覺到了一種異樣的氣氛在凝聚。

當秦濤進入二院大院才意識到事態的嚴重性，「二院」的全名是聽著十分大氣的「第二人民醫院」，實際上也就比鄉村醫護所大上幾倍。七、八個醫生，十幾個護士，「二院」之所以出名，是因為有一位二百二醫生，二百二是消毒紅藥水的簡稱，特殊年代醫療物資短缺，大批經過臨時培訓的赤腳醫生無非就是哪裡破了？抹點二百二；肚子疼？喝點二百二；牙疼？含一口二百二，結果出現了血盆大口。

現在的二院內一片狼藉，牆上幾十個彈孔和地面上散落的彈殼顯示了剛剛發生的襲擊交火程度的激烈。一輛佈滿彈孔的警用吉普車側翻在門口，院子內的一輛也被打成了篩子。

郝簡仁坐在院中心的花壇上，一個護士正在給他包紮頭部，郝簡仁一見秦濤，彷彿見到了親人一般，不顧護士逕自衝到秦濤面前，摘下紗布，擦了一把額頭依然留下的血跡：「哥，兄弟我栽了，你集合隊伍，咱們不能放過這幫反革命（註5）分子，連公安也敢下手？上來二話不說就拿機槍直接突突，絕對的反動（註6）到底。」

秦濤冷靜的環顧四周，遞給郝簡仁一支香煙：「他們知道你們公安的身份仍然敢動手，就說明這是一夥亡命之徒，看清楚是什麼人了嗎？」郝簡仁一臉慚愧：「都蒙著臉，火力非常猛。」

秦濤環顧四周：「傷亡大嗎？」

郝簡仁搖了搖頭，又點了點頭：「沒有犧牲的，十六個人，包括我在內，各個掛彩。」

秦濤從地上撿起一枚彈殼，七點六二毫米的五七彈殼？在秦濤的記憶中，這種口徑的彈藥一般屬於重機槍，彈殼底部的US產地標注讓秦濤頓時一愣，七〇三這個彈藥批號顯然也不是我軍常規批號，從交火彈道分析，當時佔據絕對優勢的武裝敵對勢力分子竟然沒對郝簡仁等人痛下殺手？

而且，攻擊時間只有短短不到兩分鐘，攻擊的同時又切斷了二院對外的電話線，以至於第一批增援的軍警在一個半小時後才遲遲趕到。

秦濤將地面上收集的六種不同種類彈殼揣入口袋中，沿著滿是玻璃碎片的走廊，秦濤見到了正拎著野戰電話彙報情況的黃精忠，相互點頭之後，秦濤進入舒文彬的病房，由於交火衝突發生在東西走向，所以病房並未受到太多影響。

秦濤注意到病房的門口有一灘血跡，和幾枚彈殼，一支空倉掛機的五四式手槍浸泡在血跡中。血跡在走廊中似乎拖拽了一段，消失在二樓的一個窗旁，窗臺上有一個清晰的W型鞋底印，幾名公安在忙著照相取證。

病房內，舒文彬坐在病床上神態自然，舒楠楠則臉色蒼白的站在一旁，顯然剛剛的交火把小姑娘嚇到了，秦濤環顧簡單的病房：「舒老沒事吧？」

舒文彬顯然對舒老這個稱呼有點陌生，略微遲疑才點頭：「沒什麼，人老了，年紀大了，也就不那麼在乎了。」秦濤點了點頭準備離開，畢竟這是地方案件，與他這個駐軍連長關係不大，唯一有關係的就是遇襲的目標舒文彬是自己一〇二七行動組的成員，行動還沒開始，行動組的成員就遭遇了反動武裝襲擊，似乎又為這次行動的未來蒙上了一層陰影。

李老頭留下一牆鬼畫符後神祕失蹤？二號庫房的地下密室？栩栩如生的日本惡魔士兵？五塊來歷不明的紅色奇怪骨頭？舒文彬遭遇不明襲擊？這些事件和線索看起來並沒有太多的關聯，仔細分析卻發現似乎又有著千絲萬縷的聯繫？

秦濤揉了揉太陽穴，自己真不是幹刑偵的料，難怪郝簡仁這小子以前總是叫苦不迭。

剛到營區，秦濤就被徐建軍攔了下來，徐建軍告訴秦濤，李政委和張師長還有專家團隊都在團衛生隊，讓他立即跑步到衛生隊。

徐欣怡真的告了自己一狀？不光是團政委李建業，還有張師長？

聽徐建軍複述口氣不善，秦濤急忙以百米衝刺的速度跑步前往衛生隊。當氣喘吁吁的秦濤趕到衛生隊，發現不僅僅是張師長、李政委、沈瀚文、陳可兒、舒文彬，還有一大群科研人員在不停的拍照記錄，徐欣怡雙眼通紅，明顯剛剛哭過，一臉委屈的站在一旁。

李政委看了一眼徐欣怡：「哭？妳還好意思哭？這些資料珍貴程度妳知道嗎？不報告、不請示，自作主張鏟掉了五個符號，妳會給沈教授他們未來的工作帶來多大的困難？妳知道嗎？」秦濤見狀看了看挨著門旁被鏟掉的五個符號，回憶了一下，拿起科研隊員使用的顏料記號筆，將五個被鏟掉的符號進行了恢復。

沈瀚文面帶驚訝道：「秦連長見過這些符號？」

秦濤微笑：「李老頭是我的孤寡老人幫扶對象，昨晚被送進衛生隊，今早人不見了，留下這滿屋子神神道道的鬼畫符，今天上午徐隊長找過我，這些符號和圖案我都看過，還算記得住。」

陳可兒略帶驚訝走到秦濤面前上下打量：「沒看出來，秦連長在圖形結構方面還有驚人的記憶力。」

舒文彬拿著放大鏡挨個查看符號，在舒楠楠的幫助下起身詢問秦濤：「秦連長，你說的那個李老頭長什麼樣？」

秦濤將李老頭的容貌描述了一番，舒文彬一番冥思苦想之後，無奈的搖了搖頭：「人老嘍，記不住啦！對不上號，不過既然他能畫出春秋圖騰文符號，可以斷定他很可能也是當年的生還者，或者是知情人。」

沈瀚文點了點頭：「春秋圖騰文第一次發現是日偽時期，日本人為了充實軍費大肆盜挖古墓，一隊日本考古學家憑藉著日本東大寺收藏的一份《東白山遊記》，斷定白山腹地有一個未知而且極度富裕的部族，於是日軍深入白山腹地找到了古城遺址，卻沒能發現驚世的財富，同時發現的還有春秋圖騰文，日本人堅信財富就隱藏在這些謎一樣的符號圖案之中，並且組織人員進行破譯。」

舒文彬略帶驚訝的看了沈瀚文一眼：「沒想到沈教授對春秋圖騰文這麼瞭解，不過非常遺憾，日本人在投降前夕才破譯出了春秋圖騰文的對照表，後來這批日本專家音訊皆無，就好像憑空消失了一般。」

陳可兒似乎並不死心：「難道我們現在不能再組織破譯嗎？」

舒文彬歎了口氣：「談何容易？當年的全部文物和資料都被日本人嚴密掌控，春秋圖騰符號又不同於一般的象形文字和甲骨文有跡可循，迄今為止我們只破譯掌握了十一個字元，春秋圖騰文簡直就是另外一個版本的八思巴文（註7）。除非我們能夠找到當年遺失的文物和文獻以及日本人研究的成果，那樣也許我們就能夠揭開白山遺失古城的謎團。」

陳可兒輕輕撫摸著牆壁上的刻畫符號留下的痕跡：「以牆體的硬度，憑藉指甲能留下如此多的符號和圖案？除非他的指甲是金屬的。」

張師長看了一眼徐欣怡：「徐隊長，你們不是收集了脫落的指甲嗎？」

徐欣怡急忙讓人把連血帶肉扭曲崩裂的指甲端了進來，陳可兒看過指甲後搖了搖頭：「人類的指甲與動物的爪同源，都是角蛋白構成，但是硬度卻只有克氏零點二左右，爪的硬度在克氏零點二到零點九之間，所以說指甲根本無法劃動這麼堅硬的牆體。」

陳可兒皺著眉頭觀察脫落的指甲，突然驚呼一聲，拿起托盤來到徐欣怡面前：「徐隊長妳是醫生，以妳的經驗看這些指甲的末端如此完好，很像是自然脫落而並未崩裂導致。」徐欣怡看了看這些指甲，果然都有一個特徵，很像是自然脫落，但如果是自然脫落，那麼為何指甲的前端會扭曲崩裂？

顯然，很多事情已經超出了理性和科學解釋的範疇，秦濤瞪著眼睛望著屋頂密密麻麻的符號與圖案：「其實，我最想知道的是一個走路都困難的老人家，是如何在一晚時間把屋頂也刻滿，四面牆加上屋頂和地面，而且還能如此工整排列有序？」

沈瀚文掏出一塊手帕擦了擦眼鏡的鏡片，微微一笑：「這些春秋圖騰文為何會出現在這裡，為何會刻滿牆壁與屋頂地面，這一切的一切恐怕只有我們找到秦連長所說的那位姓李的老者才能夠水落石出，似乎我們有著太多這樣和那樣的不解和為什麼了，但同志們，請大家牢記，一百年前飛行對人類來說還是妄言與妄想，今天我們實現了，人類也登上了月球，未來我們將要探索的是廣闊無垠的宇宙，同志們，今天我們用科學解釋不了的事情，也許就是明天的科學研究突破，科研無止境。」

「春秋圖騰文？」秦濤聽得是一頭霧水，在場的李政委和張師長也是一臉的茫然，不過秦濤必須承認，沈瀚文這番慷慨激昂，催人奮進的言語確實打消了他不少顧慮和疑惑，秦濤偷偷看了一眼緊張神情有所緩解的團政委李建業和張師長，沈瀚文當什麼教授太可惜了，完完全全就是一個優秀政工幹部的料，隨時隨地唬弄人，都不用打草稿。

秦濤用手摸著牆上一個彎曲的符號環顧四周，好奇道：「沈教授，這個符號似乎出現了很多次？幾乎每面牆、屋頂、地板上都出現了三、四次？」

舒文彬看了一眼秦濤所指的符號，眉頭緊鎖，隨即又舒展開：「那個符號的意思代表著龍。」

「龍？」真是越怕什麼就越來什麼，秦濤發現自從聽了沈瀚文講營口墜龍事件之後，冥冥中自己似乎與龍結下了不解之緣？

陳可兒不虧是國際優秀的病毒理論學者，很快鎖定了病毒的可能爆發點和傳染途徑，並且從那間被封閉已久的密室提取了相關病毒的樣本，陳可兒幾乎能夠確定密室中的日本人是被一種從未被發現過的病毒感染後自殺的。

陳可兒的推論嚇了李建業一大跳，日本人被感染絕望自殺，從未被發現的新種類病毒衣原體？雖然很多專業名詞李建業不懂，但是其中透露的含義卻讓他心驚膽顫。那天似乎秦濤與自己也在，根據陳可兒的解釋是病毒的空氣傳染機率並非百分之一百，特務連是因為晚餐的飲水被污染所致。

如何才能有效的治好我的兵？陳可兒給出的答案非常簡單，找到有效的衣原體進行分離血清實驗，密室內的病毒衣原體不是最初而是經過異變後的，能否控制以至於治療好疫病，就要看能否找到病毒最初的源頭。看起來白山之行是已經勢在必行了，一百多條人命隨時危在旦夕，李建業看了一眼秦濤的背影，他實在不想給秦濤太多負擔，卻又不得不。

◊

專家們開現場會與自己有什麼關係？

趁著開會前的空隙秦濤找到了郝簡仁，讓郝簡仁去幫自己查關於李老頭登記備案的一切資訊，甚至包括戶籍等等一切的資訊。被委以重任的郝簡仁一臉不情願的離開了，秦濤望著陸續前往會議室參加會議的人員，也不情願的邁開步子。幾乎所有營連幹部和當天參加二號庫房戰鬥的人員全部集中到二號庫房，秦濤臉上寫滿了不高興、不願意和不滿。

專治各種不配合、不高興、不願意和不滿的團政委李建業咳嗽了一聲，秦濤等營連幹部立即精神抖擻、鬥志昂揚。沈瀚文與舒文彬以及十來位從未謀面的專家在密室的門口立起了大黑板，一眾專家輪番上陣，口沫橫飛，更有甚者說得口乾舌燥，不厭其煩。

秦濤總結了一下專家們給部隊幹部戰士科普的核心，首先我們是無產階級革命戰士，堅定的唯物主義者，世界上根本沒有什麼神仙鬼怪。然後，就是關於幻象的問題，原因是因為古法熬制的紅磚內部含有一定的化學元素，比如四氧化三鐵，這些元素當年在電離子的綜合作用下把當年這裡面發生的一些事情全部如同拍電影一樣記錄了下來，也有可能是幾個時段的東西被記錄後一同顯示，在遇到電離子猛增的情況就會播放出來，如同京城故宮打雷，宮牆顯現宮女身影是一個原理。

經過眾多專家輪番上陣，在各種不懂的原理和諸多名詞的轟炸下，在場的幹部戰士都相信那天發生的一切，不過是一次類似海市蜃樓一般的自然景觀。秦濤作為親歷者卻對專家的解釋充滿了疑問，秦濤從來沒見過如此逼真的幻象，而且如果真如專家解釋的是化學作用和電離子產生的特定如實況錄影一樣，那麼自己親眼所見裡面的日本軍官身後那一群如同惡鬼一般的日本軍人又是怎麼一回事？

如果自己相信專家關於幻象的科學解釋，那麼自己就要相信親眼看到的那些東西當時也是真的存在？口若懸河的專家們不斷的再用所謂的專業知識進行轟炸，秦濤有一種崩潰的感覺，在他眼中這夥專家跟天橋底下算命的大師幾乎沒什麼區別，所用的伎倆最高境界就是「兩頭堵」。

秦濤明白，這是團裡為了安撫人心，畢竟密室詭影現在鬧得七九團人心惶惶，各連夜間單人內哨都變成雙人崗，就連半夜上廁所都要湊齊幾個人組團一起去。顯然，這是團裡和師團精心研究安排的一次科普活動，也是給即將出發的科考隊吃一顆定心丸，秦濤非常清楚，就算自己心中有無數個不理解和疑惑，只要自己敢提出來，李政委一定會讓自己知道什麼叫吃不完兜著走的精準定義。

科普活動在與會幹部戰士熱烈的掌聲下結束，秦濤帶著心中眾多的疑惑返回營區。出發在即，秦濤決定先去修械所取回自己的配槍，沒想到修械所乾脆給了他一支新槍，登記過槍號之後，剛從修械所出來恰好碰到了匆匆而來的黃精忠。

黃精忠告訴秦濤，名單上挑選出了一個加強排的人員，全部在禮堂集合待命，之前物資單子上的武器和設備物資也都陸續運抵禮堂。

來到禮堂，秦濤感覺有點頭暈目眩，這哪裡是挑選的全團骨幹精英，簡直就是七九團「刺頭」大集合，細想一下也確實如此，換成哪個營連長也不願意把自己的骨幹被別的單位抽走。

讓秦濤十分意外的是，郝簡仁竟然也出現在禮堂，沒等秦濤和郝簡仁打招呼，張師長匆匆趕來宣布師黨委班子的命令：「由於發生了敵對勢力武裝分子的蓄意襲擊，經過上級黨委研究決定，公安機關在駐軍部隊的協助下，發動人民群眾檢舉可疑人員、武裝特務、敵對勢力滲透分子的同時，小分隊明天一早五點出發，今晚全部人員在禮堂集合待命，任何人不准使用電話和對外聯繫。」

張師長離開，郝簡仁溜達到秦濤身旁，點燃了一支香煙用力抽了一口：「哥，我咽不下這口氣，這次軍警聯合保障行動我主動申請來的，我合計著這幫孫子肯定還會有所行動的。」

秦濤點了點頭：「感情用事解決不了問題，這次事情沒那麼簡單，一會那夥科研人員來了你就知道了。」

郝簡仁微微一愣：「不就是一夥敵對勢力武裝分子嗎？一個不剩，堅決消滅乾淨。」

秦濤從口袋裡掏出六枚彈殼：「你知道這是什麼槍的彈殼？」郝簡仁接過彈殼反覆看了幾遍，搖了搖頭遞還給秦濤：「不認識，應該不是我軍的制式彈藥。」

秦濤點了點頭：「確實不是我軍的，有美式M14步槍、捷克斯洛伐克的溫伯尼衝鋒槍、法國的波爾傘兵衝鋒槍、英國的司徒登衝鋒槍、前德國的P38衝鋒槍，從最先進的到二戰的武器都有，現在遺留的彈殼遠遠不止六種，這夥匪徒有十幾個人，卻使用十幾種槍械？這夥人訓練有素，槍法精湛，又不願過多殺人，他們到底想幹什麼？他們到底想隱藏什麼？在沒弄清楚之前，我們必須提高警惕。」

郝簡仁一臉懵逼的表情望著秦濤：「到底是我哥，感覺挺簡單的事情，幾下就把兄弟我繞暈了。」

忽然，郝簡仁的目光被禮堂門口的一個身影吸引過去，秦濤不解的向郝簡仁目光方向望去，原來是陳可兒抵達了禮堂。郝簡仁望著陳可兒喃喃自語道：「哥，我戀愛了。」

秦濤鄙視的望著郝簡仁：「滾，這話我一年至少聽十幾次。」

郝簡仁一臉堅決，如同發起總攻擊前的敢死隊員一般：「這次是真的。」郝簡仁完全不理會秦濤的勸阻，毅然決然的來到陳可兒面前，彬彬有禮：「陳小姐妳好，我是這次軍警聯動公安方面的郝簡仁，認識妳非常高興。」

陳可兒微微一愣：「不是秦濤負責行動組的安全保衛嗎？讓秦濤來見我。」

郝簡仁一臉無奈轉身對秦濤大聲呼喊：「濤子，有人找你。」

秦濤來到陳可兒這位副隊長面前，敬禮感覺不太對，不敬禮畢竟人家是副隊長，無奈只好點頭致意，「陳副隊長，找我有什麼事嗎？」

陳可兒將一份計畫遞給秦濤，熟練的給自己點燃了一支細雪茄：「秦連長，接舒老的車一會抵達，你安排人接一下，另外明天車隊出發順序的中途加油、加水請你提前做出計畫報給我。」

秦濤一臉無奈：「好吧！不過陳副隊長，我的職責是負責行動安全保衛，其餘的還是你和沈教授決定吧，我負責執行。」

陳可兒忽然微微一笑：「嗯，既然這樣我也不客氣了，秦連長，所有的行動計畫和安排都在給你的檔案袋裡，請你執行吧。另外，我有點行李，麻煩你幫我拿進來。」

站在一旁躍躍欲試，苦無插嘴機會的郝簡仁一舉手：「我去幫妳搬行李。」

望著陳可兒離去的背影，秦濤有一種掉進陷阱的感覺，看似清新可愛、善解人意的陳可兒，好像並不好打交道，陳可兒給秦濤的感覺就如同把兩個性格完全不同的人強行裝入一個軀體之內。

秦濤突然想起了一句，子曰：什麼什麼和什麼什麼難養也。

「哥，你能來幫下忙不？」郝簡仁愁眉苦臉的站在秦濤面前。當秦濤和郝簡仁站在大大小小二十多個箱子組成的小山面前，足足過了半分鐘，秦濤才緩緩詢問道：「這些都是陳副隊長的攜行物品？」

一旁兩名照看行李的科研人員面面相覷，秦濤看了一眼一旁的蘇式越野卡車的車廂，再看看這一堆的行李箱，憤然轉身離去。

怒氣衝衝的秦濤進入禮堂找到了陳可兒，發現陳可兒正在和沈瀚文商量事情，兩人見秦濤到來停止了交談，陳可兒還用桌子上的書擋住了軍事測繪地圖上的標注。

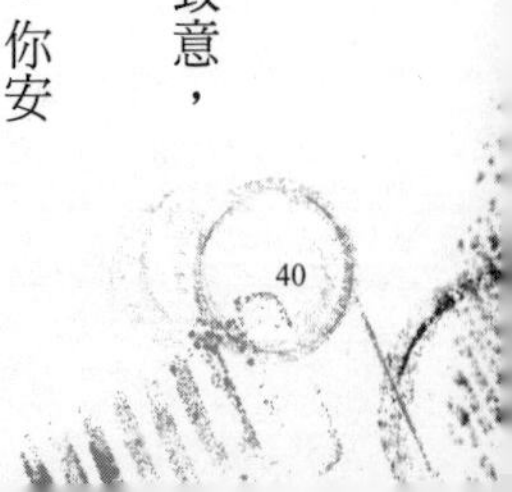

沒等秦濤開口，沈瀚文微笑道：「秦連長辛苦了，陳副隊長的行李都安置好了嗎？陳副隊長在國外有豐富的野外考察經驗，行李多是多了點，都是生活工作的必需品，這一點我已經和張師長說過了，張師長大力支持，多調配了兩台車給我們。」

秦濤在心底偷偷問候了一聲你大爺的，師長都答應了，我能說不嗎？於是無奈的點了點頭，陳可兒對秦濤微笑道：「那就多謝秦連長了，秦連長你找沈教授和我有什麼事嗎？」

秦濤微微一愣，人家都徵得師長同意了，自己再矯情就是找事了，於是順口編道：「我先看看整體的行動計畫路線圖，以便安排安全保衛工作。」

沈瀚文似乎猶豫一下：「秦連長，整體行進路線恐怕不能提供，但每天出發前一天，我會親自將今天的行進路線送交你手中。」沈瀚文的回答讓秦濤微微一愣，見沈瀚文和陳可兒也沒有解釋的意願，於是禮貌性的點了點頭轉身離開。

秦濤離開後，沈瀚文和陳可兒又圍繞著地圖似乎開始小聲討論什麼，難道他們連自己也信不過？不給自己完整的行車路線圖，是不給還是根本沒有所謂完整的行車路線圖和目的地？

夜半時分，眾人熟睡之際，秦濤帶著滿腹的疑惑來到了沈瀚文和陳可兒使用的那張桌前，精通參謀作業的秦濤用繪圖筆將墊板上的痕跡復刻，在禮堂的小放映廳，秦濤將繪圖痕跡壓在同樣比例編號的作戰地圖上驚訝的發現，地圖上行進的標記點竟然形成了一個閉合的「羅密歐環」？

羅密歐環就是參謀圖上作業俗稱閉環的代名詞，簡單的說就是無法找到起始點，更沒有結束點。部隊的保密紀律和保密條例讓秦濤有點坐立不安，開始後悔自己的好奇心為什麼那麼大？同時又抑制不住想知道真相的衝動。難道這些傢伙真的要找什麼龍？一群頂尖的科研工作者，教授、科學家帶著天不怕、地不怕的無產階級革命戰士去尋找一條被戰敗的日本關東軍藏起來的龍？無稽之談，滑稽可笑。

秦濤此刻睡意全無，望著熟睡的徐建軍，猶豫再三將睡得昏天暗地的徐建軍推醒，環顧四周壓低聲音道：「老徐，我總感覺這次行動有點怪，連行進計畫都是每天發一次。」

徐建軍給自己點燃了一支香煙：「那是首長擔心的事，我們服從命令就好，回頭咱們套套黃精忠，老黃這傢伙嘴不嚴實。」

禮堂的門被推開了，沈瀚文拎著兩瓶酒和幾個牛皮紙袋子逕自來到仍然點著蠟燭的秦濤面前，沈瀚文微微一笑將酒和牛皮紙袋放在秦濤與徐建軍面前：「明天就要出發了，我代表科考隊犒勞犒勞兩位。」

秦濤與徐建軍交換了一下目光，到底是一個連隊搭檔，秦濤與徐建軍的默契已經到了意會即可的地步，兩人都從對方的目光中讀懂了對方的意思：「不吃白不吃！」

「什麼東西這麼香？醬肘子？五香驢板腸！」原本睡得跟死豬一樣的郝簡仁突然冒了出來，伸手捏起一片肘子丟進口中嚼了起來，完全把沈瀚文、秦濤和徐建軍當成透明的。

在兩次被秦濤與徐建軍合力趕走之後，郝簡仁帶著三瓶西鳳酒前來入夥，四個人壓著嗓音推杯換盞，一會兒工夫，眾人也有了點酒意。

獨自在禮堂二樓休息的陳可兒同樣深夜無眠，端著一杯威士忌，小有興趣的望著樓下做賊一般偷偷摸摸喝酒的四個人。

秦濤斜著眼睛看了一眼沈瀚文，之前他一直認為沈瀚文這種滿嘴跑火車的傢伙靠不住，尤其是知識份子更加靠不住，很容易唬弄的把你賣了，你還在替人家數錢，不過這會兒借著酒意，秦濤發現老沈這個同志還是蠻不錯的。

沈瀚文將軍用茶缸裡的酒喝下一大口，似乎有些喝得急了，咳嗽了一下，漲紅著臉道：「秦連長，我聽咱們李政委說不久之前你帶隊配合地質勘探部門進過白山？」

一提之前配合地質勘探搞爆破，徐建軍將酒瓶重重的敲在彈藥箱上：「那幫人不成，不厚道，我們幫他們完成爆破任務，眼見天黑了趕我們走，幾十里的山路還下著大雨，多虧老天爺照顧，平安無事。」

秦濤不悅的一皺眉頭：「老徐你輕點，大家都還睡覺呢！」徐建軍一把捂住了自己的嘴，點了幾下頭，秦濤知道，老徐就是火爆脾氣，比三排長焦大喜脾氣還臭，經常噎得營團兩級領導說不出話。

沈瀚文若有所思：「我們這次也是進白山，路線和你們上次進山差不多，也不知道地質勘探隊撤了沒撤？我認識不少地質部門的人，也許裡面有我的熟人也說不定。」

徐建軍把嘴一撇：「領隊的叫什麼錢永玉，是地質勘探院一〇二九所返聘的專家。」

沈瀚文微微一愣：「地質勘探院一〇二九所？徐副連長你確定沒記錯？」

秦濤回憶了一下：「確實是什麼地質院一〇二九所，他們的金屬胸徽、安全帽、挎包，甚至工具上都印有地質一〇二九所的字樣。」

沈瀚文面帶疑惑：「據我所知，在地質部門，尤其是地質勘探院根本就沒有什麼一〇二九所，現在各單位都人事臃腫超編，返聘專家幾乎是不可能的，而且，我從來沒聽說過錢永玉這個人。」沈瀚文的話讓秦濤和徐建軍頓時一愣，一旁噗通一聲，獨自乾掉了兩瓶半西鳳酒的郝簡仁從凳子上滑倒在地，爛醉如泥。

沈瀚文的話說得極其武斷，好似在質疑徐建軍所言的真假一般，秦濤皺了下眉頭不悅道：「地質勘探隊伍眾多，沈教授不可能都認識吧？」

沈瀚文略微尷尬的點了點頭，解釋道：「我就是在地質大院從小長大的，弟弟、妹妹也都在地質部門工作，還是相對瞭解一些的，秦連長，你知道這支地質勘探隊進白山是幹什麼的嗎？」

秦濤搖了搖頭：「不清楚，我的任務是配合地質勘探隊實施定向爆破。」

沈瀚文似乎有些不甘心：「難道你就不好奇嗎？」

秦濤一口乾下缸中不多的酒，抹了下嘴：「好奇？部隊是有保密紀律的，不該說的不要說，不該問的不要問，不該看的不要看。」

沈瀚文注視著秦濤：「秦連長，咱們一起配合工作，大家之間是不是需要最基本的信任？」最基本的信任？從行軍路線、情報匯總以及沈瀚文質疑徐建軍開始，秦濤心中自動將沈瀚文劃歸了不能信任的範疇內，此次行動自己負責分管軍事安全保障，但連最基本的目的地都不告訴自己，行進路線都是一天一發，這也談得上信任？恐怕連最為基本的信任都差之千里。

一個不信任自己的人跟自己談信任？

秦濤玩味的一笑：「沈教授，這次行動你是我領導，年紀又比我大，我無條件一切服從你的指揮，但在軍事安全保障方面，我也會盡到職責保障大家的安全，也請沈教授多多理解和支持。」

比秦濤多吃了幾十年鹹鹽的沈瀚文自然能夠聽得出來秦濤在敷衍自己，在沈瀚文的印象中秦濤不是一個油滑的人，沈瀚文印象中的軍人大多是木訥、刻板、循規蹈矩，但今晚秦濤卻讓沈瀚文大開眼界。乍一看，秦濤對自己似乎承諾了不少，仔細一想又什麼也沒承諾。沈瀚文並不知道，秦濤的這種滑頭完全是學郝簡仁，今晚幾乎是現學現用。

沈瀚文沉思片刻：「秦濤同志，我希望你能夠理解這次科考行動的重要性和重大意義。」

秦濤深深的呼了口氣，喝了口酒搓了搓手：「沈教授，我帶領部隊最先抵達林場十六號場站，然後徒步大約二十公里左右，穿過埋骨溝，在大風口一帶配合地質勘探隊不斷實施爆破，根據地質勘探隊的同志說是取樣。」沈瀚文從一旁的防潮筒中抽出一卷地圖，翻看之後，鋪在彈藥箱上：「埋骨溝應該有南北兩條對稱，秦連長你們走得是哪條埋骨溝？」

秦濤看了看地圖，拿出指南針放在地圖上，比對了一下，用手點了一下：「這裡，就是從這裡進山的。」秦濤說完，慵懶的躺在了椅子上伸了一個懶腰，沈瀚文滿腹心事的模樣起身：「那秦連長你好好休息吧！」

秦濤擺了下手：「多謝沈教授的酒！」

沈瀚文離開後，秦濤的心裡久久不能平靜，秦濤相信沈瀚文說的是真的，根本沒有什麼地質勘探一〇二九所，也更沒有什麼返聘的老專家錢永玉，但任務是師部指定團裡派部隊配合的，錢永玉所帶的地質勘探隊還帶軍一級單位才配備的大功率電臺。那麼就只有一種可能，錢永玉和他帶領的所謂地質一〇二九所勘探隊根本不存在，他們有更祕密的身份需要掩護，而且這個祕密，軍裡和師裡也未必知道。

想著想著酒意湧動，秦濤的眼皮開始發沉，不知不覺進入了夢鄉。

當秦濤睜開眼睛，驚訝的發現自己竟然又回到了之前那個深山老林的冷雨夜，雨水如同鮮血一般下個不停，遠處天際一青一白兩條神龍在空中鏖戰，龍戰於野，其血玄黃，一時間山崩地裂，更多紅色又如血液一般的泉水從地下湧出。

秦濤似乎也意識到了自己在做夢，但自己卻深深的陷入夢境中無法自拔，夢似乎就是夢，而秦濤則是一個旁觀者，一個心驚膽顫卻又無法醒來的旁觀者。

沈瀚文離開禮堂直奔值班室，拿起電話開始不停的撥打，以至於連值班的參謀給端來的熱水都沒注意到，碰翻在地，灑了一腳背也渾然不覺。

一旁的值班參謀望著沈瀚文，從師裡到軍裡，再到軍區，電話甚至打進了京城，沈瀚文似乎又驚擾了一些首長和大人物的清夢，沈瀚文的表情也從輕鬆到了凝重，為了不打擾沈瀚文打電話，也避免有偷聽嫌疑，值班參謀躲到陽臺上抽煙打發時間。

地質勘探院第一〇二九所和領隊的錢永玉已經成為了沈瀚文的一塊心病，他是直接奉命抽調科研各相關專業領域頂尖人才，調動部隊配合執行此次科考任務的，對於此番任務沈瀚文寄予了極高希望，現在任務還沒開始，他就意外得知竟然還有一支屬於地質勘探院的勘探隊伍在他的科考地域內活動。

更為主要的，曾經配合過這支地質勘探隊行動的秦濤描述，沈瀚文認定這就不是一支地質勘探隊，這些人能夠動用部隊保障並且實施爆破，顯然也是經過了相關手續的批准，為此他求證了地質勘探院，對方告知地質勘探院根本沒有一〇二九所這個編制，更沒有錢永玉這個人。

既然是官方的行動，又調動了部隊配合，為什麼要用所謂的地質勘探院一〇二九所進行偽裝？甚至連人名錢永玉都是假的？沈瀚文百思不得其解。

凌晨時分，沈瀚文放下滾燙發熱的電話出了值班室，逕自敲開了李政委的宿舍房門，李政委房間的燈一直亮到天明。

第二章　十六號場站

血海是什麼？滔天的紅色巨浪摧枯拉朽一般吞噬山脈森林，秦濤靜靜的望著紅色巨浪，身體如同被施了定身咒一般。

啊！秦濤一聲大叫驚醒，周圍正在搬運物資裝備的幹部戰士都嚇了一跳。

擦了一把冷汗，秦濤走到水池前洗了把臉，冰冷刺骨的涼水讓秦濤恢復了清醒。

清晨，行動分隊在淡淡的晨霧中開始裝車，按照武器彈藥管理規定，秦濤開始給分隊成員分發武器，深綠色帶有封條的武器箱被打開，秦濤微微一愣，一旁的黃精忠面帶微笑：「這是首長特別批給你們的一批武器，蘇制的AKM衝鋒槍，比我們的五六式要更加可靠，更能應付複雜環境。」

秦濤拿起一支嶄新的AKM發現槍口的位置缺少了一塊，想必是為了達到制退器效果，七十五發的彈鼓，三十發的彈夾擺滿了箱底。秦濤對一旁皮膚白皙瘦高個的一名士兵招手：「一班長魏解放，你負責發武器，每人五發空包彈，一個實彈彈夾。」

秦濤給徐建軍使了一個眼色，兩人信步走到黃精忠旁邊，秦濤將包裡兩盒大前門香菸掏了出來遞給黃精忠：「黃參謀，我抽得少，你煙癮大給你吧！」

黃精忠上下打量了秦濤一番，接過香煙微微一笑：「秦連長，就咱們這革命友情，你拿物質誘惑，誠心讓我犯錯誤，說吧，抽人嘴短，想問什麼？」

秦濤與徐建軍噗嗤一笑：「就是問問咱們這次行動到底是個什麼任務？」

黃精忠一臉無奈：「情況通報會你們都在啊！日本人在戰敗之前組織了幾次在白山的祕密行動，上級懷疑長白山裡可能有日軍的祕密基地，而且，當年營口出現的蛟類骨骼也去向不明，準備借這次機會進行一次尋找。」

尋找龍？日本人的祕密基地？秦濤和徐建軍有點面面相覷，會議他們確實參加了，感覺好像在開玩笑一樣，尋找華夏始祖之龍？現在又牽扯到什麼日本關東軍祕密基地？

秦濤記得就在兩年前，附近開山修建水庫，結果炸出了一個日本人的物資倉庫，裡面裝滿了各種類型的物資和武器，但是經過清點發現，所有的槍械都沒有撞針，大炮沒有炮閂，而鞋全部是左腳的。當時，負責清理收繳武器的秦濤記得有當地的老人說起過，日本人藏東西都是分開的，附近一定還有日本人的祕密倉庫，後來組織了近萬人次搜山尋找，結果一無所獲，畢竟軍事基地和庫房所在地都是高度的機密。

找一個日軍的戰備常規庫房都難於登天，要在綿延千里的崇山峻嶺中找一個日本關東軍祕密修建的基地？在秦濤看來簡直就是癡心妄想，秦濤只能一臉無奈望著營區內一排排筆直的穿天楊。

郝簡仁在秦濤眼中就是一個蠢貨中的霸主，昨晚玩命喝自己拿的酒，一副怕喝少了吃虧的架勢，結果喝得爛醉如泥，被兩名戰士抬上了卡車。秦濤看了一眼與沈瀚文小聲交談的舒文彬，顯然老人的氣色好了很多，陳可兒站在一旁舉著相機，不停的在報廢著價格不菲的進口菲林。

見秦濤目不轉睛的注視著陳可兒的一舉一動，黃精忠過來打趣，差點沒把秦濤氣死。按黃精忠說法，陳可兒用的膠捲一個能頂秦濤兩個月津貼，用的相機是德國蔡司的，鏡頭是萊卡的，黃精忠的言下之意就是把秦濤賣幾個來回，也沒人家相機值錢。

秦濤很難理解黃精忠的狗屁邏輯，自己就是再不值錢，也沒有賣的打算，更不想吃什麼天鵝肉，誰愛當癩蛤蟆誰當。

六台越野卡車和一輛用吉爾十輪重卡改裝成的箱式指揮車組成的車隊在清晨淡淡的晨霧中出發。

張師長站在團作戰室的窗戶前，面無表情的望著出發的車隊，當車隊完全消失在晨霧中，張師長將一份印有絕密，閱後即焚的檔案袋拿到垃圾桶前，劃燃火柴點燃檔案袋，望著冒出藍色火苗的檔案袋，張師長一鬆手，檔案袋落入垃圾桶內開始燃燒，透過燃燒的火焰，張師長一臉凝重的神情。

坐在車廂內，秦濤環顧周圍的幾名戰士，山東籍的王二牛身材魁梧，能扛著一百零五毫米無坐力炮打靶急行軍，就如同別的戰士背著四十火箭筒一樣，一臉憨笑永遠愛掛臉上，當兵的原因很簡單，飯量太大，家裡、公社都養不起。王二牛警惕的環顧四周，趁所有人不備，將一整個饅頭塞入口中，咀嚼幾下嚥下，臉上流露出一種滿足的表情，秦濤無奈的搖了搖頭。

坐在王二牛身旁的小書生是全連文化水準最高的人，父母據說都是京裡考古學方面的專家，話不多，句句噎人，只要一有空就捧著厚厚的書本，發誓要考進與他錯失交臂的著名學府。

一排長李壽光和三排長焦大喜都是自己的得力助手，平時最好用的兩個排長全部都帶上了。

望著依然睡得跟死豬一樣的郝簡仁，秦濤用力踹了一腳，郝簡仁發出了一陣哼唧聲，翻了個身子繼續接著睡，秦濤怎麼也想不明白，自己喝酒也能喝成這樣？

下午的時候，車隊離開了公路，行進在顛簸不平的石子路和土路上，遠處是起伏連綿的大山。

俗話說望山路遠，車隊整體的行進速度比預想要慢了許多，用秦濤的話說計畫很完美，現實很殘酷，在山中天黑得早，夕陽照不到的山溝就是完全一片黑漆漆的。

距離計畫中的林場十六號站還有六個小時，沈瀚文接受了秦濤的建議，車隊野營住宿。安排好哨兵，營地部署，隨行的一個炊事班立即開始準備晚飯，科研人員吃小灶標準，部隊幹部戰士吃正常標準。

一邊是清湯乾菜，一邊是肉罐頭加乾蝦仁，幾乎所有的戰士都在向小灶方向張望，沈瀚文找到秦濤，建議把兩個灶合併，卻被徐建軍拒絕了，部隊之所以稱之為部隊，就是因為紀律的存在，秦濤支持徐建軍的做法，部隊可以做到官兵一致，同甘共苦，小灶是保證科研人員營養體力的，部隊的幹部戰士有部隊的標準。

秦濤環顧山林，將徐建軍叫到一旁，兩個人商量了半天，徐建軍一臉彆扭的帶著幾名戰士離開了，不過一會，山裡就響起了砰砰嘮嘮的槍聲。

槍聲響起，一陣鹿角號也接連響起，秦濤手持衝鋒槍拉動機柄推彈上膛，沈瀚文笑咪咪的走了過來，「秦連長沒事的，是鄂倫春的獵手，他們在用鹿角號相互詢問是誰開的槍。」

秦濤詫異的望著沈瀚文：「沈教授連這個都知道？」

沈瀚文微微一笑：「來過幾趟。」說者無心，聽者有意，秦濤關閉了衝鋒槍的保險，他發現舒文彬似乎在張望什麼？於是拿起一件羊皮裡的軍用大衣走了過去。

秦濤將大衣遞給舒文彬：「舒老，山區夜裡溫度低，把這個穿上吧。」

舒文彬微微一愣，略微猶豫接了過來：「謝謝。」舒楠楠從小帳篷裡走出來，用警惕的目光看著秦濤，舒楠楠一直無法釋懷秦濤押送犯人一樣把自己和爺爺帶到部隊的過程。

秦濤順著舒文彬遙望的方向望去，只見兩座相鄰的山峰挺立在群山之中，宛如兩條躍躍欲試一飛沖天的巨龍一般。

舒文彬楠楠自語道：「那就是龍門峰，與其相對的是天豁峰，白山十六峰之一，相傳當年大禹治水曾力劈山巒，留下此等人間絕美之景。當年日本人幾次派人深入這裡，損兵折將，無功而返。」

提起日本人，秦濤突然想起了前不久那個風雨夜，李老頭的胡說八道，然後就是在團衛生隊的病房內留下的春秋圖騰文，李老頭蹤跡皆無，倒塌的老房被居委會清理之後，李老頭這個人留在世上最後的一絲痕跡也消散了，彷彿從來沒有出現過一般？

秦濤猶豫再三：「舒老，你認識一個姓那木都魯氏，曾經在偽滿時期關東軍憲兵司令部擔任翻譯的人嗎？」

舒文彬微微一愣，皺著眉頭想了很久搖了搖頭：「沒有什麼印象？當時日本人下毒手，死的人太多了，我是死裡逃生，你說的姓那木都魯氏的翻譯可能也是當年的倖存者之一吧！就是在醫院牆上留下春秋圖騰文的那個人吧？你是怎麼認識他的？」秦濤通過舒文彬表情細微的變化，完全可以斷定，舒文彬肯定認識李老頭，至於舒文彬為什麼說不認識，秦濤就不得而知了。

對於舒文彬的詢問，秦濤如實告知，是自己軍民共建的一個幫扶孤寡老人對象，老人平日裡少言寡語，現在音訊皆無。聽到李老頭音訊皆無的消息，舒文彬似乎顯得有些失落寂寥。

一聲呼哨打斷了秦濤的思路，徐建軍和黃精忠帶著幾個身穿獸皮背著五六式半自動步槍的鄂倫春族獵人從樹林裡穿出，一大堆獵物堆在營地中間。沈瀚文主動充當了翻譯，原來鄂倫春獵人想用獵物換子彈，秦濤與徐建軍商量之後認為可行，自己打獵命中率和成功率顯然不及這些鄂倫春獵人，在這些鄂倫春獵人的眼中，徐建軍他們打獵，完全是浪費子彈。

有烤肉！有烈酒！有歌有舞！還有因為醉酒一臉痛不欲生表情的郝簡仁。要不是不遠處樹立的哨兵端著槍來回巡視，秦濤真以為自己是來參加一場春遊的。

忽然，秦濤發現一個問題，安營之後就再也沒看到陳可兒的人影？

「誰？出來，再不出來就開槍了！」值班哨兵許友亮的大嗓門讓秦濤的神經猛的繃緊了，一旁的一名鄂倫春獵人情急之下，操著半生不熟的漢語道：「這裡，石人溝，死人溝，埋骨溝，入夜了，不能大喊，不能大喊，白天這裡是活人的地盤，夜裡這是先靈輪回通往冥界的通路。」

石人溝？死人溝？埋骨溝？白天是屬於活人的，而夜晚是屬於鬼魂的？一陣夜風吹過，秦濤看了一眼徐友亮：「把保險關上，別走火傷到人。」

徐友亮一臉委屈：「連長，我真的看到東西了，一隻綠得滲人的眼睛，轉眼就消失了。」

秦濤拍了拍徐友亮的肩膀：「這裡是山區，動物多得很，什麼情況都可能出現，今晚所有崗哨一律設雙哨。」

有些不放心的秦濤巡視營地，發現陳可兒的帳篷裡似乎有人影閃動？秦濤靠了過去，輕聲呼喊：「陳副隊長？陳副隊長是妳嗎？」帳篷內的人影頓時停止了動作，一閃即逝。

有情況！秦濤拇指挑開手槍套的保險扣，緩緩的將五四式手槍抽出來，慢慢的拉動滑套將子彈上膛。

帳篷內彌漫著一股淡淡的香味，行軍床上零散的丟著衣服，一旁唯一能夠躲藏人的地方就是用帆布圍起的換衣間。秦濤將手槍機頭扳開，猛的一下撕下帆布，結果頓時目瞪口呆，眼前白花花一片。

陳可兒雙手環抱胸部，身上僅穿著粉色的內褲，秦濤呆若木雞地盯著陳可兒白皙的大腿。陳可兒羞愧氣憤之下，掄圓了胳膊給了秦濤一個耳光：「快滾！色狼！大色狼！流氓！」

陳可兒呼喊和叫罵聲吸引了幾名科考隊員和徐建軍等人，秦濤臉上帶著大紅印狼狽不堪的從陳可兒的帳篷內出來，徐建軍、沈瀚文、郝簡仁等人目瞪口呆的望著秦濤，秦濤推開眾人離去。

不知趣的郝簡仁嬉皮笑臉的跟在秦濤身後：「哥，行啊！實幹派的，真沒看出來，以後你就是我的偶像了。」

秦濤停住腳步瞪著郝簡仁：「滾蛋！」秦濤怒氣衝衝的離開，陳可兒一邊扣著扣子，一邊從帳篷裡走出看著秦濤的背影，如果目光能夠殺人，這會秦濤已經被碎屍萬段了。

指揮車的小會議室內，沈瀚文、秦濤、黃精忠、舒文彬、陳可兒、徐建軍、郝簡仁和兩名鄂倫春獵人將小會議室擠得滿滿的。

秦濤低著腦袋，流氓、色狼還不夠，還他〇的升級成了大色狼，老子一輩子的清譽算是毀了。

陳可兒怒不可遏的盯著秦濤，彷彿要把秦濤生吞活剝一般。

沈瀚文見有些尷尬，於是忙站出來打圓場道：「誤會，都是誤會，秦連長也不是有意的。」

陳可兒橫眉冷對：「誤會？闖入一個女孩子的私人空間範圍，是蓄意，不是什麼誤會。」

秦濤也忍無可忍：「我之前再三呼喚妳陳副隊長了吧？請不要忘記，除了你們的科考行動，這也是一次軍事行動，我要為你們的人身安全負責。」

陳可兒一撇嘴：「秦連長，你的負責方式很特別，怎麼樣？我的身材好看嗎？」到底是在國外受到一定開放思潮影響，陳可兒一句話把秦濤堵回了十萬八千里之外，無話可說的秦濤只能在心底默默的碎碎念，什麼女博士，什麼女專家，簡直就是個資本主義的女流氓，而且這個女流氓太無恥了。

沈瀚文咳嗽了一聲：「可兒，妳也少說幾句，不利於團結，我們還是研究下一步的工作吧。」沈瀚文將一幅發黃的地圖從皮筒中拿出來，對應鋪在了桌子上的五千比一的軍用戰術地圖前：「同志們，由於保密紀律的關係，之前我不能向大家透露更多的情況，引起了不必要的誤會猜疑，這裡我表示對不住各位同志，不是不相信大家，而是此事確實事關重大，我們對外的統一口徑是科考探索，經過這三位鄂倫春的獵人同意，科考期間他們會充當我們的嚮導，舒老作為當年最後一次跟隨日本關東軍進山的倖存者，將帶我們找到當年日本關東軍修建的祕密地下基地。」

秦濤看了一眼已經發黃的日本關東軍舊軍用地圖，頓時明白了科考隊為什麼不一次性下發行程計畫，原來他們掌握著具體標注方位的絕密地圖，難怪這麼信心十足，敢大海撈針。

舒文彬看過地圖微微搖了搖頭：「我只能盡力去回憶，這地圖我記得應該是野田大尉一直背在身上，當年根本不給我們看。」

沈瀚文起身：「伊格吉，請你介紹一下我們將要前往的龍門峰落星崖的具體情況。」

一身皮袍子，四十多歲，滿臉滄桑褶皺，頭髮亂蓬蓬的，背著一支五六式半自動步槍，面無表情：「你們說去就去得，我們的人去不得，這裡是埋骨溝，龍門峰沒得問題，落星崖有山神保護，硬闖出不來的。」

郝簡仁好奇詢問：「這裡為什麼叫死人溝？還叫埋骨溝、石人溝的？為什麼會有這麼多名字？」

伊格吉將半自動步槍摘下：「最早叫埋骨溝，分南北，我們走的是南路現在叫石人溝，以前叫死人溝，死人溝不吉祥，這裡有很多死人骨頭，有時候能看見兵器、鎧甲的殘片，老一輩人說這裡以前打過仗，具體的沒人清楚。」沈瀚文與陳可兒對視了一下，舒文彬也搖了搖頭表示沒聽說過白山範圍內有什麼古戰場。

沈瀚文推了推眼鏡：「嗯，如果伊格吉同志提供的情況屬實，確實是一個新發現，能夠填補這一地域的歷史空白。這樣，明天一早我們先在這裡做兩個探坑，看一下地質結構和年代層，做下記錄，為以後的發掘整理工作做準備。」

到底是搞科研考古的，一言不合就開挖！秦濤非常無奈，不過沈瀚文是隊長，具體行動由他負責，上級給配備的兩部電臺，一部是供沈瀚文與陳可兒專用的，另外一部在秦濤這裡，用途是緊急情況啟用的備用電臺，備用的含義秦濤十分清楚，那就是不到緊急關頭，不需要自己直接與上級直接取得聯繫，上級的一切命令和指示也都將通過沈瀚文和陳可兒傳達。

會議很短，散會後，陳可兒從秦濤面前經過，壓低聲音：「你來我帳篷一下。」秦濤頓時一愣，剛剛才出的誤會，還沒解釋明白，大晚上的再去人家女孩的帳篷，好嗎？

陳可兒顯然看出了秦濤的猶豫，於是威脅道：「你如果不來，一切後果由你承擔。」

能有什麼後果？以往天不怕，地不怕的秦濤這次還真的怕了，當兵這些年大部分時間鑽山溝，別說和姑娘拉手了，壓根就沒看見過什麼姑娘，與女人打交道是秦濤最煩惱的事，用他自己的話說，女人太麻煩了，打一輩子光棍都不膩。

在查完最後一個哨位之後，秦濤略微猶豫了一下，望著陳可兒帳篷亮著的煤氣燈，鼓起了莫大勇氣來到門口，沉默片刻，深深的呼了幾口氣：「陳副隊長在嗎？」

帳篷裡傳出陳可兒慵懶的聲音：「進來吧！」

秦濤進入帳篷，只見陳可兒身著一襲白色的長裙睡衣，曼妙的身材在煤氣燈的燈光下若隱若現。秦濤一臉尷尬，陳可兒則毫不在意，拿起一個四方瓶子給秦濤和自己分別倒了一些金黃色的液體，又從一旁的制冰機中取出冰塊丟入酒中。

一個黑影小心翼翼的從側翼貼近了陳可兒的帳篷……

秦濤似乎聽到了一點細微的動靜，側耳傾聽又轉瞬即逝，於是謹慎的聞了聞杯中的酒，他清楚這東西是洋酒，國家外匯非常緊張，洋酒、雪茄都是特供給一些歸國的高級科研人員，顯然年紀輕輕，但作為歸國華裔學歷高的陳可兒也在特供行列。用攜帶的柴油發電機保證制冰機的運轉，喝著用外匯換回的洋酒，秦濤心底感覺很不是滋味，太奢侈了。

陳可兒舉杯示意，喝了一小口，秦濤並沒有喝，反而舉起酒杯詢問道：「陳副隊長，請問這一瓶酒大概要多少錢？」

陳可兒也是微微一愣：「這是我朋友送我的一批一九四三年的六九牌黃金威士忌，不是有錢就能買到的。」陳可兒見秦濤一頭霧水的模樣，只好繼續解釋道：「大概幾千塊一瓶吧。」

秦濤手中的酒杯差點沒端住，望著杯中金黃色的液體，秦濤飛快的在計算自己每個月十九塊七毛錢的津貼加補助。猶豫再三，秦濤將手中的酒放在了一旁，陳可兒有些詫異：「怎麼不喝？」

秦濤從自己的挎包裡拽出一瓶二鍋頭，咬開蓋子喝了三分之一下去，吐了一口渾濁的酒氣，自嘲道：「買不起，萬一喝順口了怎麼辦？」

陳可兒無奈的搖了搖頭：「說你土包子還真不冤。」

秦濤微微一笑：「你們是國外牛奶加麵包長大的，前幾年我們還是一半粗糧一半細糧，吃個雞蛋過生日，過年才能吃口肉，國家要發展，部隊和軍人要忍耐。」

陳可兒微微一愣，看了眼剩了一半準備丟掉的牛排，微微有點臉紅：「要不要吃點什麼？」秦濤看了旁邊剩下一半多的牛排，直接用手抓了過來，幾下塞進嘴裡，邊咀嚼邊疑惑：「怎麼沒煮熟？」

陳可兒一臉無奈：「聽說你是高級幹部家庭？和我說說你們軍人家庭的事，我非常好奇。」

秦濤擺了下手：「什麼高級幹部，扯淡的，我爺爺、爸爸一輩子都把我是農民的兒子掛在嘴邊，他們兩個在妳眼裡更是土包子，沒什麼好談的。」

陳可兒望著秦濤：「你這個人實在太無趣了，今天你把我看了個遍，你也得告訴我你的一個祕密，我們才能扯平。」

「祕密？」秦濤從小到大連日記都沒有寫過，冥思苦想半天才緩緩道：「去年過年，後勤主任家的那頭豬是我帶人偷的。」

陳可兒頓時目瞪口呆：「這算哪門子祕密？」

秦濤也一臉無奈：「我們本來就不是生活在一個世界的人，從受過的教育到思考方式都不同，我今晚陪妳喝個痛快。」

陳可兒無奈的聳了下肩膀：「好吧！」

代表著西洋文化的黃金色威士忌與代表著國粹的白色二鍋頭碰撞在一起的一瞬間，噠、噠噠，噠噠、噠！衝鋒槍的三發短點射聲迴蕩在群山與夜空之中。

槍聲就是命令，秦濤拎著衝鋒槍一個健步從陳可兒的帳篷內衝出，直奔響槍的三號哨位。所有車輛全部被發動起來，車燈穿破黑暗，兩名戰士倒在血泊中，不遠處小溪旁一具黑漆漆的東西趴在那裡。

徐建軍迅速打了兩枚照明彈，四十毫米的六五式傘型照明彈隨即升空，在照明劑的燃燒下徐徐降落，將白熾的光芒射向大地，一片慘白中，隨隊的軍醫開始搶救兩名傷患，負傷的兩名戰士都是老兵，在遇襲的瞬間躲開了要害並且鳴槍示警，最後擊斃了凶徒。

軍醫趙明遠對秦濤點了點頭：「沒傷到要害，但是這裡醫療條件有限，建議立即後送治療。」

秦濤點了點頭：「老徐，你安排一台車，立即護送傷患轉運。」

傷患轉運包紮的過程，秦濤看到了兩名戰士那怵目驚心的傷口，胸口和腹部好像被什麼撕開一樣，其中一名戰士胸前的彈夾都被劃破？秦濤相信如果不是彈夾阻擋，恐怕這名戰士當場就被開膛破肚了。

徐建軍迅速跑步離開安排車輛，幾乎所有的人都被槍聲驚動，沈瀚文、陳可兒、郝簡仁、黃精忠，甚至連舒文彬都在舒楠楠的攙扶下來到事發地，地面上有兩灘尚未凝結的鮮血。

作為嚮導的三名鄂倫春族獵人似乎並不願意上前，站在不遠處竊竊私語，由於說得是鄂倫春語，語速又快，秦濤根本沒有可能聽懂。

望著小溪旁的那具屍體，秦濤就氣得發火，這歹徒到底喪心病狂、窮凶極惡到了什麼程度，竟然敢公然襲擊人民軍隊？

具有一定刑偵經驗的郝簡仁陪同在秦濤身旁，黃精忠和沈瀚文隨後跟了上來，陳可兒站在遠處不肯靠近。秦濤將匕首刺刀卡住，用刺刀觸碰了一下屍體，感覺十分的輕，難道是自己的一種錯覺？郝簡仁瞪了秦濤一眼：「非專業人員退後，不要破壞案發現場。」

郝簡仁帶上了橡膠手套，照了幾張照片後，檢查了附近搖了搖頭：「沒有發現兇器，傷者的傷勢要等具體法醫檢驗才能確定兇器類型、尺寸。」

郝簡仁轉過頭呼喚秦濤：「讓你的人在附近幫忙找找，看看是不是兇器遺失掉落了。」郝簡仁原本想招呼秦濤幫忙翻過屍體，沒想到他一個人就將屍體翻了過來，輕飄飄的，連同發臭的皮袍子也就三、四十斤的模樣？

黑漆漆，乾瘦乾瘦的一具屍體？老得幾乎掉光了牙齒，如果不仔細辨認，秦濤都不敢確定這東西到底是人還是動物？就是這麼個東西傷了自己兩個生龍活虎的戰士，說出去誰會信？反正秦濤自己都不信。

郝簡仁檢查了屍體上的三個彈孔點了點頭：「他就是兇手，你的兵確實向他射擊，並且將其擊斃。」

秦濤眉頭緊鎖，黃精忠站在一旁震撼不已，只有沈瀚文還顯得稍微的自然，鄂倫春獵人伊格吉靠近看了一眼：「這些傢伙是莫坎、莫坎。」

「莫坎是什麼？」面對秦濤的詢問，沈瀚文解釋道：「相當於我們理解的惡魔的意思。」

郝簡仁從屍體裡面已經破成碎塊的衣服中發現了一條幾乎要斷裂的帆布編織腰帶，還剩一半的錫鋁合金帶上頭找不到任何的印記，只有尾部一排奇怪的編碼792-60-219，郝簡仁對秦濤搖了搖頭：「暫時沒什麼線索了，保護好現場，天亮再做補充勘察吧。」秦濤點了點頭，郝簡仁帶著物證返回到指揮車的會議室，突如其來的襲擊註定了所有人今夜無眠，才剛剛進山，還沒抵達十六號場站，就在莫名其妙的襲擊中折損了兩名老兵？這對秦濤來說絕對不是什麼好兆頭。

郝簡仁反覆翻看這條殘缺的帆布腰帶：「不是我軍的，也不是國民黨軍的，更不是蘇聯的？看樣子應該是軍警制式的腰帶，你們大家有誰見過這種腰帶？」

舒文彬看了一眼腰帶，先是一愣，沉默片刻緩緩道：「是日軍的，日本關東軍憲兵腰帶。」

郝簡仁擺弄著腰帶：「小鬼子的腰帶不都是皮的嗎？還有帆布的？」

舒文彬推了下眼鏡：「戰爭後期，物資匱乏，日本人把東四省老百姓家做飯的鐵鍋都融化了收集金屬，就更別提牛皮這些戰略儲備物資了。」舒文彬拿起腰帶翻看了一下，當他看到那一排編碼的時候，臉上神情頓時一變，手一鬆，腰帶落向地面。

站在一旁的秦濤手疾眼快，一把抓起腰帶，秦濤意味深長的看了一眼舒文彬，意識到自己失態的舒文彬擺了下手：「年紀大了，不中用了，我累了先回去休息了，楠楠扶我回去休息。」

舒文彬在舒楠楠的攙扶下離開會議室，會議室內一片寂靜，似乎每個人都不願意多說一句話。最後，黃精忠站了出來：「沈教授，明天的科考活動是否如期進行？」

沈瀚文猶豫了一下點了點頭：「我和陳副隊長商議一下再做決定，今天太晚了，大家先休息吧，秦連長，對你戰士遇襲一事，我表示十分遺憾。」

秦濤雖然點了點頭，但內心也在嘀咕，我的戰士遇襲，你一個教授遺憾什麼？

忽然，秦濤打了一個顫，沈瀚文表示十分遺憾，那麼是不是可以理解成沈瀚文掌握著一些並未公開的情報？也就是說沈瀚文可能知道有襲擊發生的可能，而他並未提醒自己？

想到這裡，秦濤也有些不好意思了，這樣去猜疑一個倍受首長認可的學者教授是否恰當，而且，襲擊事件事發突然，眾多疑點讓事件顯得破碎迷離，一個乾屍一樣的襲擊者，腰中紮著幾十年前日本關東軍憲兵的制式腰帶？

毫無睡意的秦濤找到了同樣瞪著眼睛盯著腰帶的郝簡仁：「睡不著？聊會兒？」

郝簡仁看了秦濤一眼：「有酒嗎？花生米？沒有免談。」秦濤從隨身的挎包裡掏出了兩瓶二鍋頭，一包五香花生米，還有一罐鳳尾魚罐頭，這是秦濤全部的戰備乾糧。

郝簡仁有點吃驚的拿起鳳尾魚罐頭：「你這種吝嗇到了娶不著媳婦的傢伙今晚怎麼這麼大方？」

秦濤瞪了郝簡仁一眼：「吃不吃？不吃收起來了。」

郝簡仁急忙奪回罐頭：「別這樣啊！難得你個吝嗇鬼能大方一次，真沒見過你這樣的，人家華裔歸國的大美女請你喝酒，你小子竟然問多少錢？你能不能再土點？人家大美女半夜喊你過去就是為了喝酒？你個榆木腦袋啊！浪費機會，暴殄天物啊！」

悲天憫人的郝簡仁顯然沒有注意到秦濤已經到了暴走邊緣，秦濤笑咪咪的望著郝簡仁：「原來你小子還有聽帳篷根的習慣？」

秦濤的微笑在郝簡仁眼中可沒那麼善良了，郝簡仁急忙轉移話題：「濤子哥，你沒發現今晚姓舒的老頭有點奇怪嗎？」

秦濤成功的被郝簡仁進行了迂迴：「確實，第一次失態休克是見到了紅色的骨頭；第二次顯得激動是見到了這條腰帶背後的編號？看來這編號一定具有特殊含義，而且舒文彬一定知道這編號代表著什麼。」

郝簡仁點了點頭：「不過那具屍體也太過奇怪了，完全不像剛死的，彈孔附近連血跡都沒有？中彈的皮膚組織也沒有撕裂傷痕和浮腫？而且，還紮著一條幾十年前日本關東軍憲兵的腰帶？濤子哥，你說會不會那傢伙真是一個日本兵？」

秦濤擺了下手：「扯什麼淡？都幾十年了，鬼子兵的骨頭都爛成渣了，腰帶並不稀奇，當年鬼子撤退留下大批物資，現在東北民間使用當年日本人、國民黨、美國人，甚至我軍軍備的老百姓大有人在，所以一條腰帶說明不了什麼。」

郝簡仁與秦濤碰了一下瓶：「濤子哥，你說咱們去問問舒老頭，你猜他會不會說？」

秦濤微微一愣：「那要不要通知一下沈隊長和陳副隊長？」

郝簡仁翻了一下白眼：「大晚上的，你好意思再去折騰人家？萬一人多了舒老頭不願意說呢？再說了，我們是去找舒老頭喝酒，喝酒！」

營地的一個擺放油桶的角落裡，一陣夜風吹過，蒙在屍體上的帆布被吹開……

科考隊員王京生睡眼朦朧的從汽車後箱跳下，走向不遠處的油桶旁小解，帶著陣陣寒意的夜風讓王京生打了一個冷顫。

「誰？幹什麼的？」突如其來的手電筒光亮和呼喊聲嚇得正在小解的王京生尿了自己一褲子，一手抓住褲子，一手擋住手電筒光，哆哆嗦嗦道：「我是王京生，王京生，生物病毒組的王京生。」

郝簡仁一臉壞笑放下手電筒：「晚上別亂竄，快回去休息吧！」秦濤和郝簡仁還刻意用手電筒照了一下王京生被尿濕的褲子。

王京生盯著兩人的背影咬牙切齒道：「粗鄙，沒文化，下里巴人！」

忽然，一陣腥風刮過，王京生捂著脖子痛苦的倒向地面，驚恐萬分的王京生把手伸向了秦濤和郝簡仁遠去的背影，口中卻發不出一點聲音，王京生被拖入黑暗之中。

一陣微風刮過，秦濤似乎聞到了什麼味道，轉身用手電筒照了照王京生剛剛所在之地，發現空無一人？

郝簡仁打趣道：「這小子跑得挺快。」

秦濤拍了一下郝簡仁：「人家是科研人員，知識份子，以後要尊重一些，記住了嗎？」

郝簡仁急忙高舉雙手投降：「好的，濤子哥你怎麼說我怎麼辦，不過剛剛那小子膽子是小了點，能尿自己一褲子。」

秦濤無奈：「你小子就使壞吧，遲早娶個母夜叉修理你。」秦濤與郝簡仁走向舒文彬還亮著燈的帳篷，他們絲毫沒有意識到，在距離他們幾公里以外的一處山峰上，兩名身披迷彩偽裝吉利服的身影在用摩斯電碼敲打著呼麥，一台中型紅外夜視儀依然在工作，不斷發射紅外脈衝。

「舒老，我們來看您老了！」秦濤與郝簡仁不請自來，外加厚顏無恥的闖入帳篷內，引得舒楠楠一陣驚呼，兩人滿臉笑容的擺開簡單的酒菜。

舒文彬一臉無奈的笑了笑：「也好，好多年不喝，今晚喝一小杯。」

一身紅色花格長衣長褲睡衣的舒楠楠透露著一股清新的味道，與陳可兒的嬌媚動人完全是兩種類型。

舒楠楠瞪了秦濤和郝簡仁一眼：「你們兩個這就是老狼請客！」

秦濤一臉不解，郝簡仁則嘿嘿一笑：「一部動畫片，說的是兩個上進青年請一位德高望重的老者吃飯喝酒的事。」

舒文彬笑得咳嗽起來，舒楠楠一邊給舒文彬揉背，一邊撇了郝簡仁一眼：「四個字，厚顏無恥。」

郝簡仁毫不在意：「人民公安為人民，多少委屈，多少誤解，咱都得咽回肚子裡面不是？」

舒楠楠不滿的瞪了一眼郝簡仁：「油嘴滑舌。」

郝簡仁一臉震驚，驚呼聲：「天啊！妳怎麼知道我嘴很油，舌頭很滑？天啊！妳個大姑娘家家的，我們是革命同志，不要把關係搞庸俗了。」

「你！」舒楠楠順手將鏡子丟了過來，郝簡仁一把接住：「還送定情信物，這怎麼好意思？」

秦濤瞪了一眼郝簡仁：「再鬧就滾回去。」

郝簡仁頓時偃旗息鼓，垂頭喪氣的將鏡子還給了舒楠楠，舒楠楠負氣：「你碰過的東西本姑娘不要了。」

舒文彬看了一眼自己孫女和郝簡仁，簡直就是一對歡喜冤家，無奈的搖了搖頭喝了一口二鍋頭，吐出一口渾濁的酒氣：「你們來是想知道什麼，我清楚，原本也不是什麼祕密，你們想知道，我就告訴你們好了。」秦濤與郝簡仁對視了一眼，他們之前準備了幾個版本的理由和說法，準備說服舒文彬，結果可好，人家竹筒倒豆子，反而讓秦濤與郝簡仁有以小人之心，度君子之腹的嫌疑了。

舒文彬又喝了口酒：「我知道你們想問什麼，日本人在哈爾濱大平房的七三一部隊你們知道吧？」

秦濤點了點頭：「臭名昭著的七三一部隊屠殺我國無辜人民，殘忍的用於凍傷、細菌實驗、活體解剖，可謂是無惡不作，今天日本的醫療藥品技術如此發達，與他們當年取得了大量人體實驗的相關資料是離不開的。」

舒文彬聽了秦濤的話微微一愣：「沒想到秦連長還瞭解這段歷史，其實七三一部隊不過是日本諸多給水部隊中的一支而已，從東北到華北、華南、華東、江南各省，日本人有大約上千支給水部隊在祕密活動，而且每支給水部隊都擔負著祕密使命，也並非全部都是進行細菌研究。」

秦濤與郝簡仁頓時面面相覷，就連一旁的舒楠楠也湊了過來，顯然這些事情她也是第一次聽到。

舒文彬深深的呼了口氣：「中國人相信風水玄學，其實日本人也信，尤其日本軍政財閥的高層更堅信不已，從甲午戰爭時，日本的馬龍小組進入東北就在試圖尋找中國國家的命脈，也就是常說的龍脈，日本人相信斬斷龍脈就能讓中國四分五裂，便於實現他們的大陸政策，可以一口口的吞噬。」

秦濤有些迷惑：「所以日本人就成立了類似的部隊？搜尋龍脈？」

舒文彬點了點頭：「原本都是一切無稽之談，日本人卻十分認真，你們那條皮帶上的792-60-2193組編號，第一組編號792是代表天皇御賜代號，7在日本是上數，9代表至高，2代表順位第二位，而60則是關東軍憲兵司令部的代號編碼，219則是代表第二一九小隊。」

秦濤看了舒文彬一眼：「舒老，你的意思是日本人派遣過一支二一九的搜尋分隊進入過白山腹地？」

舒文彬點了點頭：「不僅僅是二一九分隊，還有日本研究生化的頂尖小隊一〇七分隊，研究病毒的四二六分隊等等，據我所知，差不多十幾支分隊都參加了長白山的行動，據說還徵調了上萬的民工，最讓人痛快的是，這些雙手沾滿中國人民鮮血的傢伙進了白山腹地之後，就再也沒能出來。」

郝簡仁有些疑惑：「如果是這麼大的行動，為什麼後來一點相關記載和傳聞都沒有呢？」

舒文彬歎了口氣：「日本人做事的嚴謹程度絲毫不亞於德國人，他們知道即將戰敗，就開始屠殺知情者，焚毀檔案記錄。日本人很聰明，他們從不成建制的抽調部隊，因為成建制的抽調部隊無論如何掩蓋，都會留下蛛絲馬跡可尋，所以日本人是從每個部隊精選幾名士兵、士官和軍官，組成一個編制上不存在的特殊步兵聯隊，民工也是如此，沒人會注意哪個部隊少了幾個士兵，哪個礦場少了幾個勞力這點小事。」

郝簡仁有些好奇：「小鬼子到底進白山找什麼？」

舒文彬搖了搖頭：「一九三四年的墜龍事件之後，日本人就將骸骨運走了，後來我有幸參加了對骸骨的分析研究，確實是一種未知生物，而且這種生物很像我們古代神話傳說中的龍，之前看見的那幾塊紅色的骨頭，就是當年的龍骨碎塊。」

郝簡仁撇了下嘴，自言自語：「龍骨？一九三四年墜龍？但凡小日本摻和進來准沒好事。」

舒楠楠則不以為然道：「你那是老觀點，現在中日友好平等條約都締結了，我們學校現在有一大批日本留學生呢。」

郝簡仁借著酒勁一臉不屑：「妳那漢奸大學還說什麼？漢奸培養基地！」

舒楠楠當即站了起來：「不許你侮辱我的母校，我的母校有近百年歷史。」

郝簡仁一聳肩膀：「我指名道姓了嗎？」

舒楠楠：「好賤人是吧？名字寓意深刻形象啊！」

郝簡仁：「你大爺的！說誰呢？」

秦濤把杯子裡的酒一飲而盡：「郝簡仁你少說幾句，舒老放心吧！不會再有下一次了！我們絕對不開第一槍，但絕不會讓人開第二槍。」秦濤非常清楚，除了那個無法證實的那木都魯氏，李老頭，恐怕舒文彬就是最後的知情者了，於是看了看錶：「時間太晚了，不要影響舒老休息，我們走。」

秦濤扯著還想與舒楠楠爭論一番的郝簡仁離開，有點喝多的郝簡仁伸出三根手指：「這個不知天高地厚的黃毛丫頭，我爺爺兄弟五個，四個倒在抗日的戰場上了，就剩我爺爺一個殘疾，友好他大爺，先還老子家四個大爺再說。」

秦濤無奈一笑：「我說你小子怎麼總是將大爺掛在嘴邊，感情你們家不缺。」秦濤送郝簡仁返回帳篷，自己又查了一遍哨，最後返回五號哨位裹著大衣美美的睡了一覺。

秦濤是被陽光曬醒的，一看手錶已經上午九點了？徐建軍坐在一旁的石頭上抽煙，秦濤揉了下眼睛，「昨天回去的那兩個兵怎麼樣了？」

徐建軍搖了搖頭：「一直在昏迷中，傷口有感染的跡象，醫生說沒生命危險。」

「傷口感染？」秦濤有點莫名其妙：「不是昨晚就送到醫院了嗎？這麼短的時間怎麼會感染？」

徐建軍掐滅煙頭：「我也不清楚，我合計著要不要向團裡和師裡報告一下？」秦濤微微一愣，看了一眼正在組織底層切面作業的沈瀚文和陳可兒：「還是讓沈隊長和陳副隊長決定吧！」

徐建軍有些不滿：「我說老秦，你怎麼能用老油條的態度對待我？我是你的副連長，咱們是革命同志，你可以敷衍糊弄郝簡仁，你不能用同樣手段對付我，誠實、誠實、誠實是革命軍人的基本素養。」

突然，一臉急切表情的郝簡仁在黃精忠的陪同下衝到秦濤面前：「濤子哥，昨晚那具屍體你後來放哪裡了？」

站在油桶旁用來裹屍的帆布旁，帆布上沾滿了黑漆漆、黏糊糊，散發著腥臭的東西。

屍體不見了？不翼而飛？被動物拖走了？四周都是崗哨，可能性不大。屍體大半夜自己起來潛逃了？秦濤被自己這個異想天開的想法嚇了一跳。

被擊斃的屍體不見了，幾乎全部的哨兵都沒有任何察覺？因為是雙哨緣故，加上昨晚發生了襲擊流血事件，大家都很緊張，所以根本不可能出現脫崗行為。

屍體去哪裡了？秦濤、郝簡仁、徐建軍、黃精忠四個人面面相覷，如果這個消息擴散開，就不止是人心惶惶那麼簡單了。

「這裡有血跡？」郝簡仁蹲在地上，用小木棍在油桶上沾了沾，放在鼻子下面聞了聞：「我敢確定這是血跡，而且時間不超過十個小時。」

秦濤皺了一下眉頭：「聞一下知道是血跡可以，還能聞出血跡的時間長短？你這是什麼鼻子？存心讓軍犬、警犬都失業是吧？」

郝簡仁一臉無奈：「濤子哥，這樣有意思嗎？昨天晚飯前我在這裡小解，當時這裡並沒有血跡，所以我估計最多也就是十個小時左右。」

一時間，秦濤心中可謂萬馬奔騰，這麼嚴重的事態郝簡仁竟然還有心打哈哈？

在秦濤凌厲的目光監督下，郝簡仁在附近幾乎把每棵草都檢查了一遍，一臉失望道：「山裡的露水太重，痕跡都被破壞了，這裡有發現，有兩行腳印。」

秦濤一腳將蹲在地上的郝簡仁踹倒：「那是昨晚咱們兩個留下的。」

郝簡仁不好意思的撓了下頭：「疏忽，疏忽！」

這時，沈瀚文和陳可兒走了過來：「秦連長，我們有一名科考隊員叫王京生的，早上起來到現在不見蹤影，麻煩你派人找一下。」

「王京生？」秦濤與郝簡仁對視一眼：「是不是生物病毒組的？」

沈瀚文頗為有些意外的點了點頭：「是的，就是他，秦連長你認識這個王京生？」

秦濤搖了下頭：「昨晚我和郝同志查哨，正好碰到這位王京生同志方便。」

郝簡仁迅速補了一句：「王京生同志尿了一褲子。」

陳可兒無奈的皺了皺眉頭：「秦連長，麻煩讓你的人提高點素質，就提高一點點。」

沈瀚文忽然發現，秦濤、郝簡仁、黃精忠、徐建軍四個軍方和公安的人聚集在一起，疑惑道：「你們四位在這裡是？」

沈瀚文打量了一下地面上的帆布，秦濤略微猶豫：「沈教授是這樣的，昨晚有野獸潛入營地，把被擊斃的歹徒屍體拖走了，我們幾個在這碰頭開個會，研究一下如何保證宿營安全，防範野獸襲擊。」

沈瀚文點了下頭：「那王京生的事情就麻煩秦連長了。」秦濤點了點頭，忽然，一個戴著啤酒瓶底眼鏡的女研究員氣喘吁吁的跑了過來：「沈教授，我們這邊有發現。」

眾人跟隨著沈瀚文和陳可兒來到一個深達三米多深的切面坑旁，幾名科考隊員正在緊張的忙碌著，一旁劃分好的區域對應擺放著殘破的鎧甲、兵器、頭骨、瓷器等等。沈瀚文與陳可兒則是一臉震撼，秦濤望著大概每隔三、四十公分，就會有一個明顯的斷層，每個斷層似乎都有大量殘破的文物碎片？

陳可兒似乎有些震驚道：「太不可思議了，年代距離如此久遠，底層卻相隔如此之近？這裡如果不是古墓葬群，那麼就是一個罕為人知的古戰場，而且這裡爆發了不止一場戰鬥。」

沈瀚文點了點頭：「秦劍？漢首環刀？明光鎧的殘片？陌刀？步人甲的殘片？蒙古彎刀的刀柄？三眼火銃？八旗驍騎營的頭盔？從出土的武器殘片和鎧甲殘片，可以斷定在這裡發生過戰鬥的軍隊都是當年最為精銳的軍隊，可是為什麼如此之多的精銳軍隊會葬身在這裡？」

沈瀚文準確的辨認出每一樣武器和鎧甲的殘片，讓所有人都佩服不已，秦濤卻感覺有點不太對勁，之前介紹陳可兒與沈瀚文是古生物、古人類基因進化學領域的專家，而現在進行的卻是考古作業，這兩個人對歷史與文物，尤其是武器幾乎是信手拈來？秦濤只能把自己的疑惑暫時藏在心裡。

對考古並不感興趣的秦濤親自帶人去搜索讓他頭疼不已的王京生，用郝簡仁的話說，這孫子該不會是因為哨兵遇襲被嚇慫了，半夜私自逃走了？

盡人事，秦濤在周邊的林子裡面足足轉了兩個小時一無所獲，唯一的收穫就是附近可能有鐵礦的存在，導致指南針方位出現偏移。

對於王京生失蹤一事，經過沈瀚文與陳可兒研究，統一口徑宣佈：「王京生同志因為不能吃苦，可恥的私自逃走了，具體的處分意見回去後再研究決定。」

在考古組即將完成作業準備複填的時候，突然發生了垮坑，多虧站在一旁的兩名戰士手急眼快，將坑底的一名女科考隊員扯了上來，否則這名女科考隊員斷無生還可能。

垮塌後的坑邊竟然露出一個石像的頭部，沒有五官，彷彿戴著一個頭盔，胸前刻有一組五個不規則的圓坑。鄂倫春的三名獵人以伊格吉為首立即跪倒在地，不停的祈禱！

經過沈瀚文的詢問，伊格吉告訴沈瀚文這石像也是石人溝的來歷，只不過總被山體滑坡掩埋，據說這石像自從鄂倫春的先民開始在此地域活動就有了，是漁獵豐登的保護神。

伊格吉的信仰對於秦濤來說沒什麼吸引力，石像的插曲過後，趁著下午天氣晴朗，行動組快速向林場十六號場站挺進，在那裡原計劃有兩名熟悉當地情況的森林公安加入。

郝簡仁坐在秦濤身旁：「濤子哥，十六號場站是個什麼地方？你去過沒有？」

對於林場的十六號場站秦濤還是有些瞭解的，前年的時候部隊需要一批木材，得到批准後秦濤帶隊前往十六號場站拉木頭，前段時間護送地質勘探隊進埋骨溝，又在十六號場站稍作了修整和停留。

秦濤微微一笑：「深山老林，除了毒蚊子、蠓、毒蜘蛛、蜈蚣也就沒有別的什麼了。」秦濤專挑郝簡仁討厭的東西說，說得郝簡仁一陣陣的反胃，想起中午吃飯喝湯，喝完之後在碗底發現的東西，郝簡仁差點吐秦濤一身，讓坐在對面的黃精忠大笑不已。

秦濤望著茫茫的林海正色道：「十六號場站地處偏僻，交通運輸大多靠春季冰雪融化的洪水將木材沖到下游，那裡有大概五十戶家屬，伐木工不到一百人，有個小市集，每逢初一十五，附近的山民有來交換東西的，在那裡錢的用處不大，大多是以物易物。」

黃精忠向秦濤伸出了大拇指：「到底是咱們軍的全訓菁英，你這記性簡直過目不忘啊！」

秦濤微微一笑：「當兵的，習慣了每到一地就會觀察地形地勢。」

與此同時，在指揮車內，陳可兒輕搖著威士忌，沈瀚文則站在顯微鏡下做切片分析，片刻，沈瀚文轉身歎了口氣：「這些武器、鎧甲、骨骼殘片上都沒有沾染的發現。」

陳可兒漫不經心的點了點頭：「那昨晚那具屍體呢？當時你比我看得清楚，為什麼不取樣？」

沈瀚文無奈的歎了口氣：「我們是有保密紀律的，有些事情能不告訴秦連長他們，就不要告訴他們知道。」

陳可兒一聳肩膀：「沈叔叔，秦連長他們是負責安全保衛的，你不告訴他們可能會遭遇的危險，就如同昨晚一樣，王京生真的是趁夜逃跑了嗎？我相信再出一次事情，秦濤第一個唯你是問。」

沈瀚文深深的呼了口氣：「保密紀律就是保密紀律，這個不容討價還價，我會選擇在適當的時候告訴秦連長的，不過在此之前，可兒，不，陳可兒同志，我希望妳能夠與我保持一致。」

陳可兒微微一笑：「放心吧，沈叔叔，誰讓你和我爸爸是生死之交呢。」

隨著道路的猛烈顛簸，指揮車內也猛的一震，陳可兒杯中的威士忌灑出了一半，陳可兒幾乎用肉眼不可見的速度將大部分酒接了回來。沈瀚文頓時目瞪口呆：「可兒，這可稱得上一技精絕天下驚。」

陳可兒淡然一笑：「沈叔叔你就不要捧我了，這不過是流體力學、等量判定、運動穩定學的結合，加之練習魔術的手速。」

同樣顛簸的卡車箱內，秦濤、郝簡仁、黃精忠三個人都一臉痛苦表情，抱著自己的屁股，急忙找背包放在屁股下。

郝簡仁丟給黃精忠一根香煙：「老黃，你說這小鬼子搞病毒、搞化學武器不稀奇，竟然鑽大山找什麼龍？我說小日本是不是缺祖宗啊？」

黃精忠嘿嘿一笑：「別草包了，人家日本人找的是中國的龍脈，始祖之龍，跟龍根本是兩回事，再說了一九三四年營口墜龍事件，誰能說是真的，誰又能說是假的？就憑那幾塊龍骨，鑒定的話又沒有對比可參照物，要我說，美其名曰，咱們這次就是陪著一大幫科研學者進行一次對未知的探索旅遊。」

秦濤一臉謹慎：「這次任務真的有點邪門，我們還是提高警惕，昨晚我們已經傷了兩名戰士，被擊斃的屍體不翼而飛，研究員王京生失蹤，這些事情哪件事放在平時都是要捅破天的，你看沈教授和陳可兒，輕描淡寫的給壓了下來，根據我的觀察，這些人都是有來路的人。」

郝簡仁將煙頭熄滅點了點頭：「濤子哥說得是，出發前沈瀚文說的是協助尋找關東軍祕密基地，而陳可兒則是要採集有關於龍骨的資訊，舒文彬講的是日本人尋找中國龍脈，三個人三種說法，我們要找的東西很可能就是當年日本人沒有找到的。」

秦濤：「我們身負保護這些專家學者人身安全的重任，說實話當保鏢確實不是我們這些軍人擅長的，我們擅長進攻而不是保衛防禦，進攻我們可以百折不撓，一次不行兩次，兩次不行三次，但是當保鏢，我們一次失職就會鑄成大錯。」

黃精忠若有所思的點了點頭：「這一點我同意，秦連長你有什麼好辦法嗎？」

秦濤苦笑：「我哪裡有什麼好辦法，現階段無非就是兵來將擋，水來土掩，我建議成立一個先遣偵查小組，攜帶電臺走在隊伍的前面，進行預警和周邊偵查。」

黃精忠點了點頭：「這個辦法好，我同意。」郝簡仁有些猶豫：「濤子哥，我們現在面臨兵力不足，如果再分出一個偵查小組，會不會導致兵力分散？」

秦濤想了一下道：「我們可以加強火力，每輛車上都有三百六十度，高低正負十度射界的機槍炮塔，我建議抵達十六號場站之後，立即將五四式十二點七毫米高射機槍和七五式十四點五毫米高射機槍都架上，增強火力，在宿營地域周邊埋設防步兵地雷。」

黃精忠微微一愣：「埋設防步兵地雷？萬一炸到周邊的群眾，問題就大了。」

秦濤環顧附近的荒山野嶺，一臉驚異：「我們在深山老林，恐怕連路都沒有，哪裡來的群眾？」

黃精忠點了點頭：「那好吧！一定把佈雷圖示明，今晚埋下的明早起出，一顆也不能少。」

車輛又是猛烈的一陣搖晃後剎車，黃精忠、秦濤、郝簡仁幾個人一下全部撞到了車擋板上，黃精忠用力拍了幾下：「怎麼開的車？」

前面司機委屈道：「黃參謀，到了，十六號場站。」

到十六號場站了？秦濤站起身張望，果然在裡邊樹立著「咱們伐木工人有力量」、「大幹、苦幹一百天」等紅漆標語，這些標語還保持著鮮紅的顏色，顯然是得到了通知，為了應付這個從上面下來的科考隊才刷上去不久。在秦濤眼中，這裡似乎比不久之前，上次來要破敗許多，秦濤還記得當時的老站長信誓旦旦的要翻新木屋，還要在路口建一座簡易小學，讓十六號場站的十幾個孩子都能上學。

「怎麼沒有人影？」郝簡仁好奇的摘下帽子，秦濤也四下張望那些排列在樹叢中的木屋，死一般的寂靜在悄然漫延。

◊

秦濤跳下車，刻意避開了地面上的泥坑，郝簡仁隨即跳下車，結果逕自跳進了泥坑裡，泥漿迸濺了秦濤一身，秦濤無奈的看了郝簡仁一眼，拎著衝鋒槍走進林場十六號場站，這裡是位於白山腹地最後一個場站，也是車隊的最後一個補給點，根據之前的安排，有一大批物資已經先行運抵十六號場站，並且有兩名熟悉附近環境地域的森林公安接應。

「不是說有兩名森林公安接應我們嗎？」郝簡仁依然是一副大大咧咧的模樣。秦濤卻越走越心驚，林場的十六號場站他來過，這個季節應該是林場的休林期，也就是所謂的封山育林季，這個時候，場站裡應該到處是歡聲笑語，空氣中充斥著酒精的味道，到處是醉漢。

來到林場廠部的小木樓前，秦濤停住了腳步，因為門框上有一片血跡，這片血跡顯然是不久之前留下的，才剛剛開始變色。

秦濤立即舉手示意部隊警戒，十幾名戰士迅速呈前後三角隊形，武器上膛開保險，開始圍著車隊向周邊警戒，郝簡仁也拔出了手槍，與秦濤交換了一下目光，秦濤將衝鋒槍背到背後，拔出手槍拉動滑套，將手電筒掏出打亮，扣在自己的胸前。郝簡仁一腳破門後閃身，秦濤槍口始終跟隨著手電筒的光柱移動，廠部裡黑漆漆的，地面上一層灰塵，好像許久沒有人住一般？

秦濤緩步登上二樓，示意郝簡仁搜查一樓，廠部外的徐建軍帶領兩名戰士在廠部門口準備接應秦濤和郝簡仁，在徐建軍的眼中，這十六號場站宛如一座鬼城一般，毫無任何有人生活的氣息。

秦濤登上二樓，猛然間，一個轉角忽然一個黑影閃現在面前，秦濤下意識的出腳踹飛了黑影，只聽見黑影發出呻吟聲：「哪個混蛋小子？想拆了我這把老骨頭？」

「是人？」秦濤順著手電筒一照，嚇了一大跳。

站在廠部門外，郝簡仁給六十二歲的老站長方佑德揉著腰，秦濤一臉尷尬和歉意的站在一旁：「你看這事鬧的，老站長，我可不是故意的。」

郝簡仁在一旁幫腔：「對，老站長，秦濤絕對不是故意的，他是刻意的，您看這一腳踹得多厲害，他是拿您當階級敵人（註8）鬥爭呢，您要不出聲，砰砰兩槍，您就向偉大的馬克思報到去了。」

方佑德擺了擺手：「小濤子是什麼樣的人，我心裡有數，你小子也別加油添醋了，老頭子我過的橋比你小子走得路還多，你嫩了點。」

一臉不服氣的郝簡仁一撇嘴：「過的橋比我走的路還多？南京長江大橋您得過多少遍啊？」

秦濤有些好奇：「老站長，場站的人都到哪裡了？」

方佑德挺了挺腰：「這不是放假了嘛！以前大夥手裡都沒多少錢，現在闊綽了，都進城去溜達了，有的回去省親，找媳婦的，現在就我老頭子一個人看攤子。」

秦濤點了點頭：「那您為什麼不開燈啊？差點誤會，把我也嚇了一跳。」

方佑德一指柴油發電機：「那東西不轉了，我也不會修，只能挺著唄。」

黃精忠看了一眼貼著俄文標籤的老式氣門柴油發電機：「老站長放心，這個修理機械可是我的強項，晚飯前保證讓十六號場站亮起來。」黃精忠帶人去修理柴油發電機，徐建軍則帶人開始給車輛加裝高射機槍增強火力，這些卡車在行動前都進行了加固和改裝，實際上幾乎等同於裝甲車。

陳可兒有些好奇：「明天我們就進山了，車輛進不去，還有改裝的必要嗎？」

徐建軍只能敷衍道：「有備無患嘛！」

秦濤對於十六號場站只剩下老站長方佑德一個人感到十分不解，這時，一班長魏解放來到面前小聲報告道：「連長，場站不遠的林子裡面有一條路，這條路我們的地圖上沒有標明，從樹木砍伐的痕跡來看，應該是這大半年開闢的新路。」

一條軍用地圖上沒有的新路？秦濤皺了下眉頭：「簡仁，你記不記得應該有兩名經驗豐富熟悉地域的森林公安在這裡等我們？還有應該存放在這裡給我們補給的物資呢？」

秦濤與郝簡仁再度找到方佑德，廠部已經被收拾得一塵不染，因為晚上整個科考隊的全部科考人員都要進駐廠部，這是沈瀚文與陳可兒商量的結果，同時更加方便秦濤部署安全保衛。黃精忠在指揮幾名戰士幫助伊格吉三名鄂倫春獵人給羊剝皮，據說晚上會有一個令人期待的篝火晚會？

秦濤不關心什麼篝火晚會，他關心的是原定計劃中那兩名早該過來與他們匯合的森林公安和那批早就應該運來的補給物資。

坐在陽臺上的方佑德顯得十分愜意，嚼著不知名的肉乾，喝著燒刀子，臉頰上一片紅暈。秦濤與郝簡仁對視了一下，郝簡仁開口詢問道：「老站長，我問一下，這幾天是不是有兩名森林公安局的同志來過？」

方佑德微微一愣：「沒看見啊？這裡就我老頭子一個人。」

秦濤皺了皺眉頭：「那麼這幾天有沒有部隊上的同志來過？運來了一批物資？」

方佑德繼續搖頭：「沒有，場站就我一個人，你們也看到了，連條狗都沒有。」

方佑德醉意十足道：「青春獻林業，我為祖國伐木忙！怎麼現在又突然不讓伐木了？我伐了一輩子木，我兒子、我孫子都是伐木工，他們除了伐木頭什麼都不會，讓他們以後怎麼生活？」

秦濤望著將要被夜色籠罩的山峰，突然想起了地質勘探隊的錢永玉，以及提及這支地質勘探隊時沈瀚文那種詫異的神情，秦濤能夠斷定，這支地質勘探隊與沈瀚文的科考隊都不簡單。

「老站長，前些日子進山的地質勘探隊還在嗎？」秦濤心不在焉的詢問了一句。

方佑德微微一愣：「什麼勘探隊？我不知道。」秦濤是親眼見到方佑德和錢永玉握手還互贈了香煙和燒酒的，怎麼沒過多久就不記得了？

秦濤提醒道：「就是大鬍子戴眼鏡，送你哈德門煙的老頭，你還送了人家四瓶自釀的燒鍋？」

哦！方佑德拍了一下腦門：「老錢啊！沒見他們的人撤下來。」說完，方佑德頭一歪鼾聲如雷。

秦濤無奈起身：「老站長，你醉了，好好休息吧！」秦濤與郝簡仁離開廠部，望著進進出出忙碌不已的科考隊員，秦濤有些疑惑，老站長跟自己前不久見到的時候完全是兩個人一樣？那股對人的熱情，對工作的熱忱和執著的精氣神都不見了。

魏解放從一旁快步跟上秦濤：「連長，我剛剛帶兩個人順著那條沒有標記的路前進了大概兩公里多，發現地面上有被人為掩蓋的輪胎痕跡。」

秦濤轉身望了一眼陽臺上似乎打瞌睡的老站長方佑德，一擺手：「走，我們去看看。」

黃精忠望著秦濤與郝簡仁帶著幾個戰士離開，撇了撇嘴：「差不多就好，何必那麼累。」

秦濤與郝簡仁踏著翻漿的泥濘地面來到了魏解放所說有人掩蓋車輛痕跡的路段，有路有人走，有車行再正常不過了，但是刻意去掩蓋車轍印就似乎有些不同尋常了，郝簡仁對這個情況十分在意，一路上不停的巡視四周。

秦濤檢查了積水中的車轍印和附近的環境：「這是十輪重卡，而且幾乎是滿載，在這裡陷入了地面，被拖拽出來的，林場有沒有這種車型？這條路究竟通往哪裡？」

顯然，沒有人能夠回答秦濤的問題，自從科考隊出發的短短幾天時間內，可謂狀況頻出，秦濤決定返回十六號場站進行詳細調查，雖然這是一個名義上的科考行動，擔負保障任務的卻是部隊。應該出現的兩名森林公安姑且不說，提前起運到十六號場站的物資怎麼可能不翼而飛？

秦濤決定開啟電臺，與後方進行聯繫，確認森林公安和遣送物資的情況。秦濤返回廠部之後將情況報告給了沈瀚文和陳可兒，沈瀚文同意秦濤使用電臺與後方基地進行聯繫。

呂長空收到秦濤的情況彙報後也是十分詫異，因為運送物資的兩台車並未攜帶電臺，無法與其取得聯繫，但運送物資的兩台車四名司機已經出發了多日，按行程計算早應該抵達十六號場站，至於森林公安方面，呂長空命人立即聯繫。

秦濤檢查了一下廠部的有線電話，電話中連忙音都沒有，顯然不是簡單的斷線，而是線路和中轉交換機遭到徹底的破壞導致。

老站長方佑德睡得正香，因為沒有任何證據證明方佑德有問題，所以沈瀚文否決了郝簡仁想找老站長談談的辦法。在沈瀚文看來，森林公安沒按時趕到等候可能有很多原因，畢竟森林公安自身人手非常緊張，抽調人員不能及時到位也是經常的事，至於運送物資的車輛，十輪的嘎斯車大多二十多年車齡，零件老化不堪，隨時熄火拋錨也是正常的。

沈瀚文輕描淡寫的解釋並不能說服帶著眾多疑問的秦濤和郝簡仁，加上郝簡仁本身就是一名幹過刑偵，又當過派出所所長的員警，對於老站長在談及森林公安與部隊的物資時略微有些飄忽不定的眼神，就足以讓郝簡仁有懷疑他的理由。

傍晚，篝火熊熊，沈瀚文在廠部二樓小會議室召開了一次會議，宣佈把十六號場站當做前進基地，探險隊沿著山谷溪流徒步前進。

秦濤皺了下眉頭：「沈教授，有一個情況你可能沒注意到，我們前進的方向現在有了一條路，一條軍用作戰地圖上沒有的路，我們的車輛完全可以通行。」

沈瀚文欣喜的點了點頭：「太好了，那明天由我和陳可兒帶領的先遣小隊就乘車出發，部隊方面，秦連長你確定一下留守人員的名單，科考隊這邊由陳副隊長定。」

走出會議室，徐建軍突然詢問道：「秦連長，與後方基地聯繫時，有沒有咱們受傷的兩個戰士情況？」

秦濤：「嗯，下次聯繫的時候，我問一下情況。」

徐建軍點了點頭：「不知怎麼的，我就有些不放心。」

德縣縣醫院的停屍房外，幾名醫生分別在死亡證明上簽字，其中一名醫生疑惑道：「來的時候沒什麼大問題，縫合、輸液，為什麼會短短十幾個小時就出現全身臟器衰竭？」

一旁一名微胖的醫生摘下口罩歎氣：「最麻煩的是部隊上的人，人來的時候沒問題，在我們這裡出了問題，有一千張嘴也說不清嘍。」

幾名醫生離去，值班的中年人關閉了停屍房的燈，在忽明忽暗的小燈閃爍間，一隻因為感染變成黑色，佈滿水泡的手微微動了一下。

停屍房內的燈全部熄滅了……

◊

篝火、烤羊提不起秦濤半點興趣和胃口，陳可兒則一副坦然的在喝著她那把秦濤賣十遍也買不起的威士忌。由於明天車輛可以繼續行進，所以沈瀚文也破例喝了點酒，顯得有些亢奮，一次充滿危機的探險科考現在已經變成了一場校友大聚會，來自天南地北的學子竟然都出自幾所大學，學弟學妹叫得異常親切。竟然還有一名滿臉雀斑的男生摟著秦濤的肩膀，詢問秦濤是哪個大學畢業的，結果被秦濤淩厲的眼神把酒都嚇醒了。而老站長方佑德則繼續推杯換盞，彷彿打算繼續醉生夢死，著實讓知道他年紀的人很是擔心。

篝火晚會一直沒露面的郝簡仁突然出現，神神祕祕的將秦濤拉走。陳可兒望著秦濤與郝簡仁離去的背影，略微猶豫了一下，在好奇心的驅使下跟了過去。

秦濤被郝簡仁帶到了廠部的大廳，關閉了房間內的燈後，郝簡仁掏出一瓶試劑道：「知道這是什麼嗎？」

出於對郝簡仁的信任，秦濤搖了搖頭：「別賣關子了。」

郝簡仁鄭重其事道：「這是聯苯胺，用於刑事案件檢查被擦去的血跡用途。」郝簡仁又掏出了一個手電筒：「這是紫外線燈泡的電筒，噴灑聯苯胺後，用紫外線照射能夠發現表面上被擦拭乾淨的血跡。」

果然，郝簡仁在噴灑聯苯胺後，在紫外線手電筒的光照下，大廳內出現了多處噴射狀的血跡。

陳可兒靜靜的站在窗外，望著大廳內秦濤與郝簡仁的一舉一動。

所有的棕褐色血跡一共有六處之多，大多呈噴射狀，秦濤站在大廳中央，眼前彷彿呈現出六名被害人遇襲倒地的情景？一切猶如慢鏡頭一般在秦濤的眼前閃現，片刻之後，秦濤從幻視中驚醒，用難以置信的神情盯著郝簡仁。

郝簡仁點了點頭：「如果不是我攜帶的刑偵設備與試劑，恐怕無法發現這個被隱藏的祕密，沒有人會在廠部的大廳裡宰殺牲畜的。」

秦濤深深的呼了口氣：「你懷疑是老站長方佑德？」

郝簡仁點了點頭：「我現在無法確定兇手，但是我可以肯定，方佑德即便不是行兇者，也是嫌疑人和知情人。」秦濤略微猶豫：「你準備怎麼辦？」

郝簡仁：「抓人啊！還怎麼辦？」

有點心慌的秦濤點了點頭，兩人剛剛離開廠部大廳，身後突然響起一個聲音：「你們就打算這麼過去直接抓人？」

秦濤和郝簡仁都被陳可兒突如其來的詢問嚇了一跳，秦濤壓著火氣詢問道：「陳副隊長妳在跟蹤我們？」

陳可兒一副無所謂的表情：「我開始只不過是好奇你們兩個鬼鬼祟祟的想幹什麼？這麼大的案子，你們把一位身體不算太好的老先生抓起來，他如果不承認呢？你們是不是打算用刑？如果老先生的身體在用刑期間出了意外怎麼辦？血跡最多算是間接證據，你們沒有辦法證明那些血跡屬於誰？更無法證明方佑德有殺人事實，最多證明他有嫌疑。」

秦濤與郝簡仁交換了一下目光，兩人對陳可兒所說的都有些震驚，郝簡仁好奇道：「沒看出來，陳副隊長也懂得刑偵？」

陳可兒一臉不屑：「這不需要懂什麼刑偵，縝密的邏輯思維，案件本身就是存在理性與非理性作案的區別。」

秦濤沉思片刻：「那陳副隊長，妳認為我們應該怎麼辦？」

陳可兒微微一笑：「送你們兩句成語，敲山震虎，打草驚蛇。」

篝火晚會正進行到高潮之際，郝簡仁端著酒碗跑到方佑德身旁敬酒，不知道郝簡仁說了些什麼，方佑德的臉色巨變，連酒碗中的酒灑落大半，甚至酒碗都掉落在地也渾然不覺。

秦濤開始暗中向方佑德與郝簡仁靠攏，陳可兒站在遠處注視著眼前發生的一切，而站在方佑德身旁的沈瀚文則絲毫沒有察覺，與一個敬酒的女研究員說笑。

方佑德的面部表情突然扭曲，瞬間從後腰抽出一支五四式手槍，慌亂的指著眾人：「別過來，我殺了你們！」秦濤並未掏出手槍，用手推開了郝簡仁：「老站長，冷靜、冷靜，把事情說清楚就行。」

方佑德一臉絕望神情，喃喃自語：「六條人命，說得清楚嗎？誰能說清楚？」

方佑德的眼中突然放出一絲兇狠的目光用槍指著秦濤：「你們一來，我就知道要壞事，老話說了，人在做，天在看啊！紙哪能保得住火啊！」方佑德開始瘋狂的嚎叫，突然將槍含在口中，砰的一聲槍響，方佑德的頭蓋骨帶著紅白相間的腦漿飛了出去，人如同麵條一般倒在地上。

秦濤與郝簡仁著實的鬆了口氣，秦濤轉身看了一眼幾乎站在五十米之外的陳可兒，拍了一下郝簡仁的肩膀：「看人家，站在安全距離之外了，哪像咱們兩個傻子。」

站在旁邊一動不敢動的沈瀚文被迸濺了一身的腦漿混合物，趴在地上不停的嘔吐，郝簡仁撿起方佑德用於自殺的五四式手槍，看了看編號：「看編號，應該是警用的，可以確定是失蹤的兩名森林公安的配槍，一個伐木站的站長為什麼要殺森林公安？而且明知道我們隨時會抵達的情況下？是什麼驅使方佑德冒這麼大的險？」

黃精忠和徐建軍一臉震驚的來到屍體旁，原本還是歡聲笑語的篝火晚會，轉瞬就成了人間煉獄，方佑德一臉猙獰的倒斃在地。有些酒意的黃精忠抹了一把臉：「秦連長，這是怎麼回事？」

秦濤也是一臉無奈：「一句話兩句話也解釋不清楚，一會我們開會讓郝簡仁同志通報情況，期間一些情況陳副隊長也知曉一些，我先派人全部搜查廠部和家屬區。」

秦濤幾句話把陳可兒也扯了進來，兩人迎面而過之際，陳可兒瞪了秦濤一眼：「好心沒好報。」秦濤也是萬般無奈，誰能想到郝簡仁猜測的凶案竟然是真的？嫌疑最大的方佑德當場吞槍自盡？

秦濤與郝簡仁、黃精忠立即查看了十六號場站近兩年來的伐木任務記錄，秦濤記得在大約三年前，意氣風發的老站長方佑德還對自己信誓旦旦稱每年至少要超額完成上一年的五分之一。檢查林場伐木記錄讓秦濤產生了疑惑，十六號場站連續兩年都差百分之七十完成標準任務配額，連續兩年被通報批評？完不成基本伐木指標，那麼上百人幾乎實現機械化伐木的伐木隊幹什麼去了？還有多達幾百人的家屬呢？

讓秦濤與郝簡仁迷惑不解的是，為什麼方佑德要喪心病狂的殺害森林公安？如果從受害者人數判斷，很可能還包括部隊運送物資的四名戰士，到底是什麼令方佑德這些人陷入瘋狂？

魏解放滿頭大汗出現在秦濤面前：「連長，徐副連長發現了一個地窖，你快來看看吧！」

秦濤與郝簡仁對視一眼，在東北地區地窖大多用於冬季儲存白菜、蘿蔔等過冬蔬菜，再尋常普通不過，但顯然發現的這個地窖裡的東西跟白菜蘿蔔沒什麼關係。

在方佑德一樓的房間裡屋，床和櫃子被移開了，一個黑漆漆的洞口豎立著一把梯子，地窖下面徐建軍似乎正在組織幾名戰士藉著煤氣燈的光亮在搬東西。

很快，幾箱東西從地窖中抬了出來，秦濤微微皺了下眉頭，淡黃色的箱子明顯是武器箱，這種老式的武器箱在之前收繳民間槍械的行動中收繳過一批類似的。打開箱子，劃破完整的油紙，秦濤將一支嶄新的步槍拿了出來，這時，沈瀚文與陳可兒也聞訊來到了地窖入口。

秦濤拉動槍機看了一眼槍膛內還殘留的黃油，看了看膛線：「全新的三八式步槍，林場場站怎麼會有這東西，而且還是成箱的？」

陸續幾個箱子打開，裡面有一些銀元、金幣和當年日本軍官的私人物品，一把一尺多長的銅制鑰匙引起了沈瀚文的注意，沈瀚文拿起鑰匙發現上面竟然有幾處絕緣區域：「這麼大一把鑰匙得開多大的門？」

陳可兒欣喜的望著箱子中日軍的私人物品和金、銀幣微笑道：「看來林場場站的老站長應該是發現了一個不屬於他們的祕密，為了保住這個祕密不外泄，他們選擇了殺人的同時，加快轉移關東軍祕密基地內的物資，所以林場場站空無一人。」秦濤也瞬間恍然大悟，如果真的和陳可兒猜測的一樣，那麼方佑德參與殺人和自殺就有了充分的理由。

秦濤將手中的步槍丟給魏解放：「林場後面那條地圖上不存在的路就是通往關東軍祕密基地入口的，看來他們發現了很多東西，以至於想運出來要修一條路，所有的壯勞力都去修路自然難以完成伐木生產配額。」郝簡仁點了點頭：「這樣邏輯上起碼說得通，我認為我們應該立即採取行動。」

秦濤看了一眼沈瀚文和陳可兒：「兩位隊長的意見呢？」

沈瀚文略微猶豫：「我們現在很難確定關東軍祕密基地內到底存放了什麼物資，我同意儘早行動。」

秦濤點頭同意：「那好，今晚我就帶先遣小組出發，明天一早大隊跟進，另外林場有一個民兵排，大概有一挺五六式班用輕機槍和二十支半自動步槍，我們要做好戰鬥準備。」

秦濤走到外屋喊了一聲：「老徐你出來一下，我找你有事。」秦濤與徐建軍走出廠部宿舍，秦濤有些擔憂道：「我感覺事情沒那麼簡單，你要有思想準備，這些專家學者各個都是寶貝，必要時刻可以先行使用武力。如果，我們先遣偵查分隊出了問題，你切記不要猶豫，也不要聽沈瀚文和陳可兒的指揮，強行撤退，必要時把他們捆上，嘴一堵解決問題。」

徐建軍點了下頭：「要不你來帶隊，我帶先遣偵查分隊出發，哪裡有讓副職壓陣，正職衝鋒陷陣的道理。」

秦濤拍了一下徐建軍的肩膀：「你兒子才滿月，按道理你都不應該參加這樣高危的任務。」

徐建軍望著秦濤的背影，無奈的搖了搖頭，轉身返回宿舍繼續指揮戰士清理地窖內的物品。

秦濤挑選了三排長焦大喜、一班長魏解放、小書生、王二牛、廖滿林和通訊員小耿在內的七人偵查分隊，檢查了彈藥後，每人攜帶三日份的乾糧和一個基數的備用彈藥，王二牛拎著一挺五七式的通用機槍就如同秦濤拎著衝鋒槍一樣，王二牛還背著一千六百發備彈，一邊吃著一塊肉乾，一邊笑呵呵的四處張望。

夜幕中，卡車疾馳在泥濘的道路上顛簸不已，說是疾馳實際上每小時三十公里的時速對於秦濤等人已經算是疾馳了。車燈照在路旁的林子中顯得黑漆漆的，彷彿燈光也被黑漆漆的林子吞噬一般。

魏解放將卡車後箱改裝的炮塔上高射機槍架了起來，秦濤叮囑魏解放：「每四顆子彈有一發曳光彈，每十發子彈有三枚穿甲燃燒彈。」魏解放點了點頭，神情有些緊張。

這條寬窄只能經過一台車的林中道路的長度有點超乎秦濤的想像，連續幾天沒有休息好的秦濤竟然在高度緊張中睡著了？

等秦濤一睜眼，已經日上三竿，車輛還在顛簸不平中緩慢前進，焦大喜見秦濤醒來，急忙湊了過來，「連長，昨晚我們大致走了五十多公里，最開始我們是由東南向西北方向，現在我們是向正西方向前進。」

秦濤揉了下眼睛，驅散睡意：「大家都抓緊時間休息一下，這條路可能隨時會到頭。」

畢竟天亮了，繃緊了一晚神經的四名戰士也相繼睡去，秦濤站在炮塔上掏出望遠鏡，由於林密谷深，什麼也沒看到，轉眼車輛穿出密林道路，眼前豁然開朗，一個隱於密林深處的山谷出現在眼前，流淌的小溪發出嘩嘩的響聲，林中不時傳出幾聲鳥鳴。

駕駛員小丁伸出頭四下張望：「秦連長，估計是往山谷裡面去了。」

秦濤一擺手：「一班長把機槍架起來，三排長帶其餘人跟我下車，左右兩側徒步掩護車輛行進。」

◊

十六號場站的廠部大廳裡堆滿了各種從方佑德宿舍地窖抬出的物品，除了武器還有一部分日軍的軍用物資和日軍官兵的個人物品，其中有很多當年被日軍掠奪的文物。

沈瀚文與陳可兒商議之後，用電臺向呂長空進行了報告，尤其是發生在十六號場站的方佑德畏罪自殺一事，但沈瀚文和陳可兒都不約而同的略過了兩名戰士遇襲受傷送醫的事情。

呂長空回電指示：要全力保護好物資，關東軍在白山內的祕密基地可能儲存有化學或者生物戰劑，要求科考隊迅速跟進，如遇抵抗，指示秦濤堅決給予消滅，另外呂長空還發來一封密電。

宣佈了呂長空的指示後，沈瀚文與陳可兒帶著電報後半截的密電來到廠部辦公室內，兩人根據之前呂長空提供的新華字典開始對照頁碼、行碼、經緯格開始翻譯密碼，完成電報密碼對應轉碼翻譯。電報的內容十分不客氣，準確的說呂長空用訓斥的口氣在提醒沈瀚文和陳可兒，不要忘記這次任務的真正核心，要求迅速查明感染源，取得感染源最初樣本，針對病原體進行疫苗抗體公關。

沈瀚文和陳可兒對視了一眼，沈瀚文與呂長空相識多年，他知道如果不是情況緊急呂長空斷然不會如此態度的，沈瀚文真實的身份是考古、古人類研究學家，而陳可兒真實的身份是遺傳基因、病毒研究學家。

龍骨、關東軍祕密基地，這一切的一切全部起源於十六號場站，半個月前，十六號場站一名婦女前往十號場站走親戚，不料突然急症，第二天一早就死亡了，出乎眾人意料的是，死亡僅僅只是個開始。第二天隨著探親婦女的死亡，十號場站大批職工家屬都出現了莫名的病症，死亡率幾乎達到百分之一百。

森林公安、林業、衛生防疫等部門迅速介入，讓人震驚的是有一部分明明已經宣佈死亡的人，卻意外的活了過來，帶有非常強的攻擊性，森林公安迅速給予了鎮壓，防疫部門調查的結論是傳染源——十六號場站。加上部隊基地發生盜竊，舊建築物內意外發現密室，驚現所謂龍骨，找到當年的生還者舒文彬，極為巧合的是，根據當年關東軍的絕密地圖，所謂的龍骨藏匿的祕密基地竟然就在十六號場站方圓一百公里以內。

沈瀚文當時提出有沒有可能是關東軍祕密基地內儲存的生物或者化學戰劑洩漏導致的事故發生？某些化學戰劑確實可以讓人進入一種腦死亡狀態，本體不受大腦驅使，恢復原始本性的作用，不過這些並不是沈瀚文的強項，於是沈瀚文通過自己的關係將摯友的女兒陳可兒，遺傳基因、病毒研究學專家招回國幫忙。

十六號場站被沈瀚文確定為前進基地，呂長空在電報中提到會再派遣兩個排的戰士攜帶六三式裝甲車進駐十六號場站，並且建立不少於兩個前進補給基地，隨即大批生化專家也將抵達前進基地。

車隊在徐建軍的指揮下緩緩出發，黃精忠留守負責前進基地的安全，實際上黃精忠能夠指揮的兵力包括他只有三個人，要等到呂長空派來的增援部隊抵達，黃精忠這個前進基地主任才能名副其實。

沈瀚文等車的時候特意詢問了一下報務員：「秦連長的先遣分隊有消息嗎？能不能聯繫到他們詢問一下情況？」

報務員搖了搖頭：「秦連長他們一直是無線電靜默，只能等他們開機。」

站在一旁的徐建軍也是眉頭緊鎖，他還記得秦濤在出發之前的交待，如果一旦先遣偵查分隊遇襲出現意外，那麼他將強行執行撤退命令，而作為科考隊實際的負責人沈瀚文能聽自己的嗎？把沈瀚文綁起來？這種捅破天的事情恐怕也只有秦濤敢想敢做，一旦出了問題，自己該怎麼辦？

車隊緩緩出發，徐建軍向站在場站門口的黃精忠敬了一個標準的軍禮，黃精忠先是微微一愣，隨即馬上也還了一個軍禮，目送車隊消失在密林之中許久，黃精忠才把手放下，十五名科考隊員，兩名戰士，安全是黃精忠面臨的最大難題。於是，黃精忠將全部的人都集中到廠部小木樓，活動範圍越小就越安全。

沈瀚文在疑惑秦濤已經出發了接近十二個小時，為什麼不通過電臺進行聯絡？

徐建軍就守在報務員的身旁，一根接著一根抽著煙。

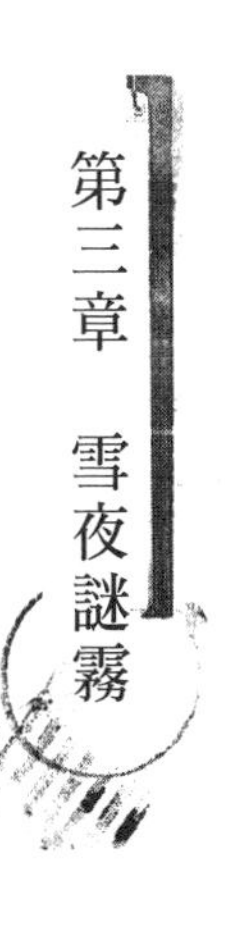

第三章　雪夜謎霧

峽谷中，小書生不耐煩的解開了風紀扣，用帽子擦了一把額頭的汗水：「這倒楣的破東西，還不如矽兩瓦電臺好用呢。」

秦濤站在一旁也是一臉的無奈：「之前不是測試過嗎？」

小耿擦了一把額頭的汗水：「這傢伙是139A型/A1型電晶體短波收信機，比我爹年紀都大，如果配二點四米鞭型天線，可以保證通信距離十到二十公里，我們在山區，信號自然受到影響，我建議配高度十五米的斜天線，大致可以保證通信距離一百公里，當然了，要是能配四十米以上的雙極天線就更好了，最大的問題是這種機型沒有配保密手柄，不能進行加密資料和話音通信。」

秦濤環顧四周的山崖：「先不要調試了，就算我們能夠架起四十米的天線，能有山崖高嗎？等出了山谷，找個高地再試試。」

走了一段，山谷中竟然發現了汽車的輪胎印，秦濤檢查後發現輪胎與自己使用的十輪重卡輪胎印吻合，很有可能就是運送物資失蹤的那兩台軍車。

「全體子彈上膛，關閉保險！呈前三角隊形搜索前進。」秦濤下達命令後，拉動機柄，嘩啦一聲推彈上膛。王二牛提著六七式輕重兩用機槍走在最前面，秦濤在左翼指揮。小分隊快速衝出谷口，走出山谷眼前的一切豁然開朗，兩排簡易的小木屋搭建在小溪兩側，不遠處停著兩輛十輪重卡和一輛警用吉普車。

秦濤用手語指示五人分成兩組開始搜索小木屋，秦濤已經意識到了，十六號場站那些放假、探親的人實際上都集中在這裡，從佈滿青苔帶著腐朽味道的木屋判斷，至少已經搭建一年多了。所有的木屋全部空無一人，架在小溪邊灶臺上的鐵鍋鏽跡斑斑，開山伐木用的工具被丟棄得到處都是，小木屋裡大多充斥著大量的個人衣物和用品，甚至還有銀元、銀錠和金條，顯然這個營地不是被遺棄的。

「連長，有情況！」聽到魏解放的呼喊聲，秦濤的神經猛的一緊。秦濤現在最怕聽到的就是「有情況」這三個字。

兩座緊挨一起的小木屋內看起來近期有人居住過的模樣，石頭壘砌的灶台內還有木炭的餘火，鋁鍋還有餘溫，鍋裡面煮得是壓縮乾糧和午餐肉罐頭？

罐頭和壓縮餅乾都是軍用的，很顯然，丟失的兩車補給物資一定落到了這些匪徒的手裡了，押車運輸的四名戰士看來也是凶多吉少，秦濤潛意識裡將這夥人全部劃為武裝匪徒，殺害森林公安、劫殺軍車。

秦濤用勺子在鍋裡攪動了幾下。午餐肉和壓縮餅乾這兩樣東西分開吃都還可以，不過要是煮在一起，恐怕就是豬食了，秦濤十分佩服這個廚師的勇氣與才華，成功的毀了兩樣好吃的東西。

秦濤微微皺了下眉頭：「小書生，你跟小耿上山啟動電臺進行聯繫，其餘人跟我在附近設伏，爭取抓個活的，搞清楚情況，如遇抵抗，當場擊斃，格殺勿論。」

焦大喜知道連長發狠了，命令幾名戰士各自檢查武器，子彈上膛後關閉保險。

秦濤帶著王二牛、廖滿林幾個人埋伏在小溪旁的草叢內，這個營地異常詭異的情況讓秦濤十分緊張，望了一眼正在攀爬山坡的焦大喜、小耿和小書生，秦濤看了一眼手錶，還有三個小時太陽就要下山了，而現在唯一能夠做的就只有守株待兔了，這樣被動的情況讓秦濤很不適應。

車隊沿著顛簸的密林小路抵達了山谷，伊格吉等三個獵人下車辨認了之前秦濤車輛通過的痕跡，確認了前進方向後，伊格吉帶著兩個夥伴走在前面給車隊開路，隨行的戰士全部下車徒步警戒。舒文彬望著高聳的山谷眉頭緊鎖，似乎想起了什麼不愉快的回憶，一旁舒楠楠則驚歎山谷的奇險秀美。

秦濤沒等到幾間小木屋的主人，卻等到了車隊。車隊抵達，營地內人頭攢動，再埋伏下去也失去了意義。秦濤將廢棄營地的情況給沈瀚文和陳可兒做了簡單的介紹，將收繳的大洋、金條和一部分日本關東軍的軍用物資全部清理集中，登記造冊。

沈瀚文掂量著手中一塊大概一公斤印有菊紋標誌，昭和年號似乎被刻意抹去的金條：「看來他們是真的挖到寶藏了，日本軍國主義分子侵華戰爭期間掠奪了大量的白銀和黃金，這些白銀和黃金只有很少一部分運回本土，其餘的大部分都被日軍祕密儲備了起來，這很可能就是當年藏金的其中一個祕密基地。」

陳可兒有些奇怪：「日本人為什麼不提前將掠奪的黃金和白銀運回去？而要選擇就地隱藏的方式？」歷史和軍事方面陳可兒確實是弱項，畢竟術業有專攻。

一旁的郝簡仁急忙抓住時機賣弄道：「日本是島國，二戰期間日本制定了大陸政策，如果不是美國投放原子彈和蘇聯出兵東北結束戰爭，日本打算利用本土節節抵抗拖延時間，最後放棄本土，以東北、華北作為主要戰場繼續抵抗。」

沈瀚文點了點頭：「簡仁同志說得沒錯，所以民間才會有關東軍藏金的傳說。」沈瀚文轉身詢問秦濤道：「秦連長，一路上為什麼不與我們進行聯絡？後方的同志都十分擔心先遣偵查分隊的安危。」

秦濤無奈指了指山頂方向，已經看不見人影的小耿和小書生：「電臺通訊的問題，在山裡鞭行天線基本沒有用，除非是架起四十米高的雙極天線。」

沈瀚文點了下頭繼續詢問：「營地廢棄了，但是這些金銀物品大多還在，會不會是林場的人在關東軍的祕密基地內出了意外？找沒找到祕密基地的入口？」

秦濤搖了下頭：「我們發現了幾個木屋還有人生活的痕跡，其中一個做飯的鋁鍋還有餘溫，原本想打個埋伏抓活的，現在車隊主力抵達，估計那幫人不敢回來了，我建議今夜加強防範以防那夥人狗急跳牆，明天一早開始搜索附近，尋找關東軍祕密基地。」

沈瀚文與陳可兒都同意秦濤的建議，在小溪旁的一塊高地上，車隊開始安營紮寨，望著廢棄的營地，秦濤把徐建軍拽到了一旁：「我離隊這段時間，沈教授和陳可兒有沒有什麼異動？對了，怎麼沒看見老黃？」

徐建軍一臉不解：「什麼叫異動？老黃留在十六號場站了，那裡作為前進基地，呂首長那邊增派兩個排的兵力給我們和前進基地。」

秦濤點頭：「這就對了，呂首長那邊不會無緣無故給我們增派部隊的，其一我們並沒有請求，其二我猜測可能是任務的性質變了，需要增派兵力，其三就是沈教授和陳可兒有事情瞞著我們。」

徐建軍摸了秦濤腦門一下：「沒發燒啊？別胡言亂語，讓人聽見了影響多不好，破壞團結。」

秦濤瞪了徐建軍一眼：「我們負責保護這些專家學者的人身安全，我也是為了這個行動集體著想，現在不是我懷疑那個通知，而是他們首先要信任我們。」秦濤氣沖沖的離開了，徐建軍一轉身沈瀚文正好站在卡車的拐角，兩人都是一臉尷尬，相互打了一個招呼離開。

沈瀚文走了幾步停止了腳步，想喊住徐建軍解釋一下，剛剛秦濤與徐建軍的爭論沈瀚文恰好都聽到了，對此沈瀚文也十分無奈，秦濤的擔憂實際上也是沈瀚文的擔憂，七年前有一支地質礦產勘探隊一行二十餘人在附近失蹤，後來出動了近千人尋找，連一點痕跡都沒發現，二十多人連同大批設備如同人間蒸發了一樣。要不要把自己掌握的情況全部向秦濤全盤托出？

沈瀚文有些猶豫，減少知情者是科考隊出發時上級的叮囑，沈瀚文無奈的搖了搖頭轉身離去，沈瀚文並沒意識到，他很快就會為自己的這次選擇付出沉痛代價。

營地的篝火、人影、柴油發電機、汽車引擎在Ｋ２７０紅外熱成像觀察儀中顯示得一清二楚，一個留著絡腮鬍子，東亞混血模樣的中年男子移動了紅外熱感探頭，搜索附近的山林一無所獲。

一旁抱著一支ＡＫＭ突擊步槍，臉上一道扭曲刀疤的中年男人拉了一下帽子，嘟囔道：「這些傢伙真的是軍人？聚集在小高地上，開著燈等於為狙擊手指示目標，只需要幾枚迫擊炮彈就能讓他們垮掉，他們缺乏最基本的戰術素養，我先睡一會，睡醒了換你班。」

絡腮鬍子的中年男子看了一眼夜空中的啟明星：「你休息吧，有我在。」

刀疤臉懷抱突擊步槍不滿道：「鼴鼠，趕快幹完這單生意，中國以後再也不來了，走到哪裡都要提心吊膽，抓個姓舒的老頭，結果先是一夥員警，後面就是軍隊，咱們老大又突然畏手畏腳還不讓下死手？一進中國咱們老大就好像換了一個人似的？」

綽號鼴鼠的絡腮鬍子若有所思道：「這裡是中國，老大就是曾經從這裡出去的，他最瞭解這個神祕的東方國家，如果我們真的殺了員警，那恐怕我們連進林子都是一種奢望，老大反覆交待過，一定不要小瞧中國軍人，他們的戰術素養和武器裝備也許差一些，但他們是用信仰和意志武裝起來的軍人，全世界獨此一家，你殺了他們一個人，他們蜂擁而至，會不惜再犧牲十幾個人，直到把你撕成碎片。」

刀疤臉的睡意頓時全無：「我們這次來到底為了什麼？」

鼴鼠嘿嘿一笑：「為了足夠我們每人下兩次地獄的十萬美金，我們是傭兵，我們替錢賣命，清楚這些就足夠了，羅傑你記住，有的時候知道的多了不是什麼好事。」

鼴鼠抬頭看了一眼北斗座的天樞星，刀疤臉羅傑嘴唇動了動，欲言又止。

秦濤坐在汽車的駕駛室棚頂，舒文彬站在自己帳篷門口望著秦濤，似乎猶豫了片刻，緩步走到秦濤面前，舒文彬順著秦濤仰望的方向看去：「北斗七星，天樞、天璿、天璣、天權、玉衡、開陽和瑤光，上觀天地，下策命格，古法與今法有別，不知秦連長看得是哪一顆？」

在汽車後箱板的陰影中，陳可兒拎著一瓶六九黃金威士忌駐足，面帶微笑聽著舒文彬與秦濤交談，陳可兒是因為過於無聊，又找不到能夠交談的傢伙，年輕的科考隊員們雖然看陳可兒的目光都十分熱切，但抽煙喝酒的陳可兒顯然不是他們擇偶的合格對象，因為這年頭流行一句話，不以結婚為目的的戀愛就是耍流氓。

秦濤根本分不出北斗七星所謂的貪狼、破軍，什麼天樞，一臉木然的看著舒文彬，在秦濤看來舒文彬算是不會聊天裡面的佼佼者了。

舒文彬顯然沒有意識到在秦濤眼中自己屬於不會聊天的，依然興趣盎然的給秦濤繼續介紹：「實際上，破軍、武曲、廉貞、文曲、祿存、巨門、貪狼這七顆星並沒有那麼簡單，當年我跟著日本人進山，就是破軍沖宮的星兆，不破不立！那個時候日本人知道快要戰敗了，所以急得很。」

秦濤先是微微一愣：「舒老跟日本人進過山？」

舒文彬點了點頭彷彿陷入了一段塵封已久的回憶之中。舒文彬似乎在自言自語講給自己聽一樣，秦濤望著舒文彬的那滿是褶皺的臉，一瞬間，舒文彬變得年輕起來。

一九四五年四月十三日，山谷內二十歲剛出頭的舒文彬仰望山崖，在速記本上迅速畫出了一旁的地形地勢的特點。一旁一隊背著物資的日軍士兵正在徒步開進，一名滿臉橫肉的日軍大佐止步在了舒文彬面前，拿過舒文彬的素描翻看了一下，讚賞道：「舒，你的很好，活地圖，不過這次是軍事行動，你的這些畫我必須沒收。」

舒文彬無可奈何的將畫交給了日軍大佐：「野原君，給你添麻煩了。」

野原一郎跟著一隊日軍士兵走進了山谷的深處，正如同野原一郎帶領的日軍部隊消失一樣。

年邁的舒文彬望著山谷的另外一端：「過了生死崖，到了龍門峰就是另外一個世界了。」

「另外一個世界？」秦濤顯然無法理解舒文彬所說的另外一個世界的真正含義，夜幕下遙望了一眼舒文彬手指的方向，秦濤有一種預感，那很可能就是明天考察隊要前進的方向。

小耿與小書生兩個人疲憊不堪的返回，幾十里山路爬到了山頂，結果卻發現是電臺其中一個電容短路，別說爬到山頂了，就是上天也沒有用。

傍晚，秦濤部署警戒部隊之後，參加了沈瀚文召開的會議，沈瀚文建議清理這個區域的小木屋，利用這些木頭建立一個簡易的補給基地，也便於秦濤的安全保衛工作。

沈瀚文的建議得到了秦濤的認可，於是秦濤和徐建軍帶著人在科研人員的幫忙下連夜用拆下小木屋的木料搭起了一圈圍欄，將車輛和設備簡單的保護起來，隨便秦濤還投桃報李給沈瀚文蓋了一個簡易指揮部。

秦濤發現如果地圖是正確的，自己一行人沒有偏離路線的話，他們所在的位置應該在南北埋骨溝的中心軸線上，沿著十六號場站發現的未知密徑等於繞過了前往埋骨溝的鷹嘴崖，錢永玉地質勘探隊就距離自己不足五公里山路。對於秦濤提出去地質勘探隊營地看看的建議，沈瀚文幾乎沒有考慮就直接給予否決，之前對地質勘探隊非常感興趣的沈瀚文為何連去查看一下都不願意？到底是什麼原因促使沈瀚文的態度發生了一百八十度大逆轉？

秦濤突然想起了風雨夜那晚，閃電如銀蛇狂舞，照亮那被炸得千瘡百孔，好像骷髏頭的山峰。

清晨，毫無睡意的秦濤親自帶隊對附近的山頭和林子開始搜索，果然，很快在密林中沿著溪水發現了一條鋪著少量碎石子的道路，在密林之中竟然還有被遺棄的卡車殘骸？

爛到剩一個車底盤的卡車根本看不出是什麼型號，在距離卡車不遠的地方，一門日式的九二步兵炮翻在地上，還有大量生鏽腐爛的武器和衣物，似乎是被清理出來遺棄掉的。腐爛的軍裝裡似乎還有一些枯骨？

秦濤對日軍的武器裝備不算特別瞭解，一旁的小書生則是這方面的小專家，小書生翻動了一下皺了皺眉頭：「連長，這裡面好像不都是關東軍的軍服，好像還有二戰期間蘇聯遠東方面軍的軍服。」

小書生翻出了一枚鏽跡斑斑幾乎看不出模樣的勳章：「這是蘇聯的步兵英勇獎章，奇怪了，這裡是關東軍的祕密基地，怎麼會有蘇聯人？如果當年蘇聯人發現了這個祕密基地，恐怕早就讓蘇聯人搬空了。」

「連長，這裡有門！」魏解放的呼喊打斷了小書生的猜想。

果然，在山體堅硬裸露的岩石中有一扇三米高對開的由銅包鑲的石門，如果不是繞過前面幾塊崩坍的大石塊，還真難以發現這個十分隱祕的入口，大門是用法蘭手盤開啟的，秦濤摸了一下被磨得發亮的銅制法蘭手盤，顯然這法蘭手盤近期經常有人觸碰，手盤上鑄有昭和字樣，後面的紀年似乎被什麼人刻意抹去了，秦濤嘗試用力擰動了一下，結果卻紋絲不動。秦濤環顧附近，發現了一個射孔做了封閉的暗堡，暗堡整體嵌在山體內，如果不是巨石崩塌，這些暗堡構成的交差火力射界會讓入口門前成為一片死亡之地。

這麼容易就發現了入口？似乎太過容易了，隨後趕到的徐建軍也感到似乎有些不可思議，原本尋思在山裡轉上個把月也未必能夠找到的關東軍祕密基地入口，沒想到一下就找到了？

秦濤與徐建軍交換了一下目光：「十六號場站的一些匪徒可能就藏在祕密基地裡面，大門極有可能被他們鎖死了，而且他們還有可能挾持了老幼婦孺作為人質，我的建議是速戰速決，炸開大門，武裝清剿，然後就是沈教授心底有一千個不願意，他拿秦濤與自己也沒什麼辦法，如果按部就班，可能猴年馬月也進不去，剩下的事情就是沈瀚文教授和陳可兒副隊長的了。」

徐建軍點了點頭：「我同意，夜長夢多。」徐建軍清楚秦濤的意思，那就是先斬後奏，生米煮成熟飯，安全保衛和軍事行動聽秦濤的，這個出發前首長已經明晰了。

而且，秦濤現在憋著一肚子火要給可能犧牲的四名戰士和兩名森林公安報仇，請示反而沒有必要。

轟！一聲巨響，正在營地內整理設備和資料的沈瀚文與陳可兒對視了一眼。

陳可兒有些擔憂道：「如果秦連長發現了一些情況，他會不會不與我們商議而直接行動？」

沈瀚文點了點頭：「很有這種可能，走我們去看看，秦連長還不知道他將要面對的是什麼。」沈瀚文與陳可兒穿過密林，又傳來一次更為猛烈的爆炸，大地搖晃，石頭肆意飛濺從空中落下，沈瀚文與陳可兒急忙躲在樹旁，一塊拳頭大的石頭擊中了兩人藏身的樹幹，大樹彷彿發出了一聲痛苦的呻吟，陳可兒一聲驚呼。

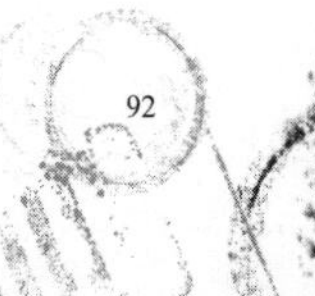

氣沖沖趕到基地入口的沈瀚文原本想責備訓斥秦濤和徐建軍無組織、無紀律的表現，結果發現兩人表情呆滯的站在煙塵尚未散盡的入口大門前。

除了幾塊碎石和裸露出的一點鋼筋頭，大門幾乎完整無損，秦濤看了一眼徐建軍：「還有火藥嗎？」

徐建軍搖了搖頭：「五十公斤，第一次十公斤，第二次四十公斤，全部消耗掉了，連長你看看這個鋼筋混凝土預製組件，這門最少一米厚，用人力肯定是打不開的。」

秦濤見到沈瀚文和陳可兒一臉興師問罪的模樣，一臉無辜道：「兩位專家，我們攜帶的炸藥全部耗盡了，只能派人回去取了，除此之外沒有任何辦法。」

沈瀚文檢查了一下大門，也是眉頭緊鎖，聽到爆炸聲趕來的郝簡仁和舒文彬先後抵達，舒文彬摸了摸大門：「這是防爆門，當年日本人為了抵擋美蘇大威力航彈修建的，而且這是車輛入口，開啟這道門需要恢復電力用機械絞盤才行，我們要找的是供日軍巡邏隊出入的暗門或者通風口。」

秦濤對自己剛剛的冒失感到有些後悔，白白浪費了五十公斤炸藥，於是詢問道：「舒老，這個基地到底有多大？」

舒文彬微微一愣，似乎在回憶什麼：「我沒進去過，不過我知道當年這裡駐紮著一個日軍的炮兵大隊和一個步兵聯隊，進去過的人說裡面空間很大。」

秦濤看了看堅不可摧的大門：「修得這麼結實？這麼大的工程需要多少物資？多少人力？日本人到底想幹什麼？真看不出這荒山野嶺的有什麼地理戰略價值，而且，以日本人當年的心狠手辣，這批修建祕密基地的勞工恐怕凶多吉少。」

舒文彬點了點頭：「日本人應該是持續修建了不少年頭。」

郝簡仁好奇道：「一九三四年營口墜龍的龍骨，日本人就藏在這裡面吧？」

舒文彬點了點頭：「如果後來日本人沒再轉移，就應該在裡面，野原大佐指揮的野原特殊研究部隊的駐地當年也在這裡。」

沈瀚文翻閱了一眼手上一個十分破舊的牛皮手札，裡面用鬼畫符一樣的字體密密麻麻記錄繪畫了滿滿一本。秦濤一眼就認出了沈瀚文手中拿的正是自己在密室，日本軍官屍體衣服裡面掏出來的那本手札，秦濤記得這本手札被政委李建業拿走了，沒想到最後竟然出現在沈瀚文的手中。

一旁郝簡仁驚呼道：「沈教授，你這本子上面畫得是什麼東西？」

陳可兒略微不屑道：「是古希伯來文和古拉丁文，這兩種文字認識的人相對較少，所以當年野原一郎選用這兩種文字作為記錄的文字體。」

「野原一郎的手札？」舒文彬滿臉不可置信的從沈瀚文手中接過手札，一瞬間舒文彬彷彿回到了幾十年前。一身呢子軍服的野原一郎坐在林子邊的青石上，安靜的記錄著什麼，一旁放著被他視為第二生命的滿鐵軍刀。

「連長，這東西好像能撬動。」小書生的呼喊打斷了舒文彬的回憶。小書生幾個人在費力的撬動著似乎被封閉的地堡射孔，拎著一根兩米長撬棍的王二牛的出現，讓封閉射孔的弧形鐵板出現了晃動。

舒文彬不停的翻看著野原手札，希望能夠找到進入祕密基地的蛛絲馬跡，秦濤記得舒文彬似乎剛剛說過野原一郎指揮的野原特殊研究部隊當年就駐紮在裡面，而自己卻是在幾百里外的密室中發現的野原手札和野原一郎的屍體。

猶豫片刻，秦濤將伊格吉三名鄂倫春獵人找到一旁：「這附近你們來沒來過？如果找一個比較隱祕甚至經過偽裝的暗門和通氣孔，機率有多大？」

沈瀚文與陳可兒、舒文彬都目不轉睛的盯著暗堡射孔的弧形鋼板，秦濤對此卻不抱什麼希望，比較射孔較小，除了小書生那樣的身高體型有可能進去之外，其他人根本進不去，就算是小書生進去了，他也無法打開需要絞盤才能開啟的大門。

伊格吉猶豫了一下：「實際上，之前有人已經進入了這裡面，我們只需要尋找痕跡就可以了，人和動物一樣，只要經過，無論如何掩飾都會留下痕跡，哪怕一點點痕跡我們也能追尋找到。」

秦濤點了點頭：「徐副連長你過來一下。」徐建軍帶領七名戰士配合伊格吉三名獵人尋找之前十六號場站匪徒的痕跡，隨著王二牛一聲大吼，撬杠竟然彎曲了，弧形防護鋼板也被撬開滑到一旁。

陳可兒好奇的拿著手電筒向裡面照去，黑漆漆的，電筒的光亮好像都被黑暗吞噬了一般。

忽然，一雙紅色的眼睛亮起，一個黑影順著手電筒的光柱竄過，被嚇了一跳的陳可兒發出一聲驚呼，丟掉手電筒，手腳並用躲到一邊。

臉色蒼白的陳可兒退到一旁，手電筒掉落在地堡裡看不見一絲光亮，一旁的小書生一副躍躍欲試的架勢，被秦濤瞪了一眼後老實了很多。

秦濤將子彈上膛，手電筒與槍口形成一條直線，手電筒照到哪裡，槍口就指向哪裡，除了一些腐爛刺鼻的臭味，地堡裡幾乎是什麼都看不到。

秦濤見陳可兒一副心有餘悸的模樣，安慰道：「陳副隊長，可能是山貓一類的小動物。」

陳可兒一臉難以置信：「眼睛好像是紅的？而且很大，速度很快，這裡是軍事基地要塞，裡面怎麼可能有動物？」

陳可兒顯然不相信秦濤的所謂沒有什麼太多證據支持的解釋，秦濤無奈只好繼續浪費口水：「這裡也是林區，人雖然進去不容易，但小動物就會容易很多，地下工事有老鼠是家常便飯，有老鼠的地方自然也會有山貓一類老鼠的天敵。」

舒文彬點頭確認道：「確實，當年日本人為了基地內部老鼠氾濫的事情特意運了一批老鼠藥。」聽了舒文彬的話，陳可兒似乎鬆了口氣，但依然警惕的望著那個好像隨時能把她吞噬的地堡黑色射孔。

沈瀚文猶豫再三：「秦連長，我們不派人進去看一看，從內部尋找出口應該更為容易。」

秦濤微微一笑：「王二牛你過來，沈教授要和你商量一下怎麼從射孔進去。」

走起路來一搖三晃的王二牛大步走了過來，悶聲悶氣詢問道：「要把哪個塞進去？」

沈瀚文一臉無奈還試圖勸說秦濤，一名戰士飛快的跑了過來，人還沒到就大聲呼喊：「連長，徐副連長那邊發現了情況。」

一聽到情況，秦濤頓時臉一黑，怎麼整天都有各種情況？

眾人跟著秦濤趕到伊格吉身旁，三名鄂倫春族獵人似乎在爭論著什麼，一會之後，作為三人的代表伊格吉帶著秦濤來到一旁的草叢邊，伊格吉用手撥開草叢，裡面一個清晰的鞋印留在草叢之中，伊格吉折下一段被踩斷的草放在鼻子下面聞了聞：「最多半天時間，走得非常匆忙，附近有些不明顯的血跡。」

秦濤看了一眼鞋印，與我軍幹部戰士穿的六寸翻毛皮鞋不同，這雙鞋的鞋底似乎是細細密密的波浪紋？伊格吉看出了秦濤的疑惑，擺了擺手：「不是一個人，是一隊人，他們沿著鞋號最大的一個人的腳印行走，看起來好像一個人，實際上他們穿的是一種鞋，所以才形成了這樣的腳印。」

一隊人偽裝成一個人，而且有人受傷？都穿著同樣的鞋？除了軍人和員警之外，還有什麼人穿統一制式的鞋？秦濤回憶了一下科考隊員大多穿著防刺的高幫膠鞋，打著綁腿，只有陳可兒穿著進口的棕色防水登山靴。

「有沒有可能是錢永玉的地質勘探隊？昨晚我們進行了燈火管制，這麼密的林子，白天就算五十米之外都很難發現什麼。」

面對徐建軍的提醒，秦濤搖了搖頭：「地質勘探隊穿得與我們一樣，都是三〇五廠的翻毛皮鞋，這隊腳印的主人明顯有極高的軍事素養與默契配合。」更讓秦濤冷汗直冒的是這樣一隊人昨晚就從自己宿營地周邊不到三百米的距離外通過，而自己一方毫無察覺？顯然這一隊還小心翼翼掩藏行跡的傢伙，絕對不是什麼正經部隊，從鞋印的深度秦濤也能察覺這夥人似乎負重不輕，會不會是在二院襲擊郝簡仁的那夥人？

徐建軍等人圍繞著腳印開始追蹤，伊格吉卻神祕兮兮的拽住了秦濤，在距離發現腳印的一百多米外的密林裡，伊格吉帶著秦濤看了一個略微有些乾燥，幾乎與小湯盆一樣的爪印，每一步的間距至少都在三米跨距左右。秦濤望著伊格吉，似乎想尋找答案，伊格吉搖了搖頭：「這是兩條腿行走的，不是熊，也不是老虎、豹子，只有神山知道是什麼？」

秦濤深深的呼了幾口氣，用腳用力的在地上踩了踩，只留下淺淺的腳印，按照武裝負重和秦濤的體重，顯然這爪印的主人體重至少得接近或者超過三百公斤。

秦濤猶豫了一下，拍了一下伊格吉的肩膀：「伊格吉同志，我希望你能幫我暫時保守這個祕密可以嗎？」

伊格吉表情嚴肅的點了點頭：「好的，神山裡沒有祕密是能夠長久的。」

秦濤點了點頭：「未知與無知才讓人懼怕，恐懼由心而生，也許我們看見的未必是真實的恐懼。」伊格吉茫然的點了點頭，秦濤與伊格吉快速追趕隊伍，因為大家都非常清楚，既然簡易木屋營地就在這附近，那麼所謂的祕密入口一定距離不會太遠。

徐建軍帶著兩名鄂倫春族獵人很快找到了所謂的隱蔽入口，因為腳印在附近消失了，在一處山縫的裂隙邊找到了日本人開鑿的一處防水槽，沿著防水槽找到了已經腐爛歪斜的鐵門。

秦濤非常佩服當年日本人竟然能在這樣的深山密林之中修建祕密基地，很難想像為了如此浩大的工程要犧牲多少中國人的生命？如此殘酷的對比令秦濤有一種毛骨悚然、不寒而慄的感覺。

望著黑漆漆的洞口，秦濤看了一眼手錶，已經時近傍晚，秦濤一揮手：「我們用石頭把這裡堵住，讓他們進得去出不來，等明天上午我們準備好之後，再進行搜索清剿。」

很快，原本只能供一個人彎腰出入的橢圓形小門就被成堆的石頭堵的嚴嚴實實，密不透風。

秦濤等人剛剛轉身離開，一塊石頭從堆積的石堆上滾落，秦濤停住了腳步，疑惑的盯著石堆，除了一陣陣帶著寒意的山風發出的呼嘯聲和密林在風中搖擺的嘩嘩聲外，四周一片寂靜。

一滴雨點落在了秦濤的臉上，秦濤納悶的仰頭望著灰濛濛的天空，今天的天似乎黑得比以往要早？

伊格吉似乎有點急切道：「秦連長，這個季節，大山裡的雨冷得透骨頭，人扛不住。」

郝簡仁一臉不解：「剛剛還是晴天白日，這會怎麼突然陰起來還開始下雨了？」

伊格吉見秦濤似乎對山裡的情況並不瞭解，還是一副不忙不急的樣子，一把拽住秦濤：「秦連長，山裡這個季節下的都是雪，如果下雨溫度降低就是凍雨，我們一個也活不了。」

意識到問題嚴重性的秦濤立即命令組織撤退，郝簡仁一轉身就被絆了一跤，摔倒在地的郝簡仁意外的撿到了一個帶有燈頭的鋁合金勘探頭盔和一塊銅牌，郝簡仁將兩件戰利品放進了自己的背囊中。

果然，剛剛抵達營地一陣急促的冰雹襲來，拇指蓋大小的冰雹把營地打得一片狼藉，短促的冰雹過後，伴隨著綿綿的細雨，溫度開始驟降。

「把卡車倒過來，慢點，慢點！」用卡車擋住風口，加固帳篷，站在雨中指揮的秦濤忽然覺得自己的雨衣似乎被束縛住了一般，仔細一看雨衣上竟然結了一層冰鎧。

坐在帳篷裡的篝火旁，沈瀚文熱情的給每個人倒上一杯紅糖薑水，聽著沙沙的落雪聲，秦濤一陣心有餘悸，向伊格吉投去了一個歉意的微笑。

伊格吉也向秦濤點頭致敬，閒極無聊的郝簡仁拿出勘探帽擦拭發現已經完全破損，丟在一旁，反而那塊厚重的銅板上的一行編號引起了郝簡仁的注意：「濤子哥，你看看這是個什麼東西？」

舒文彬驚訝的望著郝簡仁手上的銅板，返回座位上拿起一塊帶有編號的銅牌用放大鏡仔細查看。

片刻後，舒文彬將放大鏡交給舒楠楠：「這是日本關東軍地下工事編號的銅板，一般在建成後，經過勘驗檢查由關東軍司令部授予。」

沈瀚文接過銅板略微顯得有些激動：「小王，趕快把關東軍祕密基地編號對照表拿來。」

「關東軍祕密基地編號對照表？還有這種東西？」秦濤望著一名戴著眼鏡的科考隊員拿出一個防潮本夾，裡面有幾頁繪製標準的地圖，上面密密麻麻的標注著很多編號和符號。

沈瀚文見眾人都是滿臉疑惑，急忙解釋道：「這是當年蘇聯專家撤走之前，歸還的一批蘇軍繳獲的偽滿洲國於日本關東軍的各類檔，其中發現這份文檔，只不過這份文檔只標注了偽滿洲國九省區域內的日軍重要祕密物資儲存倉庫的標號和儲存物資的類別，並未標注具體地點。」

秦濤點了點頭：「這份文檔是被蘇聯當年繳獲的，看來當年蘇聯人也一定根據這份文檔進行過搜索，具體的搜尋結果不得而知，不過既然蘇聯人將文檔視為無用還給了我們，也就說明蘇聯人沒能找到，論藏東西的本事日本人差不多能算天下第一了。」

秦濤突然微微一愣，他想起了關東軍基地附近發現的那些腐爛的衣物，小書生從裡面發現了屬於蘇軍的勳章？也就是說蘇軍的小分隊可能到達過這附近，因為某種原因未能離開。

秦濤將自己掌握的這個情況告訴了眾人，沈瀚文也略微顯得有些緊張：「當年蘇軍進攻東北，走的時候幾乎拆的乾乾淨淨，把日本人掠奪我們的財富當做日本人的進行大肆掠奪。如果蘇軍真的抵達過這裡，還發生過戰鬥，那麼我們恐怕要空手而歸了。」

秦濤一邊擦拭著武器，頭也不抬道：「起碼我們殲滅了一夥武裝匪徒，從十六號場站這夥匪徒遺留的金條、銀元判斷，最合理的解釋是當年的日本關東軍殲滅了蘇軍的搜索分隊。」

沈瀚文尷尬的一笑，自嘲道：「也是，要不怎麼可能會留下金條和銀元這樣的貴金屬。」

一直在翻看編碼文檔的科考隊員小王推了推眼鏡，一臉無奈的轉向沈瀚文：「沈教授，沒有查到這塊銅牌上的基地編碼、駐守部隊番號和儲備物資代碼。」

沈瀚文微微一愣，略微有些不悅：「仔細核對過了？」

小王有些委屈解釋道：「對過了，對過了，反覆核對了三遍，確實沒有。」

沈瀚文與陳可兒對視了一眼，帳篷內的空氣瞬間緊張起來，秦濤十分清楚，他們找到了一個連記載關東軍祕密基地代號編碼檔案上都沒有的幽靈基地。

大帳篷裡的氣氛隨著幽靈基地忽然緊張了起來，秦濤從軍事保密角度看來，沒有登記編號的祕密基地很正常，既然是祕密基地，那麼在關鍵時刻，第一時間就是銷毀相關的記錄。就如同日本天皇親授的陸軍步兵、騎兵的聯隊旗一樣，中國戰場、太平洋戰場，消滅的日軍以百萬計算，卻沒能繳獲一面聯隊旗，就是因為日本陸軍有完善的制度體系，每個聯隊都有一個中隊不用來作戰，而是用來保護聯隊旗，情況一旦危及，護旗中隊首先奉燒（註9）軍旗。相對祕密基地的編號也是一樣，普通的登記文檔中沒有，只能說明這個祕密基地的保密等級要更高一些。

秦濤冷眼旁觀顯得有些驚恐不安的科考隊員們，兩名科考隊員在一旁小聲嘀咕：「一〇二七行動，天啊，十月二十七日是星期五啊！那可是世界著名的黑色災難日，古希臘的阿里斯島大海嘯、歐洲的黑死病鼠疫、奧古仕通撞擊、泰坦尼克號和路西塔尼亞號郵輪沉沒、班希斯酒店大火，都是該死的死亡星期五。」另外一名留著短髮，小圓臉，滿臉麻子的女科考隊員也一臉懊惱擔憂：「其實，科考這種行動，早一天，晚一天有什麼區別？偏偏選了個二十七日，還是黑色星期五？真是怕什麼來什麼，現在遇到一個幽靈基地，天知道會發生什麼。」

面對科考隊員的議論紛紛，沈瀚文也有些坐不住了，起身安撫道：「同志們，同志們，大家稍安勿躁，我們是敢於戰天鬥地的年輕一代，我們是用馬列主義思想武裝起來的一代，一切帝國主義都是紙老虎。同志們，請看看解放軍同志，人家多淡定，我們是知識份子，是唯物主義者！如果有妖魔鬼怪就讓秦連長消滅掉，要是有聊齋裡的狐狸精，讓我這個老光棍來對付。」

一向給人感覺十分嚴肅，不苟言笑的沈瀚文突然說出了狐狸精給他留一隻這樣的話，所有人，包括陳可兒都驚訝無比，為了緩解緊張氣氛，秦濤也一舉手：「沈教授，憑什麼妖魔鬼怪都歸我們？狐狸精歸你？我們黃參謀可也還單著呢。」

隨著科考隊員們的哈哈大笑，帳篷中的緊張氣氛隨之散去，沈瀚文將感激的目光投向秦濤。陳可兒則熟練的點燃了一支小雪茄順手遞給秦濤，秦濤微微一愣，陳可兒有點不悅：「抽不？」

秦濤猶豫了一下接過香煙，陳可兒則繼續點燃小雪茄吞雲吐霧，秦濤發覺可能真的是自己想多了，陳可兒的做派可能在她的同學中，或者國外習以為常，但在國內，這叫間接接吻。

略顯尷尬的秦濤拿著小雪茄，輕輕的聞了一下，煙嘴的位置似乎有一股淡淡的清香，想抽怕不好意思，不抽似乎十分可惜，秦濤二十三歲的生命裡，這是第一次與女同志做如此親密接觸。

秦濤只好沒話找話：「為什麼大家都對十月二十七號這麼敏感？不就是一個日期數字嗎？」

陳可兒微微一笑，小聲道：「很多科考隊員的教育和他們接觸的知識觀念深受西方思想影響，黑色星期五被西方的一些國家和民族視為不吉利的凶數，源於宗教典故，更早的歐洲神話體系內，亞當和夏娃就是在星期五偷嘗了禁果，亞當和夏娃的兒子該隱也是在黑色星期五殺死了他的弟弟亞伯，成為被驅逐之人。」

秦濤微微一愣：「沒想到老外也這麼迷信？」

陳可兒換了一副認真的表情：「不是迷信，是宗教信仰，跟你說這些你也不懂，秦連長你有信仰嗎？」

面對陳可兒的詢問讓秦濤微微一愣，忽然，帳篷門被掀開，一身風雪的徐建軍伴隨著寒風進入帳篷。

「怎麼，這麼冷的天不喝點？」徐建軍一句沒頭腦的話讓所有人為之一愣，隨即幾乎帳篷內的所有人都選擇忽視了徐建軍，繼續小聲交頭接耳起來。

徐建軍來到秦濤面前一把拽走秦濤一直猶豫沒捨得抽一口的煙，狠狠的吸了兩口：「嗯，這煙有味道，好煙草。」秦濤一臉驚愕的望著徐建軍，一副天塌地陷的表情。

徐建軍不以為然的把煙遞向秦濤：「小氣鬼，不就抽你兩口煙嗎？還給你。」秦濤一撇嘴，轉身不搭理徐建軍，徐建軍一臉迷惑。

陳可兒似乎察覺到了什麼，嘴角帶著笑意望著氣鼓鼓的秦濤和一臉莫名其妙的徐建軍。

坐在一旁的郝簡仁一臉壞笑拉著徐建軍坐在自己身旁：「別怪我濤子哥，那煙是人家陳副隊長點著給我濤子哥的。」

徐建軍先是一愣，隨即有些緊張兮兮的詢問道：「怎麼點的？」

郝簡仁微微一笑，學著陳可兒點煙的動作：「就是這麼點的，這可是叫做間接接吻啊！要不我濤子哥能猶豫這麼久嗎？」

徐建軍頓時宛如石化，拿起身旁的水缸漱口不說，跑出帳篷就聽見一陣喊聲：「老婆啊！不是俺對不起妳啊！無意的啊！俺是無意的犯大錯啊！」

陳可兒頓時柳眉倒豎：「什麼意思？這是什麼人啊？嫌棄誰呢？」

成了事外人的秦濤急忙勸阻：「陳副隊長，徐副連長開玩笑呢，開玩笑，咱們按照徐副連長的提議，喝點小酒驅寒吧！郝簡仁去張羅幾個菜。」

秦濤的提議得到了區區幾個人的回應，轉身一看，原來是沈瀚文一副嚴肅到了他爺爺想打死他爸爸的表情，環顧四周，幾個剛剛歡呼的科考隊員翻著白眼，吐著舌頭表達著自己的不滿，離開帳篷返回車箱裡宿營。

科考隊員離開之後，沈瀚文當即換了副表情：「我覺得秦連長的提議不錯，舒老一起喝點吧！」

站在一旁的舒楠楠一臉驚訝的望著沈瀚文道：「沈伯伯你這臉變得可真快啊！」

舒文彬訓斥舒楠楠道：「楠楠，怎麼和你沈伯伯說話呢？不許沒大沒小。」

舒楠楠吐了下舌頭，沈瀚文略微有些尷尬道：「我們物資儲備十分充足，不需要飲酒禦寒，明天還有很重的工作量，我們的科考隊員們酒量又大多不行，很容易耽誤明天的工作，等科考工作結束之後，我請大家喝酒，但是現在，我們只能小範圍的，尤其是秦連長提議的，我們是不能拒絕的。」

秦濤有一種一腳把沈瀚文踹出帳篷的衝動，感情沈隊長是只許州官放火，不許百姓點燈，然後這壞事還是他秦濤牽頭幹的？真算是油滑至極。

沈瀚文的油滑與世故完全不影響大家深山賞雪，夜寂萬蹤滅的心情，徐建軍坐在火爐的一角低著頭好像受氣的小媳婦一樣，看得陳可兒都火大起來，連續喝了幾大口辛辣的燒刀子。

嘩啦，一塊石頭從秦濤帶人封閉基地暗門的石堆滾落而下……

趙文革是王京生一組的另外一名研究員，對於王京生的所謂臨陣脫逃一直是半信半疑，因為趙文革非常清楚這次科考的級別非常高，尤其是沈瀚文教授親自帶隊，他和王京生都是寫了血書，通過了考核和政審層層把關，怎麼會因為一點小困難當了逃兵？

出於安全考慮，採取的是男女混住，帳篷內四名女研究員嘰嘰喳喳的在討論杏乾的種類和口感，感覺到心中壓抑的趙文革走出帳篷，趙文革給自己點燃了一支香煙，自己能否評上副教授就看此次科考的成果了。對副教授職稱，趙文革可謂使出渾身解數，如果評上副教授，就意味著能夠分得一套一居室住房，能夠結婚，工資更能夠上調一倍，一切美好的憧憬和壓力交替之下，讓趙文革變得心煩意亂。

一股惡臭的味道在風雪中彌漫，趙文革用力吸了幾下，皺著眉頭環顧四周，自言自語：「什麼東西這麼臭？」

一個黑影瞬間閃過……

秦濤根本記不清楚自己什麼時候喝醉的？對於陳可兒恐怖的酒量，秦濤記憶猶新，本打算在喝酒問題上不和女同志一般見識，沒想到遭遇了陳可兒的挑戰，唯恐天下不亂的郝簡仁上躥下跳。

秦濤最後的記憶就是陳可兒一臉鄙視的望著自己：「酒量不行，以後少喝酒。」

忽然，與王京生同組的兩名女研究員驚慌的闖入帳篷內：「秦連長、秦連長，我們組的趙文革不見了。」

頭痛欲裂的秦濤皺著眉頭：「什麼時候發現不見的？」

一名大圓臉女研究員回憶了一下道：「昨晚，開完會不久，他出去抽煙就沒回來。」

秦濤立即起身：「昨晚人就不見了，怎麼現在才報告？」

女研究一臉委屈：「他們男的經常亂竄帳篷，今早找人才發現不見了。」

秦濤邁步走出帳篷，一片銀裝素裹，陽光照在閃閃的白雪上，秦濤眼前一白，噗通一聲摔倒在雪堆中。

用雪搓了搓臉，感覺到神清氣爽的秦濤來到了趙文革的帳篷內檢查了一圈，發現個人物品都在，郝簡仁、沈瀚文、陳可兒、徐建軍也先後來到現場。

由於一夜大雪，什麼痕跡都沒留下，徐建軍和郝簡仁帶人巡查了營地附近，並沒有發現痕跡線索，大風雪夜不穿大衣離開營地基本就等同自殺，王京生可以解釋成臨陣脫逃當了逃兵，趙文革的失蹤該如何處理？秦濤將目光投向了沈瀚文。

沈瀚文與秦濤等人來到營地堆放油料的角落，顯然趙文革的失蹤讓營地之內人心惶惶，好端端的人怎麼一下就不見了蹤影，活不見人，死不見屍。

秦濤並不指望沈瀚文能拿出什麼合理的解釋，他之前問過昨晚的哨兵，並沒有人離開營地，營地是用碗口粗四米多高的木柵欄圍起來的，就是秦濤自己攀爬也不是一件容易事，更何況一個近乎手無縛雞之力的知識份子？

郝簡仁一臉茫然的站在一旁：「又丟人了？怎麼老丟人啊？」

秦濤瞪了郝簡仁一眼並未理會，望著茫茫白雪，與大自然相比，人類的能力實在太渺小了，戰天鬥地不過是一個口號，茫茫的密林雪海，秦濤第一次產生了心有餘而力不足的感覺，趙文革一個大活人就這樣無聲無息的消失了？

趙文革的失蹤雖然讓科考隊員們議論紛紛，卻並未耽誤科考工作，用沈瀚文的話說，王京生、趙文革兩人脫逃也好，失蹤也罷，擔負安全保衛的秦連長和公安局的郝簡仁同志一定會給大家一個滿意的答案，工作還要繼續開展。

秦濤和郝簡仁兩人交換了一下眼神，郝簡仁壓低了聲音：「姓沈的這老東西真損，什麼叫我們給大家一個交待？這深山老林的，一支部隊丟了都正常，丟個人怎麼找？」

秦濤檢查了一下武器：「人還是要找，給你半個班，你帶隊在周邊搜索尋找。」郝簡仁一聽秦濤讓他負責找人，當即起身：「咱們不一起去？」

秦濤將短帆布防風衣的衣領扯了一下：「我帶三排長和一個班去清剿日軍基地裡的武裝歹徒，留下一個半班警戒營地，這裡距離南北埋骨溝都不遠，埋骨溝那地方非常滲人，你也要注意安全，不要離開營地半徑三公里範圍，如果遇到危險不要冒然撤退，固守待援，發射三顆紅色信號彈。」郝簡仁無奈的點了點頭，你是老大，你說了算！

徐建軍踏著厚厚的積雪走了過來：「一會還是我帶隊進基地吧！」

秦濤擺了下手，一邊檢查隨身的彈藥一邊調侃徐建軍：「咱們老徐平日裡總是把安全第一掛在嘴邊，自從有了兒子，就變得天不怕地不怕了。」

徐建軍似乎還不甘心，秦濤拍了拍徐建軍的肩膀：「我記得我父親有一句話，陪著你長大，我慢慢的變老，是一個父親最幸福的事。」

焦大喜帶領兩名尖兵開路，秦濤帶著魏解放等十名戰士緊跟其後，不過多時來到了基地的隱蔽出口處，焦大喜吹響了用於聯絡的銅哨。

三長一短，代表安全發現新情況！

由於軍費物資緊張，步兵連只配備一部電臺，連與排、班之間完全靠二十公分長短的銅哨進行聯絡，從解放戰爭到抗美援朝以及之後的一系列戰爭中，銅哨發揮了巨大的作用。

秦濤趕到入口發現巨大的石頭堆不見了？入口鏽蝕損壞的鐵門依舊歪在一旁？這是什麼情況？

焦大喜指著入口道：「我們來就發現這個情況，咱們昨天把這裡幾乎堆滿了石頭，現在一塊都不見了？」

秦濤看了一眼黑漆漆的洞口，檢查了一下武器和手電筒，將五六式衝鋒槍的刺刀甩開，子彈上膛，打開保險，剛要第一個往裡鑽，身後的武裝帶似乎被人用力拽了一下？

秦濤不悅的轉身道：「幹什麼？」

焦大喜一指不遠處：「沈隊長和陳副隊長他們來了？」

沈瀚文和陳可兒來這裡幹什麼？昨晚的會議明明已經確定了方案，部隊先清剿基地內部可能隱藏的武裝歹徒，然後再由科考隊進入勘察。

秦濤面無表情的望著沈瀚文和陳可兒以及跟隨而來的幾名科考隊員，秦濤點了下頭，轉身就鑽入了基地內，留下沈瀚文目瞪口呆。沈瀚文似乎做好回答秦濤一切問題和不滿的準備，結果秦濤四兩撥千斤，壓根沒搭理他，陳可兒站在一旁望著無比尷尬的沈瀚文笑道：「都和你說了，秦濤是典型的中國軍人脾氣秉性，你臨時更改計畫又不通知秦連長，不碰釘子才怪。」

沈瀚文詫異的望著陳可兒：「可兒，妳前幾天還說秦濤是刻板紀律動物，是典型的性格缺陷，人格障礙，自大妄想狂，怎麼這會就變成了中國軍人典型的脾氣秉性了？看來這兩天，妳對中國軍人也有了一定程度的深入瞭解啊！」

陳可兒微微一笑：「沈伯伯，你說的這些我聽都沒聽過，莫須有在我這裡可是行不通的哦！別想我去做秦濤工作，解鈴還須繫鈴人，沈伯伯你是隊長，當然得你去。」

沈瀚文一臉無奈：「比小狐狸還狡猾，我還沒開口，妳就把我堵得死死的，行！豁出去我這張老臉不要了。」

◊

基地內部並沒有秦濤想得那麼寬闊，粗糙的水泥牆上每隔五公尺就有對應交錯排列的照明燈，狹窄的通道似乎只能容納一個人通行，空氣中的濕度非常大，剛剛走出幾十米，地面上的積水就已經到了小腿。

秦濤默默的記著自己的步數，和通道轉向的角度，自己是從正東方向進入的，隨著不斷的深入前進，按照偏差的曲線角度計算，通道的出口在西南方向。秦濤發覺日本人似乎很有意思，明明可以直接掘進的通道，非要以四度的弧度多挖十倍的距離和工程量，以至於讓人能夠直接迷失方向。

走出通道，進入一個空曠的巨大空間，秦濤等人攜帶的手電筒如同螢火蟲一般，只能照亮腳下的鐵質格欄網，秦濤將一旁地面上的一個日軍頭盔順著格欄網邊緣踢落，大約七、八秒叮叮噹噹的一陣響聲後，鋼盔的聲音徹底消失，反而傳來了陣陣流水的聲音？

秦濤這才意識到，日本人為什麼不直接挖掘通道了，因為這整個山體之間就是一個巨大的空洞，除了正門主體工事之外，日本人被迫迂迴開闢了方便小分隊出入的逃生出口。

沈瀚文趁機來到秦濤面前解釋道：「秦連長請你聽我解釋，我這樣安排是有我基於全方面的考慮。」

秦濤用手電筒照了一下沈瀚文：「沈隊長，你是隊長，對於你的決定我執行就好了，但我希望你下一次不要隨意更改會議作出的決定，如果我們遭遇了武裝歹徒怎麼辦？我只有一個班的兵力，是照顧你們的安全還是清剿武裝匪徒？」

沈瀚文頓時啞口無言，這時，焦大喜在旁敲敲打打，秦濤轉身用手電筒一照：「幹什麼呢？小聲點。」

焦大喜嘿嘿一笑：「連長，這邊有發電機。」

發電機？秦濤頓時一愣：「你怎麼知道有發電機？」

焦大喜指著一塊日文牌子上的「発電所」三個字：「第一個是瞎蒙的，後兩個是電和所，連起來就是發電所了！」

陳可兒與沈瀚文急忙趕了過來，陳可兒看了一眼：「確實是發電室，哪裡一定有發電機。」

秦濤一臉無奈的用手電筒環顧四周：「陳副隊長，一九四五年八月十五日，日本無條件投降，九月三日我中國軍民開始正式授降，到現在幾十年光景了，就算發電機能用，電路和燈泡在如此潮濕的環境中也還能用？」

陳可兒微微一笑：「我剛剛看過幾盞燈，都是氣密防潮式，大多塗有防腐油，也許能用，不嘗試一下怎麼知道？」

秦濤沿著指示牌指示的通道前行，果然，大約一百米後看到了發電機房和配電室，整個發電機室和配電房被鐵格欄網鎖住，拳頭大小的鎖頭滿是黃油並且被油紙包裹，焦大喜開始蠻力破壞的同時，秦濤打著手電筒環顧四周。

一切似乎都井井有序，顯然這個基地並不是被放棄的，日軍撤走前，或者說主力日軍撤走前對基地進行了維護和封存，那麼又是誰開啟了這個位置如此機密的軍事基地？軍事基地之所以稱之為軍事基地，就代表著被發現的機率幾乎小於等於零。

如果說十六號場站的伐木工無意間發現這個深藏山中的祕密基地，這個機率會有多大？等於彗星撞地球滅絕恐龍？除了自己之外，還有北埋骨溝的那隊來歷不明的地質勘探隊，加上在二院襲擊郝簡仁的那夥訓練有素，配合默契的神祕人，可能這個日本關東軍祕密儲備基地庫房名單上並不存在的「幽靈基地」的位置早已不是祕密了。

焦大喜砸開鐵鎖，兩名似乎是機械工程專業的科研人員熟練的擺弄著發電機，加油、測試、點火，需要四、五個人一起搖動的加長搖臂被王二牛一個人搖得是虎虎生風。

電弧閃動，秦濤覺得眼前刺眼的一亮，燈光亮起的一剎那，讓秦濤毛骨悚然的是陳可兒背後竟然站著兩個衣衫襤褸，人不人，鬼不鬼的東西，似乎還在張牙舞爪，焦大喜猛然間抄起了衝鋒槍，嘩啦一聲子彈上膛，陳可兒瞪大了眼睛望著自己背後。

電流湧動，燈瞬間滅了，秦濤高呼一聲臥倒，幾乎所有人全部撲倒在地，幾支衝鋒槍開始漫無目標的拼命掃射，長長的槍口噴焰不斷在黑暗中閃現，彈殼如雨點般掉落在地，彈頭打在水泥牆壁上和鋼樑上火光迸現。

喀嚓、喀嚓，幾支衝鋒槍的子彈全部打光，秦濤一邊換彈夾一邊高呼：「王二牛，你他〇的快搖啊！」隨著再度點火，王二牛拼命搖動搖臂，發電機從吭哧、吭哧到發出巨大轟鳴聲，地下基地內的燈開始亮了起來，忽然，眾人頭頂的一盞燈爆裂，嚇了眾人一大跳。

氣密的安全燈不斷被點亮，漆黑的通道也被照亮，黑暗在不斷退去，心有餘悸的秦濤環顧眾人和滿牆的彈孔，從剛剛大家的反應來看，並不是僅僅自己看到了那些傢伙。

滿地的彈殼依然散發著餘溫，那些穿著襤褸軍服，人不人，鬼不鬼的東西就好像突然出現一般，也消失得非常蹊蹺？

發電機的轟鳴聲和燈光給了眾人安全感，剛剛幾乎每個人都在別人的身後發現了怪物，密集的彈雨掃射之後，這些怪物又如同毫無徵兆出現一般，悄然消失。

對於剛剛發生的事情，幾乎沒有一個人願意討論，每個人都保持著沉默，沉默得嚇人。

眾人回到溶洞大廳，秦濤才發現這是一個巨大的地下溶洞頂部，日本人在這裡搭設了龐大的鋼架結構，溶洞的底部有淺灘和地下暗河的急流。秦濤環顧四周，他很難想像日本人利用山體溶洞改造成了地下基地工事，溶洞的自然出口也被日軍加以利用，日本人巧妙的利用了山勢和地下溶洞，極大的減少了工程量，可是為什麼日本人要在這幾乎沒什麼戰略價值的地方修建如此龐大的地下設施？難道僅僅只是為了隱藏他們掠奪的珍寶？似乎有勞師動眾的嫌疑。

沈瀚文似乎最早從剛剛的驚魂中解脫出來，可以說從進入基地沈瀚文就一直保持著亢奮，秦濤清楚，能讓沈瀚文這個年紀的人時刻保持亢奮，那麼一定有什麼在吸引著沈瀚文，而這個未知的存在則是自己並不知曉的，秦濤甚至一廂情願的相信，沈瀚文也不清楚這個未知的存在是什麼？

沈瀚文拿著一卷泛黃的地圖，興奮的走在隊伍的最前面，顯然秦濤的猜測是錯誤的，沈瀚文很明顯知道那個令其亢奮不已的未知存在是什麼。

突然，沈瀚文一隻腳踩空，鋼鐵的斷裂聲，懸空的鋼架通道劇烈的搖晃後發生了傾斜。千鈞一髮之際，秦濤拽住了沈瀚文的腰帶，兩米多長的鋼架通道斷裂，翻滾著掉入近百米深的溶洞，激起地下河的一團水花後消失不見。而那張被沈瀚文極為珍視的發黃圖紙則飄飄蕩蕩落下，片刻就不見了蹤影，沈瀚文一臉絕望的盯著激流翻滾的地下河，發出了一聲歎息。

用一隻手拽住沈瀚文的秦濤，此刻努力克制著把老傢伙逕自扔下去的衝動！

秦濤用力將驚魂不定的沈瀚文拽了回來，喘著粗氣的沈瀚文向秦濤感激的點了點頭，由於事發突然，秦濤都感覺自己剛剛動作快得那麼的不可思議，或許是沈瀚文命不該絕。

繞過了斷裂的格欄網，秦濤讓大家拉開間距，避免太過集中給已經腐爛的格欄網承擔太多負重。秦濤小心翼翼的走在最前面，焦大喜走在最後，通過溶洞進入了基地的主體部分，秦濤對於日本人一直沒什麼好印象，令他十分震驚的是日本人竟然能夠將天然的溶洞構築系統繁雜的大型地下工事體系？

宿舍？銃室應該就是武器庫吧？秦濤發覺這裡似乎並沒有什麼活動的跡象？從十六號場站以及營地發現的金條、銀元、日軍武器等等，都證明了十六號場站的伐木工人以及家屬是進入了基地，但是卻沒在基地內部留下任何痕跡？這怎麼可能？這些人沒有使用過發電機可以理解，但是地面一寸多厚的灰塵說明這裡從封閉之後，就再也沒有人或者動物活動的痕跡。

「快看這裡！」陳可兒用力在擦拭一塊一米直徑的銅牌。

「基地內部路線圖？」秦濤望著銅牌上的一條條路線，如同蜂巢一樣的宿舍區、影像室、食堂等等生活功能區域和物資儲備區域，很快找到了最終的目標，編號一到二十二號庫房。

原本清剿十六號場站的武裝歹徒，現在變成了替日本人清理倉庫？秦濤端著衝鋒槍一刻也不敢放鬆，那些面孔腐爛，形同惡鬼的傢伙始終縈繞在他腦海中揮散不去，秦濤很想知道，沈瀚文教授會給自己一個什麼樣合理的科學解釋？

一個個庫房被焦大喜打開，大批黴爛變質的糧食、煤炭，保存完好的武器從步槍到機槍、火炮差不多能裝備兩萬多人，按照日軍的編制，至少是一個甲種師團的配置，大批被水浸泡黴爛的被服。從日本儲備的物資數量，秦濤判斷日軍是真的準備在這裡長期固守，是什麼原因讓日軍後來又放棄了這裡？

全部庫房都被逐一打開，這些庫房很多都是依靠溶洞本身修建而成的，卻並未發現貴金屬，幾乎全部都是各種生活物資。沈瀚文幾乎把每一個倉庫都翻了一遍，似乎並未找到他要尋找的東西，一臉倦容頹廢的坐在一旁喃喃自語：「怎麼可能沒有？」

秦濤看了一眼撬鎖累得滿頭大汗的王二牛和焦大喜：「你們一共撬了多少個鎖？」

王二牛和焦大喜兩人對了一會：「連長，一共二十一把鎖！」

「二十一把鎖？」沈瀚文如同撈到了救命稻草一般望著秦濤，秦濤毫不在意道：「日本人玩了一個數位和視覺小把戲，交差排列，一到二十二編號，從視覺上我們認為已經打開了全部的庫房，實際上我們只打開了二十一間庫房，焦大喜去查查，看看缺了哪個編號？」

焦大喜很快查出了問題，沒有第十三號庫房！

再次對照日本人庫房排列，秦濤信心十足的站在第十二與第十四號庫房之間，用手敲了敲：「二牛把這裡砸開。」王二牛掄圓了胳膊揮動鋼鎬，一陣火星迸濺，大塊小塊的碎磚崩落，一會工夫就砸出了窗戶大小的面積，青磚水泥後露出了滿是鑿痕的溶洞特有的石灰岩材質。

從地獄到天堂，再從天堂跌入地獄，幾乎都發生在五分鐘之內，沈瀚文一臉生無可戀的翻著野田一郎的那本手札。

自己的判斷竟然出了問題？還是說日本人故意將十二號庫房和十四號庫房之間拉開距離？誤導人認為消失的第十三號庫房被隱藏掩蓋了起來，當挖掘後就會產生一種失望。秦濤站在基地內部構造銅牌前冥思苦想，當秦濤看到司令部三個字以及司令部佔據的巨大空間，一瞬間似乎明白了什麼。

沿著彎曲的通道前行，雖然沈瀚文和陳可兒不知道秦濤發現了什麼，現在也只能選擇信任秦濤。沒走出多遠，秦濤發覺腳下的路似乎出現了變化？由日本人就地取材的石灰岩變成了青石，而且這些青石顯得十分圓潤古樸，個別青石甚至還帶有簡單的雕刻紋路？一些石階上還有滴水留下的深坑？

滴水穿石是句成語，但是真的要讓水把青石滴穿？顯然不是幾百年能夠辦得到的事情，而且通道中工具開鑿的痕跡也幾乎全部消失，取而代之的是流水的沖刷痕跡？秦濤注意到，沈瀚文與陳可兒也注意到了這個問題，兩人邊走邊交流，甚至停下來剝開青苔仔細觀察青石上的紋路圖案。

日本人的司令部佈置得非常簡單，原本裝有地圖的牆壁空空如也，只有一面寫有武運長久的旭日旗無精打采的掛在牆上，巨大的沙盤因為木頭架子腐爛垮塌傾倒在一旁，日本人做事非常謹慎和精準，也正是如此才被秦濤發現了端倪。

秦濤敏銳的發現銅牌上日軍司令部的比例尺似乎有些不對，而其餘的設施包括庫房的比例尺都是近乎精準的，這說明這個看似普通的司令部一定有問題。秦濤托著下巴環顧四周，這個司令部到底隱藏著什麼祕密？會不會和營區的二號庫房一樣，還藏有一個密室？

秦濤拎著一根順手撿來的鐵管到處敲敲打打，焦大喜等人也有樣學樣，一時間日軍基地司令部內一片叮噹噹，響聲連成一片。終於，牆壁傳來空空的悶響，秦濤對王二牛一揮手。心領神會的王二牛往手心吐了口吐沫，掄圓的鋼鎬猛刨下去，噹的一聲火星四濺，鎬把折斷，鎬頭飛了出去。

秦濤仔細一看，狗日的傢伙，竟然是鋼板，上面的一層水泥不過是偽裝，秦濤用工兵鏟順著鋼板的底部清理出了十五公分的一個槽，將幾個戰士隨身的十幾枚手榴彈頭全部擰下塞了進去，六七式木柄手榴彈的主要優點是結構簡單，造價低廉，威力大，缺點是全彈品質過大，體積過大，破片數量較少，由於其發火機構在拉火管和雷管之間增加了一節導火線，所以引爆時間是從三秒到三點七秒之間，零點七秒說是一刹那，但是足以決定生死。

秦濤留下一枚帶木柄的用以引爆，所有人撤出日軍司令部後，秦濤扣住拉火環，拉著引信轉身飛速離開，隨著一聲悶啞的爆炸聲，傳來重物倒塌的聲音，煙塵激盪彌漫。

整塊的鋼板被炸倒，日軍地下基地司令部的牆上出現了一道金屬銅門，與之前鏽蝕的門不同，這道門由於密閉措施的關係顯得非常的新，連一點銅斑都沒有。

一個巨大的三疊密碼盤鑲嵌在門中間，秦濤看了一眼退到一旁，沈瀚文激動撫摸著銅門：「找到了，總算是不辱使命啊！」

陳可兒顯得十分冷靜，轉身望著秦濤道：「秦連長，這道門怎麼解決？」

秦濤無能為力的一聳肩膀：「日本人把構件都埋到山體裡面了，如果有炸藥的話，我怕門沒炸倒，會把山體炸垮，我們現在需要的是一把鑰匙。」

「一把鑰匙？」沈瀚文與陳可兒交換了一下目光，因為大家都記得在十六號場站，清理方佑德地窖時發現了一把很大的鑰匙，當時沈瀚文還十分好奇這麼大一把鑰匙到底開多大的門？

現在門就在眼前，鑰匙呢？

沈瀚文從自己隨身的挎包中掏出一把鑰匙，插入三疊密碼盤的鎖孔中，沈瀚文微微一愣，回頭望著秦濤疑惑道：「密碼呢？」

秦濤與沈瀚文兩人大眼瞪小眼僵在一起，秦濤開始後悔剛剛為什麼把沈瀚文救回來了！密碼你問我？我去問誰？

陳可兒看了看鑰匙，頗為無奈道：「根據野田一郎的手札記載，野田一郎是最後負責關閉密碼門重新設定密碼的人，也就是說只有野田一郎自己知道密碼，而這本手札上並沒有與密碼有關的記載。」

焦大喜在旁無聊的踢了銅門一腳：「天知道野田這個小鬼子死到哪裡去了，連長，要我說乾脆讓團裡送一車炸藥，用定向爆破，一層一層的剝皮，慢是慢了點，也好過站在這裡束手無策。」

忽然，秦濤想起二號庫房密室中那具日本軍官的屍體，手札就是從屍體的懷中發現的，屍體還戴著一個碩大的戒指，戒面上還有三個數字？

陳可兒發現了秦濤的異樣，於是詢問道：「秦連長怎麼了？」

秦濤揉了一下鼻子：「沈隊長，陳副隊長，日本人，日本軍人有戴戒指的習慣嗎？」

沈瀚文微微一愣：「可能因人而異吧？」

秦濤來到銅門前深深的呼了口氣：「在發現手札的日本軍官的屍體手指上戴有一個碩大的戒指，戒面上刻有609這個數字。」沈瀚文頓時欣喜不已，剛要擰動鑰匙，沈瀚文的手卻被陳可兒按住了。

陳可兒眉頭緊鎖，神情凝重：「秦連長，你確定看到的是609而不是906？而且，二戰時期的很多日本軍人書寫日語的習慣是由右向左。」

沈瀚文則滿不在乎繼續擰動鑰匙到了6的位置，鎖盤發出喀嚓一聲，沈瀚文微微一笑：「反正就兩組數字，分別試一下就知道了。」秦濤與陳可兒面面相覷，兩人與周邊的眾人緩步退出了司令部，只留下旁若無人與高采烈轉動密碼鎖盤的沈瀚文。

秦濤和陳可兒幾乎同時點燃香煙，秦濤探頭看了沈瀚文一眼，心有餘悸的看著陳可兒道：「妳是不是擔心日本人會有什麼機關裝置？」

陳可兒點了點頭：「日本人的習慣是他得不到，寧願毀滅也不會留給你，與掠奪成性一樣，這是島嶼民族國家的通病。」

秦濤擔心的看著沈瀚文的背影：「萬一日本人在裡面裝了一個炸彈，擰錯密碼就轟的爆炸？」

陳可兒微微一笑：「那我們就祈禱，日本人裝的這顆炸彈威力不要太大。」

「門開了，門開了！」沈瀚文興奮得有如第一天上學又考了第一名的孩子，沈瀚文一轉身頓時目瞪口呆：「人呢？人都去哪裡了？」

秦濤、陳可兒等人紛紛尷尬的掐滅香煙返回，秦濤呵呵一笑，用手敲打牆上一塊落滿灰塵的牌子：「我們出去抽根煙，這不司令部內禁止吸煙。」

沈瀚文一臉茫然，顯然秦濤的這個藉口實在太爛了，可謂爛到極致。為了避免尷尬，秦濤迅速招呼眾人把厚厚的銅門推開，大門完全打開之後，包括秦濤在內的所有人全部驚出了一身的冷汗。

一排排成組的烈性炸藥被固定了整整一牆，門鎖的密碼盤就是壓發引爆開關，如果擰錯密碼就會引爆全部炸藥，秦濤粗略估計至少有兩噸烈性炸藥，其爆炸的威力足可以把整個溶洞基地全部炸塌。幾乎所有人都在鬼門關前走了一遭，剛剛還意氣風發的沈瀚文此刻臉色蒼白雙手顫抖，只有三排長焦大喜一副沒心沒肺的模樣一邊拆除炸藥，一邊嘿嘿笑道：「連長，這下有炸藥了，你想炸什麼跟我說，保證全幹倒。」

一陣冷風襲過，秦濤微微一愣，這裡是山體日軍基地內部，怎麼可能有外界的冷空氣吹進來？

繞過幾組物資屏障，秦濤頓時驚呆了，庫房的一角有一個直徑三米多大的洞口通往外界密林，因為山體的垮塌，日軍的祕密庫房才被暴露，被進山伐木的伐木工人偶然發現，一切的一切似乎十分符合邏輯。

而就在不足兩百平方公尺的範圍內，倒斃了兩、三百具形態各異的屍體，一旁掉落了一些金條和銀元、珠寶，很多屍體依然保持著臨死還在爭奪金條的各種姿態。婦女、兒童、青年、壯漢，所有人都如同瘋了一樣不停的相互殺戮，一個婦女的屍體嘴裡似乎還有半個血肉模糊的耳朵？打光子彈空倉掛機的五六式半自動步槍被丟在一旁，折斷的刺刀彷彿在訴說著血腥的經歷。

失蹤的林場十六號場站的人員看來全部就在這裡了，黃金、銀元和珠寶真有這麼大魅力嗎？對此秦濤深表懷疑。

繞過密密麻麻，層層疊疊的屍體，秦濤從塌方地點向下張望，發現這是一處十幾米高的懸崖，十幾條繩子和眾多的木箱都堆放在山崖下，看來這些人是準備合力將這筆天降橫財全部運走，未知的原因讓這些人陷入了瘋狂的相互殺戮，以至於最後同歸於盡，無人倖存。

秦濤的剿匪計畫徹底沒了戲，關東軍祕密基地內現存的最大危險也已經解除，沈瀚文顯得十分興奮，組織隨行的幾名科考隊員開始清點庫房內的箱子編號登記，陳可兒站在一旁望著層層疊疊的屍體發呆。

人死為大，秦濤深深的呼了口氣招呼三排長：「焦大喜，你帶咱們的戰士把這些屍體分開抬進旁邊空著的庫房裡用帆布蓋上。」焦大喜點了點頭，沒幾個人有沈瀚文的心理素質，面對各種扭曲的屍體依然還能一心撲到所謂的工作中去，起碼秦濤自認為自己絕對做不到。

陳可兒突然捂著嘴跑出了司令部，一陣乾嘔之後，一個水壺突然出現在了陳可兒的面前，陳可兒看了一眼秦濤，接過水壺漱口，隨後從懷中掏出一個小酒壺猛灌了幾口酒，似乎在平定情緒。

死人秦濤見過，這麼多死因離奇詭異的死人秦濤也沒見過，運送屍體的士兵搬運屍體時都小心翼翼的躲開那些金條與銀元，彷彿那些金條和銀元會咬人一樣，秦濤看著身旁彈藥箱上散落的兩塊金條，猶豫了一下，想伸手拿起一塊。

陳可兒看了一眼秦濤：「很正常，大家都相信這些金條和銀元是被詛咒過的。」

秦濤的手瞬間縮了回來，尷尬的一笑道：「黃金能夠令人瘋狂，看來確實不假。」

陳可兒又喝了一口酒：「你真相信這些人是為了搶奪這些黃金而相互殘殺的？」

面對陳可兒的質疑，秦濤也微微一愣：「不然如何？」

陳可兒不屑的一笑：「這裡起碼有三噸黃金和十幾噸的白銀以及一批珠寶，這些人幾輩子都花不完，若是爭奪寶藏的控制權，他們會分幫結夥，而不是毫無理性的陷入各自為戰，瘋狂為了殺戮而殺戮。」

秦濤深深的呼了口氣，他承認陳可兒說得十分在理，郝簡仁也不在自己身旁，就算是在，所謂的案發第一現場已經被自己破壞掉了。秦濤突然一愣，沈瀚文、陳可兒和自己都在關東軍的地下基地內部，那營地只留下了徐建軍一個人負責？

一陣寒風順著塌陷的入口吹來，秦濤拉緊衣領：「是不是要降溫了？」

◊

一陣大風襲過，雪屑飛舞，營地之內，徐建軍組織人員加固營地的圍欄，利用車輛固定圍欄的同時，還搭建起一層距離地面三米多高的環形平臺，讓哨兵擁有更良好的視野，讓徐建軍頗為驚訝的是，李壽光竟然帶著三名戰士，在東北角和西北角搭起了兩座木質的哨樓，將機槍和探照燈全部架了上去。

舒文彬的帳篷搭載在一輛卡車的車廂上，除了沈瀚文的科考隊指揮部外，所有的帳篷都搭載在卡車的車廂上，或者用木板在兩輛卡車之間搭設的平臺上，很多科考隊員並不理解，徐建軍也懶得解釋，就是一句話，這是我們秦連長要求的。

舒文彬坐在帳篷門口望著忙碌的徐建軍，很多科考隊員完成了相關設備的準備工作後，都在幫著部隊的戰士加固營地，可以說昨晚的突然降溫和大雪把大家嚇到了，絕大部分科考隊員都來自條件相對優越的城市，這樣極端多變的天氣是他們從來沒有接觸過的，新奇興奮之餘更多的是害怕，除了一頂帳篷沒按時除雪被壓垮外，其餘一切正常，還好有解放軍在身旁，所以也沒出什麼亂子。

舒文彬喝著清茶，抽著煙，一副很愜意的模樣，一陣風吹過，樹頂籃球大的雪塊落下，茶杯掉落在地四分五裂，舒老穩坐釣魚臺的氣勢瞬間蕩然無存，狼狽撤退。

鄂倫春族的伊格吉找到徐建軍：「天氣要變，讓外面的人趕快回來？」

「天氣不是已經變了嗎？又是冰雹又是雨雪的。」徐建軍一臉茫然，伊格吉無奈繼續解釋道：「大風，白毛風要來了，火燒得旺旺的，人都要回來，在外面會被凍死的。」

徐建軍頓時一愣，伊格吉是嚮導，不會危言聳聽的，而且他們常年在山中打獵生活，南北埋骨溝以氣候善變著稱，就算是經驗豐富的鄂倫春族獵人也不敢輕易涉及，一怕衝撞了山神降災，二是山裡獵物眾多，根本沒必要進南北埋骨溝去冒險。

風突然開始變大，樹上的積雪開始紛紛掉落，伊格吉擺了下手：「不用去找了，太晚了。」

風穿過密林引發一陣陣鬼哭神嚎，帳篷抖動得呼呼作響，天開始陰暗下來，雪屑被風刮起，打在人臉上就能留下一道細細的傷口，令人疼痛不已。

徐建軍有點抓狂，一把拽住一排長李壽光：「你我每人帶半個班，一定要把連長和公安局的郝簡仁同志接回來，明白嗎？」

李壽光啪的一個立正：「保證完成任務。」

伊格吉情急之下一把將徐建軍推倒在地，情緒激動道：「你這是幹什麼？這種天氣誰出去誰死，秦連長要是出了意外，你就帶著所有人陪他死嗎？」

李壽光一把將伊格吉拎了起來：「俺就陪連長一起死了，怎麼著？你再敢多說一句，俺把你擰成麻花。」因為窒息，臉憋得醬紅的伊格吉被李壽光丟出幾米遠，撲通一聲摔在地上。

徐建軍望著風雪中矗立準備出發的戰士心中猶豫萬分，自己和秦濤是搭檔，如果在戰場上可以毫不猶豫，哪怕犧牲自己去救他，但是現在，他要對這些年輕的戰士生命負責，更要為上級指派的任務負責，如果秦濤犧牲，他的責任就是擦乾眼淚繼續完成秦濤沒能完成的任務，這是軍人的擔當。

「全體都有！」一個班的戰士挺立在風雪中，每個人不畏寒風暴雪，昂首挺胸！

徐建軍深深的吸了口氣，平復了一下情緒：「全體都有，解散，做好防風防雪準備。」在場的戰士彷彿不敢相信自己的耳朵，每個人都將疑惑的目光投向徐建軍。

李壽光臉色頓時一變：「副連長，那連長怎麼辦？」

徐建軍非常無奈解釋道：「連長帶人進入關東軍地下基地，他們攜帶了兩天的乾糧，等雪停後我們再派人接應他們回來。」

李壽光眼睛一瞪：「膽小鬼，你們不去我自己去。」

徐建軍掏出手槍連續扣動扳機鳴槍三次：「一排長，李壽光同志，你是一個軍人，這裡是人民軍隊，不是把水泊梁山！你是人民子弟兵，不是義薄雲天的梁山好漢。」

李壽光頓時蔫了，望了一眼山窪子方向，轉身對還站在原地不肯解散的戰士大吼道：「還都愣著幹什麼？沒聽到副連長的命令嗎？防風防雪。」

李壽光離開，徐建軍走到伊格吉的面前，用力拍了拍伊格吉的肩膀：「謝謝你，伊格吉同志，沒有你的提醒，我險些犯了大錯誤。」

伊格吉點了點頭，轉身返回自己的皮帳篷，徐建軍環顧左右見沒人，偷偷雙手合十：「觀音菩薩、各路神仙，雖然咱平日沒信過你們，但今天例外，你們得保佑我們秦連長安全回來，要是不靈咱們沒完，要是靈就讓我去世的爹娘在下面謝謝諸位，軍裝在身搞不得這一套，敬請原諒。」

徐建軍抹了一把臉上的雪，心中暗暗嘀咕，老秦啊老秦，你小子一向是命硬，可千萬不能出事啊！

「阿嚏！阿嚏！阿嚏！」秦濤一連打了幾個噴嚏，站在一旁的陳可兒遞過一張手帕，秦濤擦了一下鼻子聞到了一股沁人心脾的清香，才注意到這是一塊十分精美的棉質手帕。秦濤有些不好意思，將手帕揣在懷裡：「一定是哪個混蛋背後偷偷嘀咕我了，這手帕等我洗乾淨了再還妳。」

陳可兒微微一笑：「還什麼？都揣在懷裡了，留個紀念吧，大家都是成年人別那麼靦腆。」

秦濤一臉無奈，望著遠處大風卷起如同銀龍亂舞一般飛快推進的雪暴：「看來我們是暫時回不去了，大家做好在基地裡面宿營的準備吧。」

陳可兒看了一眼對外界情況毫無察覺，一心埋頭統計的沈瀚文，覺得她這個沈伯伯不像一個搞科研的，反而更像一個斤斤計較的農莊主。一想到要跟幾百具屍體在同一個基地內過夜，陳可兒頓時覺得整個人生處於挑戰與崩潰的邊緣，唯一讓陳可兒能夠感受到安全感的，就只有待在秦濤身旁。

◊

雪，詩情畫意，賞心悅目，賞雪邊酒人生百味。

而這一切的一切，在郝簡仁的腦海中全部崩潰，濕乎乎的雪，冰冷刺骨，一腳踩下去整個膝蓋以下全部陷進去。每一步都好像使出了吃奶力氣一樣，郝簡仁想起了秦濤吩咐自己不要離開營地半徑三公里範圍搜索，一步一步艱難的挪動，郝簡仁懷疑自己到底能否走出半徑三公里？

沿著指南針不斷晃動的針尖前行，郝簡仁最先感覺到的是自己的腳趾沒了感覺，麻木在不斷的擴散，翻越了一道小山嶺，就在郝簡仁和六名戰士疲憊不堪之際，他們驚訝的發現在前面不足五百公尺的山溝裡有十幾頂帳篷和一大堆器材箱子和油桶，並且不斷傳來發電機的轟鳴聲。

七個人如同溺水的人抓住了救命稻草一般，一陣精疲力竭的呼喊過後，七個人連滾帶爬的來到了營地不遠處的小樹立停住了腳步。

渾身脫力的郝簡仁一腳踩到了一個安全帽滑倒癱坐在地，整個營地充滿了死一般的寂靜？

郝簡仁環顧左右，駐紮營地半徑三公里之內肯定沒有這樣一個規模的營地，成排的鑽頭，大批的軍用物資，空空蕩蕩的帳篷，被隨意丟棄的個人物品，這裡到底是哪裡？

郝簡仁用力敲了敲自己攜帶的指南針，結果針頭快速的轉了兩圈，又停在剛剛的位置上，臉上寫滿了難以置信的郝簡仁這才意識到，不是自己的指南針出了問題，就是這個地方出了問題？

不知不覺自己的行進路線已經偏離了營地的軸心線，從自己步行穿越密林雪原的速度計算，郝簡仁驚訝的咽了一口吐沫，因為他已經到了北埋骨溝，這裡是秦濤千叮萬囑不要涉入的地域？

郝簡仁被驚出了一身白毛汗，六名全副武裝的解放軍戰士，自己為什麼要怕？難道只為了秦濤的一句話？郝簡仁連續深呼吸平穩情緒，秦濤反覆叮囑自己不要深入北埋骨溝，這裡到底隱藏著什麼祕密？郝簡仁從秦濤當時叮囑自己的口吻判斷，秦濤一定來過北埋骨溝，郝簡仁記得似乎在前不久，秦濤曾帶領連隊在白山腹地執行過一段時間的任務。

原路返回？還是前往一探究竟？就在郝簡仁猶豫不決之際，忽然感覺溫度低寒，大風驟起，將地面上的雪刮了起來，郝簡仁頓時一驚，白山俗稱的白毛風，大風導致溫度驟降十幾度，能見度不足一米，解放前白山最大的一夥土匪下山搶劫返回山寨途中遭遇了白毛風，一夜過後，一千多人無一倖存。

遠處，驟風激起的雪暴形成了白毛風，一道近百米高的雪幕鋪天蓋地襲來。

「大家用背包帶串在腰帶上，一個扶住一個肩膀！」郝簡仁的最後一句話被大風吞噬，白毛風瞬間將天地一切變得白茫茫一片。

營地內的帳篷大多破損或者倒塌，各種設備丟棄得到處都是，一大批尚未開封的採樣箱被丟棄在風雪中，整個營地可謂是一片狼藉，郝簡仁帶著眾人躲進了一輛充當生活車的箱式貨車。

推開電源開關，郝簡仁頓時為之一愣，片刻後一股暖風充斥著車廂內，車廂內白色的真皮沙發，厚厚的地毯，擺放有序的資料與設備，鋪在會議桌上的地圖標注了數個點，其中一個點用紅筆在地圖上畫了兩個，車廂內的整潔與營地的一片狼藉形成顯然對比。

郝簡仁帶著兩名戰士頂著風雪檢查了一下發電機的油量，發現原來是發電機室連接著油罐車，所以才一直工作，而油罐車的油量才僅僅用去了三分之一，通過油量郝簡仁推斷，這個營地被放棄絕對沒超過四十八個小時。

返回車廂，留守的戰士不但發現了衛生間，還有幾台像小電視機一樣的東西，戰士們圍在一起試圖打開看看新聞聯播。郝簡仁是見過世面的，雖然不會擺弄，但他知道那玩意兒叫做電腦，是要花綠票子美元進口的東西，死貴、死貴的，一般等閒的科研機構都申請不到，沒想到在這邊營地裡面竟然看到了五台？而且是被棄之不顧？

五台電腦讓郝簡仁忽然緊張了起來，這得是多闊綽的地質勘探隊，他們到底遭遇了什麼？以至於放棄整個營地，甚至連珍貴的電腦都來不及帶走？營地內的一切就好像遭遇了洗劫一般。如果遭遇了洗劫，那麼車廂內的一切井井有條又怎麼解釋？

望著詭異、完全沒有邏輯可尋的一切，郝簡仁發覺自己還真不是幹刑偵的料。

車外暴風雪肆意橫掃，不時就能看見帳篷被風撕成幾片或者垮塌，車廂內儲存有大量的午餐肉與餅乾、水果罐頭，郝簡仁奢侈的發明了一種午餐肉夾餅乾的吃法，喝了一罐櫻桃罐頭的汁，暖洋洋的車廂讓郝簡仁覺得世界上最美好莫過於此了。

郝簡仁記得自己曾經與秦濤討論過幸福，秦濤的幸福非常簡單，我餓了，你有一個饅頭，你就比我幸福，天冷了，我沒有大衣，你有大衣，你就比我幸福。

在此之前，郝簡仁對於秦濤所謂的幸福嗤之以鼻，但經過了雪暴和生死競速之後，美美的吃上一頓，睡個大覺補充一下體力，這就是最幸福的事了。

一名戰士提出是否要安排哨兵，向來沒什麼危機感的郝簡仁差點把這名戰士從車裡扔出去，在郝簡仁看來，車裡要嘛是人民公安，要嘛是解放軍，需要安排哨兵幹什麼？除了秦濤那種「總有刁民想害朕」的被害妄想狂。

風雪嘶吼，發電機轟轟作響，距離車廂不遠處的一個雪堆微微的動了一下。一個白色的身影從雪堆中起身，手中拎著一支同樣被白布包裹的槍支，很快消失在風雪之中。

睡夢中的郝簡仁嘴角露出了一絲笑意，或許夢到了什麼開心事。

◊

與此同時，秦濤可一點也開心不起來，原因非常簡單，沈瀚文教授同志沒有找到龍骨，並且沈瀚文固執的認為龍骨一定被藏在某個未知的角落裡。秦濤對此十分無奈，偌大的基地，宿舍、生活區、武器庫、倉庫等等三百多間，十幾個相連的大區域，找龍骨？到哪裡去找？就因為舒文彬說過當年日本人把龍骨運到這裡來了？萬一日本人後來又運走了呢？

沈瀚文的固執讓秦濤非常無奈，只好把一個班的戰士按戰鬥編成分為三個戰鬥組，自己與焦大喜分別帶領一個，而魏解放的戰鬥組則留守在庫房，協助清點物資，保護沈瀚文和陳可兒等幾名科考隊員的人身安全。

在主通道的岔路，秦濤與焦大喜分開，帶著小書生、齊滿江、小耿沿著一條彎曲的通道前行。沒走多遠，秦濤就感覺到了，這條狹窄的通道似乎並不是平行的，而是逐漸下行？

與之前的通道佈滿明顯的風鎬等工具開鑿痕跡不同，這條通道的開鑿痕跡已經幾乎模糊不清了，顯然這條通道的開鑿年代要比之前的關東軍地下基地久遠很多？

走出通道，秦濤的眼前豁然開朗，一座天然形成，人工開鑿的巨大溶洞宛如一個穹頂大廳一般，雖然一半以上的電燈都已經損壞了，但借助剩下的電燈，秦濤依然能夠看清楚溶洞的全貌，尤其盤在洞頂那條栩栩如生的巨龍，秦濤很難分辨出那條鐘乳石形成的巨龍是天然形成的還是人為雕刻的？

而溶洞大廳的一面牆上掛著一幅十幾米大的巨幅旭日旗，與尋常的旭日旗不同，這面旭日旗歷久如新，尤其是中央的鮮紅色，讓人有一種陰森的感覺？

地面上散落倒塌的架子，四方如同祭壇的臺階旁散落著一些身首分離的白骨，其中有人骨也有獸骨，一些腐爛的旗幡倒在一旁。

不知不覺，秦濤走上了十幾級臺階，溶洞的中央是一口巨井，井邊有一條胳膊粗細的鎖鏈一直垂到井中。秦濤好奇向井中探了一下頭，一股刺骨的寒意迎面而來，差點令其麻木暈厥過去。

秦濤向後退了幾步，吩咐通訊員小耿：「去請沈教授和陳副隊長他們過來一趟，這地方有點邪門。」

小書生環顧四周：「連長，你看這井沿上雕刻的並不是花紋，而是一種字體，更像是符號形成的圖案。」

秦濤蹲下仔細查看，由於年代久遠，很多符號的紋路已經模糊了，只能分辨一個大概，忽然，一個讓秦濤記憶深刻的符號出現了，就是在李老頭病房牆上出現頻率最多的那個字元「龍」。

自己此生似乎與龍有緣啊？

井中不時散發著一陣陣的寒氣，小書生把祭壇旁一個倒在地上的青銅尊扶了起來驚訝道：「連長，這東西是春秋中晚期的，這麼大的器型非常罕見！」

秦濤看了一眼青銅器，只感覺很普通，沒什麼太特別的地方，一個還有紋路的青銅大罐子？

小書生見秦濤一臉費解，於是解釋道：「連長，我父母都是搞考古研究的，因為工作忙他們很多時候都是帶著我，一邊工作一邊給我講解，所以我從小就對文物考古特別偏愛，也有些研究，你看這四方大尊上的雲紋，春秋中期出土的青銅器基本都以蟠螭紋作為標誌，因為隨著合範法鑄造的高度發達、失蠟法的應用、模印法制範、鑲嵌工藝開始普及，春秋中後期是青銅器發展史上的另一個高峰。」

秦濤眉頭一皺：「什麼紋？」

小書生微笑：「蟠螭紋，蟠螭生得虎形龍相，據相傳是龍與虎的後代。具有龍的威武和虎的勇猛，在古代軍隊的軍旗、印章以及兵器上經常體現。簡單說是蟠螭，一種早期沒有角的龍，《廣雅》裡就有『無角曰螭龍』的記述。不過對蟠螭也有兩種解釋，一種是指黃色的無角龍，另一種是指雌性的龍，在《漢書司馬相如傳》中就有『赤螭，雌龍也』的注解」

又是龍！秦濤無奈的從井口邊走開，沈瀚文人沒到，秦濤就聽到了他急切的聲音。

「還有多遠啊！小陳走快點，這可是重大發現，重大發現。」

第四章　人骨祭壇

一臉震驚的沈瀚文望著祭壇和洞頂那龍形的鐘乳石，好一會工夫才從驚愕中醒悟過來，陳可兒已經報銷了快一卷膠捲了，其中還有三名戰士的合影，陳可兒招呼秦濤合影，秦濤擺了擺手直接拒絕：「你們照吧，在地下照相不舒服。」

面對秦濤不是理由的理由，陳可兒恨不得把相機直接摔在秦濤臉上，於是瞪著秦濤凶巴巴道：「不是給你照，是讓你給我們大家合影。」

沈瀚文、陳可兒，七名戰士與八名科考隊員在祭壇前排成兩排，秦濤按下快門的一瞬間，似乎感覺多了幾個人，是自己眼花？秦濤仔細查了一下，確實是十七個人，加上焦大喜戰鬥組的四個人和自己，一共二十二人。

秦濤面帶疑惑的把相機交還給陳可兒，對於剛剛按動快門一閃瞬間出現的情景，秦濤閉口不談，由於不確定自己是否眼花還是光線折射影響，秦濤詢問陳可兒什麼時候能將照片沖洗出來？陳可兒微微一愣，如實告知，只要返回營地，在指揮車上就能夠完成照片的沖洗。

秦濤知道自己的疑惑恐怕只能等照片沖洗出來才能證實，不過一會，焦大喜帶著三名戰士也來到了祭壇大廳，焦大喜沿著岔路搜索發現了一個非常厚重的金屬門，門上裝有厚厚的玻璃觀察口，裡面似乎儲存著大量的罐體，拆除金屬門外部的固定支撐架後，似乎被人從裡面鎖住了？

「從裡面鎖住了？」秦濤猶豫了一下詢問焦大喜：「那你們把拆除的那個固定裝置裝回去了嗎？」

焦大喜搖了搖頭：「那東西特別沉，是固定在地面的一個大架子，拆除了安全銷動力一推就倒在地上了，推倒容易，要裝回去沒十幾個人怕是抬不動。」

焦大喜見秦濤一臉擔憂，打趣道：「連長，你該不是怕裡面跑出什麼東西來吧？咱們手裡的傢伙也不是吃素的，怕個啥咧！」

秦濤轉身看了一眼沈瀚文，沈瀚文似乎正在研究小書生提過的那個大型的四方蟠螭紋青銅尊，而陳可兒則在研究倒在地面上已經腐朽快爛光的旗幡。

沈瀚文見秦濤走了過來，十分興奮道：「小秦，你們這可是大發現啊！你知道這是什麼嗎？」

秦濤最受不了沈瀚文無時無刻的科學知識普及教育，自己要是都明白，還要專家學者幹什麼？術業有專攻，科學研究秦濤不行，打仗指揮沈瀚文不行。不過秦濤最多也就是腹誹幾句，想一想而已，要是真把老頭子氣出個好歹，回去政委還不和自己拼命啊！

於是，秦濤拿出一副虛心好學的架勢，沈瀚文也趁機發揮：「實際上，這並非禮器，而是祭器，祭祀之器，古代帝王祭祀山川，慣用沉埋形式，祭山用埋，祭水用沉。早期用於沉埋的祭物，有金銀器、銅器等。唐代逐步形成了沉埋金龍玉簡的固定禮儀。它的一般方式是將寫有願望的文字玉簡和玉璧、金龍、金鈕等器物一塊用青絲捆紮，待舉行醮儀後，再投入名山大川之中，作為升度之信，以奏告三元，只不過這件祭器非常奇怪，從表面的腐蝕程度來看，保存得非常完好，應該不是水沉或者出土。」

沈瀚文自言自語離開，繼續研究古井和青銅器，把虛心好學的秦濤晾在了一旁，秦濤沒感覺到尷尬反而有一種解脫輕鬆。

陳可兒用鄙視的目光看著秦濤：「沒想到，這麼正直的秦連長也開始變得虛偽了。」

秦濤無奈的一聳肩膀：「世界是我們的，世界也是你們的，世界最終是年輕人的。」

陳可兒微笑看著秦濤：「人要接受現實，也要面對現實，凡是現實的就是合理的，凡是合理的就是現實的，黑格爾。」

秦濤看不慣陳可兒高傲的態度：「真理是時間的產物，而不是權威的產物，培根。」

受到挑戰的陳可兒回敬：「存在著兩種不同類型的無知，粗淺的無知存在於知識之前，博學的無知存在於知識之後，蒙田。」

秦濤皺了皺眉頭，部隊的讀書室並沒有太多的書可供排解閒暇時間，大多都是哲學類的書和偉人語錄，用名言警句互辯，陳可兒算是撞到秦濤的槍口上了。

秦濤當即毫不留情：「目的總是為手段辯護，馬基雅維利。」

才思敏捷的陳可兒迅速回應：「世界上沒有兩片完全相同的樹葉，萊布尼茨。」

一旁的沈瀚文、焦大喜等人全部停止了手中的工作，望著不停爭辯的兩人。

秦濤忽然意識到自己與陳可兒幾乎是棋逢對手，自己肚子裡有多少乾貨，秦濤再清楚不過了，想結束這場爭論唯一的辦法就是出狠招，於是微微一笑：「人法地，地法天，天法道，道法自然。」

陳可兒好奇詢問道：「誰說的？」

秦濤故意高聲：「老子！」

沈瀚文含笑點頭：「秦連長不錯，恰到好處。」

面對又驚又氣的陳可兒，秦濤宜將剩勇追窮寇，把自己唯一會的一句發音不算標準的拉丁語也丟了出來：「Nisi quod verum est in manus paucorum.（真理只掌握在少數人手中。）」

轉身準備離開祭壇的秦濤腳下一滑摔倒在地，陳可兒笑咪咪的看著秦濤：「有句老話，人在做，天在看，報應來得好快啊！」

正準備起身的秦濤猛然發現自己腳下的祭壇似乎有些異樣？於是單膝跪在地上，拔出匕首刮了刮祭壇地面上的白色粉末，一張扭曲變形的面孔驚現在眼前。

呀！秦濤瞬間摔倒在地，手腳並用跳下了祭壇，沈瀚文驚訝的看著秦濤失態的舉動，好奇什麼東西竟然能把幾乎是天不怕地不怕的秦濤嚇倒？

沈瀚文與陳可兒看過之後也是滿臉震驚，沈瀚文吩咐幾名科考隊員暫停手中的工作，開始對整個祭壇進行清理。

陳可兒也注意到了祭壇邊那些幾乎完全腐爛的旗幡，查看過後陳可兒驚訝道：「這些旗幡上的標誌是日本一個有名的陰陽師家族的記號，日本人的陰陽師出現在關東軍的祕密基地中，而這個基地似乎又與一處中國年代久遠的遺跡相連？」

「陰陽師是幹什麼的？」面對秦濤的疑惑，陳可兒指了一下地面上的旗幡道：「跟我們中國的風水師很近似，又不完全相同，似乎日本人當年在這裡搞一個規模十分龐大的祭奠儀式，或者說日本人在這裡發現了什麼，才修建了這個連關東軍祕密基地記錄上都沒有的幽靈基地？」

陳可兒的推論嚇了秦濤一跳，細想之下卻又有些合情合理，因為很多事情根本沒辦法解釋，沈瀚文與陳可兒商量之後決定，等風雪小一點讓秦濤去把舒文彬接來，畢竟舒文彬是當年的親歷者，而且沈瀚文認為舒文彬可能存在顧慮，並沒有說出知道的全部情況。

從山崖塌陷的洞口望出去，白茫茫的天地之間暴風雪在肆虐，這樣的暴雪應該不會很快平息，這樣的極端天氣，人根本無法出去。

對於沈瀚文與陳可兒商議，給自己安排的這個根本不可能完成的任務，秦濤既沒表示贊同，也沒表示反對，因為在秦濤看來無論是贊成還是反對都是沒有意義的，與其和沈瀚文爭論，不如養精蓄銳。

秦濤坐在一旁燃起篝火，望著正在清理祭壇的科考隊員，專業的工具配合專業的人員，很快四層的祭壇被清理出了一個大概，上面白色的粉末狀附著物被大致清理乾淨，整個祭壇的原貌也展現了出來。

四層階梯竟然好像都是用人的胸骨拼接而成，臺階的邊緣則是一根根並列的腿骨，周邊的白色地面竟然是打磨鑲嵌拼接的頭蓋骨，還有用指骨和一些人體其他部位骨骼拼成的圖案與符號，而這些符號大多是連專家都不認識幾個的春秋圖騰文。

隨著祭壇周邊不斷被理清了，一層濕滑的苔蘚和淤泥被清除，地面上的紋路也開始逐漸清晰起來，站在大廳中秦濤一陣毛骨悚然，用人的骨骼搭建的祭壇和鋪設的地面？到底要多少人的骨骼才能鋪滿大廳？

沈瀚文蹲在人骨祭壇的頂部，圍繞著井口周邊半徑三米的祭壇環形頂層，一層晶體密封下竟然是無數張表情千差萬別的面孔，這些面孔甚至栩栩如生，眼中透露著恐懼也絕望。

「這到底是什麼？」面對秦濤的疑惑，沈瀚文合上了野田一郎的手札深深的呼了一口氣：「無知山民墜入深潭無意中發現了這座春秋時期建造的祭壇和古井，並且帶走了井邊的斬龍劍，期望暴富的山民帶著斬龍劍去新京也就是長春出售，被一個日本商人巧取豪奪，同時也讓日本人意識到山裡有密藏，後來日本人多次考察，並且從國內請來了陰陽師大家，完成祕密基地修建後，將一萬多名勞工全部處死，用藥水浸泡取得骨骼，以白骨搭建祭壇，以防腐明膠封印千人生魂。」

秦濤看著沈瀚文：「將這麼多活生生的人灌膠太惡毒殘忍了，用一萬多人的骨頭搭建起祭壇，日本人在這裡究竟想幹什麼？難道日本人家裡沒祖宗，非得到處拜？」

沈瀚文搖了搖頭：「手札裡並無記載，或許手札的主人也不知道。」

對於沈瀚文的解釋，秦濤非常不滿意，關東軍的地下祕密基地內發現了春秋時期的一處遺址，還有二戰時期日軍屠殺勞工修建的白骨祭壇，更有所謂陰陽師祭祀用膠灌注密封裡的上千人，日本人想幹什麼？

累累的白骨讓秦濤的心情變得十分壓抑和沉重，幾十年前的戰爭帶給了中華民族巨大的創傷和痛苦，也正是在廢墟之上，中國人民第一次站了起來，當家作主。

沈瀚文組織人開始拓印古井上的圖案和符號，秦濤則拿著沈瀚文拓印的基地內部通道圖在反覆對照，從沈瀚文與陳可兒對人骨祭壇的態度，秦濤知道沈瀚文與陳可兒肯定知道其中的原委，所謂的科考很有可能只是一個藉口，秦濤突然想起了錢永玉和電閃雷鳴的夜晚。

◊

風雪越來越大，似乎根本沒有減小的意思，郝簡仁睡得昏天暗地，郝簡仁並不知道，距離他不到兩百米外，一隊人正在沿著鋪設好的鋁合金走梯，護送一名乘坐輪椅的人進入一處洞口，如果秦濤在場，一定會認出，那個山洞就是他最後一次爆破炸開的點，鮮血一樣散發著腥味的液體將地面的雨水全部染紅。

進入洞口，走在最前面，身穿白色偽裝服的羅傑摘下風雪帽，輪椅上的老者不斷的劇烈咳嗽，羅傑走到一名彪形大漢身旁：「頭，那老傢伙到底行不行？他要是掛了我們可就要空手而歸了。」

大漢摘下頭上的風雪帽，露出了一張滿是坑窪的臉，左眼上扣著眼罩，嘴裡咬著一支沒有點燃的雪茄：「我知道，你們要記住這裡是中國，傭兵的墓場和禁忌之地，千萬躲開中國軍人，這是我的忠告。」

羅傑點了點頭，畏懼的看了一眼大漢滿臉的傷痕，他記得那是為了救他被蝴蝶雷炸的。獨狼是老大的綽號，沒人知道他之前幹過什麼，只知道他來自中國，手段毒辣兇狠，一旦動手就是以命相搏，短短幾年就在歐美金主情報機構主導的世界傭兵界打響了名號，並且擁有了自己的隊伍。

三噸黃金和價值十億美元的珠寶是這次獨狼決定冒險的主要原因，隊伍的全部成員在兩年內分批以各種名義進入中國，教師、專家、遊客、經銷商等等五花八門的身份，避免引起中國情報機構的注意，用兩年時間去完成一個「任務」，對於獨狼的傭兵團隊來說是前所未有的，即便對方支付了一百萬美元的定金。其實對於對方聲稱的幾噸黃金和十億美元的珠寶，傭兵們並不在意，因為那些都是虛無縹緲的東西，完成任務每人到手的十萬美金可以讓他們遠離槍林彈雨、刀頭舔血的日子。

不過，讓羅傑非常不爽的是這次行動要帶上一個垂死的老傢伙，因為這個老傢伙幾次拖延了隊伍的行程，險些與獨狼老大反覆告誡的中國軍隊相遇。

鼴鼠最後一個進入山洞，看了一眼那些被大雪覆蓋的地質勘探隊員屍體，鼴鼠聳了聳肩膀，叢林法則的殘酷也在於此，一些人為了活得更好，就必須讓另外一些人死去。

傭兵隊伍沿著通道來到一扇石門前，石門已經被卸掉了一半，裡面的雕像旁都擺放著照明燈具，因為發電機在運作的關係，照明非常充足，地面上幾灘發黑的血跡和一頂被子彈打破的安全帽倒扣在地上。獨狼停住了腳步，看了看面前的三條通道，來到輪椅面前：「是這裡嗎？」

披著厚厚呢子風雪袍子的老者伸出乾枯的手指了一下前方：「這裡就是墨家大殿了，祕密基地封閉之後，沒人能夠再進得去，我們必須從這處古代遺跡進入，誰也不會想到，這裡竟然是春秋時期赫赫有名的墨家的終結之地，歷任的鉅子和墨家守護的祕密也在這裡終結。」

獨狼悶聲悶氣的哼了一聲：「如果沒有三噸黃金和珠寶，這裡也將是你的終結之地。」

老者劇烈的咳嗽之後，輕輕擺了擺手：「我只要那件東西，其餘的都留給你們，我的醫生告訴我，我的身體最多能撐兩個月，對於一個只有兩個月生命的老傢伙而言，我會懼怕死亡嗎？」

獨狼看了一眼三條黑漆漆的通道：「死亡未必是終結，比死亡更可怕的是你還活著，要面對未知的任何可能，而現在我們是在替你賣命。」

老者嘿嘿一笑：「你們是在替鈔票賣命，不是我，這一點我非常清楚，到達祕密基地後，你們拿到你們要的黃金和珠寶就可以離開了，希望我們的合作會順利。」

獨狼玩味的看著老者：「這麼隱祕的基地和進入方式，我非常奇怪你怎麼會知道？是不是還有什麼祕密是你沒有告訴我們的？如果是合作，我希望我們之間開誠布公，沒有任何祕密。」

老者沉思片刻：「那裡曾經駐紮有一個聯隊的士兵，為了挽回敗局，當年一些瘋子利用古老的中國神祕遺址做了很多瘋狂的試驗，你明白嗎？瘋狂的試驗！」

獨狼似乎有些不解：「二戰期間的日軍原本就是一群瘋子，準確的說是一群喪心病狂的瘋子。」

老者擺了擺手：「我說的瘋狂是真正的瘋狂，他們妄圖打造一支不死大軍對抗盟軍。」

獨狼微微一笑：「結果我們都知道，挨了兩顆原子彈無條件投降了。」

老者似乎喃喃自語：「結果？沒有人知道結果。」

傭兵隊沿著老者指的方向開始前進，一名走在最後的傭兵發現自己的鞋帶開了，於是彎腰去繫鞋帶，繫好鞋帶後，這名傭兵似乎聞到了一股腐臭味？一回頭，猛然發現一雙閃著紅光的眼睛。

幽靈獵手人不見了？羅傑小聲把這個消息告訴了獨狼，獨狼皺了皺眉頭：「鼴鼠負責斷後，他怎麼說？」

羅傑環顧左右壓低聲音：「鼴鼠什麼也沒看到，但他聞到了血的味道。」

獨狼點了點頭：「讓大家都打起精神，從現在開始，你寸步不離那個老傢伙，如果老傢伙有問題直接幹掉他。」羅傑不懷好意的看了一眼輪椅上的老者點了點頭：「放心吧頭，我很願意送老東西去見上帝。」

獨狼拍了一下羅傑的肩膀：「那老東西不信上帝，別送錯地方。」

◊

秦濤絲毫沒有意識到危險正在逼近，肆虐的雪暴和令人毛骨悚然的人骨祭壇讓他十分的不舒服，根據焦大喜的報告，這個關東軍的祕密基地內似乎還有大量的罐體，儲存著未知液體或者氣體，日本人在二戰期間製造和大量的使用過化學武器，沈瀚文可以不在乎化學武器，秦濤卻不能。

趁著沈瀚文清理祭壇拓印祭壇上的春秋圖騰文之際，秦濤在焦大喜的帶領下來到了他們試圖進入的庫房，巨大的金屬門鏽跡斑斑，秦濤徒勞的用力推了推，結果紋絲不動。

透過模糊的觀察孔，秦濤隱約的看見庫房裡面似乎有一排排的罐子？對照了一下日本人的基地內部設施路線圖，秦濤發現，無論是司令部內的祕密庫房，還是血債累累的白骨祭壇，以及這個裝滿了罐體的庫房，這些設施全部都不在基地內部設施路線圖上。

秦濤仔細檢查了被焦大喜等人拆卸的所謂安全架，安全架是固定在地面上的，全部由鑄鐵鑄造而成，利用三角支架固定大門，與其說是固定大門，倒不如說是頂住大門才對，好像當年的日本人擔心裡面會有什麼東西衝出來？所以才安裝了這個設施。這麼厚的大門，就算是當年日本人的坦克也未必能撞開，一群躲在深山老林裡的關東軍餘孽，幹得都是見不得光的勾當。

猶豫片刻，秦濤帶領焦大喜等人試圖把鐵架子恢復，結果即便王二牛使出了吃奶力氣也徒勞，放倒能將堅硬的水泥地面砸出一個坑的鐵架子根本不是人力能夠恢復的。

「貼上封條！」秦濤一揮手，也算是心理安慰。

望著兩張軍事管制封條交叉貼在鐵門上，秦濤甚至覺得有些滑稽，自己查封了一個打不開門的日本關東軍祕密倉庫？日本人在外面安裝了一個重達幾噸的鑄鐵架子頂住大門，而自己貼了兩張紙？

秦濤帶人返回祭壇，沈瀚文與陳可兒已經開始現場辦公，祭壇遺留的文物被分門別類的編號擺放。

一旁通信員小耿與戰士李健在小聲交談，兩人一邊交談，一邊向秦濤方向張望，兩人似乎在商量著什麼？一會兒，小耿來到秦濤身旁神神祕祕道：「連長，李健他們剛剛搬運屍體發現了一個非常奇怪的現象。」

秦濤現在最怕聽到諸如「有情況」、「奇怪的現象」等等此類詞語，因為從出發開始，各種怪事就層出不窮，秦濤此刻也算是見怪不怪了。

小耿略微猶豫了一下道：「李健家裡有人是幹法醫的，他說人死後會出現屍斑，屍體腫脹變形、僵硬等等特徵，而他們搬運的屍體四肢並不僵硬，也沒有屍斑，好像剛死一樣，更為主要的是，那麼多打鬥痕跡和屍體，卻幾乎沒有血跡？」

秦濤點了點頭：「這個情況你和小耿知道就好，不要引起恐慌，一會雪小一點，你和王二牛立即返回營地，讓徐副連長把全部人員都帶到基地來，並且立即與上級進行聯繫，請求把七九團成建制調過來。」

小耿微微一愣，身為通訊員他自然明白秦濤不是在開玩笑，一個連長給上級發報，請求增援，而且直接就是一個團，這恐怕是史無前例的，同時也說明他們面對的困難和危險性。

「秦連長，秦連長你來一下！」秦濤這會最不願意聽到的就是沈瀚文的聲音了，因為這個固執的老同志總是出新問題，別人是有困難，克服困難，沈瀚文是沒困難，自己製造困難來克服，簡單的說就是屬於吃飽了撐的，沒事找事。

沈瀚文指著一條幽暗的通道興奮道：「秦連長，我們在這裡發現了一條通道，你帶領幾個戰士沿著通道探索一下，如果有什麼發現，馬上報告我。」

秦濤用手電筒照了一下幽暗潮濕的通道：「沈教授，我們現在兵力有限，為了保證你們的人身安全，我不建議將現有兵力過度分散使用，而且，這個關東軍祕密基地內部有太多的未知區域，還是等徐副連長帶其餘部隊和人員趕到再說吧。」

秦濤轉身離開，留下沈瀚文一臉驚愣詫異，陳可兒望著有些手足無措的沈瀚文，微微的歎了口氣，低頭繼續在顯微鏡前反覆檢驗採集的樣品。

秦濤此刻最為擔心的是……

◊

風雪似乎小了一點，一輛十輪越野重卡抵達了營地，原本應該在十六號場站的黃精忠帶著一位四十多歲，戴著有如啤酒瓶底一般厚厚眼鏡片的中年人進入了指揮部。

對於黃精忠的突然到來，徐建軍驚訝不已，黃精忠抖了一下身上的雪，湊在火爐前暖了暖手，環顧眾人：「咦！你們秦連長呢？讓老秦過來，我有事情要向他交待。」

徐建軍無奈的搓了下手：「我們連長和沈隊長、陳副隊長進關東軍祕密基地了，因為雪暴阻礙所以被困了。」

黃精忠瞪著眼睛看著徐建軍：「你們連長和沈教授、陳教授被困關東軍祕密基地，你們在這裡烤火喝小酒？為什麼不組織救援？你知道沈教授和陳教授這樣的人才對國家意味著什麼嗎？」

徐建軍滿臉漲紅：「當時雪暴特別大，非常危險，鄂倫春族的嚮導建議我們不要冒險，命令是我下達的，與其他人無關。」

黃精忠猛的一拍桌子：「徐建軍，你是個革命軍人，你這是畏縮不前，你這是貪生怕死。」

徐建軍也猛的站了起來：「姓黃的，你把話說清楚了，你說誰貪生怕死？」

舒文彬撩開棉簾進入指揮部，見黃精忠與徐建軍兩人劍拔弩張，於是靠近火爐坐了下來，點燃了一支香煙，望著黃精忠與徐建軍兩人：「在這裡你們都是領導，就事論事，之前徐副連長的處置合情合理，我相信要是秦連長在，也一定會這樣處理，現在風雪小了一些，可以組織人前往關東軍基地進行接應了。」

舒文彬的話點醒了有自亂陣腳之嫌的黃精忠和徐建軍，黃精忠深深的呼了口氣：「老徐，我是個急性子，你別在意。」

徐建軍也不好意思的撓了下頭：「老黃，我這人就是炮筒子，咱們還是趕快研究支援秦連長他們吧。」

黃精忠點了點頭：「我給大家介紹一下，這位是上級派來的馮專家，馮育才，是搞考古的，我還給你們帶來了一個班的增援和一批防寒裝備。」

馮育才推了一下眼鏡框：「給大家添麻煩了。」

很快，由徐建軍帶領兩個加強班和舒文彬在內的十五名科考隊員，以及相應設備的支援分隊組建完畢，直接出發，黃精忠負責留守營地接應隨時可能返回的郝簡仁等人。

對於郝簡仁一行七人徐建軍更為擔心，畢竟負責帶隊的這位公安同志看上去並不是那麼的靠譜，徐建軍也很不理解，做事謹慎、待人誠懇的秦濤怎麼會有郝簡仁這樣一個很不靠譜，滿身資本主義習氣作風的死黨好友？

徐建軍支援分隊的身影很快消失在風雪之中，黃精忠分別看望了幾名因病留在營地的科考隊員和半個班的戰士，他驚訝的發現，自己竟然成了留守專業戶？部隊出發他負責留守，先遣分隊前進他負責留守十六號場站，而現在他又負責留守前進營地？

望著已經開始減小的雪暴，黃精忠眼前浮現起郝簡仁那沒心沒肺的笑容，心底暗暗祈禱，老天爺，可千萬別讓這小子出事才好。

彷彿老天爺聽到了祈禱，經過充足的睡眠休息之後，郝簡仁帶著六名戰士吃飽喝足，冒雪對地質營地周邊進行了一次搜索，結果發現了架設有金屬梯子的洞口，一名試圖攀爬梯子滑落掉入溝中的戰士無意間發現了大量地質隊員的屍體。

郝簡仁這才意識到，整個地質營地的人員並不是撤退了，而是遇害了，要嘛撤回營地報告請示，要嘛沿著線索追擊凶徒，郝簡仁徵求了一下六名戰士的意見，結果六名戰士的意見就是服從命令，聽從指揮。

郝簡仁作出了一個大膽到連他自己都有點震驚的決定，那就是順著山洞追擊。

而此時此刻，山洞通道內的獨狼等人也遇到了麻煩，因為連續放炮崩山尋找入口，把老者記憶中的通道給震塌了，連續嘗試繞行之後，獨狼發現自己遇到了一個小麻煩，這個小麻煩就是他們迷路了？

幾點冰冷的水滴掉落在獨狼的臉上，獨狼看著面前的三岔洞穴通道，回身看了一眼老者：「下面怎麼走？」

老者的聲音頗為無奈：「原有的路被山體塌方堵死，現在我們只能碰運氣了，當年發現這裡的時候，墨家在洞穴裡佈滿了各種匪夷所思的機關，可是當年這些絕頂聰明的能工巧匠卻並未意識到，時間，時間才是一切，他們不朽的偉業和精巧的機關同樣承受不住時間的考驗。」

老者的答非所問讓獨狼頗為無奈，只好一揮手：「羅傑，尖兵組先行，大隊距離一分鐘。」

與獨狼傭兵隊迷路不同，郝簡仁則是一頭闖了進去，郝簡仁的感覺就是自己進入了另外一個世界，到處都是怪異的符號和圖案，一尊尊刻在石壁中的半身雕像也不知道是什麼人，通道地面上兩側鑿出的排水槽配合微微傾斜的通道角度，讓通道內沒有半點積水，郝簡仁感歎古人智慧的同時，絲毫沒注意自己已經第三次選擇岔路了……

◊

風雪小了很多，秦濤開始安排通訊員小耿和王二牛準備返回營地，兩人剛剛離開不到十分鐘就返回了，與其一同來的還有徐建軍的支援分隊，讓秦濤最驚喜的是徐建軍還攜帶了大功率電臺。

徐建軍給秦濤又帶來了一名專家馮育才，最近對專家兩個字比較過敏的秦濤甚至連寒暄都免了，直接把馮育才和舒文彬給沈瀚文送了過去，專家要和專家們在一起才更方便工作，讓秦濤佩服的是，一聽說工作和有重大發現，馮育才和舒文彬幾乎是兩眼放光，就好像是黃鼠狼看見了雞一樣。

讓秦濤無奈的是，沈瀚文似乎對於洞穴通道的探索一直耿耿於懷，一見到秦濤立即追了過來：「秦連長，秦連長，什麼時候可以派人去勘察一下那幾條通道？」

秦濤點了點頭：「我先與上級聯絡等待新的命令和進一步指示後，就派人協助沈教授你們探索。」

「能與上級聯絡？徐副連長他們帶電臺來了？太好了，用電臺幫我聯繫指揮部，讓他們立即幫我聯繫，我正好有問題要請教幾位國內關於春秋戰國時期方面的學者。」沈瀚文一臉興奮的表情，讓秦濤有一種非常不好的預感，因為在秦濤的印象中，只要專家學者一興奮，基本就是要出問題的先兆。

馮育才與沈瀚文帶著濃濃的敵意進行了非常友好的相互「恭維」，甚至到了相互吹捧的地步，讓站在一旁的秦濤感覺莫名其妙。

馮育才立即對現有的資料進行分析，秦濤坐在一旁吃著壓縮乾糧，擦拭著武器。如同劉姥姥進了大觀園一般，馮育才被古井和人骨祭壇震撼之後，迅速投入工作。

馮育才提出一個驚人的論斷，之前關於「春秋圖騰文」翻譯的方向是完全錯誤的，而且，馮育才認為春秋圖騰文並非什麼部落語言文字，因為從文字系統的產生到逐步完善判斷，其實是一個非常完整的文字體系，這是部落氏族根本無法完成的，要嘛是密碼文字，要嘛是史前文明遺留，而馮育才本人傾向於春秋戰國時期百家爭鳴黃金時代的墨氏祭文！

「墨氏祭文？」沈瀚文與陳可兒交換了一下目光，陳可兒是主攻古人類基因遺傳、病毒學等領域，由於其父親是世界著名的考古學家，所以有所涉獵，僅僅是涉獵而已，沈瀚文也是兼修的歷史與考古專業，馮育才卻是資深的春秋戰國斷代史的研究人員。

從一九五九年春秋戰國斷代史的八一七工程到一九七六年的八三五工程秦漢斷代史，馮家三代人的心血全部凝聚在斷代史事業上，而馮育才研究的課題更為生僻，春秋戰國時期，墨氏流派的消亡。馮育才通過古井上的符號和圖案提出這裡很可能就是墨氏流派淡出當時人們視線，所建設的世外桃源，而且墨氏流派精英全部齊聚為的是守護一樣神祕的存在。

由於之前，馮育才從來沒見到過如此之多的「墨氏祭文」的源碼，所以很多工作根本無法開展，現在有了幾乎全部的源碼，馮育才開始參照自己的研究筆記，開始逐個對照翻譯古井上符號圖案的內容。

秦濤記得之前沈瀚文曾經給自己翻譯過一個代表龍的字元，詢問馮育才被告知這個字元代表著神祕至高存在，需要至少三個字元組成一起才能表達特定含義，那個字元單獨使用，可以代表龍，也可以代表一切神明、太陽、月亮等等。

很快，馮育才又發現了在距離地面四米高的一處懸空通道上也似乎銘刻著什麼，於是二十幾名戰士攀爬上去進行清理，秦濤發現這些銘文所在的位置正好在沈瀚文讓自己探索的那三條通路正上方。

望著不停爭論、拍桌子、吹鬍子瞪眼睛的專家們，秦濤想起了就在一個小時前，馮育才剛剛見到沈瀚文時，雙方彬彬有禮、謙虛有加的模樣。

「我要捍衛我的觀點，同時反駁不正確和自以為是的胡亂解釋，春秋圖騰文在學術界是既有定論的，不要以為在國際上發了幾篇論文，就目中無人。」沈瀚文面紅耳赤氣呼呼的高聲叫嚷。

馮育才也針尖對麥芒回敬道：「堅持錯誤，把錯誤當成真理？妄圖把謊話說上一千遍之後讓謊言變成真的？那是癡心妄想，學術不是請客吃飯需要客客氣氣，對就是對，錯誤就是錯誤，能言善辯也不能把假的變成真的，就如同某些人的人品一樣堪憂。」

沈瀚文和馮育才的爭論已經從學術方面延伸到了人身攻擊，兩人相互言語攻擊間，秦濤意識到沈瀚文與馮育才似乎早就相識？

兩名教授打起來會是什麼樣子？壞心的秦濤抱著衝鋒槍坐在一旁看熱鬧，躲到一旁抽煙的陳可兒用腳踢了踢秦濤：「你就打算這麼看著？還一臉唯恐天下不亂的架勢？」

秦濤聳了一下肩膀，從口袋裡掏出一個日記本，對著筆頭哈了口氣，邊叨咕邊記錄：「沈隊長與新來的專家之間發生了十分激烈的爭執，預期很有可能從文鬥演變成武鬥，目測兩位教授專家的武鬥能力尚不構成人身傷害的程度。」陳可兒目瞪口呆的望著秦濤：「你這是幹什麼？」

秦濤頭也不抬：「把過程記錄下來，免得日後說不清楚。我真的很好奇，你們可都是知識份子啊？」

「哎呀！打起來了！」陳可兒一臉震驚的指著打成一團的馮育才和沈瀚文。

秦濤也緩緩起身，將筆記本收起來，將鋼筆插回口袋，喃喃自語道：「真是大開眼界！」

沈瀚文與馮育才滾成一團，舒文彬站在一旁急得團團亂轉又束手無策，一旁的科考隊員與戰士也不敢冒然上去拉架，結果，馮育才與沈瀚文各出奇招，揪頭髮、撓臉、猴子偷桃，一直發展到掰手指、相互吐口水。陳可兒用力推了一下秦濤：「還看？打壞了可要出問題的。」

秦濤、徐建軍、王二牛幾個人費了九牛二虎之力才把兩位知識份子分開，期間徐建軍被撓了幾道，秦濤被吐了一臉口水，王二牛則挨了幾腳。

望著氣呼呼的兩人，秦濤猛的一拍桌子：「幹什麼呢？打架是擾亂社會秩序，危害社會治安的違法行為，尤其你們兩位都是各自領域的專家，你們是知識份子，只能文鬥不能武鬥。」

沈瀚文整理了一下缺了一半口子的衣服，顯然在剛剛的戰鬥中，老當益壯的沈瀚文完全掌握了主動和節奏：「對待自以為是歪理邪說，就要狠狠打擊，不但要從氣勢上取得勝利，要挺身而出堅持真理。」

秦濤想不明白，從一個學術問題怎麼轉變到是否堅持真理的地步了？而且幾乎句句都是上綱上線（註10），再看左眼被打成熊貓眼的馮育才一臉風輕雲淡，擦了擦鼻血：「詞窮理虧而已，總是擺資格論輩分，墨氏祭文最早出自湖北恩施春秋戰國早期墓葬，白山地域所謂的春秋圖騰文出現時間斷代要推遲到春秋戰國中後期，實際上春秋圖騰文就是墨氏祭文的改進版本，有理不在聲高，我們可以做碳十四測年，讓科學證明一切。」

提到碳十四測年，沈瀚文頓時微微一愣，頗為驚喜道：「對啊！碳十四測年就能夠解決誰先誰後的問題了，那我們之間的爭論可以暫且放下，繼續開展工作。」

馮育才點了點頭：「這次讓你三招算是平手，要切磋隨時奉陪。」

秦濤感覺自己大腦有點不夠用，兩位赫赫有名的專家學者為了捍衛自己的觀點，進行了一場技術含量近乎等於零的近身格鬥，大打出手後找到了解救辦法？

秦濤看了一眼陳可兒，陳可兒聳了下肩膀：「你別這麼看著我，在歐洲的科學院，辯論過程中丟麥克風和皮鞋是常有的事。」

「那他們說的碳十四測年是怎麼回事？」面對秦濤提出的問題，陳可兒有一種領著小學生進自然博物館的感覺，無奈解釋道：「碳十四測年，就是根據碳年十四年代測定法或放射性碳定年法，依據碳十四元素的衰變程度來計算出樣品大概年代的一種測量方法。」

秦濤點了點頭：「那麼為什麼剛剛沈教授與新來的這位馮教授一開始不採用這種方式？是不是他們兩個人之前就有私人恩怨？」

陳可兒對秦濤這種打破砂鍋問到底的八卦精神十分無奈，壓低聲音道：「沈伯伯的夫人以前是馮教授的戀人。」

啊！秦濤頓時目瞪口呆，搞了半天是橫刀奪愛啊！秦濤看了看略顯英俊相對年輕的馮育才，再看看微微有點駝背，一臉皺紋的沈瀚文，秦濤瞬間覺得沈瀚文的形象在自己面前高大起來，這沈教授真是人才啊！

白骨祭壇整體被清理了出來，圍繞著古井的鐵鍊上鏽跡也被清理了大半，可以清晰的看出鐵鍊上似乎銘刻著梵文的經文，幾名戰士試圖拉動鎖鏈，結果紋絲不動。

根據馮育才的翻譯，古井名為天樞，取自北斗七星第一星，亦稱貪狼，日本人用人骨在四周圍架設了至少四層臺階一般的法陣祭壇，具體有什麼功用，在場的科考隊員眾說不一，而那條鐵索名為鎖龍鏈，井中鐵索吊在半空的一枚巨大銅印名為「鎮龍印」！

兩個班的戰士幫助科考隊清理兩層平臺上的銘文，祭壇大廳之中只留下秦濤和王二牛與十幾名科考隊員。秦濤絲毫沒注意到，危險正在悄然逼近。

黑漆漆的洞中，幾道手電筒的光柱在晃動，羅傑走在獨狼身旁：「頭，你說地質勘探隊員的那些人到底是誰殺的？」獨狼微微一愣：「與我們有關係嗎？」

羅傑搖了下頭：「那些屍體的死狀都很詭異，相對地質勘探隊，他們更像一夥考古的，他們在準備進入這裡之前被人殺掉的，會不會是那些當兵的幹的？」

獨狼擺了下手：「你不瞭解中國軍人，他們是不會幹這種不人道無恥勾當的，中國軍人和我們接觸過的任何一支武裝都不相同，他們是為信仰和榮譽而生的人。」

羅傑檢查了一下武器彈夾，擔憂道：「我擔心有人搶在我們前面，那老傢伙對我們並沒有完全說實話，如果老傢伙的祕密不再是一個祕密，或者老傢伙還有同夥？把我們當成探路石？」

前面光線晃動，獨狼做了一個噤聲的動作，小心翼翼的貼著洞穴通道的轉角處張望，終於找到了出口，讓他們驚訝的是，洞口外竟然有人在活動，經過從洞內對外的一番觀察，獨狼發現了秦濤和王二牛，尤其是王二牛手中的六七式通用機槍，黃燦燦的彈鏈掛在一旁，讓獨狼倒吸了一口涼氣，如果稍有不慎被發現，對方憑藉一挺機槍就能輕而易舉的封鎖狹窄的洞口。

富貴險中求，對方只有兩個人，自己有十幾個人，只要動作迅速趁對方沒反應過來的時間差，利用科考人員作為掩護實施突襲，經驗豐富的獨狼用手語告知隊員做好準備。

◊

獨狼帶著羅傑等人邊開槍邊叫嚷著衝出洞口，將措不及防的科考隊員趕到一旁，當第一個傭兵衝出洞口的一瞬間，秦濤就意識到了不好，直接推開保險撥片拉槍機上膛，一旁的王二牛也拎起了六七式通用機槍，將槍口對準衝出來的傭兵。

由於受到驚嚇的科考隊員亂跑一氣，秦濤與王二牛都沒有冒然開火射擊，衝出洞口的七名傭兵全部將槍口指向秦濤與王二牛，紛紛叫嚷著放下武器。

王二牛逕自把機槍槍口頂在一名傭兵的胸前，惡狠狠大吼：「來啊！試試啊！放下武器繳槍不殺！」嚇得那名傭兵不由自主的往後退，大口徑通用機槍可不是開玩笑的，打中就是四分五裂，擦傷就是截肢。

獨狼一臉輕鬆笑容走到秦濤面前：「投降吧，我們人多勢眾，你們沒有任何機會。」

王二牛調轉槍口瞄準，秦濤也微微一笑：「中國軍人的字典裡面就沒有投降這兩個字，人多勢眾是吧？轉頭看看你們身後。」

獨狼頭也不回：「你這點小把戲還是算了，不要傷及無辜，我們不想殺人！」

兩名傭兵推著坐在輪椅上的老者走出洞穴的陰影，老者用沙啞的嗓子提醒道：「年輕人，戰爭就是殺戮，是殘酷的，生命只有一次，你還年輕。」

秦濤輕輕一揮手，嘩啦一片拉動槍機的聲音，隨即響起震耳欲聾的大吼聲：「繳槍不殺！繳槍不殺！繳槍不殺！」獨狼與其麾下的傭兵頓時目瞪口呆，老者也驚訝的環顧四周，居高臨下的二十名戰士手中的衝鋒槍圍成了一個半弧形，獨狼此刻一頭撞在石灰岩上的心都有，徐建軍帶領著伊格吉幾名獵人和七、八名戰士也及時趕到。

秦濤用槍口指了指獨狼：「跟我比人多？你們這群敵對勢力的死硬分子，今天就是你們的末日。」

獨狼與羅傑三名傭兵緩緩放下武器，突然撕開衣服每個人身上都綁著成捆的炸藥，獨狼斜著眼睛瞪著秦濤：「老子過得就是刀頭舔血的日子，小子，殺過人嗎？看到這個起爆器了嗎？我動動手指，大家一起玩完。」

秦濤也不含糊，抽出一顆手榴彈逕自來到獨狼面前，將手榴彈塞進炸藥捆中，手扣著拉火環，盯著獨狼的眼睛：「來啊！數一、二、三，誰慫誰是孫子。」

秦濤繃緊了拉火環，馮育才、陳可兒、沈瀚文和所有的傭兵面無血色，徐建軍則用槍倚定羅傑胸前的炸藥：「老秦，帶種，跟你一起上路是我的榮幸，下輩子咱們還搭班子，不過我幹正的，你幹副的怎麼樣？」

秦濤微笑回應：「沒，門都沒有，你就是天生當老二的命，等我提了營長，你還是我的副營長。」

獨狼心中暗叫不好，這次真的是踢到了鐵板，碰到兩個不要命的傢伙，獨狼明顯能夠感覺到自己身經百戰的傭兵隊員們有些懼怕，甚至恐懼。

傭兵是替錢賣命，歸根究底是想要過上好日子，為了嗜血而戰的神經病和變態一般活不了多久，傭兵活得久了就變得謹小慎微，更加愛惜自己的生命。

獨狼知道站在自己對面的中國軍人完全不一樣，他們是為了信仰和榮譽而戰，毫不猶豫，時刻準備獻出自己的生命，他能夠在這些中國軍人的眼中看到一種燃燒的狂熱。投降還是不投降？獨狼開始猶豫了，畢竟生命只有一次，雖然說自己是個亡命之徒，但能活著誰願意去死？

獨狼試探道：「我們可以放下武器，但你必須保證我們的人身安全，讓我們安全離開。」

秦濤拉緊了拉火環：「如果我放了你就是我瀆職，我什麼也答應不了你，唯一可以告訴你的是你必須接受中國法律的審判。」

羅傑有點情緒激動，用英文對獨狼道：「頭，跟他們拼了！」

陳可兒急忙指著羅傑給秦濤提醒道：「那個傢伙要引爆炸藥！」

秦濤左手抽出手槍瞄準羅傑的頭部：「孫子，別滿嘴鳥屁，說人話，猶豫什麼？拉啊！」

獨狼急忙給了羅傑一個手勢穩住羅傑，轉身盯著秦濤一字一句道：「你是當官的，你是不是想升官想瘋了？你這個瘋子，拉這麼多人陪你一起死？你能得到什麼？升官？烈士？勳章？我告訴你，人死了，什麼都沒有了。」

秦濤厲聲呵斥：「軍人的職責，信仰、榮譽、精神都還在！同歸於盡？還是放下武器？」

獨狼陷入了猶豫之中，放下武器肯定沒有好果子，以中國的法律，他們這些隱藏身份在境內實施武裝行動的傭兵被關一輩子都是輕的，要嘛蹲一輩子大牢或者被槍斃，要嘛現在與對方同歸於盡。

突然，郝簡仁帶著幾名戰士從通道裡衝了出來，情緒激動的郝簡仁直奔獨狼抬腿就是一腳，把毫無防範的獨狼踹倒在地，調轉手槍柄開始猛打，邊打還邊喊：「我讓你殺我們的人，我讓你襲擊老子，我讓你們囂張，知道老子是誰不？狗日的帝國主義分子。」

獨狼要保護身上的炸藥根本無力還手，否則就算十個郝簡仁也不是獨狼一個人的對手，郝簡仁連續猛踢獨狼七、八腳後，獨狼用胳膊半支撐著身體高舉著起爆器對著郝簡仁大喊：「你看這是什麼？」

「我看你〇的！」郝簡仁在眾目睽睽之下飛起一腳，踢碎了獨狼手中起爆器的塑膠殼，硬頭皮鞋又與獨狼的面頰做了一次親密接觸。

郝簡仁來到秦濤面前，發現秦濤目瞪口呆，微微顫抖的右手拿著一個鐵環和一根拉火線。郝簡仁給自己點燃了一支香煙用手一指傭兵：「別給爺找麻煩，都給我把傢伙放下，否則別怪爺不客氣。」

「八秒鐘！」秦濤已經幾乎感覺不到自己心臟的跳動，他從來沒覺得八秒鐘竟然比一個世紀還要長！如果手榴彈引爆對方身上的炸藥，強大的衝擊波足以將人的內臟全部震碎，那麼整個祭壇大廳之內將無人能夠倖免，躲閃根本是多此一舉。

傭兵們被踢壞沒有爆炸的起爆器嚇得臉色蒼白，獨狼也坐在地上一動不動，他剛剛聞到了手榴彈拉火管燃燒特有的味道，被踢碎的起爆器是法國艾法利公司的高檔貨，靈敏度極高，也許今天上帝並沒有睡著，或許是破壞得太徹底，該死的起爆器並未引爆炸藥。

獨狼揉了揉紅腫的面頰，從羅傑鬆開了起爆器，傭兵們陸續放下武器繳械投降，因為剛剛的一幕嚇得他們肝膽欲裂。秦濤還只是用言語和手榴彈威脅同歸於盡，在傭兵眼中秦濤和徐建軍已經是疑似精神問題患者，後來這位就是一個精神分裂症患者，打砸起爆器不說，完全無視獨狼身上捆綁的大量炸藥，對他們心目中神一般存在的獨狼拳打腳踢還附帶言語侮辱？

獨狼解除了炸藥後擦了一下嘴角的血跡，被幾名戰士捆住了手，經過郝簡仁身旁的時候獨狼停住了腳步：「你夠狠，我滿身炸藥你還敢對我下手？我開始後悔沒聽我大哥的話，不應該來雇傭兵的禁地。」

郝簡仁一聽說獨狼滿身炸藥，腿頓時一軟，扶住秦濤的肩膀小聲詢問：「濤子哥，他說的是真的嗎？」

秦濤面露驚訝表情看著郝簡仁身後：「你看那邊是什麼？」郝簡仁剛一轉頭，屁股上就挨了一腳，瞬間倒地，秦濤撲上去給郝簡仁一頓拳打腳踢。

一臉委屈的郝簡仁望著氣呼呼的秦濤：「有毛病啊！放著敵對勢力分子不打，你打我幹什麼？」

秦濤將未爆的手榴彈拾起：「你個蠢貨大隊長，老子把手榴彈塞在他的炸藥裡面，扣著拉火環，這夥匪徒馬上就要放下武器了，你不管不顧上來就一腳？十萬分之一的機率啊！你這是拼命嗎？你是玩命，玩我們所有人的命。」

郝簡仁一臉茫然的接過手榴彈和拉火環，冷汗瞬間流淌了下來：「我去，十萬分之一的機率？」郝簡仁翻看了一下手榴彈編號突然一笑：「濤子哥，沒你說的那麼危險，這批手榴彈是白城三七五廠前些年生產的壓底庫存，那個不管不顧的年代生產的至少五分之一都炸不響。」

秦濤無奈的瞪了郝簡仁一眼，此時此刻也只有郝簡仁才能沒心沒肺的笑得出來，秦濤理解郝簡仁，畢竟是報了二院遇襲的一箭之仇。實際上，秦濤猜得很對，二院遇襲已經成了郝簡仁的心病，被打了一個措手不及的郝簡仁自認為從來沒丟過這麼大的臉，所以一直憋著一口氣，今天算是大仇得報，只不過這個報仇的過程也讓郝簡仁自己心驚膽顫。

獨狼等傭兵全部被排成一排，徐建軍興奮的搓著手道：「老秦，這次咱們可是立了大功了，潛伏在人民群眾之中的敵對勢力武裝分子，這夥傢伙一定和二號庫房服毒自盡的傢伙是一夥的。」

郝簡仁指著獨狼等人：「這夥傢伙不但在醫院公然襲擊人民公安，還有地質隊的幾十名同志也是被他們殺害的，不能輕易放過他們。」

聽聞地質隊遇害，秦濤頓時一愣：「是北埋骨溝的那支地質隊？錢永玉帶領的那支隊伍？」

郝簡仁搖了搖頭：「具體是誰負責的我不知道，我們抵達的時候就沒見到人，設備物資全部被遺棄的到處都是，後來在一處爆破的山體洞穴附近發現了大量的屍體，手段十分殘忍，很多屍體都不完整。」

一旁聽著郝簡仁的控訴，羅傑情急之下大喊：「我們路過的時候就發現屍體了，那些人根本不是我們殺的，我們為了躲避他們的營地還繞行了一段路。」

郝簡仁不屑的冷哼一聲：「狡辯，繼續狡辯，我看你們是不見棺材不落淚，非要我給你們來點厲害的嘗嘗？」

獨狼靠著石壁：「別以為我們不知道你們是有紀律的，三大紀律，八項注意！我們是俘虜，我們要求人道主義對待，要求公平的審判，我們不是中國人，在我的律師到來之前，我們什麼也不會說。」

面對一大堆拿著各國護照的華裔雇傭兵，秦濤頓時一個頭兩個大，徐建軍也驚訝不已，竟然抓了一群長得像中國人的外國人。涉外可是十分麻煩的事情，秦濤給徐建軍和郝簡仁使了一個眼色，三個人來到一旁低聲商量。

郝簡仁的意見非常簡單，這些傢伙雙手沾滿了地質勘探隊員的鮮血，惡行累累，罪大惡極，不殺不足以平民憤，乾脆拉出去全部突突了，就說武裝匪徒頑抗到底被擊斃。

郝簡仁說話的內容被會讀唇語的羅傑得知，嚇得羅傑臉色蒼白，獨狼也開始感到後悔了，沒想到這夥傢伙比他們還狠，為了避免麻煩竟然想把他們全部就地處理掉。

秦濤首先反對郝簡仁的建議，第一要弄清楚地質勘探隊員的死因確定兇手，如果這批雇傭兵是兇手也是由法律嚴懲，郝簡仁你身為人民公安怎麼一點法制概念都沒有？怎麼能私自處刑？更何況違反三大紀律八項注意，虐待俘虜兵都不行，更何況全部都突突了，秦濤狠狠的敲了郝簡仁腦袋一下。

徐建軍卻有些疑惑道：「老秦，這雇傭兵算軍人嗎？而且我們現在是和平時期，他們潛入就是不宣而戰，屬於間諜行徑，郝同志說的沒問題，對於間諜戰時不必執行戰俘政策。」

郝簡仁得到了徐建軍的支持，立即小雞啄米一般點頭：「就是、就是！這夥傢伙什麼背景都有，萬一通過外交管道給驅逐釋放了怎麼辦？地質隊同志的血就白流了，要我說就直接突突了，這深山老林的隨便挖個深坑一埋，絕對保密一百年。」

秦濤環顧左右努了下嘴：「沈教授、陳可兒、新來的馮專家和這麼多科考隊員，也都突突了？」

郝簡仁這才意識到自己被仇恨衝昏頭腦，似乎想得過於簡單了，這幫長得像中國人的外國人。郝簡仁踱步來到被俘的雇傭兵面前：「呸，無恥的帝國主義分子的走狗，卑鄙的漢奸，賣國賊。」

郝簡仁的痛斥讓漢語還算不錯的羅傑十分無奈，帝國主義的走狗應該是有大老闆財團支援的雇傭兵組織，獨狼的北極星顯然不是。漢奸？自己有八分之一的中國血統，只不過出現了返祖才會有黑色頭髮和黑眼睛，仔細觀察還是有明顯歐洲人的面部特徵，漢奸怕是也擔不起，至於賣國賊羅傑就更想不通了，自己是通過在法國外籍兵團服役十年拿到了法國國籍，自己也沒出賣法國啊？這賣國賊是怎麼來的確實讓人匪夷所思。

秦濤堅持要就地審訊這群雇傭兵，因為秦濤覺得這裡面非常蹊蹺，這群雇傭兵到底是來幹什麼的？怎麼會如此精準的找到駐紮在北埋骨溝的地質勘探隊？錢永玉以及地質勘探隊員到底是不是這夥雇傭兵殺害的？

獨狼原名費山河，有一個哥哥費山川，兄弟兩個相依為命，費山河跟著哥哥在越南抗過美，就算是美軍綠色貝雷帽特種部隊在他們手裡也占不到便宜，為了賺錢兄弟兩個什麼都幹，後來當了一段雇傭兵，哥哥逐漸成為了境外財團重點培養的目標，費山河也拉起了自己的隊伍。這次費山河自認是徹底栽了，其實他不拼命是因為心底還有一個小算盤，那就是他認為哥哥費山川一定會不惜餘力和代價來救他。活下去就還有希望，費山河打定主意後反而覺得很輕鬆，人為了活下去什麼事情都能幹得出來。

秦濤來到費山河面前，大拇指挑開了手槍套的保險扣，還沒等秦濤開口，費山河主動開口道：「這個祕密基地裡面有三噸黃金和價值十億美金的珠寶，如果你放了我們，我拱手相讓，怎麼樣？」

面對突如其來的賄賂，秦濤呵呵一笑：「你想賄賂我？我可以明確的告訴你，這裡的一切全部屬於國家，不是你的也不是我的。」

費山河無奈的搖了搖頭：「我剛剛聽他們叫你連長，你一個月能賺一百塊嗎？你知道十億美金和三噸黃金是什麼概念嗎？富可敵國，你可以幹任何你想幹的事情，明白嗎？」費山河似乎還不死心在遊說秦濤，徐建軍與郝簡仁坐在一旁一塊石灰岩上抽著繳獲的美國萬寶路香煙，挨個對這夥雇傭兵品頭論足。

秦濤微笑望著似乎比自己還急的費山河：「我就是一個月賺幾十塊錢的命，說實話這幾十塊很多時候還花不完，要那麼多錢幹什麼？錢一定是萬能嗎？有錢很快樂嗎？」

費山河仰天長歎：「有錢人的快樂是你根本想像不到的，明白嗎？土包子。」第一次是陳可兒說自己土包子，這次又被一個俘虜傭兵說自己土包子？自己到底哪裡土？

秦濤表情嚴肅的來到費山河面前：「再廢話，我就把你們交給那邊的兩個人，現在開始我問一句你答一句，只有老老實實徹底交待才是出路。」

一旁的郝簡仁扯著嗓子高喊：「都老實著，坦白從寬，抗拒從嚴！」

費山河深深的呼了口氣，淡然道：「你嚇不到我的，從中東沙漠到非洲雨林、阿富汗的山區，我見過的是你根本無法想像的。旁邊坐輪椅的那個老頭，他是我們的雇主，他手裡有前往基地的圖紙和進入的方式，似乎對基地十分瞭解，我可以用性命擔保我們沒殺地質勘探隊的人員，這一點你們可以勘察，殺人對我們來說非常簡單，無論是用刀還是用槍，根本沒有必要浪費時間和精力把人肢解扯碎，人體肌肉和骨骼的密度決定了沒有哪個人憑藉徒手力量能把人體撕碎。」

費山河的竹筒倒豆子讓秦濤頗為意外，幾句硬氣話過後，費山河竟然話鋒突轉，將一直被看管坐在輪椅上的老者徹底出賣了，一直裝聾作啞的老者也微微的歎了口氣：「都說雇傭兵是為錢和信譽活著，看來後者遠不及前者啊！雇傭兵三個字意味著你們可以出賣一切。」舒文彬聽到老者嘶啞的聲音，面帶疑惑甩開舒楠快步走到老者面前，一把掀開了老者一直罩在頭頂的呢子斗篷。

舒文彬先是一愣，頓時大驚失色：「是你？這不可能！」

祭壇大廳內所有的目光全部集中在舒文彬和老者身上，老者戴上了眼鏡仔細辨認舒文彬，片刻後搖了搖頭：「我們應該不認識吧？」

舒文彬有些失態的冷笑一聲：「野田一郎，你就是化成灰我都認識你。」

秦濤記得郝簡仁曾經說過，人在遇到震撼或者說謊的時候，一大部分人的瞳孔會不由自主的有規律放大。他發現當老者聽到野田一郎四個字的時候，眼睛的瞳孔確實出現了放大。

老者佯裝不知：「對不起，我不知道你在說什麼。」

舒文彬幾步來到沈瀚文身旁，從沈瀚文的口袋裡拽出那本牛皮封面燙印有野田一郎字樣的手札，舉著手札來到老者面前激動道：「認識嗎？這是你當年片刻不離身的手札，你以為你的瞞天過海能騙得了所有人？野田一郎你就是化成灰我也認識你。」

秦濤驚訝萬分的望著老者滿是褶皺的臉，他清楚的記得那本手札是他從營區二號庫房密室內一具日本軍官的屍體口袋裡拿到的，而那本手札的主人叫做野田一郎，結果那具屍體不是真正的野田一郎？

秦濤將目光轉向老者，老者無奈的用手拍了拍輪椅的扶手，逕自起身：「舒文彬，沒想到這麼多年了，竟然還有人記得我？不過現在我不叫野田一郎了，我叫做高橋明敏，是高橋株式會社的社長，中日友好合作項目的專項負責人。」野田一郎緩緩的撕下臉上的皮膚，那些帶有褶皺和老年斑的皮膚如同粘膠一樣被撕扯下來，頭套也被野田一郎摘了下來，包括費山河、舒文彬、秦濤在內所有的人全部目瞪口呆？

一個四方臉型大約四十歲左右，精神飽滿，臉色紅潤健壯的中年人出現在眾人面前，野田一郎搓落手上的皮膚，露出健康的膚色。

完全被震撼到的羅傑咬牙切齒道：「該死的傢伙，竟然讓我連推帶背，裝得可真像，這樣的演技不去演電影真是浪費了。」

舒文彬望著四十歲左右的野田一郎連連驚呼這不可能，這不可能！

野田一郎面帶微笑望著舒文彬：「還記得我當年說過的嗎？時間才是檢驗一切永恆的真理，可惜你已經不是當年風華正茂的你了，似乎幸運女神站在了我這一側。」

秦濤也一臉迷惑的望著人近中年的野田一郎：「你不可能是野田一郎，如果野田一郎活到現在，起碼也八十多歲了，而且我在密室中見過野田一郎的屍體，我是從屍體的口袋中取得的手札，那把滿鐵軍刀也銘刻著野田一郎的名字。」

野田一郎微微一笑：「年輕人，很多時候眼睛看到的未必是真的，要用心去感悟，你們是不是非常好奇當年我領導的野田特別研究部隊在這裡幹了什麼？也非常好奇這裡到底是什麼地方？」野田一郎笑咪咪看著舒文彬來回的踱步彷彿在炫耀他的年富力強。

郝簡仁眉頭緊鎖站在秦濤身旁：「濤子哥不管你信不信，反正我是不信，怎麼可能有人活了八十多歲還跟三、四十歲一個模樣？這傢伙一定是野田一郎的後代或者親屬，這是個陰謀。」

野田一郎看了一眼郝簡仁：「沒那麼多陰謀，你們這麼多人，這麼多槍，我也很想知道如何能讓你們乖乖的放下武器聽我指揮？面對絕對的實力，一切的陰謀都會如冰雪遇到陽光一般，實力決定一切。最讓我感到可笑的是，你們這些自詡為龍的傳人，卻對你們自己的歷史絲毫不瞭解？連這裡到底是什麼地方都不知道，可笑至極。」

「猖什麼狂？這裡是龍淵之城，也叫永恆神殿，是墨氏流派歷代鉅子傾盡守護華夏一脈最大的祕密所在。」馮育才用不屑的目光掃了野田一郎一眼。

野田一郎點了點頭：「當年因為一個貪婪的中國人，才讓這個隱藏了近兩千年的祕密曝光，令人惋惜的是軍部竟然選擇了山川大夫這個蠢貨，一個嫉賢妒能靠拍馬屁成為少將的傢伙，他的愚蠢讓帝國失去了最後的機會。」

舒文彬劇烈的咳嗽過後，將一份印有絕密的文件丟在地上，裡面一疊照片散落一地，不屑道：「妄圖打造不死大軍征服全世界嗎？」

野田一郎微微的歎了口氣：「當年我們也在極力想弄清楚龍淵之城的祕密所在，但是隨著研究的深入，我們越來越意識到人類的渺小與可悲，墨氏流派寧願平凡的守護如此巨大的力量卻不利用？」

馮育才搖了搖頭：「不論你是不是野田一郎，墨者是能量的守恆者，他們一定是認為人類無法掌握這股力量，力量急速膨脹的終結點就是毀滅。」

野田一郎從輪椅的掛袋中掏出一個厚厚的記錄本：「我沒有惡意，合作才是共贏的方式，幾十年前我們第一次踏足這裡就被震撼到了，在這裡我們看到的不是帝國的未來，而是人類的未來，明白嗎？我掌握了你們沒有掌握的諸多祕密。」

舒文彬冷哼一聲：「一群強盜而已。」

野田一郎微微一笑：「如果我沒記錯，物競天擇這句名言警句似乎是中國人最先提出來的吧？強者奴役弱者，利用有限的資源最大化，推動歷史進步和科技發展，有什麼不好？」

馮育才上前幾步緊盯著野田一郎道：「你們拿到了什麼？」

野田一郎將記錄本丟給馮育才：「之前的手札是我的工作日記，記載的大多是無關緊要的東西，而這本記載著《墨子》七十二卷的全本，非常遺憾的是原版石刻已經被山川大夫那個蠢貨毀去。」

馮育才神色凝重的接過泛黃褶皺的記錄本：「不可能，《墨子》一書只有七十一卷，存世不過五十三卷被《道藏》點錄，怎麼可能有七十二卷？多出的一卷是你寫的吧？」

野田一郎無奈的搖了搖頭：「墨子著書早於道藏，北斗叢星三十六天罡，七十二地煞源自墨家天鬼之說，墨子著書怎麼可能不著三十六天卷，偏偏只著七十一卷的地卷？最後一卷被墨家譽為『地書』，所記錄的是墨家門徒探尋九州祕境寶地的各種奇聞見錄，至於天書三十六卷才是墨家真正的大成所在。」

馮育才啞口無言，舒文彬神情凝重，沈瀚文沉思不語，人骨祭壇大殿內一片寂靜，這種寂靜似乎還在悄悄的漫延。

秦濤皺著眉望著舒文彬、馮育才與野田一郎爭論不休，秦濤記憶中的三十六天罡和七十二地煞是出自水滸傳和封神演義？而且舒文彬與馮育才同野田一郎一番爭辯之後，竟然兩人都沉默不語，顯然是野田一郎佔據了上風。

「三十六天罡和七十二地煞與什麼天卷、地卷到底是怎麼回事？不是水滸傳裡的一百單八將嗎？」秦濤一臉疑惑的看著陳可兒，秦濤的問題其實陳可兒也是一知半解。

捋了一下邏輯，陳可兒緩緩道：「很多東西我也是第一次聽說，不過封神演義和水滸傳是作者利用道教附會杜撰出來的，日本人是最先開啟這龍淵之城的，所以他們掌握了非常多的第一手資料，馮教授與舒老雖然也對這段歷史頗有研究，無奈可供研究的史料線索太少，自然爭辯不過穩操勝劵的野田一郎。」

秦濤給郝簡仁使了一個眼色，郝簡仁一臉壞笑靠近野田一郎，突然發力一個飛踢直奔野田一郎後背，一臉得意的野田一郎好像背後長了眼睛一般，輕描淡寫的微微一側身，郝簡仁整個人失去目標，重重的摔在了地上。

秦濤無奈的一捂臉，隨即拔出手槍頂在了野田一郎的太陽穴上：「我很想看看是你快還是我快？」

郝簡仁把握機會結結實實的給了野田一郎一腳，結果兩人都各退了幾步，明顯郝簡仁摔得更慘，野田一郎卻彈了彈身上的腳印：「詞窮理盡就開始動手？真沒風度。」

秦濤則面帶笑容道：「這不是讓你體驗一下什麼叫有強權沒公理嘛，別介意，地質勘探隊員遇害的案件你還沒給我們一個能夠信服的說法，而且你組織武裝傭兵潛入我國境內，這就是武裝侵略，我可以隨時下令擊斃你們。」

秦濤轉頭看了一眼沈瀚文，沈瀚文立即明白了秦濤的意思，於是咳嗽了一聲道：「不管你是不是野田一郎，把你的真實目的告訴我們，剛剛郝公安已經說過了，坦白從寬，抗拒從嚴，希望你認清形勢不要自誤。」

野田一郎看了看秦濤，又看了看沈瀚文：「雙簧？這裡有太多的祕密當年被我們隱藏起來甚至毀掉，所以你們離不開我，我可以幫你們揭開龍淵之城的祕密。」

秦濤緊盯著野田一郎：「你有那麼好？」

野田一郎毫不在乎秦濤的質疑：「人為刀俎，我為魚肉。我能有什麼辦法，你們人多勢眾，又佔據天時、人和，而我佔據地利，我們合作是雙贏，當然你們也可以選擇自己在黑暗中摸索，一百年？兩百年？總會有破解謎底的一天。」

沈瀚文、舒文彬、馮育才、秦濤、陳可兒五個人來到一旁，秦濤對這個野田一郎非常反感，反感程度甚至超過雇傭兵費山河。舒文彬也不信任野田一郎，認為這就是一個可以笑咪咪給你倒滿毒酒的傢伙，直接一槍崩了，一了百了。

馮育才則似乎猶豫不決，野田一郎的說辭已經亂了馮育才的方寸，作為一名研究學者來說，馮育才現在手持密匙站在了探索未知的神祕大門前，卻發現大門沒有鎖孔一樣，心中充滿了不甘和對未知的嚮往。陳可兒則顯得十分理性，認為野田一郎一定有自己不可告人的祕密，而且野田一郎掌握了主動權，如果一定要合作，那麼就必須弄清楚野田一郎真實的目的。

「我的所圖和祕密？」野田一郎面對秦濤等人的質問，微微一愣，沉思片刻：「那麼好吧，我先告訴你們一個關於我的祕密作為合作的誠意如何？」

幾乎所有人的注意力都集中在野田一郎身上，費山河則趁機找到了一塊邊緣鋒利的石灰岩，開始緩緩磨擦困住雙手棕繩的邊緣。

在秦濤看來，野田一郎的出現本身就是問題，用幾年時間部署，招募一批傭兵，返回當年的祕密基地想得到什麼？或者說想尋找什麼？而且，如此輕易的就範？這些傭兵大都是身經百戰的亡命之徒，自己的戰士大多沒有實戰經驗，如果放手拼命一搏，勝負還是未知數，野田一郎到底打得什麼主意就不得而知了？

郝簡仁一瘸一拐的來到秦濤身旁，壓低聲音道：「濤子哥，這個小鬼子不簡單，中國話說得比我們還標準，比我們還瞭解中國歷史，這傢伙到底想幹什麼？最關鍵的是，我剛剛踹在他身上，就好像踹在了鋼板上一樣，濤子哥咱們得盯緊這傢伙，只要他敢輕舉妄動，直接突突了這孫子。」郝簡仁是秦濤的童年玩伴、當年戰友、外加好哥們，郝簡仁雖然有些不著調，但是在大是大非上從來不含糊。

秦濤有一種預感，這個野田一郎沒那麼簡單，而且迄今為止的一切似乎過於順利了，野田一郎精確的把握住了每一個人的心態。馮育才想要揭開墨氏流派千古謎團，舒文彬想要知道當年的真相，沈瀚文則想假借野田一郎的幫助完成任務，陳可兒想探尋人類基因計畫的奧祕，幾乎每個人的訴求都能夠在野田一郎的身上得到滿足，這傢伙簡直就是有求必應？

最讓秦濤疑惑的是錢永玉的地質勘探隊，雖然自己沒到過現場，不過從雇傭兵和郝簡仁的口中得知那些地質勘探隊員死狀其慘，很多都開膛破肚或者被撕裂肢解，雖然秦濤不相信費山河這人，但他相信一點，那就是人是無法徒手撕裂人體的。

野田一郎來到古井邊，用手撫摸著古井沿上的字元：「這就是早已失傳的墨者之間相互溝通所用的密碼，雖然不能稱為世界上最早的密碼，但是其複雜程度絕對堪稱世界之首，墨者密碼最難翻譯的問題就在於，墨者密碼可以根據使用人的不同和習慣的不同自行在源碼的基礎上設定，不同的設定人，除了半數的基本源碼之外，有三分之一的源碼是能夠相互替換的。沒有源碼圖源，不能確認鎖定其餘的三分之二的固定源碼，一切的翻譯工作都是徒勞的。」

馮育才看沈瀚文一眼，若有所思的點了點頭：「看來是我們之前的研究方向出問題，以至於幾乎所有的研究都停滯不前。」

沈瀚文意味深長的看了一眼野田一郎：「龍淵一詞出自詩經子集，龍據於淵，如果你真的是當年的野田一郎，你們一定拿到了密碼的源碼對照圖，從而解開了墨者一脈守護千載的龍淵之城祕密？」

野田一郎搖了搖頭：「我們當年只不過是涉及了一些，談揭開龍淵之城的祕密還為時尚早，這就是當年我們為什麼要把營川墜龍的龍骨運來的主要原因。」

「龍骨在哪裡？」舒文彬有些急切的抓住了野田一郎的手，秦濤突然意識到，看似野田一郎是科考隊共同的敵人，但科考隊內部，新來的馮育才教授秦濤不瞭解也沒接觸過。其餘，似乎每個人都有屬於自己的祕密，秦濤清楚的記得舒文彬第一次看見龍骨直接暈了過去的經歷。

野田一郎輕輕的拍了一下舒文彬的肩膀，舒文彬也意識到自己失態，鬆開了野田一郎的手：「快告訴我龍骨被你們藏到哪裡去了？」

野田一郎向古井中看了一眼：「被我們當做誘餌用掉了。」

「誘餌？」秦濤好奇的來到古井旁謹慎的往下看了一眼，結果發現那股冷得令人窒息的寒氣竟然消失不見了？古井深不見底，中間似乎有幾層鐵索，鐵索中央懸掛著黑漆漆的一個四方物件。

野田一郎見秦濤一臉迷惑不解的表情，拍了下古井：「當年我們派了幾十人下去，結果全部失蹤，後來我們才發現，每當圓月之日，月球與地球之間距離最近，潮汐引力最大的時候，井中的寒氣就會消散，幾次下井探險雖然損失慘重，但我們終於看到了龍，活生生的龍，這些生命力極其頑強的生物看守著墨者一族留下的邊界。」

墨子是偉大的教育家、哲學家、軍事家還有老人家，秦濤覺得自己從小學的歷史可能出了問題，經歷了破四舊，橫掃一切牛鬼蛇神，這個世界上沒有鬼神，更沒有什麼救世主，成為堅定的唯物主義革命戰士，協助科考隊短短幾天時間裡，秦濤整個世界觀幾乎崩坍了，諸多無法用科學解釋的事情，從發現龍骨，到消失的屍體，再到現在野田一郎口口聲聲說古井下有活的龍在守護什麼？

還好野田一郎是日本人，日本鬼子的話自然信不得，不過秦濤發現，自己身旁的戰士眼中都閃現了迷茫的情緒，就連徐建軍也沉默不語，實踐才是檢驗真理的唯一準則。

秦濤望著古井出神，野田一郎則伸手向沈瀚文道：「那幾塊龍骨應該在你手中吧！你們同樣也清楚自己在探尋什麼，長生不老？讓人類永遠沒有疾病的困擾難道不好嗎？」

聽了野田一郎頗為鼓動的言辭，陳可兒略顯激動道：「不可能，如果人類真的能長生不老，真的沒有疾病困擾，那麼人類的存在就將破壞整個世界的能量守恆定律，單一物種越強大，其數量也就越稀少。」

野田一郎點了點頭：「葛瑞絲・陳，妳父親是世界著名的考古學者、古生物研究專家史密斯・陳，妳父親在法國領取康士頓終生成就獎時，我與妳父親有過一面之緣，當時妳還在劍橋攻讀古人類遺傳基因學的碩士學位，一轉眼妳都擁有兩個博士學位了，真是虎父無犬女，但是請妳記住，我們人類自認為對這個世界很瞭解，在地球幾十億年的發展過程中，人類不過是匆匆過客，我們建立起的不是第一季文明，也絕對不是最後一季文明，如果我們能夠利用古文明的遺留解決人類進化停滯不前的問題，人類中就會出現超強的個體和群體。」

面對野田一郎的誇誇其談，秦濤絲毫不為之所動，因為對於眼前的一切，秦濤都保持著懷疑的態度，尤其一個年紀應該是八十多歲的老者，外貌如同四十多歲一般，而且精壯有力？

陳可兒站在秦濤身旁一言不發，沈瀚文推了推眼鏡：「人類進化史確實有這樣一種論調，人類的進化相對於所有物種來說可以形容成突飛猛進，通過考古等發現，人類的進化和基因的成長在大約二十萬年前突然停止了，人類的基因本身並不完美，是有缺陷的，如果人類能夠再度進化，那麼將等於給人類開啟一扇新的大門，而基因鏈就是人類最大寶庫的根源所在。」

沈瀚文撇開馮育才，與陳可兒短暫的開了一個雙人碰頭會，決定由秦濤對野田一郎進行必要的看管，帶著野田一郎下井探索「龍淵之城」。

沈瀚文的決定，在秦濤看來愚蠢至極，野田一郎說了那麼多蠱惑人心的話，明擺著就是想要下井，秦濤並未提出反對意見，畢竟沈瀚文是科考隊的隊長，自己負責的是安全保衛工作。

郝簡仁看出秦濤似乎帶有情緒，於是來到秦濤身旁：「濤子哥，一會我也跟你們一起下井，這傢伙要敢輕舉妄動，我就送他歸西。」

秦濤看了一眼野田一郎，完全看不出有什麼高深莫測的感覺，但是自從野田一郎被舒文彬識破身份之後，一切就脫離了原有的軌道，秦濤不知道野田一郎的所圖，但他可以非常確定，這個日本人肯定早就挖好了一個大坑，只不過這個坑由誰來跳。

秦濤檢查了一下子彈上膛的手槍，把徐建軍拉到一旁叮囑道：「一會我帶一個班下去，你把這些俘虜全部關押到五號庫房，小耿在修理電臺架設天線，派人回營地立即與上級取得聯繫，把我們這裡發生的情況做一個完整的彙報，讓團長把全團都帶過來，明白嗎？」

徐建軍給自己點燃了一根香煙：「老秦，就剛剛他們爭論的事，你讓我怎麼給團裡和師裡彙報？我們找到了兩千多年前春秋戰國時期的墨氏密藏，抓住了一個八十多歲的日本特務和一群外籍雇傭兵，結果日本特務說服了沈教授他們冒險下井探尋，去開啟人類通往未來的大門？還有活著的龍？」

秦濤也非常無奈：「你不會挑著看上去正常點的事情彙報？比如抓住了日本特務和外籍雇傭兵，發現了關東軍祕密基地裡大量的黃金、白銀和珠寶等，要求派大批部隊來保護押運，其餘的等團長、政委來了，讓他們眼見為實。」

◊

秦濤帶領一個班的戰士開始架設繩索，由於不知井中的深度，秦濤拿出兩個火把走上祭壇逕自投擲下去，當野田一郎看到這一幕的時候，頓時驚呼一聲：「不要啊！」

兩個火把晃晃悠悠的消失在井中，秦濤伸著脖子望著火把的亮點消失，看了一下手錶正好是五秒半左右，正在心中默默參照火把墜落速度計算井深的秦濤忽然發現井底似乎出現了一個亮點？而且這個亮點竟然越來越大？還伴有焦糊的炙熱感？

爆燃？秦濤縱身猛的向白骨祭壇邊緣猛撲出去，一股藍色的火焰沖天而起，如同巨大噴焰的火炬一樣烘烤著人骨祭壇大殿的穹頂。

費山河趁機扭動身體，將被綁在身後的雙手從腿前掏出，開始快速的在鋒利的石灰岩上磨斷了棕繩，幫羅傑還有三名傭兵解開了繩子。一名戰士發現了費山河和羅傑的異動，端槍大吼不許動，費山河和羅傑轉身高舉雙手，兩人非常默契的擺出一副震驚的模樣，抱頭蹲地似乎在躲避什麼？

缺乏經驗的戰士猛然回頭之際，被費山河趁機打暈搶走了衝鋒槍，費山河帶著羅傑和三名傭兵逃入一旁漆黑的通道不見蹤影，野田一郎望著消失在黑暗通道中的費山河等人，嘴角浮起一絲莫名的笑意。

井口烈焰噴湧而出，一會工夫穹頂開始龜裂，十幾秒後火焰漸漸消退，原本穹頂那條栩栩如生的鐘乳石巨龍不見了？取而代之的是一副冒著青煙，十幾米長且巨大的紅色龍骨架懸在穹頂之上？幾十個從穹頂延伸出來的青銅鉤將整副的龍骨懸在穹頂微微晃動，就好像龍依舊活著在騰雲駕霧一般。

秦濤狼狽不堪的從地上爬起來怒視野田一郎，野田一郎則一副無辜的模樣：「當年也有人這麼做了，只不過那個人的運氣沒你好。」

秦濤點了點頭，微笑道：「從這一刻開始，我會盯住你的。」

郝簡仁站在野田一郎的身旁，拍了拍野田一郎的肩膀，順帶著搜遍了野田一郎的全身，對秦濤點頭示意，盯著野田一郎的眼睛道：「我也會盯住你的。」

忽然，秦濤發現倒地昏迷的戰士，以費山河為首的傭兵還少了五個，秦濤吹響了掛在胸前十五公分長的銅哨，銅哨發出連續短促尖利的聲音。

因為國力和優先發展經濟的關係，步兵基層部隊尤其連、排、班在野戰進攻和機動行進中，依然還使用解放戰爭時期用於聯絡的銅哨，只不過哨子形成了固定的制式，聯絡哨音也有了規範。

徐建軍組織了一個班準備追捕費山河等人，秦濤認為偌大的基地憑藉自己手中的兵力進行搜索幾乎是不可能完成的任務，而且不熟悉環境極易遭到實戰經驗豐富的雇傭兵襲擊，使得自己由主動變成被動，於是秦濤命令三排長焦大喜帶半個班去把進入關東軍祕密地下基地的入口封鎖，徐建軍則集中力量保護好祭壇大殿。在秦濤看來，費山河等人即便成功逃跑，仍然是甕中之鱉，自己只需守株待兔即可。

根據秦濤的部署，徐建軍開始安排人員返回營地利用營地的大功率電臺與上級取得聯繫，讓秦濤非常無奈的是小耿等人完成了雙極通訊天線的架設，電臺依舊沒有信號，耳機中傳來的都是強磁干擾的沙沙聲。

繩梯搭設完畢，秦濤又往井中投擲了幾支火把，這次秦濤丟完火把就如同被開水燙到一般，遠遠的躲開了，足足五分鐘後，秦濤回到了井口將準備好的一捆數百米的繩索每隔十米就綁上一支手電筒，然後放入井中，繩索放下的四、五十米深度之間，手電筒光柱隨著繩索抖動不停搖擺旋轉。

井口搭設了四架繩梯，秦濤用力拽了拽面前的繩梯測試牢固程度，首先下井的四個人，每人都背負著一個木架，架子上固定八支手電筒，四支向上，四支向下，向下的手電筒是照亮自己腳下，向上的手電筒則是給上面傳遞信號的，井沿有專人負責下井人員腰間安全繩的掌控。

野田一郎站在秦濤對面，野田一郎似乎在檢查身上的鎖掛的用品，除了一個鋁制的軍用水壺外，野田一郎把其餘的工兵鏟等裝備全部丟棄，一旁的戰士試圖阻止野田一郎，秦濤擺了擺手。

秦濤與野田一郎兩人幾乎同步開始翻越井沿下井，沈瀚文與馮育才利用剩餘兩架繩梯開始下井。

漆黑的井內幾乎伸手不見五指，電筒發出的光猶如螢火蟲一般被黑暗吞噬，秦濤幾乎是摸著繩梯一步一步下行，陳可兒站在井沿邊擔憂的望著井內，這種探險活動陳可兒並非第一次參加，所以清楚其中的威脅程度。

陳可兒發現野田一郎下行的速度似乎是四個人中最快的，於是提醒負責野田一郎安全繩的戰士放慢繩速，將四個人的速度儘量控制在同一個平行線上。

與此同時，在基地的東南角，逃出漆黑通道的費山河等人借助主通道忽明忽暗的燈光來到一處下行的旋轉樓梯處。氣喘吁吁的費山河從衣服的夾層中掏出一幅地圖：「早知道那個日本人不是好東西，多虧我早有準備，把他的基地設施圖偷了出來。」

羅傑抹了一把額頭的汗水：「頭，想辦法出去吧！這錢我們賺不到的，我們被那個日本人給算計了。」

費山河用手指在地圖上點了點，自言自語：「剛剛我們經過的應該是這裡，那個祭壇大殿不在日本人基地內部設施圖上，這副圖是野田老傢伙手繪的，標示的非常詳細。」

「這裡是什麼意思？」羅傑指著地圖上一條用紅色勾畫的線路？而終點地方則打了一個X標記。

費山河皺了皺眉頭：「兩種可能，一種是入口或者出路，老傢伙自己對基地設施瞭若指掌，他這麼做的唯一可能就是他還隱藏了一支隊伍作為殺手鐗。」羅傑氣憤的踢了一腳牆：「這個老混蛋，把我們都解決掉，他一分錢不用花。」

羅傑突然一愣：「頭，那老傢伙說他八十多歲了，你相信嗎？」

費山河卷起地圖：「恐怕只有上帝才知道，我們走，去會會老傢伙給我們準備的伏兵，找點利息，我們不能就這樣空手而歸，打亂老傢伙的計畫，也許我們還能趁機撈一筆，救出弟兄們。」

幾名傭兵當即興奮起來，跟著費山河下了螺旋通道，傭兵的身影消失後，一個身影從通道的頂棚跳躍而下，如同野獸般的四肢著地似乎在追尋其聞，不斷的發出嘶啞低沉的吼聲。

沒有底部固定和配重的繩梯在井中不停晃蕩，當秦濤攀爬來到井中固定懸掛物的鐵索附近，秦濤忽然感覺到好像什麼東西在用力的猛拽自己？隨著吸力越來越大，秦濤發覺自己整個人連同抓住的繩梯都拉得變形。

啊！秦濤最終沒能力抗過吸力，自己被噹的一聲吸在了十幾根鐵索固定懸在井中的金屬長方體上。

秦濤發現自己的手腳還可以活動，身體卻紋絲不動，由於猛烈的撞擊，八支手電筒全部損壞了，而背在背後的衝鋒槍更像被焊在金屬物體之上。

這是一塊大磁鐵？哪個缺德冒煙的傢伙在井裡懸掛了一個巨大的磁鐵？

秦濤看了一眼黑漆漆的腳下，試圖從側面拔出電木刀鞘裡的匕首進行自救。儘管秦濤已經做好了思想準備，匕首剛剛拔出電木刀鞘，瞬間就被吸走，給秦濤留下的只有手心火辣辣的疼痛。

沈瀚文與馮育才聽到了秦濤的叫喊聲，試圖用手電筒照查看秦濤發生了什麼事，結果兩支手電筒全部被吸力扯拽得脫手而出。

秦濤在井中出現問題，井沿上的陳可兒幾乎是束手無策，一旁的戰士十分緊張的拽著安全繩，將繩子的一端綁在自己腰上，陳可兒突然發現野田一郎似乎丟棄了手電筒的背架？井沿上拽著野田一郎安全繩的戰士也感到手中一鬆，急忙把繩子拽上來，發現斷裂處十分平整，似乎被利刃割斷，隨著鎖鏈不停有規律的抖動，野田一郎似乎在向秦濤靠近？

被掛在金屬體中央一動不能動的秦濤吃力的掏出一枚照明彈，掰下金屬底火猛的一擦，十分易燃的照明劑開始燃燒，秦濤將照明彈順手丟下，隨著照明彈翻滾掉落，秦濤才發現，腳下竟然是一個巨大的地下溶洞群世界？而所謂的古井人工開鑿的部分大約有五十幾米，貫穿了整個石灰岩底層。

就在秦濤等待救援之際，野田一郎如同幽靈一般出現在秦濤面前，野田一郎順著胳膊粗的鎖鏈滑到了秦濤面前微微一笑：「這是一塊帶有強磁場的隕石，當年穿透山體墜落在溶洞群中，被墨者們發現加以利用，這些固定鎖鏈的合金成分我們當年完全檢驗不出來，或者說很多合金成分並不在我們的元素週期表上。」

野田一郎邊說邊從衣領下面抽出一把青色極薄的匕首，炫耀般的在秦濤的面前晃了一下：「鬼風，日本幕府時期和江戶時期最好的竹刀匠人，倒在他所製成竹刀下的大名城主就有十幾人，為了這把鬼風我足足尋找了十年。」

野田一郎一揮手割斷了秦濤腰間的安全繩，秦濤臉色頓時一變，瞬間把手按向了槍套，野田一郎根本沒打算給秦濤任何機會，唰唰兩刀切斷了秦濤背架和衝鋒槍的槍帶。

秦濤瞪大雙眼，揮動雙手徒勞的試圖抓住野田一郎，野田一郎嘴角浮現起了一絲笑意。

第五章　墨氏謎塚

黑暗中，秦濤試圖伸手不斷的想抓住什麼，但是地心引力讓秦濤的全力一搏變得徒勞，秦濤轉瞬不見了蹤影，不知發生了什麼事的沈瀚文和馮育才在拼命的呼喚秦濤的名字給自己壯膽，野田一郎微微一笑，一個後空翻從鎖鏈上跳入黑暗之中。

砰的一聲，秦濤落到了一個架子上，摔得渾身如同散了架一般，野田一郎穩穩的落在秦濤的身旁，打開手電筒環顧四周滿意的點了點頭：「這裡才是真正的通道入口，再往下可就是地獄了，直下幽冥九千尺，千轉萬回始方見。」野田一郎也不管秦濤殺人一般的目光，圍繞著圓弧形的鋼架結構將沈瀚文和馮育才搖晃不停的繩梯固定。

沈瀚文與馮育才順著繩梯抵達圓弧形鋼架平臺上，秦濤和野田一郎已經開始整理個人裝備，第二批人員開始向下運輸設備和人員。沈瀚文用手電筒照了一下鋼架平臺下方，似乎感覺到有什麼東西在呼嘯急速而過？沈瀚文好奇之餘用繩子捆住手電筒順著鋼架下垂，想看看鋼架下溶洞群中的情況。

野田一郎注視著沈瀚文：「如果我是你，就不會這麼做。」

沈瀚文微微一愣：「為什麼？」

野田一郎指著下面的洞口道：「龐大的溶洞群在山崖上有多個進氣孔，但只有一個主通氣孔，氣流經過人為開鑿在溶洞群內的孔洞，產生孔洞效應不斷加速，而這股被不斷加速流動的氣流正好經過我們的下方，千萬不要小瞧這股氣流的速度，這股氣流可以輕而易舉的將人撕成碎片。」

沈瀚文聽了野田一郎的話頓時微微一愣，忽然感到手心一陣鑽心疼痛，手中的繩子脫手而出的同時，將手套和手心全部勒破，手電筒被一股亂流卷了進去，在空中翻滾旋轉，一瞬間鋁皮製成的手電筒在強氣流中扭曲變成了碎片。

沈瀚文目瞪口呆，野田一郎卻毫不在乎：「當年這裡原有的木架和青銅構件已經難以負重，第一批探險至此的佐佑衛門小隊的三十名士兵和七名帝國最為優秀的考古學家都折損在這裡了，當年墨者為了防盜，在由青銅構件相連的環形木質平臺上動了手腳，必須按照墨典中的墨氏圖解前進，對通過的人數和重量有嚴格的要求，否則會造成整體的坍塌。」

郝簡仁順著繩梯下到平臺，為了避開懸吊在井中央的強磁隕石的吸力，所有鐵質的設備和武器都用電木進行包裹，一把工兵鏟從垂吊的裝備中滑落，磕在鋼架下蹦出一溜的火花，郝簡仁拾起工兵鏟驚訝的發現工兵鏟的頭部圓刃竟然出現了微微的卷刃？

野田一郎接過郝簡仁手中的工兵鏟看了一眼：「之前為了建造這個金屬結構平臺，帝國的工程人員嘗試了幾百種方案，包括使用昂貴稀缺的鋁合金以及多種珍貴合金，都達不到承重和抗腐蝕的測試，最後我們選用了建造大和號主裝甲的鋼材進行切割，才有了我們腳下的這座平臺。」

建造戰列艦的主裝甲鋼材建造的金屬結構平臺，大和號還不是讓人擊沉了？郝簡仁揮舞工兵鏟用力劈砍了幾下鋼樑，一溜火星迸濺，被震得手臂發麻的郝簡仁一臉無可奈何的暫時接受野田一郎的說法。

秦濤環顧鋼架結構的平臺四周，發現在井口的內沿竟然鑲嵌著三個層疊套在一起的巨大鐵環，雖然鐵環表面鏽蝕嚴重，但是整體依然完好，很難想像，這麼大的三層疊套的鐵環鑲嵌進井底，在兩千多年前是多麼浩大的工程？

馮育才經過秦濤身旁，抬頭看了看井沿內側下方鑲嵌的三疊鐵環：「這是當初建造古井的時候，提前埋下去的，除了固定井口，肯定還有其他的用途，因為墨者是絕對不會做無用功的事情。」

馮育才解釋後逕自離去，郝簡仁湊到秦濤身旁打抱不平，一撇嘴：「裝腔作勢什麼啊？我濤子哥什麼不明白？還要你解釋？多餘！」

秦濤瞪了郝簡仁一眼：「你也很多餘，趕快整理裝備，盯緊野田一郎，這傢伙很不簡單，明白嗎？」

郝簡仁點了點頭，握緊拳頭：「放心吧！不管這小鬼子是真野田還是假野田，他都飛不出我的五指山。」郝簡仁擺出樣板戲（註11）造型，腰杆一挺字正腔圓唱道：「穿林海，跨雪原，氣衝霄漢。抒豪情，寄壯志，面對群山。願紅旗五洲四海齊招展，哪怕是火海刀山也撲上前！我恨不得，急令飛雪化春水，迎來春色換人間。」

野田一郎在旁偷偷的觀察注意秦濤的一舉一動，反而對時刻監視自己的郝簡仁毫不在意。

隨著徐建軍把發電機的電源接到祭壇大殿，井下鋼架上十幾盞照明燈亮起，現代文明的光明將遠古的黑暗驅散，秦濤仰著頭望著差點要了自己小命的強磁場方形隕石，只見長方體的隕石上雕刻著密密麻麻的紋路，好像電路板一樣？

陳可兒從繩梯下到鋼架平臺上，見秦濤仰頭在觀察強磁場方形隕石，於是來到秦濤面前，掏出幾枚硬幣平托在手中伸到秦濤面前。幾枚硬幣顫抖了一下，刷的一下立了起來，接著幾枚硬幣緩緩升起，並且速度越來越快，眨眼間不見了蹤影，被隕石吸走。

秦濤看了一眼陳可兒：「這樣的隕石你見過嗎？」

陳可兒搖了搖頭：「隕石有很多種，鐵隕一般都帶有一定的磁性，這樣的隕石我也是第一次聽說，具體是不是隕石恐怕還要進行科學鑒證才能確定。我最好奇的是為什麼要用鐵鍊將其固定在井中？是不是有特殊意義和用途？」

馮育才則吩咐身旁的一名科考隊員：「把隕石上的紋路拓印下來，六個面都要拓印。」科考隊員一臉懵的望著巨大的隕石長方體目瞪口呆，秦濤拍了一下科考隊員的肩膀：「用相機照下來也是一樣的。」

陳可兒對秦濤豎起了大拇指。十分鐘後，完成裝備整理的秦濤發現之前那名科考隊員還站在原地一動不動，於是走了過去：「別這麼死腦筋啊？拍下照片比拓印方便多了，拓印的話你去哪裡找這麼大張的紙？」

科考隊員一臉沮喪：「我就是因為聽了你的建議，喏！上面多了三個相機拿不下來。」

秦濤急忙一拍額頭：「哎呀，我怎麼把防毒面具忘帶了？」秦濤在科考隊員幽怨的眼神下狼狽離開。

大部分的戰士和科考隊員留在祭壇大殿和井下的鋼架結構上，至於伊格吉等鄂倫春族的嚮導甚至連祭壇大殿都不願意進入，秦濤挑選了王二牛、李壽光、郝簡仁等五人隨隊繼續出發，科考隊方面舒文彬在舒楠楠的陪同下，沈瀚文、馮育才、陳可兒加上野田一郎和三名科考隊員組成第一小組。

清點人數之後，秦濤命令李壽光作為尖兵，自己負責看管監視野田一郎緊跟其後，郝簡仁居中照應，王二牛等三名戰士殿后。

根據野田一郎的記憶，眾人進入了一條四十五度角向下傾斜的螺旋狀通道，手電筒照上去，濕滑的通道壁上似乎也有螺紋一般的紋路，而且這些螺紋並不像天然形成的？深淺高低內外槽寬窄幾乎完全一樣。

秦濤扶著佈滿螺紋的石壁剛剛踏出一腳，野田一郎就輕輕的推了秦濤一下，他瞬間滑倒，沿著四十五度角向下通道滑了下去。郝簡仁、李壽光等人立即抄起武器，在一片把子彈上膛的嘩啦聲中，五支長槍全部頂在野田一郎的身上，如果秦濤出了意外，毫無疑問野田一郎能被當場撕成碎片。

野田一郎面帶微笑高舉雙手：「大家請冷靜，你們的秦連長保證安然無恙。」

郝簡仁的五四式手槍頂在野田一郎的太陽穴上，已經壓到了兩道火的郝簡仁在猶豫要不要趁機幹掉這個野田一郎，從踹野田一郎的那一腳開始，郝簡仁就意識到了這個野田一郎不簡單，而且還是一個非常會蠱惑人心的麻煩，早解決早俐落。

陳可兒看出了郝簡仁的打算，用手按下了郝簡仁的槍口：「這傢伙沒那麼笨，先讓我們弄清楚是怎麼回事。」

四、五秒後聽到秦濤哎呀一聲呼喊從洞中傳來，野田一郎大喊道：「秦連長，下面有沒有一輛輛青銅製成像棗核形狀的東西？把那個推到洞口讓青銅軌道與洞口的螺紋重合，裡面的平臺上有搖臂，你用力搖動搖臂試試。」

隨著一陣咯吱、咯吱令人牙齒發酸的響聲之後，一個青銅螺旋架出現在眾人面前，秦濤跳下平臺直奔野田一郎而去。

野田一郎躲在沈瀚文的身後：「君子動口不動手，我先說一下我推你的理由，如果你認為不妥你可以打我，甚至對我開槍，這樣可以嗎？」

秦濤看了一眼沈瀚文點了點頭：「你說吧！」

野田一郎見過了第一關，稍微放鬆道：「你敢放我第一個下去嗎？肯定不敢，你們中國軍人關鍵時刻要幹部帶頭，你會讓你的部下去冒險嗎？一定不會的，肯定是你先下，你能讓這位美麗的小姐替你去冒險嗎？自然不會，所以我幫助你做了一個選擇。」

秦濤發現自己竟然有點被野田一郎說服了？秦濤皺了皺眉頭，之前秦濤因為中日交流的安全保衛工作見過一些日本人，日本人大多很有禮貌，謹言慎行，但是喝點酒後就會非常放鬆，完全肆意妄為。

野田一郎與秦濤見過的所有日本人都不一樣，這個傢伙的話似乎太多了點，而且總喜歡把自己置於生死抉擇的位置上，如果剛剛自己出了點意外，野田一郎瞬間就會被郝簡仁他們打成馬蜂窩。

秦濤一直在悄悄注意野田一郎的各種小動作和習慣，如果野田一郎的年紀真有八十多歲了，外貌和體魄卻定格在四十歲那年？那麼在野田一郎身上一定發生了什麼不可思議的事情。

這一切會不會與關東軍祕密基地下的墨氏龍淵之城有關？龍淵之城到底隱藏著怎樣的祕密？墨氏到底在這裡守護著什麼？似乎一切的一切都成為一個又一個令人費解的謎團。

陰暗的溶洞內積攢了千萬年的黑暗被現代科技帶來的光明所驅散，秦濤非常清楚，黑暗才是地下世界永恆主宰，而現代科技帶來的光明卻不那麼穩定。

青銅製成的螺旋架平穩的下行，站在中間的人一點也感覺不到晃動。

隨著青銅架多次往返螺旋下行通道，通道壁螺紋上的鐘乳石附著層開始脫落，裡面露出了金屬光澤的質地，青銅螺旋之間咬合幾乎嚴絲合縫，秦濤很難想像古人的智慧和工藝發展到了何種地步，他甚至開始質疑人類到底是進步了還是退步了？

井口已經變成了拳頭大小，帶有強磁性的方形隕石幾乎擋住了整個井口？

踩著濕滑的沙石，秦濤帶隊緩緩前進的同時架設燈具。湍急的地下河在一旁流淌而過，一個戰士在河邊發現了一排十幾個石墩，石墩上有個U型的缺口和凹槽，幾名科考隊員看過之後也不清楚具體用途。

沈瀚文看過一眼後頗為有些震驚：「這是處刑用的刑具，明證法典砍頭或者用於祭祀大殿所用，只不過這上面的雲紋式樣好像是秦朝的風格，墨氏流派也正是從秦之後開始銷聲匿跡的。」

沿著地下河前行了一百多米，隨著照明燈具的架設，整個溶洞也亮了起來，陳可兒在溶洞的一側發現了一個傾倒的木架結構平臺，大量被雨布和油紙包裹的箱子散落遍地，很多箱子破裂，裡面的文件早已腐爛黴變。驚喜不已的沈瀚文和馮育才立即帶人清理剩餘的檔，秦濤沿著地下河又向前走了幾十米，前方出現了石階開鑿的痕跡和石灰岩石壁上腐朽得只剩下青銅底座的一些不知用途的構件。

秦濤返回堆積如山的文件，只見沈瀚文拿著一份檔走向自己，沈瀚文將一份日文的檔遞給秦濤道：「這份檔是日軍關東軍山川支隊的記錄，你注意一下時間，一九四五年九月十六日，山川支隊全員三千六百九十七人拒絕奉詔投降，為激勵士氣，童崗大佐、顏田大佐、高橋中佐等七名佐官決意剖腹明志，激勵將兵士氣，完成神風計畫，若無法擊敗盟軍與蘇軍和中國軍隊，當與敵國共亡。」

「一九四五年九月十六日？日本天皇是在一九四五年八月十五日宣佈的無條件投降詔書，蘇聯紅軍隨後開始進攻駐守東北的日本關東軍，九月三日開始日本駐華部隊以方面軍為單位正式投降。這個所謂的山川支隊最終沒有投降？有關於這個山川支隊的記錄嗎？」

面對秦濤的詢問，沈瀚文摘下眼鏡擦拭鏡片：「沒有，我們所掌握的資料裡根本沒有山川支隊的相關記載，估計這個山川支隊與日本人曾經組建過的幽靈聯隊一樣，都是不存在的建制。」

沈瀚文靠近了秦濤壓低聲音道：「秦連長，你說這個山川支隊的三千多人最後去了哪裡？我們把整個基地幾乎翻了個底朝天，並沒有發現山川支隊這三千餘人的下落，我們需不需要問問野田一郎？也許他知道一些內幕？」

秦濤看了一眼正在往背包上盤登山繩的野田一郎：「問一下也好，日本人為什麼要將這些看似重要的文件存放在這種惡劣的環境中？如果日本人要丟棄這批文件，為何還要用油紙和雨布包裹起來？」

秦濤與沈瀚文找到野田一郎，野田一郎看過檔不屑道：「山川大夫不過是個莽夫都算不上的蠢貨，山川支隊不過是他瘋狂計畫的犧牲品，一個瘋子帶著一群瘋子想要毀滅世界。」

秦濤指了下文件：「你知道神風計畫的內容嗎？」

野田一郎搖了搖頭：「從一九四四年秋天之後，山川大夫就成為了基地實際上的負責人，我負責的是人類基因研究，山川大夫則負責古遺跡研究，據說龍淵之城分為三個不同的遺跡，我的活動範圍在基地和第一遺跡，至於第二遺跡和第三遺跡我瞭解的也不多。」

秦濤面對侃侃而談的野田一郎又拋出的第一遺跡與第二遺跡、第三遺跡，與沈瀚文交換了一下眼神，可以說每次有新的發現之後，野田一郎總是能夠帶給他們更多的震撼。

面對野田一郎帶來的震撼，秦濤與沈瀚文不同，秦濤難以真正信任野田一郎這個來歷不明，身份同樣不明的傢伙。因為，在秦濤看來，野田一郎完全沒有必要引導科考隊進行探險發掘工作，也沒有必要講解諸多當年的祕辛，更沒有必要幫助科考隊。

顯而易見，這樣做對野田一郎有什麼好處？或者說科考隊已經開始有被野田一郎牽著鼻子走的跡象了。如果真的按野田一郎所說墨氏遺跡分為第一遺跡、第二遺跡和第三遺跡，而野田一郎當年進入過第一遺跡，那麼野田一郎想進入第二遺跡和第三遺跡也是順理成章的，起碼邏輯上是通順的。

秦濤看了一眼同樣在分揀日軍封存資料的野田一郎，給郝簡仁遞了一個眼神，郝簡仁頓時心領神會，緊盯野田一郎的一舉一動。秦濤也開始幫助陳可兒分揀保存完好的資料，隨著大量的資料被拆封，越來越多怵目驚心的祕辛展現出來，這些祕辛都提到了墨氏遺跡和龍，難道這個世上真有龍這種生物？秦濤不由自主的想起了祭壇大殿穹頂青銅鎖鏈固定的龍骨，那龍骨會是真的嗎？

◊

漆黑的通道內潮濕陰冷得讓人難以忍受，原本想打對方伏擊的費山河發現自己的打算好像落空了？一陣陰冷的風吹來，費山河打了一個冷顫，中國軍人沒有追來，野田一郎祕密部署的另外一隊雇傭兵也沒有出現。

費山河知道如果再這樣等下去，寒冷會抽走他們身上最後的熱量，如同溫水煮青蛙一樣，被寒冷侵蝕慢慢僵化，費山河作出了一個新的決定，相比頑強、意志堅定、悍不畏死的中國軍人，他選擇迎擊野田一郎的雇傭兵，對於費山河的選擇，羅傑等幾名傭兵表示支持，因為他們非常清楚，他們的選擇並不多。

風越來越大，溫度越來越低，費山河意識到他們已經非常接近出口了，一股夾雜在冷風中的血腥味讓費山河警惕起來，將機柄拉動一半查看彈膛，連續拉動機柄退出兩發空包彈後，將保險撥片推到單發的位置上，對於只有一個彈夾而且還只裝了五發彈藥三發實彈的費山河來說，點射實在太奢侈了。

其實，費山河也怪不到被奪槍的戰士彈夾裡面只有五發子彈，因為，大多數的戰士作戰裝具內的三個彈夾是壓滿實彈的，和平時期養成的習慣和哨兵執勤規定，執勤的五發彈藥實彈前必須壓裝兩發空包彈，用於鳴槍示警。

隨著接近入口，血腥味道越來越濃，費山河緩緩抬起槍口，當轉過通道的岔口時，費山河呆若木雞的望著通道內一動不動，羅傑見費山河表情異樣急忙跟了上來，同樣也目瞪口呆。

狹窄的通道內二十幾具屍體形態各異，其中一半的屍體支離破碎，內臟甚至甩到了通道的弧形頂棚上。遍地的武器與彈殼，散落的裝備，作為一名經驗豐富的老雇傭兵，費山河一眼就看出了這是一支標準的二十人突擊隊，四個戰鬥組是在有準備的情況下遭到突襲的，地面大量的彈殼顯示這裡曾經發生了十分激烈的戰鬥。

費山河一揮手：「大家把能用的武器彈藥收集起來，禦寒的衣物食物，所有的東西。」

羅傑帶著幾名傭兵開始搜揀武器物資，費山河翻動一具背有電臺的屍體，發現一部美制A907戰術電臺，非常可惜的是電臺的主機殼被豁開了四道口子？屍體也被開膛破肚，屍體的胳膊上有一個戴著貝雷帽的骷髏雙劍的刺青，刺青的貝雷帽上有93的標誌。

羅傑走到費山河身旁，見到刺青驚訝道：「叢林魔鬼？他們可是M國軍方中央特種集群的人，為什麼會出現在這裡？」

費山河仔細檢查著屍體：「由於負面新聞太多，93突擊群已經撤編解散了，而且M國軍方從來不承認他們的存在，他們和我們一樣，哪裡有錢，就如同鯊魚聞到了血腥味一樣蜂擁而至。」

費山河蹲在地上望著棚頂密密麻麻的彈孔疑惑道：「這些人都是身經百戰的老油條，通訊員身上的彈孔是M14步槍射擊留下的，是什麼讓第一戰鬥組射擊弧形頂棚？而第二隊竟然向自己人開槍射擊？如此狹窄的通道中如果發生交火，雙方的傷亡都會極為慘烈，但這裡很明顯，叢林魔鬼全軍覆沒。」

羅傑無奈的搖了搖頭：「也許他們碰到了真的魔鬼，頭，你有沒有發現，叢林魔鬼的死狀似乎與那些地質勘探隊員一樣，彷彿被野獸撕裂一般？」

費山河面無表情的望著羅傑：「或許我們繼續留下不是一個好主意。」費山河起身的一瞬間，意外的發現一具屍體的腦後似乎有一個洞？於是蹲下身面帶疑惑檢查，費山河連續檢查了幾具屍體發現腦後都有一個洞，費山河用手順著屍體頭部的洞摸了摸，他驚訝的發現所有人的腦漿都不見了？

一陣寒風吹過，雖然都換上了屍體上扒下的防寒服，但是羅傑等人依舊寒意十足，整整一個全副武裝的雇傭兵隊遭到了單邊詭異的屠殺？竟然大多數屍體連腦漿都不見了？

一名傭兵拉緊了衣領，檢查著手中的M14步槍，從屍體上摘下一枚手榴彈剛準備掛在肩膀上，忽然，這名傭兵聞到了一股濃郁的腐爛臭味？轉身回頭，這名傭兵站在原地一動不動。

費山河似乎發現了端倪？他招呼那名傭兵道：「邁克？邁克？你在幹什麼？」

邁克微微搖晃著肩膀，費山河疑惑的走向邁克的同時，敏銳的注意到了邁克腳下的地面上竟然不斷有鮮血滴落，滴在邁克的軍靴和地面上，邁克晃動的身體似乎在顫抖？費山河竟然聽到了吃東西咀嚼的聲音？

費山河給羅傑示警，抬起槍口推開保險，微微側身望去，只見一個與惡魔一樣的傢伙，爪子如同刀一樣插入邁克的胸膛，不停的在吸食流淌出的血液，甚至在咀嚼內臟。

開火！費山河嘶吼的同時扣動扳機，幾支突擊步槍將邁克的身體打得有如篩子一般，邁克的屍體轟然倒地，手電筒照過去，那個惡魔一樣的傢伙卻不見了蹤影，地面上留下一淌綠色的黏液？

這些黏液與鮮血融合，地面上的鮮血彷彿快速的燃燒蒸發了起來，一名傭兵好奇的用手指沾了一點綠色的黏液，手指竟然如同樹木一般開始枯萎？費山河見狀拔出匕首砍斷了這名傭兵的手指，沒想到這名傭兵竟然感覺不到任何疼痛，望著自己被砍掉已經乾枯的手指發呆？

「快走！」費山河一揮手，羅傑帶著幾名傭兵跟著費山河快速撤離，身後傳出一陣陣野獸一般的嘶吼，通道中的應急燈似乎不斷被打破，似乎有什麼東西在窮追不捨？

費山河等人一邊交替開火掩護，一邊沿著通道慌不擇路的撤退，當他們撤到一扇敞開的金屬大門前，幾乎沒有任何猶豫，費山河等人進入後利用裡面的搖臂關閉大門，就在大門僅僅剩下一條縫的時候，一隻烏黑的利爪從縫隙裡面伸了進來，費山河見狀把衝鋒槍從縫隙塞了出去，扣住扳機猛烈射擊，隨著一聲哀嚎，利爪收了回去，大門最終被徹底關閉了。

心有餘悸的費山河看了一眼羅傑和生還的兩名傭兵，環顧四周，驚訝的發現他們似乎進入了一個巨大的儲藏室？費山河並不清楚，但如果秦濤在場的話一定無比震驚，因為費山河他們闖入的地方就是之前被從裡面鎖住而無法進入的存儲室。

似乎有什麼東西在維持低溫運作？羅傑好奇的擦了一下罐體上玻璃窗口上的冰霜，頓時被裡面的景象嚇得倒退了幾步。每一個罐體裡面都冰凍著一名日軍士兵或者軍官，龐大的庫房內擺放著至少上千個像這樣的罐體，這些罐體到底靠什麼能源運作了幾十年？

突然，門外傳來幾聲猛烈的撞擊聲，厚重的金屬大門紋絲不動，費山河等人著實的鬆了口氣，開始分頭尋找能夠離開的通道。

讓費山河等人失望的是，根本沒有另外一條能夠離開的通道，他們進入的大門就是唯一的出口。羅傑絕望的坐在地上，一旁巨大的玻璃容器中浸泡著一具具張牙舞爪的怪獸標本，費山河等人望著多達數百個這樣的玻璃容器，裡面浸泡的怪物標本似乎各不相同，好像人與野獸基因突變的產物一般？

費山河滿臉疑惑的望著怪物的標本，因為這些怪物似乎與襲擊他們的怪物有些類似？日本人當年到底在這裡幹了什麼？

三個比正常罐體大一倍的罐體吸引了費山河的注意力，而這三個罐體全部被打開了，其中兩個罐體中都是血肉模糊的殘肢斷臂和內臟。費山河打了一個冷顫，警惕的環顧四周，羅傑也緊張的詢問道：「頭，怎麼了？」

費山河檢查了一下武器，更換了一個彈夾：「這裡也有怪物，我們必須衝出去。」

「衝出去？」羅傑當即一愣：「外面也有怪物啊？」

費山河快步走向金屬大門：「衝出去是九死一生，留在這裡是十死無生，哪怕是萬分之一的機會我們也要搏上一搏。」

就在費山河搖動金屬搖臂試圖開啟沉重的大門之際，一個渾身赤裸蒼白的男子從陰影中走了出來。

羅傑迅速將槍口對準這名怪異的男子：「不許動，舉起雙手！舉起雙手！」男子好像神志不清一樣，搖晃的走向羅傑。

砰、砰砰！身上連續中彈的男子摔倒在地，蒼白的皮膚上只留下了三個品字形的彈孔，透明的黏液流了出來？

金屬門開啟了半米多寬的縫隙，費山河探身查看通道內的情況，一名傭兵好奇的走向中彈的男子，沒有任何呼吸和生命跡象，這名傭兵摸了摸男子的頸部動脈後對羅傑搖了搖頭，羅傑放下了槍口長長的鬆了口氣。

突然，男子的雙眼毫無徵兆的睜開了，血紅色在男子的眼睛中散開，男子的手臂也開始變長翻出利爪，獠牙也從口中探出，猛地撲向傭兵開始瘋狂的撕咬。傭兵和羅傑迅速開火也無濟於事，男子化成的怪物幾下咬開了傭兵的喉嚨，掏開頭蓋骨開始吸食腦漿。

「快走！」費山河側身從門縫蹭身離開，羅傑身後的一名傭兵剛想側身，一聲慘叫被拖進了黑暗之中。

◊

隨著越來越多的資料被清理出來，神祕的山川支隊也開始完整的呈現出來，讓秦濤無比震驚的是山川支隊竟然開始探索第二遺址和第三遺址，而且留下了非常詳細的探索記錄和遭遇的各種事件。

所有關於山川支隊記錄的檔都在一九四七年六月十五日終止了，在此之前山川支隊似乎取得了某一項研究的突破，隨著研究的突破，山川支隊開始對第三遺跡進行大規模探索，並且在第三遺跡激戰三日，動用了九六式一百五十毫米加農炮和九五式戰車等武器。因為駐地附近有日軍遺棄的工事，秦濤對二戰期間日軍的武器略微有些研究，九五式戰車的車體和炮塔為鋼裝甲鉚接和焊接結構，以鉚接結構為主，防護性極差，是九五式戰車的致命弱點，所以根本不值一提。

讓秦濤無比震驚的，實際上是日本人竟然在山體內部動用了九六式一百五十毫米加農炮？秦濤記得九六式一百五十毫米加農炮分為機動式與要塞式兩種，都能整炮牽引機動，要塞式一共只生產了三十門，配備關東軍所屬黑龍江要塞區，機動式主要裝備日本本土的重炮兵聯隊，九六式一百五十毫米加農炮威力巨大，山川支隊的文檔中並未記載他們到底與什麼進行了三日的激戰，以至於在山體內部動用了要塞式的九六式一百五十毫米加農炮進行轟擊？

陳可兒拿著一疊文件來到秦濤面前：「看來山川支隊的終結點就是在一九四七年六月十五日了，沒想到日本無條件投降兩年多之後，他們竟然還在堅持，他們是在掩蓋還是在探索？」

野田一郎放下手中的一疊資料：「恐怕沒人知道山川大夫到底在墨者遺跡中發現了什麼。墨學是中國墨家學說集大成所在，曾是戰國時期的三大顯學之一，可謂鼎盛一時，秦後突然消失在歷史長河中。兩千年來，記載墨氏流派的史書文字可謂是鳳毛麟角，司馬遷所著的《史記》也只有短短幾個字，《道藏》中典錄了一些墨學內容，其實也是一些細枝末節，真正的墨學七十二卷號稱可驚天地，能驅鬼神。」

秦濤看了一眼野田一郎，從一個日本人口中說出中國的歷史總是感覺怪怪的，尤其這個日本人對墨學這一塊的研究竟然比在場的所有中國學者都要透徹，野田一郎一定有不可告人的祕密。

秦濤面帶微笑來到野田一郎身旁：「如果你真的是舒文彬老先生所說的野田一郎大佐，你又進過你口中所謂的第一遺跡，能夠讓一個八十多歲的人擁有四十歲的體貌特徵和體能，我非常好奇你在第一遺跡到底遭遇了什麼？」

野田一郎環顧周圍，見沈瀚文、馮育才、陳可兒都在忙著清理山川支隊剩餘的記錄資料，深深的呼了口氣：「我知道你不信任我，但沒關係，我想說的是很多東西是無法能夠解釋明白的。記住我所說的，每個人都有自身的價值底限的，他不出賣底限是因為獲得的回報不夠，一旦有足夠的回報，道德、信任，一切的一切都將不復存在，沒有人可以信任。」秦濤不知道野田一郎為什麼要講這種莫名其妙的話，這番話到底是說給誰聽的？

秦濤微微皺了下眉頭：「我們中國軍人不會。」

野田一郎微微一笑：「你只能代表你自己，絕對的力量就是絕對的誘惑，當年忠於天皇陛下的帝國武士可以隨時獻身犧牲，但他們也沒能經得起絕對力量的誘惑，人是有思想的單一個體，沒人能夠知道下一秒別人的想法。」

野田一郎靠近秦濤，意味深長的看了一眼沈瀚文和馮育才，壓低聲音道：「致命的敵人往往來自內部，探索未知本身就是一種變相的野心膨脹，永遠不要低估了欲望帶來的破壞。」

◊

黑暗似乎在緩緩的吞噬光明？徐建軍疑惑的望著燈光，懷疑是自己出現了幻覺？

反覆對比之後，徐建軍無奈的自嘲一笑，給自己點燃了一支香煙，悠然自得的抽了一口，作為一個資深大煙槍，每天三包煙是徐建軍的最低標準。

「救命啊！救命啊！」徐建軍聽到了呼喊聲和奔跑的腳步聲？

費山河和羅傑兩個人狼狽不堪的跑向了徐建軍，徐建軍丟掉煙頭抬起槍口對準兩人，氣喘吁吁的費山河一邊回頭張望，一邊焦急道：「有怪物，快準備！」

五個逃跑的傭兵主動回來了兩個，這幫傢伙拿自己當傻瓜嗎？徐建軍當即給費山河與羅傑繳械，命令李壽光向井下傳遞消息，逃跑的五名傭兵已經捕獲其中兩名頭目。

被綁的跟粽子一樣的費山河被丟在了牆角，沒能逃脫的部下見自己的老大又被抓回，頓時唉聲嘆氣，費山河卻不管不顧掙扎起身擋住徐建軍：「讓你的人立即在通道佈防，要快！這基地裡面有喝人血吃腦漿的怪物，我的幾個手下都被殺死了，還有野田一郎那傢伙派來的另外一隊傭兵，之前那些地質勘探隊員都是被怪物殺死的。」

望著激動不已，近乎語無倫次的費山河，徐建軍皺起了眉頭：「玩花樣對你可沒什麼好處，知道嗎？」

費山河被徐建軍一把推回了地上，跌倒在幾名傭兵身上，羅傑則緊張的望著通道口方向瑟瑟發抖，徐建軍順著羅傑的目光望過去，只見原本站有一個哨兵的位置上只有一頂軍帽？徐建軍疑惑的看了一眼費山河，摘下衝鋒槍走了過去。

徐建軍把沾有血跡的軍帽拾起，一支五六式衝鋒槍躺在不遠的地面上，顯然哨兵已經是凶多吉少。徐建軍拾起衝鋒槍，子彈上膛，徐建軍沒有冒然獨自搜尋，退回祭壇大殿立即命令所有戰士放下手中的工作，利用祭壇的地形地勢對通道進入祭壇大殿的入口形成了半弧形的火力覆蓋包圍。

「給我們武器，我們也可以幫忙！」費山河對著徐建軍大吼，徐建軍猶豫了一下決定不冒這個險，畢竟這夥傢伙是敵對勢力武裝分子，把武器交給他們，他們從身後開火怎麼辦？

部隊突然緊張起來，原本忙碌的科考隊員也紛紛停下了手中的工作，緊張的四處張望。

李壽光從井下返回地面，見到部隊嚴陣以待十分奇怪，來到徐建軍身旁：「副連長，我把情況告訴連長了，連長說他一會上來，下面的空間比想像的要大得多，而且情況越來越複雜了，連長讓我通知你，一會先暫停科考行動，把一切向上級做彙報後等待具體指示。」

徐建軍點了點頭：「一排長，你現在立即去告訴秦連長，讓他立即上來，我們這裡出了特殊情況，剛剛有一名哨兵遭遇了襲擊生死未卜，而且情況可能比我們預料的更嚴重。」李壽光一臉難以置信的神情驚訝不已，他想不明白自己在井中一上一下半個小時的工夫，怎麼就出了這麼嚴重的問題？

徐建軍用力拍了一下李壽光的肩膀：「快、快去通知連長。」

李壽光一路飛奔來到井口，順著固定好的繩梯開始滑降。

此時，通道內的照明燈不斷的被打破，清脆的破裂聲每一次響起，都讓人心臟猛的一緊，黑暗在肆無忌憚的逼近。

面對李壽光含糊不清的報告，秦濤意識到了上面一定出了大事，於是飛快的順著繩梯返回祭壇大殿，檢查武器子彈上膛，秦濤能夠感覺到大廳之內緊張的氣氛正在不斷的凝聚，徐建軍對秦濤點了頭，秦濤清楚，現在不是交談瞭解情況的好時機，通道內的壁燈在不斷的爆裂破碎，聲音越來越近，空氣中開始彌漫刺鼻的腐臭怪異味道。

秦濤開始給三聯裝照明彈拆除保險，對方在有意識的破壞照明燈具，就說明對方不是畏懼光亮就是想趁黑暗突襲，連續將幾組照明彈拆除保險後，秦濤握著照明彈警惕的盯著通道入口方向。

隨著通道內最後一盞防爆燈爆裂破碎，一切陷入了寂靜之中，秦濤甚至能夠聽到自己的心跳聲和粗重的呼吸聲，陷入黑暗的通道中似乎隱藏著什麼？在等待機會給自己致命一擊。

突然燈光一暗，幾個身影嘶吼著從通道的牆壁試圖衝進祭壇大殿，在燈光不穩定的一瞬間，秦濤連續發射了兩組照明彈，慘白的光芒照射下，曳光彈橫飛，機槍和衝鋒槍打出一道道火鏈，怪物在照明彈慘白的灼射下發出痛苦的嘶吼，兩隻瞬間被打得千瘡百孔，一隻被打得狼狽竄回黑暗之中。

秦濤單手保持單發射擊，左手飛快的抽出一個彈夾，橫磕卡榫更換彈夾，追著退去的怪物不停射擊，槍口噴焰不停閃動，彈殼肆意蹦跳。怪物最終消失在黑暗中，不斷發出威脅一般的嘶吼，秦濤向著黑暗中開了幾槍，彷彿在宣示勝利。

祭壇大殿的燈光閃動了幾下恢復了正常，野田一郎返回祭壇大殿，秦濤站在還在不停抽搐的怪物屍體前，掏出手槍向怪物的頭部連開兩槍，怪物依舊抽搐不停。怪物身上竟然穿著破爛不堪的黃呢子軍裝，領章竟然還是墨綠色的，另外一隻怪物的領章是黑色的？

秦濤記得侵華戰爭初期，日軍陸軍步兵的領章是紅色，騎兵的是墨綠色，憲兵則是黑色，中期改為W型胸章配以顏色，而這些怪物身上的日軍軍服竟然還是老式的領章？

秦濤環顧祭壇大殿，用槍托砸了一下通道拐角幾塊被子彈打碎的水泥塊，裡面露出了排列緊密的鋼筋。此處是深山老林，交通極為不便，日本人借助地下溶洞群和墨氏遺跡修建的地下祕密基地可以理解，但是按沈瀚文和野田一郎等人，包括舒文彬給自己的資訊是這處祕密基地是日軍在侵華戰爭後期修建的？

按理說那個時候日本人物資已經極度匱乏，甚至連老百姓家裡吃飯的鐵鍋都拿去融化廢鋼鐵重新冶煉加工武器，哪裡還可能投入大量物資在極短時間內修建這個工程浩大的祕密基地？

那麼最有可能的就是，此處祕密基地修建的時間要遠遠比沈瀚文他們認定得要早很多，日本人在很多設備上習慣加注生產年號和時間，秦濤注意到了，基地內但凡加注了年號和時間的設備上的標識都被人為的毀壞了，這就表示有人不想被人知道這座祕密基地大致始建的年份。

秦濤看了一眼沈瀚文、舒文彬與野田一郎，這些人要嘛是不知情，要嘛是在騙自己？剔除野田一郎，沈瀚文和舒文彬騙自己能有什麼好處？被黃精忠送來的馮育才又是怎麼回事？除了與沈瀚文水火不容之外，幾乎一言不發，身上也不知道多少天沒洗過澡，好像揣著一條爛魚一般，散發著一股讓人難以忍受的腥臭？

野田一郎趁眾人尚未從突如其來的襲擊和怪物的震撼中清醒過來之際，將一桶汽油澆在了兩具怪物的屍體上，掏出一個金色的打火機一撥輪燃起紅藍相間的火苗，丟在屍體上。

「這是幹什麼？那是重要研究資料啊！」沈瀚文衝了過去試圖滅火，無奈火焰勢大，反而還燒焦了幾綹頭髮。

秦濤目睹了一切卻無意阻止野田一郎：「我希望你能給我一個合理的解釋。」

野田一郎望著火焰中還在抽搐的怪物屍體：「這些不過是山川大夫當年第一遺跡試驗的失敗品，這些怪物是當年軍部一手締造出來的魑魅，一種日本神話中隱於山川地下劫殺路人的小鬼，很難被徹底殺死，沒想到過了這麼多年，這些失敗品竟然還頑強的生存著？」

秦濤微微皺了下眉頭：「魑魅魍魎？」

陳可兒驚訝萬分：「你們竟然用活人做這種實驗？而且還是你們自己人？」

野田一郎：「你腳下的白骨也是實驗的失敗品，原核細胞、基因融合、雙螺旋排列、基因突變等等的醫學實驗都是需要試驗品的，這個基地中的每一個人都是徹頭徹尾的瘋子，他們自以為找到了通往勝利的捷徑，實際上卻是打開了墜落地獄的大門，這僅僅只是第一遺跡取得的極少數研究成果而已。」

秦濤緊緊的盯著野田一郎的雙眼：「你的企圖呢？你到底是為何而來？」

野田一郎微微一笑：「我也是當年第一遺跡的受益者，幾十年來我一直能夠保持年輕和充沛的精力，戰後我經營起了一個龐大的醫藥帝國，但是最近我的身體機能在迅速退化，我的醫生告訴我，最多六個月，我的身體就會衰老回原有的模樣，所以我必須返回這個賜予我無限活力的初始之地尋求解決辦法。」

或許，真相就是這麼簡單，秦濤能夠感覺得到野田一郎說得是真話，因為憑藉野田一郎現在的處境根本無法前往所謂的第一遺跡，必須要經得沈瀚文的同意以及在自己的看管下，為了活命野田一郎採取了合作的態度合情合理，但秦濤始終感覺野田一郎一定會留有後手的，這個後手極有可能在自己不經意間突然爆發，讓自己與科考隊陷入危機，秦濤開始認真考慮郝簡仁之前的建議了。

反觀一旁的費山河卻仍然顯得有些驚魂不定，見野田一郎一副風輕雲淡的模樣，氣到極點的費山河起身衝向野田一郎，被李壽光攔了下來，野田一郎一見費山河身穿的防寒服頓時微微一愣。

費山河激動道：「該死的傢伙，還在騙人？你一定還惦記著你暗中佈置的殺手鐧吧？你可以徹底死心了，你的幾十人都已經被怪物幹掉了，怎麼樣？人算不如天算吧！你們當年製造的怪物破壞了你精心部署的行動，這才是報應。」

秦濤看了一眼面無表情的野田一郎，秦濤知道費山河說得都是真的，野田一郎果然留有後手。沒等眾人質詢野田一郎，通道內響起了一連串的嘶吼聲，野田一郎臉上當即一變：「快帶著人撤到井下去，這裡我們守不住的。」

秦濤面露疑惑，郝簡仁一槍托把野田一郎砸了一個跟頭：「少他〇的危言聳聽，再敢胡說八道，蠱惑軍心，老子一槍崩了你。」

此時，通道內傳出來類似馬群奔跑的聲音？

黑暗的通道內傳來的奔跑聲音越來越大，彷彿下一秒那些惡鬼一般的怪物就會從黑暗中衝出來一般，秦濤也臉色一變拽住徐建軍：「趕快帶科研人員先撤到井下，我組織火力阻擊。」徐建軍點了點頭，跑步離開，秦濤拔出AKM的劍型匕首裝上刺刀，將保險撥片置於連發的位置上，警惕的盯著通道方向。

一瞬間，所有的嘶吼聲和奔跑聲全部消失了！

決戰之前的寂靜？秦濤絕對不相信這群怪物還能有什麼智商和戰術配合，那麼這些怪物在等待什麼？

秦濤的眼睛開始微微的能夠適應通道內的黑暗，於是大膽的向前走了幾步，王二牛警惕的抱著六七式通用機槍如影隨形，生怕自己這位膽大包天的連長會出什麼意外。

秦濤發現通道中的怪物似乎散開了一條道路，一個人影從黑暗中出現，似乎手握指揮刀駐足而立，片刻後人影又消失在黑暗之中，怪物開始躁動，秦濤敏銳的意識到，怪物的攻擊即將開始。

◊

一陣陣的發報機有規律的電碼敲擊聲中，七九團政委李建業撕開了一份印有絕密字樣的檔案袋，裡面的一份報告讓李建業坐立難安，前段時間在地方醫院救治的兩名戰士因為全身臟器快速衰竭不治後，部隊方面在派人調查迎回遺體的過程中，兩名戰士的遺體發生異變，襲擊了在場的公安和醫院的醫生，造成了較大的恐慌和混亂。

最後，在防化連的參與下使用火焰噴射器才徹底將異變怪物消滅，死亡的公安和醫生、護士也全部火化處理，對受傷的人員全部進行軍事管制，以防感染源擴散。

團作戰司令部內十幾個參謀在來回不停的奔走，有些心煩意亂的李建業準備去陽臺抽根煙透透氣，沒想到機要主任卻送來了一封電報。李建業拿著這封電報眉頭緊鎖，吩咐機要主任道：「把昨天黃精忠發來的電報底稿找出來，就是有個姓馮的專家抵達祕密基地的那封。」

李建業將兩份電報放在呂長空的面前：「地方公安局的同志發回回饋，馮育才同志早在一個月前就突發疾病過世了，但遺體在醫院的太平間失蹤，家屬非常憤怒，現在地方公安、醫院、火化場正在各說各話的打羅圈官司。」

呂長空眉頭緊鎖，用手指有節奏的敲打著桌子道：「一個已經死亡屍體失蹤的人，突然拿著上級介紹信找到了我們駐十六號場站的部隊，送其前往關東軍的祕密基地？這是不是太匪夷所思了？這個馮育才到底是研究什麼的？」

李建業看了一眼資料：「是考古的，主要集中研究春秋戰國時期，關於那份介紹信我已經發函詢問相關部門了，還沒有回覆，現在最關鍵的是氣象條件十分惡劣，我們與前進基地已經失去了聯繫。」

呂長空喝光了茶缸裡的涼茶似乎有些意猶未盡，起身踱步：「這次科考行動，我們對三個專家組合一個地質勘探組都只進行了部分情況的通報，所以這些專家只瞭解自己專業內相關的科考行動的大致情況，而對我們的部隊則進行了資訊封鎖，並不是我不相信我們自己的同志，而是此番科考行動實在太過重要了，地球有幾十億年的歷史，人類進化不過區區幾十萬年，五千年的歷史中有文字記載的不過三千六百多年，很多我們現在科學無法解釋的現象，也可能是未來的發展趨勢，人類和科技都在不斷進步，我們要著眼未來，白山地區不是羅布泊，我們可以炸一下，搞個試驗。」

李建業猶豫了一下：「科考隊那兩名戰士的事情是不是通報一下？讓秦濤也有所準備？」

呂長空擺了擺手：「還是不要了，會擾亂軍心的，我們同時也要相信秦濤同志是一名優秀的軍事指揮幹部，他完全有能力應對發生的一切。」

李建業無奈的點了點頭：「那麼增援部隊什麼時候出發？」

「增援部隊？」呂長空沉思片刻後：「現在情況不明，先不要派出增援部隊，把我們現在掌握的情況匯總，我先向上級做一個簡短的彙報，然後再部署下一步的行動，對於馮育才身份的問題，請儘快與前進基地取得聯繫，通報情況，如果有必要的話可以派遣一個班的戰士前往傳達命令。」

「是！」李建業敬了一個軍禮剛想轉身離開，呂長空辦公桌上的紅色電話也響起了，呂長空接起電話擺了下手，示意李建業再留一下。

片刻後，呂長空略微有些遲疑的放下了紅色電話：「剛剛是安全部門的電話，友好協會的高橋明敏理事在白山地區失蹤，另外，安全部隊針對上次你部營區的襲擊，對襲擊者的身份做了大量的調查工作，發現這些襲擊者的身份並不簡單，都是經驗極為豐富的國際雇傭兵，他們隱藏身份以工業、科學技術人員等等各種身份進行滲透，現在安全部門還在調查他們的動機，安全部門有理由相信滲透的雇傭兵很可能有幾十人規模，而且這些人目前都以各種理由從所從事行業崗位失蹤數日到十日不等。」

呂長空來到地圖前，幾名參謀將失去聯絡的外籍工作人員的照片和失蹤前的資訊匯總貼在了巨大的地圖上，呂長空皺著眉頭看過之後道：「最後的消息大多指向白山地域，甚至還有人中轉了幾次，這些人具有很強的反偵察能力，也就是說科考隊很有可能遭到境外敵對武裝勢力的干擾？」

李建業慎重的點了點頭：「從時間上分析，恐怕他們之間已經交過手了。」

呂長空閉目養神，片刻後起身道：「將關東軍祕密基地地域進行標注，派人與科考隊取得聯繫，記住要聯繫秦濤連長，我要秦連長的評估和報告，明白嗎？」

李建業微微一愣：「科考隊的隊長是沈瀚文教授，副隊長是陳可兒教授，讓秦濤做主要彙報是不是有點喧賓奪主？」

呂長空搖了搖頭：「關鍵時刻，我們必須無條件信任自己的同志，秦濤就是我們自己的同志。命令配屬此次行動的強擊機分隊和轟炸機分隊載彈等候命令。」

李建業的呼吸開始變得沉重起來：「請首長重複命令！我們的人都還在裡面。」

呂長空起身望著窗外飄落的雪花以及遠方低沉滾滾而來的陰雲道：「犧牲，每一個犧牲都是永垂不朽！」呂長空推開窗戶，一股寒風刮入：「我們是軍人，我們的犧牲就是為了將危害降到最低，明白嗎？七九六一部隊是一支剛剛成立，擔負所有超常危機應急的部隊，我推薦你擔任這支部隊的政委，同志請時刻牢記我們的使命和責任，對於這支部隊只有一個要求，就是犧牲！我們的犧牲換來的是萬家安寧。」

望著呂長空離去的背影，李建業默默叨咕了一遍七九六一的部隊番號，李建業的記憶中除了中央警衛局下屬的八三四一部隊番號是四位數以外，所有的部隊番號都是五位元數字，七九六一部隊似乎充滿了魔力在不停的吸引他。

但願秦濤他們能夠安全圓滿的完成任務吧！李建業關上了窗戶。

◊

站在通道入口形成包圍圈的秦濤握著衝鋒槍扳機的手開始變得蒼白並且微微顫抖，十幾分鐘的等待讓秦濤感覺如同過了十幾年一般。

那些怪物還在等待什麼？秦濤回頭看了一眼幾乎沒怎麼疏散完畢的科研人員，甚至連大部分的器材都被這些捨命不捨財的科研人員吊入井下，人命都快顧不過來了，還有閒情雅致顧機器和設備？

秦濤並不知道那些機器到底花了多少外匯，經歷了多少時間才由香港轉運抵達國內，之前偶然間秦濤聽到兩名科考隊員的交談，因為西方國家的封鎖，購買最先進的儀器經過數年才運抵，已經成為落後的設備了，即便如此，落後的設備也珍貴異常。

黑暗的通道內傳出一陣比一陣大的躁動聲，秦濤從腰後摸出一個罐型手榴彈，這是繳獲費山河傭兵的一款美式特種手榴彈，拔掉保險，順著黑漆漆的通道用力丟出。

砰！十幾公尺外迸發出猶如耀眼的白光，如同焰火一般四處崩濺，發出劈啪的響聲，把原本以為這是一枚照明彈的秦濤也嚇了一大跳。通道內充滿了刺鼻的氣味，怪物們身上似乎在不停劈啪的燃燒？

秦濤轉身瞪著費山河厲聲詢問道：「這是白磷手榴彈？你們竟然敢使用日內瓦公約禁止的彈藥種類？」

費山河一臉無辜：「我們僅僅是購買了，尊敬的軍官先生，剛剛是你使用白磷手榴彈，不是我們。」

郝簡仁拎著手槍來到費山河面前頂住費山河的腦袋：「濤子哥別跟廢人說廢話，這夥傢伙武裝侵略咱們國家，就地擊斃就算仁慈了。」

郝簡仁拉動手槍滑套推彈上膛，用力的頂了頂費山河的頭部，費山河似乎感覺到了危機，急忙解釋，「我根本不知道什麼白磷彈，我們都沒有看見和聽見。」一旁幾名被綁的跟大閘蟹一樣的雇傭兵也拼命點頭，這群雇傭兵針對中國軍人做了很多功課，比如三大紀律八項注意，但是對於這個開口活埋，閉口直接崩了的公安，雇傭兵們心底非常恐懼，正如郝簡仁總掛在嘴邊的一句話，嚇你不是目的，嚇死你！

對於這群一直試圖逃跑的雇傭兵來說，郝簡仁就是懸在他們頭頂的「達摩克利斯之劍」，隨時可能落下。

通道內白磷彈的餘威還在震懾怪物，七、八隻被燒得已經肢體不全的怪物屍體在地面上不停抽動，陳可兒來到秦濤身旁驚訝道：「這是什麼恐怖的武器？」

秦濤頭也沒回：「白磷自燃，由於人體都是碳水化合物，在白磷灑在人體皮膚的情況下，白磷自燃產生的熱量可以把皮膚引燃，這些怪物看樣子也是碳水化合物構成的，只要它們不是刀槍不入，我們就有辦法消滅它們。」

回答完，秦濤才意識到不對，立即轉身發現陳可兒竟然舉著相機不停拍照，於是一揮手：「把她給我拉下去，立即下井。」掙扎無果的陳可兒一臉怨念的被兩名身材高大的戰士雙腳離地架走。

突然，通道內傳來了急促的嘶吼聲……

該來的總會來，如果自己不扔那個白磷彈怪物會不會就不發起進攻了？或許有太多的或許，非常可惜，秦濤沒有時間去論證那麼多的可能、或許等不確定因素。

曳光彈和金屬被甲彈在通道內形成一道道光束，二十幾支衝鋒槍和五挺輕重機槍將大道完全封鎖，射擊聲，彈殼落地的碰撞聲，怪物的嘶吼聲交雜在一起，被擊中的怪物不甘的跌倒、爬起，再次被擊中倒地，肆意迸濺著腥臭液體。

「守不住了，快撤啊！」秦濤一推身旁提著六七式通用機槍掃射的王二牛。幾名戰士被陸續撲倒在地，掙扎間鮮血迸濺。秦濤側身用槍托擊打撲向自己的怪物頭部，蹦步突刺，刺刀從怪物血紅色的眼睛中刺入，秦濤扣動扳機，半個彈夾的子彈全部射入怪物的腦中，怪物的腦袋如同被砸開的馬口鐵罐頭一樣。

一名被怪物撲倒的戰士拉響了手榴彈，秦濤被氣浪震翻在地，王二牛見狀一邊射擊一邊單手拖著秦濤後撤，來不及撤退的科考隊員不斷被湧入的怪物撲倒，祭壇大殿白骨地面被鮮血染紅，似乎一場慘烈的祭祀剛剛拉開序幕。

趁著怪物撕咬科考隊員之際，秦濤被王二牛硬性按入了井中，下降過程中秦濤發現李壽光正在給鐵索裝炸藥？秦濤疑惑不解道：「一排長組織防禦，在這裝炸藥幹什麼？你想炸什麼？」

李壽光抹了一把臉上的汗水：「野田那個傢伙說一會怪物還是會湧進來的，只要炸斷了鐵索，中間的大磁鐵就會自動被井口下面的鐵環吸上去堵住井口！」

秦濤看了一眼井口下的鐵環，之前自己還在好奇到底是幹什麼用的，原來切斷鐵索就能利用磁石堵住井口，野田一郎這個混蛋東西明明早就知道，就不告訴自己，非等出了事才來提醒？

秦濤決定下井後的第一件事就是暴打野田一郎一頓出氣，另外讓這孫子把知道的全部都告訴自己，看來還真讓郝簡仁這小子說對了，對待階級敵人就是不能太好，不一天打八遍就是客氣的了。

秦濤剛剛下到鋼架結構平臺，就有一隻怪物逕自從井口撲下來，恰好落在秦濤面前，破爛不堪的舊軍裝，褶皺不堪乾巴巴的皮膚，血紅色的眼睛，滿口的利齒和與身體比例極不協調的爪子？這他○的到底是什麼怪物？秦濤下意識的抬腿一腳把怪物從平臺上踹下，怪物掙扎著落入風口，連慘呼都來不及，幾下就被氣流撕扯成了碎片。

李壽光點燃了導火線，看著導火線接近插在炸藥中的起爆雷管，秦濤突然一愣，把控制磁石的合金鐵索炸斷讓磁石堵住井口阻擋怪物，那還怎麼出去啊？秦濤明明記得野田一郎似乎說過，只有一個入口這句話。

轟、轟、轟、轟！連續四聲爆炸煙塵彌漫，秦濤感覺一個巨大的物體先是下墜，然後違反自然定律的猛地向上飛，撞擊在井口位置，緊緊的吸附在三疊的鐵環上，將幾隻試圖進入的怪物碾壓成了肉沫。

秦濤這才意識到，原來這個大磁鐵與井口下面埋藏的三道金屬環可能是同一種材質所製成，所以才有如此強勁的相互吸力，而不被大量的鋼架所干擾。

望著被堵死的井口，秦濤忽然意識到，自己的副連長徐建軍呢？守在入口的三排長焦大喜？還有自己的童年玩伴郝簡仁？

秦濤瞬間給了李壽光一眼：「誰讓你起爆的？」

李壽光也一臉驚愕：「我聽見有人喊起爆，以為是連長你喊的？」秦濤回憶了一下，自己確實沒有喊，但是也確實聽到了有人大喊了一聲起爆，因為剛剛平臺上一片混亂，自己沒注意到竟然這麼多人還沒下來。

沈瀚文拍了拍秦濤的肩膀：「秦連長，探索未知就是要付出代價的，我們的工作還要繼續，不能讓上面犧牲的同志白白犧牲！」秦濤看了沈瀚文一眼，沈瀚文在秦濤心底已經屬於那種喪心病狂級別的了，犧牲了這麼多人，還要忍住悲傷繼續進行科考？這哪裡是科考？簡直就是玩命啊！

讓秦濤更加震驚的是，馮育才竟然已經開始組織人收攏剩餘的設備進行搬運了。

是自己心理素質太差？還是這些搞科研的心理素質太強？秦濤找了一圈，終於找到目光呆滯的郝簡仁，秦濤一把將郝簡仁摟在懷裡，他從來沒感覺自己的這個哥們有今天這會兒這麼親切。

好一會工夫，郝簡仁才瞪著眼睛用奇怪的眼神看著秦濤道：「濤子哥，你真的應該找個女朋友了，你想抱也要抱陳副隊長那樣的美女，你抱我一個大男人幹什麼？咦？你不會是哭了吧？」

秦濤一把推開郝簡仁：「灰塵落到眼睛裡面了。」

一旁的陳可兒發現秦濤竟然在自己身旁，如同一隻樹袋熊一般逕自抱了上來。

秦濤一陣手忙腳亂：「陳副隊長，這麼多人注意點形象，陳副隊長？」

陳可兒眼睛一瞪：「我現在需要安撫，借你肩膀用用，小氣鬼，不許動，抱五分鐘。」

與一個剛剛受到了巨大驚嚇的女人爭執顯然是不明智的，望著被完全封死的井口，秦濤面前浮現起徐建軍那張認真到了讓自己反感的臉，一個比指導員還指導員的副連長，也不知道徐建軍這會兒怎麼樣了？但在井口被堵住之前，秦濤已經聽不到祭壇大殿中的槍聲了，讓爆炸餘波震得頭暈腦脹的自己是被王二牛硬塞下井的，這算不算臨陣退卻？身為一名指揮員，竟然丟下自己的部下，自己還是一個合格的連長嗎？

秦濤深深的呼了口氣，將陳可兒推開：「還有很多工作，而且我們面臨的最大麻煩是可能只有一條通往外面的路徑，而這個路徑已經被堵死了。」

陳可兒微微一笑：「風還在流動，就說明還有出口。」

「風在流動，就說明還有出口？」這話聽著似乎十分有道理，可是秦濤明明記得似乎野田一郎說過只有一條通道？

野田一郎呢？秦濤環顧左右驚訝的發現野田一郎竟然不見了？

找遍了所有地方，依然不見野田一郎的蹤影，心有不甘的秦濤向著前方的溶洞打了一枚照明彈，照明劑燃燒下，慘澹的白光照亮了溶洞。

「我們現在怎麼辦？」面對李壽光的詢問，秦濤看了一眼正在清點所剩無幾的裝備和物資的沈瀚文與馮育才，深深的呼了口氣道：「命令大家清點彈藥和急救包，把乾糧和水都檢查一下，包括消毒片。」

秦濤部署工作之際，一名科考隊員在湍急的地下河邊自行灌滿了水壺，仰著頭喝下大半壺，用力的抹了下嘴，郝簡仁看到了也拿著水壺去灌水，恰好被秦濤看到，秦濤逕自踢飛了郝簡仁的水壺，嚇了郝簡仁一大跳。

「你幹嘛？」望著隨著急流飄走的水壺，郝簡仁不滿的嘟囔了一句，一屁股坐在地上，抓起身邊的一塊石頭丟入地下河中，濺起一朵水花。

顯然之前的襲擊讓所有人都憋著一股火，莫名其妙的從科考變成了所謂的探險，然後在根本不知道要找什麼和面對的是什麼的情況下遭到了一群嗜血怪物的襲擊，還被困在地下，是人都會有三分火氣。

秦濤伸手一把拽起郝簡仁：「這下面的水可能會有問題。」秦濤的話驚動了一旁的幾名科考隊員，尤其剛剛喝過水，留著大分頭的科考隊員頓時緊張起來。

陳可兒也皺著眉頭望著湍急的地下河水道：「按道理說地下河水未遭到污染，經過地下沙石層的反覆過濾應該沒有什麼問題。」陳可兒的話讓喝過水的那名科考隊員徹底的鬆了口氣，但是秦濤接下來的話等於直接一腳將這名科考隊員踹入鬼門關。

秦濤之前率部配合地質勘探隊爆破的時候，有兩名地質勘探隊員夜裡喝了些冰涼的泉水，結果第二天早上就一命嗚呼了，後來屍體運走法醫也沒有給出具體說法，直說可能是急性中毒引發了全身臟器衰竭，很多人都懷疑是泉水有問題，畢竟野外作業群體中經常流傳殺人泉的傳說。

秦濤環顧左右：「還有誰喝了這地下水？大家都不要急，等化驗確定安全以後再飲用。」

突然，喝了地下水的大分頭科考隊員雙眼突出，用力卡住自己脖子，渾身抽搐倒地，嚇得一旁幾名女科考隊員大驚失色，其中一名女科考隊員抱住這名男科考隊員：「志國，王志國，你怎麼了？快來人啊！」

正在將化驗條從水樣品試管中抽出的陳可兒一臉詫異，自言自語：「水質特級，沒問題啊？」

秦濤正要上前，卻被郝簡仁一把拽住，郝簡仁一撇嘴：「甭管他，那小子是裝的。」

果然，王志國見無人上前，只好一咧嘴嘿嘿一笑：「春桃，我就知道妳最關心我，咱們可是老同學加同事，親上加親啊！」

女科考隊員臉色一紅，一把推開王志國：「你就是被怪物吃了，也別想我管你。」

沈瀚文也黑著臉：「王志國同志，適可而止，這裡不是開玩笑的地方。」

王志國嘿嘿一笑，在地下河邊轉了一個身：「剛剛咱們部隊上的同志嚇唬人，我和他們開個玩笑。」

突然，地下河湍急的水面炸起一團水花，水花直沖起十幾米高，一個碩大的黑影藏身在水花之中一口將王志國叼走！

一瞬間？一剎那？

秦濤記得自己曾經看過一部梵文與繁體對譯的《僧只律》：「一剎那為一念，二十念為一瞬，二十瞬為一彈指，二十彈指為一羅預，二十羅預為一須臾，一日一夜有三十須臾。」當時，秦濤沒什麼感覺，而此時此刻，秦濤對「一剎那」有了切身的體會。

王志國不見了？郝簡仁手上的香煙還未點燃就被淋濕，秦濤連下意識摸槍的動作都沒有反應出來，一個大活人就在所有人的面前消失了？

秦濤清晰的看見水浪中有一個巨大的黑影一下子吞噬了王志國，足足過了五、六秒，眾人才尖叫著遠離地下河邊，秦濤等人舉著槍跪姿蹲在河邊嚴陣以待，驚恐的情緒在幾乎所有的科考隊員之間快速的傳播和瀰漫。陳可兒來到秦濤身旁壓低聲音道：「秦連長，你必須現在做點什麼？否則幾乎大半的科考隊員的意志就垮了。」秦濤微微一愣：「我能做什麼？」

陳可兒一臉焦急：「做什麼都行？」秦濤無意中看到了陳可兒胸前的一抹白色，急忙轉身拉動槍機給郝簡仁和幾個戰士使了個眼色：「每人一個彈夾。」

噠噠、噠噠噠！槍口的噴焰和連續的射擊聲，地下河激起的水柱似乎緩解了滲透到每個人骨子裡的恐懼，打完一個彈夾似乎意猶未盡的秦濤抽出一枚手榴彈，擰下安全蓋，扣開防潮紙，拉燃引線停了兩秒丟入地下河中，秦濤也意識到了自己心底也有一股需要驅散的恐懼，只不過自己做得更好一些，將這些恐懼深深的壓制在自己心底。

「那到底是什麼？」秦濤的問題讓沈瀚文頓時一愣，剛剛事情發生得太快，誰也無法看清楚究竟是什麼怪物吞噬了王志國。

關鍵時刻陳可兒替沈瀚文解了圍：「秦連長，地球上有很多我們未知的生物，很多生物甚至是從泥炭紀、白堊紀得以生存下來的古老物種，尤其這種環境變化極為緩慢的地下溶洞群內，缺少天敵的情況下，一些物種也會發生突變，適應環境得以繼續生存下去。」

陳可兒說了等於沒說，秦濤也毫無辦法，唯一的辦法就是與地下河保持安全距離。

科考隊員在沈瀚文的帶領下抬著設備和物資在距離河邊最遠的地方沿著地上河逆流而上，這也是唯一的通路。走了大概兩、三公里的距離，河邊開始出現一些年代久遠的屍骨，又一個地質勘探隊員佩戴的勘探鋁盔出現在秦濤的腳下，秦濤記得之前郝簡仁好像撿了這個東西，而且上面還有編號？鋁盔的內襯裡竟然有一塊電子手錶？

秦濤叫過郝簡仁，遞過鋁盔道：「你之前是不是也撿了這麼個東西？」

郝簡仁接過後看了看：「好像是，不過那個破損嚴重的被我丟了，是舶來品。」

馮育才不聲不響的突然出現接過鋁盔：「二十年前我們與那邊關係還是同志加親兄弟關係的時候，有一隊科學院的地質勘探隊配合那些專家在白山地域展開調查，當時我們裝備的勘探帽都是柳條編的，這種鋁制的都是從歐洲進口來的，後來這隊人什麼的失蹤了，部隊搜索了一年也毫無蹤跡。」

郝簡仁拿起裡面的電子錶：「哦，還是他們闊氣，那年頭就戴上了電子錶了？我的天啊！還能亮有電！太神奇了。」

陳可兒看了一眼電子錶皺了下眉頭：「二十年前怎麼可能有這種手錶？這是卡西歐老式的防水防震電子錶，這款手錶至少有十年生產歷史了，國外的用戶大多是軍隊。」

費山河看了看自己腕上同款的手錶，用衣服悄悄蓋住，裝作不知道的模樣在羅傑耳邊低聲道：「咱們隊裡除了我和麋鹿戴這款手錶之外，還有誰？」

羅傑似乎回憶了一下：「只有你和麋鹿，那麼貴的東西我們捨不得。」

費山河環顧左右，繼續壓低聲音：「他們沒綁住我們，讓我們的人不要妄動，我們要選擇最好的時機一次徹底的翻盤，告訴大家，我們已經進入了寶藏之中。」

秦濤將手錶丟給郝簡仁：「二十多年前失蹤的地質勘探科考隊的帽子，十年前才生產的電子錶，兩者雖然風馬牛不相及，也未必會有什麼關聯，大家都清楚，這個世界有很多很多的巧合，我們肯定不是這裡的第一批來客，郝簡仁你喜歡就拿著。」

郝簡仁看了看，隨便丟入地下河中：「君子愛財，取之有道。」

秦濤瞪了一眼郝簡仁：「說實話！」

郝簡仁嘿嘿一笑：「死人的東西不吉利！現在特別需要好運氣。」

秦濤拍打了一下郝簡仁的頭：「就你怪話多。」

隊伍很快走到了地下河的盡頭，一面高高聳立的石牆將去路阻斷，地下河湍急的河水從石牆下湧出。望著在溶洞巨石縫隙盤旋而逝的石階，秦濤帶領幾名戰士在前開路，石階濕滑不已，兩側的山體上有方形的孔，似乎是當年的圍欄？也有圓形的空洞，原本插在裡面的鐵質欄杆也腐爛到一碰就碎。

數百階的古老石階已經被千百年來山體滲出的泉水沖刷得千痕百裂，秦濤仰望石階兩側依山雕著的巨大石像群，自然風化或山體滲水腐蝕，巨大的武士石像的面部已經變得模糊不清了，但是石像的身軀卻似乎泛著一層金屬光澤？兩側各三名的武士手中握得不是普通的刀劍，而是一個圓球狀的東西浮在石像的手中。

秦濤一邊躲避這石階上的裂縫，一邊小心翼翼的向上攀爬，身後郝簡仁、陳可兒、沈瀚文、馮育才等人緊跟其後，李壽光則提著六七式機槍，帶著幾名戰士在最後壓陣。

可以說突如其來的襲擊把大家都嚇壞了，那些形同惡鬼一般，行動敏捷，不畏槍彈，能夠撕裂人體的怪物突然蜂擁而出，只有六七式重機槍發射的穿甲燃燒彈和白磷彈才能對付這種怪物，普通的輕武器除非命中怪物血紅的眼睛或者連續命中頭部才能將其擊斃。

那個倒楣的王志國，在地下河邊被不知名的怪物吞噬，從科考隊進入白山地域兩名戰士遇襲開始，科考隊似乎是步步驚心，每前進一步都是以生命作為代價。

秦濤看了一眼在另外一側攀爬的費山河帶著的三名雇傭兵，費山河跑回來示警，徐建軍卻沒有選擇相信費山河，導致在襲擊中費山河的雇傭兵幾乎全軍覆沒，秦濤率部返回祭壇大殿也於事無補，只好選擇斬斷鎖鏈讓強磁方體隕石堵住了井口，阻止了怪物攻擊的同時，也封堵住了逃生的希望。

另闢蹊徑這四個字說起來簡單，在位於地下近百米的山體溶洞群內，再找一條出去的道路談何容易？無法後退只能選擇前進，龍淵之城，典藏傳說中可通天徹地的「墨藏」之處，守護著華夏一脈最大的祕密？

秦濤轉身看了一眼艱難沿著八十公分高的石階攀爬的沈瀚文和馮育才，在襲擊中野田一郎不見蹤影，之前大多數所謂的墨氏祭文都是野田一郎翻譯解釋的，是對是錯無論是沈瀚文還是馮育才都無法辨別，現在前行的方向正是在野田一郎推斷的基礎上分析得來的。

野田一郎到底是故意溜走還是被怪物殺死，誰也說不清楚，野田一郎的真實身份到現在還是一個謎，如果僅僅是長得很像，憑藉著舒文彬的辨認恐怕很難確定野田一郎的真實身份，前方到底還有多少艱難險阻等待著一行人，沒人能夠說得清楚，秦濤最為擔心的是那些突然出現的怪物。

在此前的交火過程中，秦濤注意到了一個細節，就是那些怪物的身上似乎穿著某種制服，雖然已經污濁破爛不堪，但是從顏色和樣式上還是能夠分辨出來，秦濤甚至可以確定，那就是日本關東軍曾經裝備過的軍裝，為了避免恐慌，秦濤沒有告訴任何一個人。

副連長徐建軍和三排長焦大喜，幾乎一大半的戰士不是犧牲就是生死未卜，科考隊更是損失巨大，秦濤內心也是倍受煎熬，秦濤也意識到了，這根本就不是一次普通的科考活動，這些人或許真正的目標就是野田一郎所說的墨藏，甚至包括地質勘探隊死的不明不白的錢永玉。

眾人陸續爬上石壁的頂部，秦濤等人全部被震驚了，一個閃著綠色幽光的大水潭，水潭的周圍有不少設備鋼架的遺跡，也有腐朽不堪的木質結構，更多的是沿著山體石壁雕刻出的神佛像。

滿天神佛說得大概就是這個意思吧？秦濤關閉了手電筒，因為巨大而且會發光的水潭已經提供了足夠的照明，在水潭的另外一側則是一座建築在石壁上的宮殿。

由於之前有了王志國的教訓，這次幾乎所有的科考隊員都警惕的遠離水潭，一個地下溶洞群中會發光的山頂水潭？自然界礦物中能夠發光的大多有強烈的輻射，在不確定這些輻射對人體是否造成傷害之前，也似乎沒人願意接近水潭。

膽大包天！如果用這四個字都不足以形容陳可兒的話，秦濤真的再也找不出合適的詞語了。因為，此刻一向小心謹慎的陳可兒竟然蹲在水潭邊輕輕的捧起一捧水仔細觀察！

秦濤推開衝鋒槍的保險來到陳可兒身旁，以防有什麼不知名的東西從水潭中躍起把陳可兒給叼走了。當走到陳可兒身邊，秦濤驚訝的發現陳可兒手中水裡的綠光竟然在遊動？仔細一看，原來綠光是幾條渾身幾乎透明的魚，而且這些魚似乎沒有眼睛也沒有魚骨？這是什麼魚？能發光沒有眼睛和魚骨？渾身透明？秦濤第一次覺得自己應該多學習，多讀書。

陳可兒小心翼翼的將雙手中的水濾掉，兩條小魚最終留在了手心上，隨著水的乾涸，小魚身上的綠光也變得微弱起來，同時迅速的枯萎，幾秒鐘工夫變成了看不出形狀乾巴巴的魚乾？

從透明發出綠光到變成魚乾只用了幾秒，也把陳可兒嚇了一跳，一鬆手，兩個魚乾落入水中片刻又變成了兩個綠點飛速的離開了。

郝簡仁滿臉驚訝的站在一旁見證了剛剛發生的一切：「濤子哥，這是怎麼回事？」秦濤轉身看了郝簡仁沒吭聲，一副你問我，我問誰的表情。

不知不覺間，沈瀚文和馮育才幾個人都蹲在了秦濤身旁，望著水潭中一群群游來游去的小魚。

秦濤不由自主的看了一眼馮育才：「馮教授，你們文化人多長時間洗一次澡？」秦濤的「地圖炮」開得附近的所有科考隊員都翻白眼，因為實在太簡單了，這裡除了軍人就是科考隊員，秦濤的這一「地圖炮」把所有的科考隊員連同沈瀚文與陳可兒都轟了進去，殺傷力自然驚人。最讓所有科考隊員惱火的是，秦濤說得還是事實，而且馮育才滿不在乎的一揮手：「洗什麼？個人生活習慣，誰也管不著。」

沈瀚文只好尷尬的岔開話題：「剛剛郝簡仁同志好奇這個魚為什麼能發光，這個其實非常簡單。」

郝簡仁一臉無辜表情：「沈隊長，我什麼時候好奇了？發不發光關我屁事？別拿我來轉移話題。」

秦濤瞪了郝簡仁一眼：「沈隊長說你問了，就當你問了，哪來那麼多問題？」

郝簡仁也對秦濤一翻白眼：「我是幫你，你又對我開炮，咱們兩個可是自小光屁股一起長大的。」

秦濤無奈連忙點頭：「是我問的，我非常好奇這魚怎麼能發光？還能詐死？」

沈瀚文尷尬的咳嗽了一下解釋道：「其實不論是淡水魚類還是鹹水魚類，發光是一種很正常的現象，因為有些魚類的皮膚裡有能發光的細胞，會分泌一種含磷的粘液，磷和血液中的氧接觸就發出光來。另外還有一種魚類擁有發光器官，與身體的發光器官有很多發光細菌，這些細菌把從魚的血液中得到的能量變為螢光。」

沈瀚文推了推眼鏡：「至於裝死是一種本能，很多弱小的生物都有裝死的本能，而剛剛兩條小魚變得乾枯也許是體內水分流失過多，也許是生物本能，也許有無數種也許，一切要等待科學論證鑒定之後才會有結果。要知道我們人類幾乎每天都在不停的發現新物種，在已知的近兩百萬的物種其實只佔據了地球物種總量很少的一部分。說起來慚愧啊！我們對與自己生活在同一個星球上的鄰居知之甚少，我為我的無知感到難過。」

秦濤則毫不在意道：「人類只要口下留德，少吃一點就謝天謝地了。」

沈瀚文卻也並不在意，因為從抵達白山地域之後，幾乎就沒幾件事情是能夠用科學知識解釋明白的，作為一名學者、科研工作者，沈瀚文都快以為自己這麼多年來一直無所事事、不學無術了，學無所用才是最痛苦的事情，而最最痛苦的是自己所學根本無法解釋。現在終於有能夠用科學解釋清楚的事情了，沈瀚文感覺到了一陣輕鬆，不過沈瀚文也清楚，他的這種輕鬆維持不了多久。

望著不遠處懸在空中的殿宇，秦濤轉身向地下河方向打了一枚照明彈，算是對王志國之死的一種變相的祭奠。王志國的死是一個意外，換句話說不作不會死，王志國鬧個玩笑，結果把命搭了進去，還鬧了個屍骨無存，而吞噬王志國的那個怪物是什麼？恐怕當時誰也沒看清楚，秦濤最擔心的是地下河的水系四通八達，那怪物最好別再冒出來了。

秦濤看了一眼水潭旁兩邊帶有弧度的立柱通道似乎通往峭壁殿宇下方，於是將李壽光招呼過來：「在石階兩側縫隙中安裝炸藥，採用電起爆，把通用機槍架在這裡以防萬一。」

李壽光點了點頭，秦濤用衝鋒槍口對費山河晃了晃，費山河等四名倖存的傭兵十分不情願的從地上起來，這些雇傭兵非常清楚，也都看見過秦濤用刺刀擊殺怪物時拼命的架勢，秦濤顯然不是什麼善男信女。秦濤的態度非常簡單，乾糧、飲水不是白吃白喝的，幫科考隊探路之餘還要搬運設備物資。面對秦濤的槍口，費山河覺得自己這輩子最英明的一件事就是能屈能伸識時務。費山河手中拿著一根抬設備的木棍，與秦濤兩人分別走在迴廊的兩側，費山河與秦濤一樣覺得十分奇怪，這迴廊修得也似乎太過怪異了？

石壁上留下了很多方孔和圓孔，日本人搭建通往殿宇的鋼架已經幾乎爛光了，還有一條是由青銅搭建出的天梯一樣的上行通道還十分完整。

水潭上方石壁的中央刻有兩個巨大的古篆體？

馮育才略微有些激動的抓住秦濤的肩膀：「往那裡打一發照明彈。」秦濤向石壁的上空發射了一枚信號彈，石壁上的古篆體被完全照亮，水潭中的小魚似乎有些受到驚嚇，水潭裡的綠光逐團的熄滅。

在照明彈的照耀下，仰望石壁的沈瀚文目瞪口呆：「墨塚？」

幾十年前人類最新工藝搭建的寬闊地鋼架結構通道已經徹底垮塌了，而春秋時期老祖宗留下的青銅棧道竟然還能用，秦濤與費山河從兩端開始攀爬，分別用攀登繩固定青銅棧道，使其能夠讓沒什麼攀爬技術和體力的沈瀚文等人能夠上到十幾米高的懸空殿宇。

爬了一半，秦濤累得滿頭大汗，背靠石壁擰開水壺猛灌了一口，早知道這麼累，還不如自己和費山河先爬到上面用繩子把沈瀚文幾個人拽上來更輕鬆，非得搭出一條通路？典型的思想僵化啊！

就在秦濤展開深刻的批評與自我批評之際，水潭裡的小魚又開始活躍起來，借著一片綠光秦濤看到了一個十分震撼的景象，差點腳下不穩掉落下去。

見秦濤穩住了身形，費山河撇了下嘴，如果秦濤掉下去受了重傷，他的計畫更有可能獲得成功，但是順著秦濤所看的方向看去，費山河也是頓時一驚，差點從懸空棧道上摔下去。

之前所有人經過的所謂「長廊」實際是一隻巨獸的骸骨，一隻三十多米長的巨獸骸骨，巨獸骸骨的頭部似乎深深的埋入地面，但是上面露出一排幾個巨大的圓角。

遠古巨獸的骸骨？沈瀚文、馮育才、陳可兒都閉口不言，這顯然不是什麼龍骨，如果是龍骨的話，從露出地面的肋骨數量判斷，只能說是一條龍的一小部分，這條龍得有多大？恐龍肯定沒有這麼大的體積，史前時期古海洋的巨無霸？也許可能有如此龐大的體積，但那些是距今都幾億年之久的龐然大物，而這副骸骨還沒有出現化石特性，從腐蝕風化判斷最多兩、三千年的歷史。既然說不明白，沈瀚文、馮育才、陳可兒三人研究決定暫時將其列為不明物種。

懸在空中的殿宇並不大，讓秦濤等人大為震驚的是整個殿宇竟然是用青銅做的框架，似乎是古代什麼景觀的縮小版？這是一個多麼浩大的工程量啊！不要說在生產力低下的封建社會，就算在現今恐怕都是很難做到的，尤其還有這三面牆壁的滿天神佛。

殿宇的距離讓人可以十分近距離的觀察這些所謂的佛像，郝簡仁用手電筒照過幾個之後驚訝道：「濤子哥，每一個雕像的表情都不一樣，簡直是惟妙惟肖。天啊！古代的工匠是怎麼做到的？」一邊說著，郝簡仁

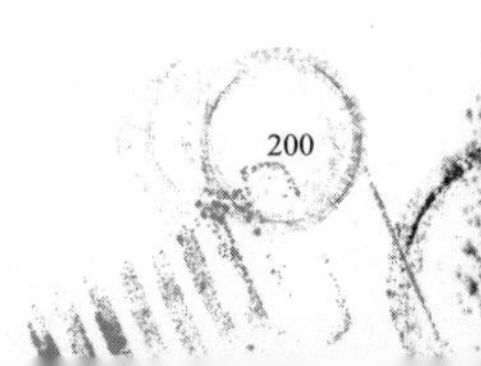

竟然用手摸了一座傾斜三十度對著地面雕像精緻的面部，讓郝簡仁萬萬沒想到的是，雕像的面部竟然隨著他手的觸碰出現了龜裂，龜裂聲在寂靜的青銅殿宇中顯得十分的清楚。

秦濤一臉恨鐵不成鋼的表情望著郝簡仁，郝簡仁無奈的聳了聳肩膀：「冤枉啊！我就輕輕一下，真的就是輕輕碰到了一點。」

嘩啦，雕像的整個面部和上半身垮塌，一具身穿棕色麻布衣料的人突然從雕像中傾倒出上半身，紅潤的面頰，精緻的五官，似乎還是個活人？如果不是臉上沾有陶片，秦濤差點把這具屍體當成活人，由於暴露在空氣之中，屍體在七、八秒鐘的時間內變成了一具乾屍。

顯得有些驚魂未定的郝簡仁環顧近千個這樣的半身雕像不由自主的打了一個冷顫，那些鑲嵌在石壁凹槽裡面如此惟妙惟肖的雕像，每一個雕像的裡面竟然可能都存在一個人？為什麼要把人封進雕像中？而且還用如此詭異的方式？

震驚之餘，馮育才拿著放大鏡在幾支手電筒的照明下檢查了破碎的雕像，尤其在凹槽的內部發現幾行銘文：「嚴格的講，此地撰文為墨塚，在我看來此地是塚卻非塚。」

秦濤聽了馮育才的解釋有一種拽著領子讓其講人話的衝動，塚，秦濤聽得明白，就是所謂的「墓」，但馮育才的話，秦濤理解成了說是墓其實不是墓的意思？

馮育才卻不慌不忙：「石槽裡的墨氏銘文刻得十分清楚，這裡當年發生了一場慘烈的激戰，為了抵禦入侵的異獸，很多墨氏子弟犧牲於此，為了能夠讓這些勇士復生，所以將他們全部用祕術封存起來。」

祕術封存起來，等待複生？秦濤覺得這些搞研究的也真不容易，需要非常豐富的想像力，凹槽裡面的那些奇形怪狀的符號秦濤也看過，也大著膽子摸了摸，感覺和積體電路一樣，馮育才竟然能讀出神祕墨氏子弟抵禦異獸、等待復活，死了幾千年的人怎麼復活？在秦濤看來全部是無稽之談。

秦濤也注意到了，無論是沈瀚文還是舒文彬、陳可兒對所謂的春秋圖騰文，也就是馮育才口中的墨氏祭文都不瞭解，所有的東西都是馮育才一個人翻譯解釋出來的，而這個馮育才則是黃精忠派人送到前進基地，身份應該不會有問題吧？

◊

秦濤哪裡知道，當團政委李建業將關於當地公安部門和醫院確認馮育才一個月前突發疾病死亡，冷藏屍體不翼而飛的消息送抵前進基地後，接到情況通報的黃精忠頓時手腳冰冷，黃精忠可是與馮育才坐同一輛車抵達的前進基地，自己還親自安排人將馮育才送到了關東軍祕密基地。

除了身上有一股怪味道之外，沒有什麼特別啊！黃精忠掏出了馮育才留在自己這裡備案的工作證和三封介紹信，上面師作戰司令部的大印與張師長的簽印一個不缺，會不會是團裡搞錯了？這麼大的事情團裡一定會與師裡進行核實的，難不成師部的命令和張師長的簽印都是假的？

團裡和師裡根本不知道有這麼個人來自己這裡，馮育才是一個人揹著舊帆布包步行抵達十六號場站的，黃精忠立即讓與自己同來前進基地的幾名戰士回憶馮育才有什麼特別的地方？

最終一名戰士想起馮育才抵達後和第二天，似乎沒人見他吃過東西喝過水？

如此寒冷的天氣會大量消耗人體的熱量，這種鬼天氣能走上百里的山路，在場站和抵達前進基地之間的兩天一夜不吃不喝？這還是人嗎？

立即集合所有部隊出發！黃精忠集合的所有部隊不過是一個班的戰士，主力已經跟隨秦濤出發了，出發命令剛剛下達，焦大喜和徐建軍就帶著十幾名戰士跌跌撞撞的跑回營地。

意識到出了大事的黃精忠一把拽過徐建軍：「老徐，出什麼事了？」

徐建軍喘了幾口粗氣：「那個地下祕密工事其實是小鬼子為了掩人耳目，利用古跡遺址修建的一處試驗基地，小鬼子拿自己人做實驗，這些傢伙現在變成了人不人，鬼不鬼的東西，除非命中頭部，否則普通輕武器根本沒有任何作用。」

黃精忠倒吸了一口冷氣：「那秦連長他們現在怎麼樣了？還有我派人送去的那個馮育才教授怎麼樣了？」

徐建軍：「秦連長帶著人掩護科考隊從人骨祭壇大殿的溶洞地井下去，封死了入口，我帶十幾名倖存的戰士突圍，多虧焦排長接應，爆破了通往外面的通道，暫時阻止了那些怪物湧出來，你派人送來的馮育才很安全，跟著秦連長他們在井下。」

黃精忠聽到馮育才十分安全，用力拍了一下自己腦門，此時此刻他最想聽到的是馮育才被那些徐建軍口中的怪物撕成碎片的消息，現實是殘酷的，馮育才不但沒死，還與科考隊深入了古代遺址。

黃精忠調整了一下情緒道：「徐副連長，團李政委派人送來情況通報，地方公安機關和醫院方面確認了馮育才已經在一個月前就死亡了，而為查明死因屍體進行了冰凍，但冰凍的屍體隨後不翼而飛，馮育才這個人有非常大的問題，如果不是冒名頂替，那麼就是一個……」

「一個什麼？」面對徐建軍的詢問，黃精忠深深的吸了口氣，壓低聲音道：「如果不是冒名頂替，那麼就是一個活死人，這種鬼天氣能走上百里的山路，在場站和抵達前進基地之間的兩天一夜不吃不喝？這還是人嗎？」

徐建軍也似乎想起了馮育才這個人，身上似乎揣著臭魚爛蝦，與沈瀚文勢不兩立，他還真沒注意馮育才是否吃了什麼或者喝水？如果馮育才真的如同黃精忠所說的話，那麼秦濤身旁就等於埋了一顆隨時會爆炸的不定時炸彈。

徐建軍瞪著黃精忠憤怒不已：「老黃啊！能靠譜點嗎？你是想坑死我們嗎？」

黃精忠面對徐建軍的憤怒急忙安撫道：「這樣，我們立即用電臺與團部取得聯繫，請求增援，你帶人對入口再次進行爆破，並且在週邊設立三處交叉火力點封鎖入口，另外，把裡面的情況寫份報告，越詳細越好。」

徐建軍點頭帶領幾名戰士準備搬運武器，黃精忠似乎改變了主意，一把拉過徐建軍：「讓焦大喜組織人先搬運彈藥和地雷，你跟我去通訊室先向團裡彙報情況，你們的電臺為什麼總不開機？不明白特殊時期要特殊對待嗎？勤彙報、多請示。」

徐建軍也氣呼呼道：「怎麼彙報？那個人骨祭壇中間的古井下有一塊幾米見方的強磁場物體，別說干擾通訊了，咱們的電臺只要接近強磁範圍直接燒毀報廢。」

李建業得到前進基地傳回的相對完整的情況彙報，真是屋漏偏逢連夜雨，怕什麼就來什麼！徐建軍的報告和黃精忠的彙報是交替發來的，電訊室幾乎沒停一直在接收，面對堆得小山一樣的電文，呂長空也清楚的意識到，到了自己該下決心的時候了。

呂長空起身來到地圖前，用標注地圖的紅藍筆在一個X點上標注了一個小圈子。李建業看了一眼呂長空標注的圈子，這是一幅比例五千分之一的作戰地圖，呂長空的圈子將黃精忠、徐建軍所在前進基地全部圈了進去。

呂長空見李建業眉頭緊鎖，猶豫了一下解釋道：「事態的發展已經超出了我們的預計，野田一郎的部份，日本方面回饋的資料除了二戰期間在白山地域失蹤的野田一郎大佐外，其餘查無此人，我們原來認為此處是關東軍的一處祕密試驗基地，而這處祕密試驗基地被關東軍一些瘋狂追尋神祕主義，妄圖利用古代遺跡製造出征服毀滅世界的武器，期間將從中國各地搜尋的帶有神祕色彩的器物運抵此處，其中就包括一九三四年營川墜龍的龍骨，不管關東軍當年在這裡幹了什麼，我們都要徹底查清楚，為了不造成恐慌才以科考隊的名義進行調查，沒想到事態的嚴重性已經到了迫在眉睫的緊要關頭。」

李建業點燃了一支香煙：「那我們怎麼辦？」

呂長空沉思片刻：「事關重大，徐建軍彙報的第一遺跡、第二遺跡、第三遺跡這些情況都是我們之前不曾掌握的，包括下面的遺跡與春秋時期逐步銷聲匿跡的墨家流派有關，顯然那些瘋狂的日本關東軍的研究取得了一定的成果，製造出了一批怪物，通過前幾次襲擊和屍體復活的案例，這些怪物會引發一定比例的感染是確實的，我們對於這種感染異變的病毒可謂是束手無策，白山地區是山區林場，相對偏僻人口稀少，如果在人口密集的大城市爆發感染會有什麼樣的後果？」

呂長空的話讓李建業打了一個冷顫，呂長空按住紅色電話對李建業道：「我要把情況彙報上去，你親自帶隊去現場組織封鎖，讓封鎖區中我們的同志克服一下困難，我們會盡一切辦法找到解決方案，封鎖區內的同志需要什麼裝備就提供什麼裝備，我們既然已經撥開了這層迷霧，就一定要有一個結果。」

◊

就在李建業為秦濤等人的命運擔憂之際，沈瀚文、舒文彬、馮育才、陳可兒等人全部抵達了懸空的青銅殿宇之中，腳下不知材質的木頭發出細微的喀嚓聲，每次的喀嚓聲響起就會揪起眾人緊張的神經。

沈瀚文用手電筒環顧四周：「這裡一定就是野田一郎所說的第一遺址了，太可惜了，當年因為戰爭導致這裡被日本人捷足先登，日本人手中一定還掌握著大量的資料和祕密，死去的人能夠復生，野田一郎他們一定是利用了這裡的神祕力量。」

秦濤與郝簡仁合力推了一下青銅殿宇的大門，結果紋絲不動，秦濤這才發現原來大門上竟然有一個古意十足，二十公分四方的青銅鎖？四方形的青銅鎖秦濤是第一次見到，而且每個鎖的表面上還有三、三、三，一排列帶有不同圖案的九個小金屬方塊？

馮育才快速翻動自己的筆記，驚喜道：「這就是傳說中的幽潭之鎖，這就是墨氏的幽潭之鎖，號稱密者之鎖，若無造鎖之人密語提示無人能開，傳說竟然是真的，真有幽潭之鎖。」

十個格子九個方塊？而且四方青銅鎖的五個面都是如此，每個面上的金屬方塊上的圖案也不盡相同？在秦濤的記憶中似乎與一款叫華容道的棋盤遊戲有些類似，秦濤剛想開口說出自己的見解……

陳可兒檢查並將青銅鎖的五個面拓印成圖有些震驚道：「應該是九宮連環格的一種演變，只不過我沒見過這樣的九宮連環格。」秦濤到了嘴邊的話硬生生的憋了回來，九宮連環格是什麼東西？好像與自己玩過的華容道根本沒關係。

馮育才眉頭緊鎖：「九宮格源自河圖洛書，理論上有無數種推演和演變的可能，河圖與洛書是中國古代流傳下來的兩幅神祕圖案，被視為中華文明起源的源頭點，一些人甚至認為河圖洛書就是中國的神奇宇宙魔方。」馮育才開始著手將每個青銅塊上的圖案對照自己的日記本和野田一郎的手札進行翻譯，很快翻譯的結果出來了，但每個人臉上的表情也開始嚴肅起來。站在一旁的秦濤從幾個人審視這些拓印圖案的表情就知道肯定遇到了大難題，否則怎麼會連爭論都沒有？

在秦濤看來，有爭論起碼還有方向可供討論，而連爭論都沒有，就說明幾位專家都卡住了。

現有的五面一共四十五塊青銅塊上的圖案全部完成了翻譯，但是結果是連馮育才、沈瀚文、舒文彬、陳可兒在內的所有人都掉入了一個他們意料之中卻也是意料之外的一個坑裡。矛盾本身就是一個對立的存在，而且是落入了一個他們自己親手挖的坑中，沈瀚文、馮育才、舒文彬蹲在地上低頭不語，彷彿他們面前的五組由四十五個圖案翻譯過來的片語形成了一個巨大的漩渦，將所有人都吸了進去。

舒楠楠一臉擔憂的望著乾脆盤腿坐在地上的舒文彬，郝簡仁十分把握時機的將自己的背包拿給舒文彬當凳子坐，舒楠楠對郝簡仁報以一個感謝的微笑，郝簡仁又趁機將懷裡私藏的一大塊巧克力偷偷塞給舒楠楠，

「這是給舒老的，我們在地下救援未必能很快抵達，明白嗎？」

原本推辭的舒楠楠悄悄收下巧克力，郝簡仁回到秦濤身旁，秦濤無奈的搖了搖頭：「多好的一個姑娘，一塊巧克力就被你騙了。」

一旁蹲得雙腿麻木的陳可兒拉了拉皮衣的領子笑道：「巧克力代表著愛情的滋味，我們身處險境，何時獲救都不清楚，一塊高熱量的巧克力也許就是活著出去的希望，你朋友給女孩的是生的希望，不僅僅是一塊巧克力那麼簡單。」陳可兒的話讓郝簡仁的臉變得通紅，一來是自己的小動作竟然被這麼多人看到，二來他能夠對天和郝家的列祖列宗發誓，他剛剛就是打算乘人之危收買舒楠楠，拉近兩人之間的關係，根本沒有陳可兒說的那麼偉大。

郝簡仁示威一般的對秦濤挺了挺胸脯，陳可兒則繼續打趣道：「秦連長，你如果想獲得真正的愛情，就學習一下你的這位公安朋友，也許對你來說是一個啟迪。」陳可兒的諷刺秦濤一句也沒聽進去，他只聽到了一塊巧克力就等於多一份能夠生存下來的機會，郝簡仁有一塊巧克力，他也有一塊，每個戰士的應急包裡面都有一塊，這是行動前裡李政委特批給行動分隊官兵的，官兵平等，每人一塊。

秦濤猶豫了一下，將自己的巧克力掏了出來拋給陳可兒：「陳副隊長，這是我的那塊。」

陳可兒接過巧克力頓時微微一愣：「你給我這個幹什麼？巧克力熱量高，吃了會變胖的。」

秦濤微微一笑：「如果我們安全出去，妳再還給我也不遲啊！」

陳可兒沉默著，手裡的巧克力彷彿開始發熱一般，自己剛剛說了把巧克力給女生等於是在示愛的同時把生的希望留給對方，他竟然在眾目睽睽之下把巧克力遞給自己？這個榆木腦袋開竅了？可是自己還沒有想過談戀愛，尤其和一名中國軍人談戀愛，似乎這一切來得太突然了？

陳可兒開始心跳加速，臉頰也開始發紅發熱，就在陳可兒不知所措之際，秦濤叮囑其餘的戰士：「把你們的巧克力都留給科考隊的女同志和專家，我們是軍人，急難險重我們要第一個衝鋒在前。」

陳可兒流淌過心頭的一絲甜蜜瞬間變得苦澀起來，是自己誤解還是對方有意耍自己？憤怒的她想把巧克力逕自摔在秦濤臉上，然後再惡狠狠的問候秦濤一句：「你他〇的！」

一個銀制的酒壺劃出了一道優美的拋物線落在了秦濤懷裡，望著古樸的銀制酒壺，秦濤迷惑的望著始作俑者陳可兒。陳可兒淡淡的微微一笑：「本小姐從來不白拿人東西，尤其是傻瓜的東西。」

郝簡仁一旁幸災樂禍道：「濤子哥，等我和舒楠楠正式交往了，我讓她給你介紹女朋友，你別灰心，再接再厲。」

秦濤一臉懵，這都是什麼和什麼啊？

小小的風波插曲很快過去，幾位專家一時研究不出什麼結果，沈瀚文嘗試著推動其中一面的一塊青銅塊，連續挪動三塊，突然聽到輕微的喀嚓響動？

郝簡仁與秦濤面面相覷，突然間郝簡仁腳下的木板連同支援的青銅全部斷裂，郝簡仁下墜的一瞬間，秦濤伸手拽住了郝簡仁的腰帶，郝簡仁塞在胸口的一本似乎有些年頭的線裝書掉落下去，郝簡仁徒勞的試圖伸手抓住。幾道微光閃動，那本書變成了幾塊墜落，郝簡仁當即臉色一變：「濤子哥，你要抓住我啊！我後半輩子的幸福都在你身上了，舒楠楠也會感謝你的。」

一旁原本緊張不已的眾人一臉無奈，緊張的氣氛也隨之沖淡，聽到郝簡仁胡言亂語的舒楠楠轉身離開。

幾名戰士試圖過來幫忙被秦濤阻止的同時，秦濤讓大家分開站，要把重量均勻的分攤開，秦濤小心翼翼的將郝簡仁拽了上來，秦濤蹲在平臺上仔細觀察，原來平臺的木板恰好也分為四十五個木格，而下面作為支撐的青銅架構中間似乎有鋒利的金屬絲，一旦青銅結構破裂垮塌，金屬絲就會繃緊。

沈瀚文等人清理過平臺上青苔、塵土後驚訝的發現，原來每塊木板上都有用青銅鑲嵌的圖案，這些圖案與陳可兒從四方青銅鎖上拓印下來的完全相同？除了掉落的一塊外沒來得及確認，想到這幾乎每個人都有些不寒而慄。

秦濤從沈瀚文和馮育才以及舒文彬的眼中似乎看到了希望，陳可兒及時的一盆冷水潑了過來：「你以為我們還有四十四次嘗試的機會嗎？五個面四十五個聯動不同屬性的詞語，最麻煩的是墨氏密語並非單一語言，比如這個一號和二號拼在一起代表著奮戰的勇士，但是轉換一個面兩個相鄰面無法構成完整的意思，就表面我們的拼列是錯誤的，五個面，每個面三三進九的排列方式，大致有幾億種可能，而我們只有最多三到五次嘗試機會。」

秦濤有些疑惑道：「野田一郎之前提到過，日本人進入的時候不僅僅在第一遺跡取得了一些成果，而且還前往第二遺跡和第三遺跡。為什麼我們到這裡就無法前進了？如果輸錯密碼就無法打開，那麼我可不可以推斷日本人第一次就輸入對了密碼？」

沈瀚文無奈的起身解釋道：「由於之前被日本侵略者第一次發現並且控制了長達十多年之久，很多第一手的研究資料都落入了日本人手中，比如墨氏祭文片語的完整對譯組合，馮育才教授不過是從春秋時期的古墓中個別文獻中尋找到了一小部分，如果有正確的拼組方式，馮教授應該可以識別，但是你讓馮教授去拼組，這種成功的機率微乎其微，畢竟墨氏祭文是單向密碼，最簡單也是最複雜的。」

秦濤無奈的看著地面上的一幅幅拓圖和木板上青銅鑲嵌出的圖案，忽然感覺似曾相識？秦濤迅速掏出自己的工作筆記，一下子蹲到了專家圍成的小圈裡，都捧著自己筆記的沈瀚文、馮育才、舒文彬、陳可兒將異樣的眼神投了過來。

秦濤臉一紅，自己也感覺到了似乎有點莽撞衝動，沈瀚文為了緩解尷尬：「秦連長有什麼建議嗎？」無奈之下，秦濤咳嗽了一下解釋道：「大家還記得在我們營區衛生隊消失的李老頭嗎？他也留下了整整一個屋子四面牆壁和天花板、地面都是這些符號，當時我把這些符號的位置和排列順序大致也都記錄了下來。」

馮育才震驚之餘接過秦濤的筆記本逐一對照符號，完成對照後馮育才目瞪口呆，連聲高呼不可思議。

沈瀚文來到秦濤面前：「秦連長，能不能把這些符號最終的排列形式和方位都標注出來？」

秦濤完成繪圖之後，陳可兒驚呼道：「天啊！墨氏祭文竟然是三維空間概念？這怎麼可能？」

沈瀚文也驚訝不已道：「從我們熟知的零維度到十維度空間，超弦理論提出第十一維度甚至更高維度的理論，很多都處於理論研究範疇，沒想到在幾千年前我們的先人已經開始使用三維概念了。」

沈瀚文見秦濤等人一臉迷茫無法分享他們巨大發現的喜悅，就用筆在地面上畫出一個簡單的立體四方形道：「在已知的一維空間，點與點之間的距離就是路線，廣義的相對論折疊就是縮短路程，而在三維空間內，想要去一個確定的目的地則需要六個點的協助。」

沈瀚文迅速畫出六個點，並且用每個點之間的線做對應穿插，將六條線交匯的一個點標出來：「這就是第三維度的奇妙之處。」

秦濤命令郝簡仁清理平臺上的人和裝備，所有人都到地面仰望平臺等待自己開鎖！

對於開鎖，秦濤也是沒有辦法，自己身為幹部自然要衝鋒在前，而且思路又是自己提出的，連記錄都是自己當時親筆畫的，自己不開鎖讓別人來冒險實在說不過去，秦濤認真的回憶了一番，按照沈瀚文繪給自己標注的十分清晰的圖紙順序開鎖，緩緩的按面推動四方青銅鎖上的小金屬塊。

剛剛推動了兩塊，秦濤聽到耳邊響起一聲細微的喀嚓聲，秦濤下意識的閉上了眼睛。

第六章　往生之門

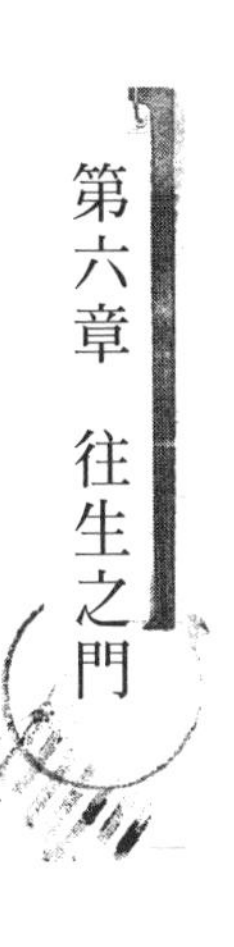

在一陣驚呼中，幾塊破碎的木板從十幾米高的空中墜落摔得粉身碎骨。秦濤緩緩睜開眼睛，自己面前腳下的一塊木板不見了，第一次推動是三次出了問題，剛剛自己只推動了兩次就出了問題，那麼也許並不是和陳可兒預想的甚至可以推動五次，最大的可能就是自己只有一次機會了。

命懸一線的感覺真的太刺激了，刺激得秦濤的手都開始有點微微顫抖，閉目凝神片刻，秦濤將整個圖紙倒了過來，也許可能有四個方向顛倒的錯誤，但是自己卻只有一次機會了，拼一拼運氣吧！

秦濤怎麼都覺得自己的長相與英年早逝毫無關係，於是小心翼翼的把手伸向最上面的金屬小塊。

對於死，秦濤真的沒想過，身為軍人又趕上了和平時期，想衝鋒陷陣為國捐軀你得有機會，沒戰爭，你又不能整天盼著有天災降臨。所以，除了訓練之外，秦濤真沒想過死亡會距離自己如此之近。王志國的死和死法讓人膽寒，那些之前失蹤的人員想必也是遭到了零星怪物的毒手，就在那些怪物衝向自己的一瞬間，自己頭腦一片空白，下意識的反應突刺、扣動扳機，將怪物腦袋打得四分五裂的那種痛快淋漓。

第一塊挪動，第二塊挪動，每一塊帶有不同圖案的小金屬塊被挪動，不知不覺間秦濤渾身已經濕透了，秦濤記得有一次排爆一個日偽時期的彈藥庫，自己竟然遇到了日本步兵埋設的八角詭雷，那一次秦濤也是有驚無險。二選一的機率，結果沒想到陰險的小鬼子竟然做了兩顆詭雷，也就是說只能進行引爆，根本無法拆除的死劫。不過，秦濤也是吉人天相，他所選中的那顆詭雷因為日久年深失效了！恐怕當時埋雷的日本兵都不曾想到，這個世界上最厲害的武器就是時間！

這一次似乎不同，小金屬塊並不沉重，但每挪動一塊就感覺自己的體力和精力在流逝，擦了一下流過眼睛的汗水，秦濤堅持將最後一塊小金屬塊挪到位，秦濤長長的鬆了口氣卻沒有馬上開啟方形青銅鎖中間的手柄，秦濤向下望了一眼揮了揮手，示意完成拼組工作。

費山河皺起了眉頭，秦濤竟然完成了全部金屬塊的移動和拼對，最後卻沒有打開大門？反而把榮譽和機會留給了別人？顯然，秦濤的種種行徑大大出乎了費山河的意料，費山河不斷的提醒自己不要輕舉妄動。

之前為開啟幽潭之鎖，沈瀚文與馮育才各不相讓，舒文彬躍躍欲試，讓他們十分意外的是秦濤竟然將機會留給了他們？馮育才先把五個面的拼對順序全部拓印開始翻譯，舒文彬在旁幫助計算注解，兩人似乎忙得不亦樂乎。

沈瀚文感激的望著秦濤：「秦連長，感謝你把探索未知的機會和榮譽，留給我們這幾個風燭殘年的老頭子。」

秦濤對沈瀚文的印象實際上並不算好，沈瀚文眼中只有工作和科考專案，為了達到目的已經近乎瘋狂。秦濤微微一笑：「在外面的危險我必須要替大家承擔，因為我的職責就是盡一切能力保護大家的安全，但開啟大門之後所存在的一切不確定性危險我真沒辦法掌控這一切。」

沈瀚文望著閃到一旁的秦濤，看著滿是綠鏽的青銅大門臉色微微一變，陳可兒悄悄的站到了秦濤的身後，秦濤驚訝道：「站我身後幹什麼？不是對你們搞科研探索的來說這是一份難得的榮譽嗎？你為什麼不參加？」

陳可兒微微一笑：「我還年輕，機會有的是，另外我認為站在你身後的位置應該是最安全的，不是嗎秦連長？」面對陳可兒的反問，秦濤只能一笑了然，原來最理智和聰明的人竟然是陳可兒，論在科研探索發現過程中保持理智，沈瀚文、馮育才甚至舒文彬似乎都要比陳可兒差得很遠。

馮育才拿著一張紙對眾人揚了一下道：「我翻譯出來的，這裡的墨氏祭文組成了一個故事，天相六日，日月無光，邪惡入侵，墨家鉅子『浩』秉承師命統帥墨家精英建墨氏機關與異獸血戰多日，最終在雲螭的幫助下殺死異獸取得勝利，並將陣亡的墨家子弟以祕術葬於此地，擇日復生。」

秦濤現在已經完全可以處變不驚了，什麼妖魔鬼怪，神仙老虎狗，突然蹦出什麼他都不會感到震撼，唯一的感覺就是自己要讀書，讀書少是一種犯罪。

隨著沈瀚文扣動手柄，馮育才與舒文彬分別推動兩旁的青銅門，隨著喀喀作響的機械聲，看似沉重的兩扇青銅門竟然被推開了？

門才被推開，沈瀚文與馮育才就「雲螭」到底是什麼東西發生了爭執，舒文彬則站在被推開大門的大殿外駐足不前，舒楠楠站在舒文彬的身旁，陳可兒悠然自得的抽著小雪茄：「歷史斷代是需要大量史料和考古證據的佐證，不過是一個名字而已。」

「妳有辦法停止他們的爭執？」對於秦濤的詢問，陳可兒壞心地拿起手電筒照了一下已經大門敞開的大殿，舒文彬還在猶豫會不會有什麼機關之際，秦濤大步流星的走進大殿。

一見秦濤進入大殿，沈瀚文與馮育才也停止了爭吵，跟隨隊伍進入大殿，遠處負責警戒的李壽光遙望了一眼懸在空中的青銅大殿，自言自語嘀咕了一句：「封建統治階級就該被打倒，狗日的跑深山老林裡面修這麼個東西？還懸空？能有屁用？」

隨著火把被點燃，大殿被徹底照亮，大殿的正中是一座青銅祭台，臺上有一個平行的人體大小的凹槽，可供一個成年人躺進去，兩旁則各有三個斗型的透明容器連在平臺上，看材質很像用水晶打磨出來的一般。

順著密密麻麻的青銅管子，秦濤注意到大殿的兩側有上中下三排架子，每排架子上掛滿了用鎖鏈固定，形態各異的乾屍，有的似乎穿著軍裝，有的則穿著翻毛皮坎肩，也有穿著旗袍的女人，男女老少似乎都有？很多乾屍還保留著掙扎的形狀，唯一相同的是每具乾屍的頭頂都插入了一根銅管子。

幾乎所有人全部被這近百具乾屍震撼到了，秦濤認真的檢查了一下乾屍的身份，應該都是幾十年前那場異族入侵殉難的老百姓和個別被俘的蘇軍士兵，看來日本人當時一定是進行了某種殘忍的試驗或者祭祀。提到祭祀秦濤打了一個冷顫，人骨祭壇周邊那一千多張驚恐的面孔讓人每一次回想起來都毛骨悚然，竟然把活生生的人用明膠灌注在深槽中，利用人求生的欲望向上掙扎，最終膠面閉合形成近千張臉擁擠在膠面下的恐怖情景。人骨祭壇是祭祀，難道這裡也是祭祀嗎？

秦濤認為四位專家，尤其是沈瀚文與馮育才一定會就此發生爭執，於是帶著郝簡仁對周邊進行了檢查，沒有發現任何行跡，秦濤判斷野田一郎還未到他曾經說過的第一遺跡，難道野田一郎那傢伙在白骨祭壇大殿的混戰中也遇難了？

秦濤隨即否決了自己的這個猜測，野田一郎那個傢伙精得如果貼上毛就是猴，每次的馬後炮都把握得恰到好處，而且，秦濤通過郝簡仁曾經試圖教訓野田一郎被躲過發現，野田一郎手底下很可能有工夫，而且更有可能是個高手。

秦濤並不清楚，他的猜測竟然十分準確，此時此刻的野田一郎已經丟掉了皮鞋，特製的襪子不但能夠有鞋的功能，更能夠起到綁腿的作用，外套反穿，一襲黑衣黑褲站在巨大的武士像肩膀的陰影中，玩味的望著青銅懸空殿宇上來來往往的人。

讓秦濤大為震驚的是，這次幾位專家似乎沒什麼異議就達成了一致意見，這裡的設施雖然古老，甚至更多古老的設備無法判斷出用途，但專家們一致認為這裡並不是進行祭祀儀式的場所，更像是一個古老的人體科學實驗。陳可兒還認為日本人那些失敗品的怪物，很可能也是從這裡產生的，野田一郎或許是幾個少數的成功者？

青銅鑄成的導線和繁雜的設備裝置讓人眼花繚亂，馮育才一臉癡迷的輕撫著青銅祭台在竊竊私語？

郝簡仁見狀捅了秦濤一下：「那老傢伙不會是精神崩潰了吧？自言自語怪嚇人的。」秦濤皺了下眉頭，在他印象裡面馮育才一直顯得非常特立獨行，甚至連吃飯都不和大家在一起。

站在大殿中央的沈瀚文環顧左右道：「如果這裡是第一遺跡的話，那麼第二遺跡在哪裡？如何開啟？我們必須留下一個小組在這裡繼續調查，一定要弄清楚當年日本人是如何啟動運行這套古代裝置，以及這套古代裝置的原理。」

幾名熟悉機械構造的科考隊員當即站出來表示願意留下，秦濤卻感覺到了一絲的不安，走出大殿，秦濤發現幽潭之中那些發光的小魚似乎也開始驚慌失措，紛紛快速遊動，熒熒的綠光開始閃爍？

遠處，李壽光在給篝火添加木材，然後扛著斧頭走向水潭另外一邊，有著日軍搭設平臺時留下的一些木料，一切是那麼的平靜，但秦濤的不安感卻越來越強？

沈瀚文不顧秦濤的阻攔執意要留下一個小組四名科考隊員，既然無法阻攔秦濤只能置身事外，科考方面的部署他確實不該牽扯過問，但現在的處境又讓秦濤憂心忡忡。

退守地下已經一天多的時間了，也成功的開啟了第一遺跡，發現了當年日本人在此進行試驗研究的現場，卻找不到日本人當年啟動這些古代設施的方式，顯得最為急迫的是馮育才與沈瀚文兩個人。

上百具乾屍被擺出了殿宇，由於沒有條件只能暫時整齊的擺放在水潭旁邊，秦濤望著一排排死狀痛苦淒慘的乾屍和忙碌的科考隊員，或許這些科考隊員是逼迫自己忙碌起來，以此來忘記恐懼的，誰都不敢確定，也許自己這批人很快就會成為下一批乾屍。

陳可兒將一個八成新的地質羅盤儀放在秦濤面前：「會用嗎？」

秦濤點了點頭：「會用，需要配合指南針一同使用，但是我們所在的位置還有強磁干擾，所以指南針無法正常讀取。」秦濤將自己的指南針放在地質羅盤旁邊，果然，指南針裡面的主指針在不停的亂轉。

陳可兒回身看了一眼大殿內忙碌的沈瀚文和馮育才：「這個地方讓我很不舒服，這個地質羅盤是我剛剛在裡面撿到的。」秦濤看了一眼地質羅盤微微一愣，因為他知道沈瀚文規定除了乾屍之外，任何物品都要登記，以便區別哪些是原有的裝置，哪些是日本人增加的裝置，哪些是日本人所修復的，沈瀚文想通過這個辦法尋找當年日本人利用這個裝置的功能和原理。

相對沈瀚文與馮育才的狂熱，舒文彬卻在大殿的門口擺弄四方青銅鎖，秦濤擺弄了一下地質羅盤頓時微微一愣：「這是六五式的？這是軍用裝備，怎麼可能出現在這裡？」

陳可兒一臉淡然：「這個地方有太多的祕密了，我們不是第一批抵達這裡的人了，你還記得那個野田一郎曾經說過，他們在這裡發現了第一遺跡和第二遺跡甚至第三遺跡嗎？」

秦濤點了點頭：「這個我記得，野田一郎確實說過。」

陳可兒微微一笑：「野田一郎每一次的提示都讓我們能夠化險為夷，卻又遭到了不該有的損失，他不可能未卜先知，唯一的解釋就是他真的來過這裡，而且，野田一郎一直在給我們心理暗示，他之前一切所說的全部準確應驗了，所以我們自己的心理就會產生一種習慣性暗示，自我提醒野田一郎說過的每一句話，在心理學的角度這叫做誘導欺騙，也是精神暗示催眠的一種理論。」

秦濤頓時一愣，正如陳可兒所言，自己似乎也對野田一郎所說的一切毫不懷疑。

陳可兒趴在圍欄上：「野田一郎失蹤的原因也非常簡單，他不再需要我們了，或者解釋成我們對他沒有利用價值了，要嘛就是他還有更大的陰謀在等著我們，僅此而已。」

陳可兒轉過身望著大殿內忙碌的沈瀚文和馮育才：「秦連長，你不感覺我們的沈隊長和馮教授似乎對這處古代遺跡格外用心嗎？科學考察本身也是一門嚴謹的科學，對於資料的提取、留存、登記、論證等等都是有嚴格的要求，我們現在正在一種破壞式的探索發掘，而事實是根據現有條件根本不需要搶救性的探索發掘，即便我們出不去了，自然也有後人完成我們的工作。」

陳可兒的話讓秦濤無法反駁，秦濤不想因為陳可兒的這番論調激起自己對沈瀚文、馮育才甚至任何人的刻板偏見。猶豫片刻，秦濤嚴肅對陳可兒道：「我希望在現在這種困難時候，我們更多的是團結，而不是相互猜疑。」

陳可兒無奈的一笑：「秦連長，或許我高估了你，或許是你高估了所有人，探索未知本身就是一種破壞現有世界邏輯平衡的行徑，就如同我們人類破壞雨林就會遭到洪水等災難報復一樣，冥冥中我們破壞了未知的平衡也會遭到報復的，而這種報復同樣也是未知的。」

陳可兒的言論讓秦濤目瞪口呆，陳可兒則從背包裡翻出一個酒瓶猛喝了一大口：「探索過程中本身就是危機四伏，為了一口淡水，一塊餅乾殺人的例子還少嗎？人性本身就是一個偽命題，因為相對不同的處境和環境，人性是會發生突變的，而突變的程度沒有人知道。」

突然，大殿內傳出一陣科考隊員的歡呼聲，秦濤望著大殿：「走，我們去看看，估計有了重大發現。」

陳可兒點頭，剛剛轉身的瞬間，突然！整個青銅殿宇在一陣機械齒輪的摩擦聲中毫無徵兆的向水潭傾斜迅速延伸，殿外平臺上幾名毫無防備的科考隊員接連落水，陳可兒也一個不留神順著慣性從圍欄翻了出去，秦濤一伸手抓住了陳可兒的內衣，陳可兒惱火的瞪著秦濤：「笨蛋，鬆手！」

感覺尷尬無比的秦濤當即鬆手，陳可兒揮舞著雙手摔向水潭的同時大聲喊：「秦濤，你這個豬！」

噗通一聲，陳可兒落水。

隨著幾根比成年人大腿還粗的鎖鏈不斷攪動，青銅殿宇越來越探向水面，水潭底部似乎有什麼東西在升起？幽潭中氣泡翻湧，整個水潭如同開了鍋一般。

不過一會，陳可兒和幾名落水的科考隊員全部被沉在水底的一個金屬平臺托出了水面，而平臺的中央則是一個類似爐子構造的東西，平臺上似乎還固定著幾大段紅色的骨骼，秦濤感覺這些紅色的骨骼十分眼熟，似乎在哪裡見過又想不起來？

舒文彬向著落水的陳可兒、舒楠楠與幾名科考隊員興奮的揮動著手中的四方青銅鎖。

遠處的巨大武士石像肩膀陰影中的野田一郎早已不見蹤影，取而代之的是擁有一雙血紅眼睛的身影，這個身影似乎在石像上嗅了嗅，用沙啞帶有金屬摩擦的聲音喃喃自語道：「還以為你真的不回來了。」

此刻，青銅殿宇已經幾乎與幽潭的水面平行，上下不過半米的落差高度，整個青銅宮殿如同被兩條隱藏在山體裡的巨大機械臂遞到了幽潭水面上，而這兩條一米多寬的機械臂似乎形成了兩條通往山體一道金屬門的道路。沈瀚文、馮育才、舒文彬等人幾乎用崇拜的目光望著鑲嵌在山體中的大門。

秦濤站在青銅殿宇的平臺上向陳可兒伸出了手，陳可兒看了看，將手搭在秦濤的手腕上，在秦濤用力將她拉上平臺的一瞬間，猛的一抖手腕，秦濤身體重心不穩，逕自摔向幽潭，噗通一聲，秦濤落水，濺起了比陳可兒大幾倍的水花，陳可兒嘴角浮起了一絲笑意。

秦濤落水的一瞬間似乎發現水中好像有什麼？因為之前在懸空的殿宇上眺望幽潭，感覺水是十分清澈，但卻有一種看不到底的感覺。

身上的武器和彈藥裝備讓秦濤踩水非常吃力，冰涼的潭水讓秦濤的體溫也在迅速的下降，秦濤沒想到這潭水竟然如此的冰冷刺骨，給人的感覺簡直就要達到零度的冰水混合物一樣。

秦濤眼前閃過剛剛落水之時好像看到潭底有人？幽潭給秦濤的感覺似乎不足十米深，即便是不足十米深，潭底怎麼可能有人？

秦濤深深的吸了口氣，潛入水中向下，剛剛潛了幾米，秦濤頓時毛骨悚然，幽潭的潭底有一個差不多十米直徑黑漆漆的深坑，而整個潭底全部好像站滿了男女屍體，這些屍體女子似乎微微向前傾斜，男子向後傾斜，所有人的服裝也似乎不盡相同，有古代的，有近代的，有日本兵也有古代的士兵諸如此類，這些如同水草一樣密密麻麻的屍群隨著幽潭底部的水流緩緩移動，好像這些人都還活著一般！

驚慌失措的秦濤浮出水面，陳可兒正準備登上平臺，見秦濤一副慌張的模樣微笑道：「水太涼不適應？秦連長你缺乏鍛煉。」

站在平臺上準備拽秦濤上來的郝簡仁瞪了陳可兒一眼：「多危險，他全副武裝落水，水溫又這麼低，正常人在這樣的水溫裡面四分鐘就會喪命，一旦發生意外根本來不及施救。」

秦濤嘴唇發青哆哆嗦嗦對陳可兒道：「妳勇敢？妳潛下去看看！」

陳可兒不屑的一甩頭髮：「潛就潛，誰怕誰？」陳可兒經常冬泳，所以身體記憶更容易習慣適應這樣的水溫，潛入水中開始陳可兒沒有感到什麼異常，當潛過四米的時候，陳可兒無比震驚的瞪大了眼睛，瞬間張嘴換氣嗆了一口水，用雙手捂住了嘴。

一大團氣泡冒了出來，郝簡仁略微有些擔憂道：「濤子哥，不會有問題吧？」

秦濤也微微一愣，這不是遭遇襲擊，陳可兒要是出了意外自己是要擔責任的，剛想潛水看看情況。陳可兒猛的從水下竄出來，手抓腳踩秦濤幾下就回到平臺上，同樣臉色蒼白的陳可兒哆嗦嗦道：「水下，水下全都是屍體，全都是屍體！」

「水下都是屍體？」隨著陳可兒驚魂未定的喊叫聲，所有人的注意力全部被吸引了過來，在沈瀚文的安排下，僅有的一架水下攝影機被放了下去，幾乎所有人都圍繞在九寸的黑白螢幕前，目不轉睛的盯著螢幕，生怕會漏掉什麼。

幽潭的水質非常清澈，清澈到了讓人難以置信的地步，而且好像還很有層次感？水下攝影機隨著電纜下沉大概五米之後，一組驚人的鏡頭出現在監視器中。

密密麻麻的屍體似乎站立在潭底一般，女屍微微向前傾斜，男屍向後仰，隨著水流的流動，這些屍體圍繞著潭底一個直徑十米深不見底的大坑在緩緩移動，這些屍體全部保存得非常好，面部表情都栩栩如生，秦濤甚至從監視器中看到了一個穿著古代鎧甲的武將、日本軍官和士兵，有身穿粗麻的古人平民，也有綾羅綢緞的商賈官宦，似乎各行各業的人都有，可是這些屍體是從何而來？為何會出現在潭底，潭底深不見底的深洞到底通往哪裡？

一時間，秦濤發現自己似乎又多了無數個為什麼？

震驚之餘，沈瀚文組織人員打撈了其中一具年代久遠的男性屍體，屍體出水後，沈瀚文立即開始研究記錄。這具屍體保存完好，年紀大約三、四十歲左右，其身體外表有一層白色的不明物質形成的硬殼包裹其中。沒過一會，這層白殼似乎開始逐漸融化，隨著白殼的融化，屍體原本栩栩如生的面孔也開始在眾人的注視下快速腐爛，一會工夫就只剩下一堆白骨，原本那些看似精緻的衣物也變成了一堆黑色的糊狀物。

郝簡仁悄悄的捅了秦濤一下道：「濤子哥，這地方真邪門，我看你還是跟老沈說說，咱們還是趁早開拔，他們不是找到了開啟大門的方法了嗎？在這耗著有意思嗎？」

秦濤看了一眼郝簡仁：「沈教授是隊長，由他負責決定，我只有建議權，剛剛那具屍體迅速腐爛，沒什麼問題吧？」

郝簡仁微微一笑：「這潭水溫度極低，並且隔絕了陽光、空氣，水底成了一個冰冷的世界，也是一個天然的大冰庫。屍體沉入潭水中自然不會腐爛，屍體受到水的壓力，體內的油脂開始滲出，長期浸泡在水中，屍體表面形成了一層油脂硬殼，使得屍體能夠完好無損地保存下來，一旦接觸空氣，油脂殼融化，屍體自然快速腐爛。」

秦濤略微有些驚訝的望著郝簡仁：「你是怎麼知道的？那些專家們可都還在研究沒有定論呢。」

郝簡仁嘴一撇不屑道：「這又有什麼，去年有艘漁船在孤家子水庫大概一百米深度撈上來一具捆滿鎖鏈的屍體，我根據線索順藤摸瓜破獲了一起十五年前的殺人案，那具屍體在水庫底下十五年保存得還算完好，不過出水後一天就爛得沒了形狀。」

秦濤打了一個冷顫，這才想起自己渾身濕透，一轉身發現陳可兒早就換了衣服，用軍用毛毯包裹自己，捧著一碗熱湯坐在篝火邊烤火。

換過衣服，坐在篝火邊的秦濤連連打了幾個噴嚏，裹著毯子開始擦槍，武器是軍人的第二生命，在這種險象環生的情況下，第二生命就顯得更加重要了，今天第一生命秦濤自己和第二生命衝鋒槍一同落水，才使得科考隊又有了驚人的發現。

沈瀚文、馮育才、舒文彬、郝簡仁、陳可兒幾個人也圍繞在篝火旁，不遠處費山河等幾名雇傭兵與李壽光帶領的十幾名橫眉冷對的戰士圍坐在一起，氣氛遠不如一旁吹著口琴歡快的科考隊員們融洽。

對於幽潭水下群屍和直徑十米的深坑，沈瀚文、馮育才、陳可兒、舒文彬討論無果，最後只好暫時記錄為祭祀，這些屍體生前是歷年祭祀的祭品，才能夠解釋為何這些屍體年代不同，身份不同，男女貧富懸殊的疑問。這讓秦濤想起了郝簡仁一個名言，你不懂的我告訴你，我不懂的我編給你知道。

望著因為有了重大發現無比喜悅的科考隊員們，舒文彬無奈的笑了笑：「還是年輕人好，能夠迅速的淡忘恐懼，抹平憂傷。」

說實話，秦濤高興不起來，就算是發現了世界第九大奇跡、第十大奇跡他也無法高興起來，因為白骨祭壇大殿變異怪物的襲擊使得部隊和科考隊都損失巨大，科考隊員們的笑聲讓秦濤渾身難受，秦濤卻並不想阻止那些看似情緒高漲的科考隊員。實際上，秦濤瞭解這些科考隊員真實的意圖，大家都被嚇壞了，詭異之事偏偏頻發，每一個人都需要一個宣洩的方式，起碼笑總比哭好。

沈瀚文看了看手錶：「現在是地面時間的午夜十二點一刻了，今晚我們就在這裡宿營，讓大家好好休息，明天我們嘗試啟動這些設備，並且做好開啟第二遺跡大門的準備工作。」

秦濤聽到沈瀚文竟然不是尋找出路返回地面，而是要留下來啟動什麼見鬼的設備，然後不顧科考隊現實情況前往第二遺跡？秦濤不客氣的指出科考隊的給養，就算省著吃也最多只能夠堅持四、五天，也就是說，要把握有限的四到五天時間尋找一條返回地面的路，隨後完成人員物資補充再返回繼續科考活動。

讓秦濤感覺到令人不可思議的是沈瀚文反對這個看似合理的建議，堅持宿營以及第二天的相關工作。其實，在秦濤看來找出路和開啟通往未知第二遺跡大門並不衝突，但沈瀚文為何一定要執著的在這裡進行一天所謂的試驗？

篝火會議很快散會，與秦濤話不投機的沈瀚文為了避免再起爭執轉身離開，秦濤望著劈啪燃燒的篝火，不時將木塊投入火中，陳可兒換了一身黑色的獵裝慵懶的靠在毛毯上似乎盤算著什麼。

秦濤感覺自從古井的井口被封堵之後，似乎所有人的心態也在悄悄變化，甚至包括自己一手帶出的一排長李壽光，這兩天原本就少言寡語的李壽光徹底變成了一個啞巴，即便自己下達命令很多時候就是點頭或者嗯，更多則是獨自一人抱著六七式通用機槍發呆。

坐在遠離篝火和光亮地方的馮育才似乎完成了手頭上的工作，將筆記本收了起來，看了一眼秦濤：「小夥子，你不懂老傢伙們的心思，你們人生的路還很長，還有各種的機會，我們這些老傢伙沒有那麼多時間和機會了。」

舒文彬不聲不響的坐在秦濤身旁：「秦連長，今天我無意之中將青銅四方鎖多擰動了一百八十度，沒想到這個青銅四方鎖本身就是鑰匙，而我們認為的所謂青銅實際上是一種帶有磁性的合金，這些金屬上面的花紋實際作用與我們的電路一樣，誤打誤撞找到了通往第二遺跡的大門。沒想到在兩千多年以前的春秋時期古人竟然能夠利用電磁形成強磁場作為引力動力充當開關，真不知道人類的智商到底是進步還是退步了。」

坐在黑暗中的馮育才呵呵一笑：「老舒同志，你有沒有想過，這些強度高，韌性好，抗腐蝕還帶有閉合磁性合金的來歷？」

「這種合金的來歷？」舒文彬頓時一愣。

陳可兒則微微一笑：「據我所知，這個世界上還沒有哪種能夠大規模運用的合金金屬能夠達到這種金屬的各項指標，非常可惜我們的設備都損失了，不能做同位素分析，否則一定能夠找出這些金屬的線索。」

馮育才從黑暗的角落中伸出乾枯發黑的手擺了一下：「不用那麼麻煩，我們大家一起分析一下這種金屬的特性與墨家守護謎城的傳說起源即可。」

秦濤皺了下眉頭，馮育才的特立獨行讓秦濤有些毛骨悚然的感覺，尤其被困在地下大山腹部，每個人都渴望光明，不願篝火熄滅陷入黑暗，但馮育才卻恰好相反，連走路都寧願貼著陰影前進，除了工作外就是在黑暗中整理筆記，秦濤真的懷疑那麼黑的環境中，馮育才真的能看見筆記上記載的東西嗎？

一旁裹著毯子似睡非睡的郝簡仁聽了馮育才的話起身道：「那就麻煩馮老師了，讓我們也長長知識。」

馮育才好像聽不出郝簡仁的諷刺一般，合上工作筆記道：「全世界幾乎每個地域、宗教和民族都有屬於自己的神話系統，由於信仰、民族、地域、人種的不同，神話系統也不盡相同。」

陳可兒點了下頭，起身靠在一塊石灰岩上：「馮教授是想說廣義與狹隘的雙重相似度吧？」

馮育才點了點頭：「沒想到陳博士這麼年輕，不僅僅在基因生物領域取得了驚人的成果，對考古也有涉獵，實在難得。」

沈瀚文戴著白手套拿著一柄古劍走了過來：「可兒的父親可是世界著名的探險考古家，參加了迄今為止世界各地幾乎全部的重大考古發掘工作。」沈瀚文見秦濤注視著自己手中的古劍，於是賣弄一般用手腕挽了一個劍花。

突然，一陣疾風吹過，幾堆篝火的火頭猛的竄起六、七米高……

篝火的異樣讓秦濤微微一愣，環顧左右沒有發現任何異樣？

沈瀚文雙手托著古劍感歎道：「沒想到春秋時期就有如此精湛的冶煉工藝，這些龍紋就如同天然形成一般，鑲金錯銀的劍柄配重讓這柄古劍剛好可以在劍刃三分之二處形成整體的平衡點，無論是劈砍和突刺都十分得心應手，我相信這柄古劍一定有一個屬於它的故事，非常可惜，我們的保護手段和條件有限。」

陳可兒略微沉思：「其實，我們也可以考慮與國外的博物館合作，他們出技術和場地幫助我們保存文物，等我們具備了保存的條件和技術成熟之後，再把文物接回國。」

馮育才聽了陳可兒的建議，當即冷哼道：「說巧取豪奪還差不多，什麼埃及缺乏必要的保管條件和技術設備，所以必須運到大英帝國博物館，這套掠奪殖民者的說法落伍了，一些人自甘墮落，他們從事的最好不要與考古發掘沾邊，否則就是一種侮辱。」

因為涉及自己父親，陳可兒也非常不客氣的回敬道：「家父是學者，他更多是致力於保護和拯救，在很多局勢動盪且發達落後地區，以博物館的名義收購保護文物無疑也是一種保護方式的手段。」

馮育才不屑：「欲蓋彌彰。」

郝簡仁一旁興奮的嘿嘿一笑道：「濤子哥，幾個挖墳掘墓的吵起來了，咱們自帶板凳看熱鬧啊！」郝簡仁的話一出口，沈瀚文、馮育才、舒文彬、陳可兒四人的臉色頓時一變，全部將目光投向郝簡仁。

見狀，秦濤急忙岔開話題：「馮教授，據我所知世界上的神話體系大概有九種，但我並不認為這些神話體系有太多的相同，畢竟信仰的人種、地域、民族全部不同，神話怎麼可能相同？」

馮育才沉默了片刻：「秦連長，透過外表看本質，其實全世界歷史悠久的主要五大的神話體系內，關於開天闢地，關於大洪水，關於人類文明等等諸多方面都是大同小異，唯一不同的是國外神話體系是神賜，而我們是盤古開天闢地，與天地抗爭。國外神話是大洪水毀滅世界，人類避難，我們的神話是大禹治水，與天地鬥爭。」

馮育才停頓了一下：「其實，黃帝與蚩尤大戰多見於夏商時期的青銅器銘文，最早的詳細記載盤古開天闢地的記載是在三國時期的《三五曆紀》中才有確切記載，而封神演義為何只能是杜撰演義？因為封神是明朝時期所創作的，就如同日本的神話體系為何不能列入世界主流神話體系，就是因為其缺乏可追溯的歷史年代，大多都是剽竊綜合演化。今天我們發現的這種看似青銅的合金金屬，具有一定的磁性，而且可以根據其磁性波段的特性加強或者減弱，我們的神話體系中軒轅黃帝的武器是軒轅劍，《廣黃帝本行紀》、晉代葛洪《抱樸子內篇》、《荊山經》、《龍首記》等都記載過這把武器，我們在殷墟出土的甲骨文上發現了軒轅劍帶有磁性，吸取敵兵的記載，當時被認為是雜記散傳未被重視，這種特殊的合金金屬的發現起到了一個關鍵的佐證，墨子來於何方？墨家的興起與突然之間的沒落，秦一統六國之時墨家的傳承已斷，我想這裡的墨塚就能說明一些問題，可是墨家為何在如日中天之際傾其全力在當時的異族蠻荒之地大修地宮殿宇，又設下重重機關，以至於墨家骨幹主力盡歿於此，墨家到底在守護什麼？第一遺跡、第二遺跡、第三遺跡代表著什麼？」

馮育才的這番話讓秦濤非常震驚，軒轅黃帝的武器軒轅劍？墨家的傳承？白山腹地的神祕地下宮殿？第一遺跡、第二遺跡、第三遺跡？人骨祭壇？浮出幽潭水面的龍骨？

由於被一種深深的危機籠罩著，秦濤根本無心睡眠，每一次閉上眼睛，眼前總能浮現出那潭底密佈隨著水流在緩緩移動的屍群，那一張張形態各異的面孔。

最讓秦濤驚異的是這些屍體的性別、身份、年代各不相同，甚至十分懸殊，日本軍官的屍體與古裝武士的屍體至少時代相差兩千多年？兩具屍體保存的幾乎沒有任何區別？時間好像在幽潭底部停止了一般。到底是什麼樣的原因，讓不同年代、不同身份和不同命運的人最終以同一種形式出現在同一個地方？

想著想著，秦濤不知不覺眼皮開始越來越沉重了。

忽然，秦濤警醒發覺身旁空無一人？篝火依然在熊熊燃燒？拿起身旁的衝鋒槍檢查了一下彈夾，幽潭邊和殿宇上也沒有人影，哨兵警戒方向的六七式通用機槍架在原地，卻唯獨不見了李壽光。

「李壽光？李壽光？郝簡仁？沈教授？陳副隊長？有人嗎？」隨著一聲聲的呼喚，秦濤也開始有些心裡恐慌了，秦濤相信自己的戰友一定不會丟下自己不管，地面上沒有彈殼和血跡，設備物資擺放得整整齊齊，沒有入侵戰鬥過的痕跡。

哎呀！秦濤一不留神腳踢到了水平儀的三腳架上。環顧四周，秦濤驚訝的發現那扇所謂前往第二遺跡的大門已經敞開了？秦濤快速登上殿宇的平臺，準備翻越大殿前往遺跡的大門。腳步聲？秦濤微微一皺眉頭，絕對不是什麼自己腳步的回音，而是真實的腳步聲，由小而大，由慢變快，幽潭中發出微光的魚群突然變得狂躁起來，幽綠的光亮瞬間暴增。一群身穿黑衣手持彎刀，說著自己聽不懂語言的武士似乎在躲避什麼？

秦濤一轉身頓時嚇了一跳，密密麻麻的怪物順著斷壁陡峭濕滑的臺階攀爬湧了上來，剛想加快腳步沿著支撐殿宇的金屬臂衝向開啟的大門。在一陣機械轉動聲中，大門竟然在緩緩關閉？

黑衣武士在怪物的撕扯追擊下紛紛掉落幽潭中，秦濤驚訝的發現這些怪物雖然與之前自己遭遇的關東軍試驗異變的怪物大致一樣，卻比關東軍試驗產生的怪物體型更大，速度更快，更加兇殘。其中，一名黑衣武士在半空被一隻從潭中躍起，頭部如同裝了一副鎧甲尖牙利齒的怪物給吞噬掉了。

一隻長著尖尖指甲，乾枯發黑的手毫無徵兆的抓住了秦濤的腳踝，秦濤當即失去平衡噗通一聲摔入幽潭之中。

跌入水中的秦濤發覺似乎有什麼在拼命的往下拉扯自己？距離水面越來越遠，秦濤往下一看頓時呆若木雞，陳可兒漂浮在屍群中，那一頭秀髮隨著水流顯得十分詭異，沈瀚文？李壽光？舒文彬？舒楠楠？郝簡仁？似乎水下的屍群全部變成了自己所熟識的人。

秦濤緩緩落入屍群之中，無盡的黑暗向自己湧來，難道這就是結束？

「媽呀！」秦濤驚醒的同時猛的一蹬腿！頓時傳來哎呀一聲，郝簡仁被秦濤從睡覺的石階上踹了下去，一臉哀怨的揉著腦袋：「這是什麼情況？做夢打軍體拳嗎？你夢見的肯定不是媳婦。」

秦濤喘著粗氣環顧四周，只見所有的科考隊員已經開始工作，幽潭下升起的金屬平臺上的爐子四個圓孔也全部被打開，馮育才帶著人似乎對著幾段紅色的骨頭在比劃著什麼？而沈瀚文和舒文彬則帶著人在通往第二遺跡的大門前似乎在爭論什麼？

秦濤看了一眼自己的上海牌手錶，發現手錶早已停轉，一邊上錶弦一邊詢問郝簡仁道：「現在幾點了？我睡了幾個小時了？為什麼不叫醒我？」

面對秦濤連珠炮一樣的問題，同樣睡眼朦朧的郝簡仁也是一愣。一旁端著繪圖板給遺跡繪圖定位的陳可兒頭也不抬道：「我找沈教授聊了聊，沈教授決定部分接受秦連長你昨天的建議，開啟第二遺跡大門的工作和啟動殿宇古代遺跡同時進行。」

對於噩夢依然心有餘悸的秦濤驚訝的發現，幾乎所有的設備和物資擺放的位置竟然與自己夢中的一模一樣。

哎呀！神情略微恍惚的秦濤一腳踢到了水平儀的三腳架上。一種異樣的恐懼在秦濤的心底開始漫延，陳可兒擔憂的用手在秦濤眼前晃了晃：「喂！你沒事吧？」

秦濤環顧四周點了點頭：「我沒事！我沒事，才起來有點頭暈，陳副隊長你忙你的。」秦濤見一旁無人，將郝簡仁拉扯到一旁：「你相不相信我？」

面對秦濤突如其來的問題，郝簡仁徹底是一臉懵：「濤子哥，你到底要幹什麼？不要嚇唬我好不好？」

秦濤深深的呼了口氣：「你既然信任我，就不要問為什麼！我說你去做，把我的命令傳達給李壽光，讓李壽光在殿宇通往第二遺跡大門的金屬臂上設立一個機槍陣地，你們不要問為什麼，也不要向任何人解釋，儘量不要驚動任何人，另外把全部的地雷都佈到臺階邊緣的水線下。」

郝簡仁皺了皺眉頭：「沒問題，可是我們好像一共只有五枚地雷。」

秦濤點了下頭：「有總比沒有強，好，趕快行動吧！」

這時，金屬平臺上突然傳來一陣連續的空氣爆破聲？

連續的引爆聲吸引了幾乎所有人的注意力，而正在佈雷和重新架設機槍陣地的李壽光僅僅抬頭看了一眼，又繼續手中的工作，對於秦濤的部署，李壽光出於絕對信任沒有絲毫質疑。

秦濤皺了皺眉頭，剛剛的噩夢對於他來說似乎有點被嚇到了，馮育才似乎帶著人把紅色的骨頭不斷的鋸成小塊分別從四個小視窗填入爐子一樣的裝置，隨即不斷發出連續的空爆聲，馮育才和一群科考隊員臉上都洋溢著喜悅。

秦濤記得一切基礎的物力知識，比如在特定條件下，小於每秒三百四十米的速度被稱作為亞音速，等於每秒三百四十米的速度為穿音速，聲音的速度會因為氣溫的不同或氣壓的不同，而只有大於五倍音速的速度稱為超音速，那個爐子一樣的裝置似乎在焚燒紅色的骨頭，發出超音速的引爆聲？

秦濤登上金屬平臺，馮育才戴著一個巨大的涼帽，幾乎遮住了整個頭部和臉部。馮育才用略帶興奮的嘶啞聲音給秦濤介紹道：「多虧舒文彬同志了，是他提出日本人當年有研究記錄，龍骨實際上可以充當一種燃料，而這個我們姑且稱之為能量爐的裝置燃料恰恰就是龍骨。」

秦濤看了一眼平臺上三十幾節的金屬卡子上卻只有三節水桶粗細的龍骨殘留，其餘的紅色龍骨不見蹤影，馮育才還在帶著人不斷的鋸龍骨，隨著能量爐不斷被投入龍骨輸出功率變大，一陣磁化電波如潮水一般沿著殿宇通過金屬臂抵達了通往第二遺跡的大門。

一瞬間，大門上的浮塵全部被電磁波擊飛，站在大門前研究開啟方式的沈瀚文和舒文彬被嚇了一大跳，現場一片煙土彌漫，電光和火花無不是在大門的紋路上游走。

秦濤注意到了，在電光彌漫浮塵飛揚的時候，馮育才卻悄無聲息的進入了殿宇的大殿內，大殿中央的祭台沒有半點反應，只有零星的電光閃過即消失或者打出一個電磁花消失？

馮育才似乎絕望的蹲在地上，反覆的喃喃自語：「怎麼會這樣？怎麼會這樣？這明明就是永生之殿？為什麼無法啟動？為什麼無法啟動？」

秦濤這才意識到，似乎在這個科考隊裡，每個人都有屬於自己的祕密，就連掌握的情況也不相互全部通報？這到底是什麼情況？秦濤有一種想把科考隊全部關起來嚴刑拷打的衝動。

秦濤最終還是選擇離開，每個人都應該有屬於自己的祕密，既然馮育才不想公開自己掌握的祕密，也沒有必要逼迫他，畢竟沈瀚文、舒文彬甚至包括陳可兒也都有屬於自己的祕密。

秦濤看了一眼在用小鍋煮罐頭湯的郝簡仁，郝簡仁小心翼翼的把熱湯盛到軍用飯盒裡面端給舒楠楠，舒楠楠猶豫了一下還是接了過來，端去給爺爺舒文彬。秦濤記得那塊午餐肉是郝簡仁昨晚份額的晚餐，突然，秦濤發覺郝簡仁實際上是最幸福的，幸福實際上並不複雜。

我餓了，你有一塊餅，你就比我幸福，或許簡單才是幸福的真諦。

很快，沈瀚文與舒文彬似乎發現了那個能量爐燃燒龍骨的速度和量成為了能否開啟通往第二遺跡大門的關鍵。秦濤記得自己曾經給過沈瀚文關於李老頭失蹤前給自己的六面墨氏祭文的圖源，而其中五面已經在開四方青銅密鎖時用過了。

當秦濤來到嵌在山體中的大門前頓時被驚呆了，自從進了關東軍的地下基地，發現了人骨祭壇之後，秦濤就經常被震撼到。

巨大的圓形金屬門嚴絲合縫，上面九組墨氏祭文已經拼組完畢，九塊墨氏祭文竟然組成了一副古龍的圖騰。秦濤好奇的向後退了幾步，望著隱藏在殿宇之後山體內的大門，怎麼看都像是一座用於防衛的堡壘，而且防衛的方向恰恰則是自己所在的一側？

馮育才在指揮人將最後幾塊龍骨全部填入爐中，音爆的氣流不斷在能量爐上空的山體內爆裂，肉眼可見的空氣震盪讓秦濤開始莫名的緊張起來。

秦濤把自己的顧慮告訴了陳可兒，秦濤認為所謂通往第二遺跡的大門更像是一座防禦的堡壘大門，冒然開啟可能很不穩妥。秦濤眼前又一次浮現起那些怪物如潮似水般攻過來的情景，雖然是在夢中，但那個夢似乎太過真實，真實到了讓秦濤害怕的地步，以至於安排李壽光進行佈雷和轉移機槍陣地，而郝簡仁則組織科考隊員開始將裝備和物資通過金屬臂運往大門附近山體的突出平臺待命。

隨著龍骨不斷被高速合金鋸切割作為燃料丟入能量爐中，金屬門上的紋路也越來越清晰，馮育才與幾名科考隊員通過對金屬爐的觀察和分析，認為這是一個特殊的燃料反應裝置，這個反應裝置需要的燃料就是暗紅色的龍骨。

龍究竟是一種什麼樣的生物？如果連它的骨頭都充滿如此巨大的能量，那麼這種生物活著的時候會是一種相當恐怖的存在。

巨大的金屬爐體忽然緩緩自行轉動了一百八十度，山體腹部的平臺上，兩個如同輪子一般帶有齒輪的巨大金屬輪分別向左右兩端滾動，大門敞開的一瞬間，一股如同厲鬼尖叫的聲音從裡面飛出，隨即一大群妖魔鬼怪如同百鬼夜行一般的從裡面撲了出來。

一時間，大門平臺上亂了套，科考隊員們尖叫著逃跑，有人甚至從平臺逕自跳入幽潭中。而站在平臺上的秦濤、郝簡仁則端著衝鋒槍與七、八個戰士一同衝過去，試圖堵住突破口用火力封閉大門。

一大群惡鬼從秦濤、郝簡仁和幾名戰士身上穿身而過，現場一片死一般的寂靜，陳可兒也有些驚魂未定的捂著胸口。片刻後，秦濤活動了一下身體沒有發覺異樣，抬手抽出信號槍向洞裡打了一枚照明彈，一溜慘白的光芒閃過，照明彈似乎撞到了什麼，迸濺出一團火樹銀花後熄滅掉了！

沈瀚文瞪了一眼幾個藏在他身後，並且把他推到最前面去的科考隊員：「你們都是搞研究的，純粹堅定的唯物主義者，怕什麼？有什麼好怕的？」

一名梳著大辮子的女科考隊員膽怯道：「剛剛一陣鬼哭神嚎就亂了分寸。」

沈瀚文無奈的搖了搖頭：「長時間封閉，空氣突然對流產生的對沖現象，當氣流經過門上的齒輪之際所發出的聲音，至於剛剛那些什麼妖魔鬼怪，那是古代礦物顏料壁畫經過千載揮發的一種現象，有什麼可奇怪的？你們看看人家部隊的同志，看看公安同志，我們難道不羞愧嗎？」

灰頭土臉的秦濤無奈的搖了搖頭：「沈教授，畢竟都是知識份子，你讓他們危險時刻往前衝，還要我們軍人幹什麼？就算你們勇敢也不能讓你們冒險，科研人才是國家最損失不起的。」

千年礦物顏料遇到空氣流動產生的揮發現象？沈瀚文的話瞬間讓秦濤緊張了起來，秦濤清楚的記得當時野田一郎曾經說過日本人山川大夫已經探索得知了第二遺跡和第三遺跡的存在，並且成功的進入了第二遺跡，如果日本人曾經打開過隱藏在山體中的這道門，怎麼可能還會出現千年顏料揮發的事情？

秦濤可以肯定野田一郎在說謊，望著全神貫注在翻譯大門上墨氏祭文的馮育才，秦濤越來越覺得這道大門似乎是為阻擋什麼而建的？突然覺得打開這道所謂通往第二遺跡的大門是一個錯誤，起碼不應該現在開啟。

能量爐中的龍骨停止了音爆，一切回歸寂靜之後，馮育才收起筆記本，登上平臺用手電筒向通道裡面照了照：「太神奇了，竟然用生物的骨頭作為燃料，如果舒文彬同志確認紅色骨頭就是龍骨無疑，那麼我們就可以確定，龍這種生物首先是存在的，而且其骨骼中含有驚人的能量，我們可以理解為一種新型的安全清潔高效的能源。」秦濤抑制住了一腳把馮育才踹下幽潭的衝動，龍是一種存在的真實生物秦濤並不反對，龍骨能夠作為輸出能源的媒介秦濤也是親眼所見，但把龍骨當成一種新型、安全、清潔的高效能源？馮育才的腦袋是不是被火車和坦克擠過？

上下五千年，見過真龍的有幾個？拿龍骨當成燃料使用的又有多少？難不成辦個飼養場？賣龍肉、龍皮制衣、龍血養生，龍骨當新型能源？沒想到這個馮教授還挺能創新的，秦濤絲毫沒有注意到，這些都是他自己腹誹馮育才的，完全是自己想偏了。

秦濤忽然發現，幽潭中的魚群似乎開始暴動一般，兩個魚群或者多個魚群帶著閃動的綠光猛烈的相互撞擊，幽潭中的綠光開始變得忽明忽暗。就在沈瀚文安排挑選人員準備為進入大門後的通道做準備之際，幾乎所有人都停下了手中的工作，因為大家都感覺到了地面出現了微微的顫動。

秦濤盯著自己面前石灰岩上的一窪水，水面不時出現一絲漣漪，漣漪出現的似乎越來越頻繁，震動的幅度也開始增大。

轟！一團橘紅色的紅團騰空而起！突如其來的爆炸聲讓所有人的心全部猛的一緊，好像讓人用力握了一把一樣。

轟！又一枚地雷被引爆，騰起更大的一團橘紅色火團，點燃的汽油肆意飛濺，如同天降火雨一般。這兩枚地雷都是秦濤叮囑特別加過料的詭雷，每個地雷都加裝了十升汽油。

該來的總會來的，秦濤原本也不相信僅僅憑藉一個井口就能堵住那些瘋狂至極，連自己都充當人體實驗的軍國主義狂熱分子。

連續三次爆炸，沒有了橘紅色的火團，取而代之的是黑色的煙柱和漫天的水花，兩隻怪物殘破的身體被旋轉著拋上空中，水面上蕩起一層白色的煙霧，五顆地雷接二連三被引爆，怪物們也似乎駐足觀望。

恐懼？這些怪物竟然也能感受到恐懼？這些傢伙很可能還保留著一點人性？只要怪物能夠感受到恐懼就不怕了。秦濤拉動機柄推彈上膛：「郝簡仁，立即帶領科考隊搬運物資向第二遺跡方向撤退，一班隨行，二班留下跟我實施阻擊。」

陳可兒面露擔憂來到秦濤面前：「炸斷兩條金屬臂還能支撐一會，或者我們可以對大門實施爆破，我們一起撤吧，你們這麼幾個人是擋不住的，不要做白白犧牲。」

秦濤微微一笑，壓低聲音道：「我們沒有那麼多炸藥了，你們先撤，我隨後會趕上的。」

一聲類似長嘯的聲音迴蕩在巨大的溶洞群空間內，這些身著破爛日本軍服形同惡鬼的實驗失敗品開始緩緩的整隊，大致上竟然還能排出日軍陸軍經常使用的前後三角的進攻隊形。這更加使得秦濤斷定，這些怪物很有可能還保持有人性的記憶，隨著長嘯中斷，怪物們開始對殿宇發起進攻，而它們的目標集中在三條通往山腹平臺的金屬臂上，除了中間一條金屬臂大約有六十公分寬左右，其餘兩條金屬臂的寬度都在大約四十公分，所以怪物的數量和速度優勢被極大的抵消和削弱了。

李壽光的六七式通用機槍最先開火，射擊經驗十分豐富的李壽光並未使用連發，而是有節奏的扣著兩發的短點射，沿著中央金屬臂前行的怪物不斷頭部中彈墜落水潭，秦濤則與另外三名戰士配合守住左側金屬臂，精準的單發射擊讓試圖前進的怪物只能徒勞掙扎。

一顆顆子彈將怪物打得腦漿橫飛，秦濤也發現，似乎只有對頭部射擊效果才最明顯，而且怪物中也似乎有強弱之分？有的體型稍大，略顯強悍的怪物至少要命中頭部三或五次才能將其擊斃，而有些怪物似乎靈活敏捷一些，往往一顆子彈擊中頭部就能打得腦漿橫飛。

緊張的射擊中，秦濤忽然覺得自己眼前的一切似乎都變慢了，彈殼帶著青煙蹦出、落地發出清脆的響聲，叮噹落地的彈殼伴隨著彈夾，槍口噴焰的瞬間爆發到消失。就在秦濤心底默數到第二十七個數的一瞬間，秦濤敏捷的從胸前的彈帶中掏出一個彈夾，微微一側槍體，在擊發射擊的同時用彈夾敲擊卡榫，擊飛原有的彈夾，完成新彈夾更換，繼續實施射擊。

秦濤也注意到了怪物似乎開始改變了戰術，一些體型稍大的怪物開始拎著同伴的屍體當做盾牌，或者直接拿同伴當做盾牌頂著彈雨前進。

「打膝蓋，打膝蓋！」秦濤幾次試圖射擊金屬臂上的怪物無果，順勢跪姿射擊瞄準怪物粗短的膝蓋，被擊中的怪物身體失去平衡不斷墜入幽潭之中。

「能打頭打頭，能打膝蓋打膝蓋！」在秦濤的指揮下，雖然怪物數量近千，卻拿平臺上阻擊的十個人毫無辦法，付出了近百的代價卻未能前進一步。

怪物的進攻在不斷持續，大有一種不衝上來誓不甘休的架勢，秦濤感到深深震撼的同時，發現彈藥出了大問題。五六式七點六二毫米口徑的三九彈是用木箱密封的，每箱一千四百四十發，箱內是兩個鍍鋅鐵的密封箱，單個帶有易拉扣的鍍鋅鐵密封箱裝有七百二十顆子彈，讓秦濤完全措手不及的是怪物的進攻竟然沒有間歇，之前準備的每人兩個基數的彈藥很快消耗大半，而新開箱的子彈則是連壓彈都沒有的散包裝子彈，需要一顆一顆的壓進彈夾內。

作為主要的火力支持，六七式通用機槍的風冷結構使得其無法長時間持續火力壓制，即便李壽光一直在儘量使用短點射，甚至扣出單發射擊，依然不能阻止槍管過熱和抽殼鉤過熱變軟。

因為根本沒做好強度戰鬥準備，六七式通用機槍並未攜帶可靠率有問題的半可散彈鏈，攜帶的都是可散彈鏈，可散彈鏈的特點是成本高，但提高供彈可靠性、降低士兵負重，最要命的是無法人工填裝。

六七式通用機槍的彈鏈不足兩百發了，情急之下秦濤無意中看到了那個依舊在緩緩轉動的能量轉換爐，靠著龍骨提供的動力打開了通往第二遺跡的大門，如果自己炸了這個能量反應爐會怎麼樣？

秦濤一直自詡是個行動派，十幾秒工夫就抄起一具四零火對準了能量反應爐扣下扳機，火箭彈帶著長長噴焰的尾翼扭動了幾下命中了反應爐，一團火光中破片肆意飛濺，幾個在平臺上的怪物被擊中落入幽潭中。由於使用的是碎甲彈，能量反應爐並未被擊穿，大幅度的震動了一下，停止了轉動，歪在金屬平臺上。

兩扇圓形金屬大門失去了動力的供給緩緩轉回，秦濤立即一邊組織撤退，一邊繼續不停向試圖突進的怪物進行射擊。

當全部人都撤入通道後，金屬大門緩緩關閉之際！

喀喀，喀！卡殼了？你他〇的。秦濤猛的連續拉動機柄，終於將那顆啞彈推了出來，大門的緩緩關閉，潮水一般湧來的怪物發出了絕望的嘶吼。

突然，一個碩大的黑色身影從天而降，重重的落在了大門前，在黑暗中向秦濤伸出巨大的爪子，帶有金屬劃過的沙啞聲音緩緩道：「小夥子，聽大爺給你講個故事吧！這個故事大爺原本準備爛在肚子裡的。」

「小夥子，聽大爺給你講個故事吧！這個故事大爺原本準備爛在肚子裡的。」

秦濤想起了那個冬雨夜，想起了咆哮的大風，當聽到這句令他記憶猶新的話，團衛生隊病房那滿牆墨氏祭文，那是能夠開啟殿宇四方青銅密鎖的九宮格密碼推圖，李老頭到底是什麼來歷？

他恍然間又回到了那個冬雨夜，老者似乎坐在忽明忽暗的煤氣燈旁，喃喃自語：「我原本不姓李，我姓那木都魯氏，是旗人，日占時期我在營口水產生物研究所和關東軍的憲兵司令部充當漢滿蒙翻譯，那是一段不光彩的過去。」李老頭說得都是真的嗎？但秦濤清楚的記得自己讓郝簡仁去調查過關於李老頭這個人，最後的結果是查無此人？或者說自己照顧了一年快兩年的這位孤寡老人根本就不存在？難道這二十二個月的經歷都是一場幻覺？

眼前這一切的一切，讓秦濤隨即石化，似乎這才是一切的真正起因。秦濤抬起槍口卻沒扣動扳機，神情呆滯的望著緩緩合攏的大門。

大門合攏關閉，能量爐中的龍骨已經燃燒殆盡，那些試驗失敗的關東軍變成的怪物緩緩的退去，站在門外的巨大黑影似乎有些不甘心，依然在喃喃自語反覆嘀咕一句話：「說了一輩子假話了，第一次說真話卻沒有人相信？」

一個身穿日軍關東軍軍服，披著長呢子大衣的日軍軍官從陰影裡走出，提著武士刀用彷彿來自地獄一樣壓抑的聲音道：「自分の誓いを覚えてほしい！（我希望你記住自己的誓言）」

黑影用爪子在一旁的石灰岩上撓出了三道溝，悶聲悶氣：「私たちはもう地獄の中で！（我們已經身在地獄中了）」

日本軍官緩緩轉身：「帝國は灰にきえ、身は地獄で私たちは一刻もあきらめない希望を覚えて、私達は距離神最近の人は、私たちにもなる神！（帝國已然飛灰湮滅了，身在地獄中的我們一刻也不能放棄希望，記住，我們是距離神最近的人，我們甚至可以成為神！）」

黑影從大門的陰影中走出，青面獠牙如同神話故事中的夜叉一般，用中文大吼道：「你是一個瘋子！徹頭徹尾的瘋子。」

日本軍官毫不在意，同樣用流利的中文反擊道：「毛利十兵衛，你沒資格說這些，三千多名帝國忠勇的將兵只有我們三個成功轉化，能夠維持正常人的常態，千分之一的機率啊！每一次轉換是一千比一的交換，一千條生命的代價進行一次轉換試驗，我們用光了全部的神之淚，我們必須前往第二遺跡，並且開啟他，野田一郎那個叛徒回來了，把他抓來見我，開啟第二遺跡的關鍵就在他身上，明白嗎？」

黑影沉默片刻，幾個彈跳消失在黑暗之中，只是每次彈跳的著落點會迸濺起一片的火星。幽潭中似乎出現了一個巨大的暗影，怪物們驚恐的遠離潭邊，原本漂浮在幽潭中的怪物屍體全部不見了蹤影。

◊

黑暗是人類所有恐懼的源頭，不身臨其境是無法體驗這種恐懼是如何漫延讓人不寒而慄。

「光明驅散了黑暗！正義必將戰勝邪惡！」郝簡仁舉著火把笑嘻嘻的望著秦濤，秦濤對郝簡仁很多時候過於特別樂觀的精神還是很讚賞的，尤其現在這種情況下，先是堵死了井口，現在又封住了大門，似乎距離地表越來越遠，逃出生天的可能性也越來越小，正是需要郝簡仁這樣的樂觀精神。

秦濤拍了一下郝簡仁的肩膀：「好好說話，那麼文藝，你想當文藝青年？」

郝簡仁則一臉不在乎：「生必將在戰鬥中輝煌，死必將在青史中留名！讓生命怒放吧！」

哎呀！讓生命怒放的郝簡仁沒注意到自己腳下，似乎被什麼絆了一個跟頭，隨著越來越多的火把被點燃，整個通道被照亮，地面上到處都是骸骨和兵器、鎧甲，很多鎧甲和盾牌上都有巨大的抓痕，折斷的武器和散落的白骨令人觸目驚心。

郝簡仁用火把照著一堆堆的白骨，又看了一眼已經徹底封閉上的金屬門：「好像這裡之前被攻破了，這些守衛者與入侵者在通道內進行了一場慘烈的廝殺。」

秦濤從白骨中撿出一件類似板甲的鎧甲，入手沉甸甸的足有三十多斤，鎧甲製作的十分簡單，工藝卻十分精湛，連接處都是用鎖子甲焊接，可以說防護得非常全面，由於鎧甲鑲嵌的牛皮已經脫落腐化，所以無法窺視鎧甲的原貌。

翻過鎧甲，只見鎧甲的胸前刻有一個圓的十二階齒輪圖案？不僅僅是鎧甲、頭盔，甚至連刀劍、長矛上都有同樣大小不一的十二階齒輪圖案，制式的鎧甲和武器說明，這是一支訓練有素的精銳之師。

沿著通道前行，更多的屍骨堆在通道之中，秦濤不難想像當年戰事的慘烈程度。

郝簡仁走在最前面給秦濤帶路，對於自己的死黨不顧個人安危，危急關頭還能夠想起自己，獨身返回接應自己，秦濤難以言喻，用力的拍了拍郝簡仁的肩膀。郝簡仁回頭看了秦濤一眼：「濤子哥，今天可真夠懸的，有一點閃失你們幾個可就要全部交待到這裡了。」

秦濤面無表情：「比起犧牲的戰友，我們還活著就足夠了，完成還沒完成的任務，穿上軍裝的那一天就意味著奉獻和犧牲。」

走出通道秦濤竟然看到了天空？雖然只是通過頭頂一個縫隙看到了一絲的藍天，依然讓在地下幾天未見陽光的秦濤激動不已。

每一個走出通道見到那一線藍天的戰士都欣喜不已，郝簡仁熄滅了火把，神色淡然道：「這裡兩側都是垂直濕滑的石灰岩石壁，距離第一階平臺到最頂端差不多有三百多米，陳副隊長說這是天坑地質構造。」

度之外。

「天坑？」秦濤微微一愣，環顧四周矮小的植被頓時明白了，這裡面每天能夠見到陽光的機會並不多，而且十分短暫，三百米高內弧形的絕壁根本沒有任何攀爬的可能，就算是信號槍也無法把信號彈發射到這高度之外。

沿著彎曲的山谷前行沒多遠，一個較為開闊的天坑盆地出現在眾人面前，沈瀚文正在組織人員清點設備和物資，由於撤退的比較倉促，還是有部分設備被不可避免的遺落掉了。

秦濤忽然發覺似乎有一個陰影從頭頂飄過，急忙抬頭頓時愣在原地。天坑確實是天坑，但是卻不同於一般的普通石灰岩地質構造形成的天坑，因為這個天坑的頂部是一層閃光的巨大礦脈，天坑中的光線是通過閃光礦脈之間的裂縫折射下來的。沈瀚文對著秦濤微笑道：「歡迎你秦連長，來到天坑桃源！」

陳可兒一見秦濤頓時眼圈一紅，幾步衝了過來，撲入秦濤懷中：「我真以為你回不來了，他們告訴我你們軍人斷後的意思就是來生再見。」

秦濤頓時一愣：「誰說的？」

陳可兒疑惑的望向郝簡仁，郝簡仁連忙擺手：「我可沒說，是妳自己瞎分析的。」

秦濤小聲對緊抱自己的陳可兒道：「陳副隊長，大家可都在看著呢，我們是不是應該注意點形象？」

陳可兒有些不耐煩：「愛看就讓他們看個夠，嫉妒羡慕恨又能如何？大家現在都是命懸一線，讓假模假樣見鬼去吧！喜歡就要表現出來，愛就要轟轟烈烈！」

一旁幾個女科考隊員用羡慕甚至崇拜的目光望著行為大膽的陳可兒，無疑陳可兒說出了她們壓抑在心底想法，說是男女平等，實際女科考隊員為了選入科考隊往往要比男科考隊員業務精專一個層次往上，還要托人情看臉色，陳可兒這個海歸派的青年副隊長讓女科考隊員們看到了希望，起碼在男女平等這件事上，科考隊管理層也有了女性的一席之地。

秦濤無奈強行把陳可兒從懷中推開：「我們大家還沒有脫險，我們個人情感的問題能不能放到安全脫險之後再談？」

陳可兒在秦濤懷中趴了一會似乎穩定了一下情緒：「現在是我身心最疲憊和虛弱的階段，給你機會不好好把握，以後可別後悔。」

秦濤看了一眼陳可兒口袋露出三分之一的銀制酒壺，想起之前陳可兒隨手就送了自己一個，一撇嘴小聲嘀咕道：「我可養不起妳這樣。」

陳可兒眉頭一皺：「本小姐養你總行了吧！」似乎恢復了狀態的陳可兒一甩秀髮逕自離開了，留下秦濤目瞪口呆！望著陳可兒離去的背影，秦濤內心崩潰的同時吶喊，給老子什麼機會了？老子什麼時候說喜歡妳了，我要妳養我幹什麼？

沈瀚文也是一臉震驚的望著陳可兒，又看了看秦濤，舒文彬更是無比震驚道：「什麼時候的事？發展得這麼快？」沈瀚文一臉詫異附和道：「是啊！好像都提到誰養誰的問題了？」

舒文彬拍了一下沈瀚文的肩膀：「年輕人的事情，我們不懂，算了！眼不見為淨！」

兩個人剛剛一轉身，恰好碰見郝簡仁偷偷在舒楠楠的臉頰上親了一口，舒楠楠輕輕推開郝簡仁，兩人隨即膩在一起竊竊私語，沈瀚文與舒文彬頓時面面相覷。

秦濤發覺天坑內似乎到處都是古建築的殘垣斷壁，沈瀚文與馮育才似乎也在分頭進行挖掘，沈瀚文告訴秦濤，根據天坑內古建築的規模排列方式，這裡很可能是一處具有春秋時期特點的軍營，原來可能集結著至少兩、三千人的規模。

馮育才很快在泥土層中發現了碳層，說明這裡曾經遭到過大規模的火災侵襲，既然有駐軍的遺址，那麼就一定會有出路或者通道。秦濤與李壽光兵分兩路在天坑內尋找能夠離開的通道，郝簡仁則帶領半個班的戰士原地保護科考隊進行簡單的發掘工作，尋找一切能夠利用到的線索。

經過初步偵查，秦濤驚訝的發現圍繞著天空竟然有八個方向的溶洞貫通，其中四個洞口有明顯人工開鑿的痕跡，秦濤對其中一個洞口進行了嘗試，結果沒走多遠就滑入了一個裂縫的深淵，多虧腰間繫著的保險繩發揮了作用。

第一次探洞尋路就出了問題，也嚇了秦濤一身冷汗，回憶當時自己只關注留神那些刻在石壁上精美的壁畫，根本沒注意濕滑的腳下，微微一打滑就是萬丈深淵。

沒有足夠長度的安全繩，缺少有效的照明工具，汽油發電機也僅剩一台，汽油也不足一百公斤，秦濤開始後悔在幽潭自製燃燒彈浪費掉的幾十升汽油了。

秦濤探洞尋找出路接連遭遇滑鐵盧，可謂止步不前，沈瀚文與馮育才的發掘卻成果不斷，科考隊更在郝簡仁與幾名戰士的幫助下，靠著開山刀，將天坑中央一座完全被藤條枝蔓覆蓋住的建築物解救出來。

這座底邊三十米左右高度十米的建築物露出真容後，現場一片肅靜，秦濤好奇的看了一眼，一座三個面的金字塔有什麼可奇怪的？一座頂部多了四根石條的金字塔而已。

秦濤與李壽光對視了一眼，又看了看表情奇怪的郝簡仁，不就是一座金字塔嗎？一座風格迥異，好像金字塔的三個面還各不相同？而且比埃及的那些小的不是一點半點。

沈瀚文對這座小金字塔進行了詳細的記錄、測量和拍照，陳可兒見秦濤尋找出口的行動陷入停滯，於是找出一部音波探測儀遞給秦濤：「用這個向洞內發出音波，根據音波的反射時間和強弱度來判斷溶洞內部的情況，這樣會讓你節約很多時間。」

秦濤擺弄了幾下手中的音波探測儀，剛想表示感謝卻發現陳可兒已經回到金字塔下了，幾乎全部科考隊員的注意力都被這座突然出現的金字塔所吸引，這讓秦濤感覺非常意外。

有了音波探測儀的輔助，在兩名能夠熟練使用音波探測儀的科考隊員的幫助下，秦濤很快在圖紙上標出了八個洞口中其中一個最有可能成為通往外界通道的洞口。確定目標後，秦濤吩咐李壽光準備相應的物資，收集全部的登山繩和安全繩，讓大家先放鬆，徹底休息一下，養精蓄銳準備探洞。
安排工作完畢，秦濤忽然發現營地內的氣氛顯得有些詭異？
秦濤發覺幾乎所有的科考隊員都三五成群的似乎在討論著什麼，不時還有人爆發出激烈的爭論，而馮育才、沈瀚文、舒文彬、陳可兒卻圍繞著一堆篝火坐在三面金字塔旁邊，馮育才全神貫注的在清理幾塊殘碑。馮育才似乎將身體包裹得更嚴密了，而沈瀚文則眉頭緊鎖，見秦濤走了過來，於是一招手：「秦連長坐！」
秦濤微笑：「我們已經找到了大致確定最有可能成為出口的方向，等戰士們休息之後就開始對洞穴的探查。」
沈瀚文點了點頭：「辛苦你們了秦連長。」
秦濤看了一眼陳可兒道：「主要還是感謝陳副隊長為我們提供的音波探測儀，讓我們不必一次次冒險對每一個洞穴都進行一次探尋。」秦濤見陳可兒不搭理自己，有些尷尬的拍了一下金字塔道：「怎麼樣，陳副隊長有什麼震驚中外的新發現沒有？」
陳可兒白了秦濤一眼：「這座金字塔在史料中根本沒有任何記載，從修建的工藝到我們測量的結果都與春秋時期的建築物特徵不符，圍繞在一旁的軍營遺址還在逐步的清理，可以說我們進入墨藏之後記錄下的任何一樣發現，從密室發現龍骨，詭異的日軍詭影，祕密基地下的白骨祭壇，古代遺址，以龍骨為燃料的能量爐，空中合金殿宇，通往第二遺跡的大門，包括眼前的三面各自風格迴異的金字塔，沒有一樣是能夠用我們所掌握的歷史知識與科學技術能夠解釋得了的，這裡任何一個發現都足以震驚世界，現在我沒秦連長你想的那麼容易震驚了。」
秦濤被陳可兒噎了一句，尷尬的一笑，沈瀚文無奈道：「秦連長你別介意，隨著我們越來越接近真相，帶給我們的衝擊也就越來越大，這是不可避免的。」
馮育才從殘碑旁直起腰道：「按照石碑上墨氏門人的記載，這座金字塔在他們抵達此地之前就已有了，而且還可以吸取日光月華，墨氏門人在此地結陣抗擊異族和異獸，並且供奉墨氏門人忠勇戰魂的戰魂殿，英烈塔！」

供奉忠勇戰魂？秦濤等人的目光全部轉向距離地面三十幾米高的一座在石壁斷層夾縫中修建的類似廟宇的建築。那麼英烈塔？秦濤將目光轉回了三邊金字塔上。

馮育才踱步來到金字塔前，用手一搭就跳躍到近一米高的第一階石階上，秦濤頓時為之一驚，馮育才矯健的身手即便和自己相比也不會相差太遠，秦濤心中暗自嘀咕，這老同志如此生猛，該不會吃錯什麼東西了吧？

馮育才一臉癡迷的撫摸著金字塔道：「宇宙是一切的起源，我們以眾所周知的胡夫金字塔為例，在建築過程中蘊含了大量的天文、地理和數理應用，例如曾經多國科學家對胡夫金字塔的頂點引出一條正北方向的延長線，這條延長線將尼羅河三角洲精準的一分為二。將這條延長線再繼續向北延伸到北極，得到的測量結果這條延長線只偏離北極極點六點五公里，如果是考慮到北極極點的位置在不斷地變動這一實際情況，不難想像，很有可能在當年建造胡夫金字塔的時候，那條延長線正好與北極極點相重合，如果是一種巧合我們姑且稱之為巧合，但在胡夫金字塔上卻有從天文到地理到數理幾十個巧合集於一身，這樣的巧合能稱之為巧合嗎？」

馮育才激動的揮舞手臂，纏在脖子上的圍巾散落開，秦濤驚訝的發現馮育才的脖子部位似乎有大塊的皮膚裂開和脫落？馮育才似乎察覺圍巾散開，急忙繫好佯裝無事一般。

聽了馮育才的一番高談闊論，沈瀚文也點了點頭道：「金字塔並非埃及一家獨有，我國境內發現的金字塔有的甚至能夠追溯到三星堆、紅山文化時期，阿茲台克文明、瑪雅文明都是典型的金字塔文明。而西夏王陵也是一種形式的金字塔，考慮到古代通訊落後，說明金字塔文化和起源並非單獨地域，而是具有廣闊的地域性，由於最新發現的階梯金字塔距今近五千年歷史，而且根據研究，現在很多西方學者提出新的觀點，最早的金字塔並非是用來當做墓葬的，很有可能另有用途，埃及法老很有可能是對金字塔按比例仿製放大，最早的金字塔也許是上一季文明的遺存，之前我們一直苦於沒有證據證明這一推論。但是今天，我們發現的這座三面金字塔一面帶有阿茲台克風格，一面帶有瑪雅風格，而另外一面既不是埃及風格，也不是吳哥窟風格，而是完完全全的新風格，如果墨氏殘碑記載的是真實的話，這座金字塔很有可能是第一批原始金字塔僅存之一。」

秦濤一臉震驚，在白山區域腹地發現了世界上僅存的最早金字塔？秦濤感覺自己的大腦似乎有點不夠用，以龍骨作為燃料原本就已經非常震撼了，現在又冒出一個世界最早的金字塔，再往下探索發掘下去，秦濤真不敢保證還能有什麼驚人的發現。

陳可兒見秦濤一副難以置信的模樣，笑了笑：「秦連長，你也不用如此驚訝，雖然我們現有的科學知識無法解釋我們所見到的這些現象，但我相信隨著科學技術的發展會有能夠解密的一天，就如同我們面前的這座三邊金字塔，每一塊石料都是那麼的無比精確，測量的結果三邊相差僅僅零點零五毫米的距離，這種精密機械加工的精密單位用在石料建築上？這本身就是一個奇跡。所以我認為，我們面對的很可能是一個未知的史前文明，或許也有可能是外星文明的遺址，我們所探索的關東軍祕密基地和墨藏不過是這個史前文明不同階段的過客而已。不同的是墨氏門人是想守護祕密，而日本關東軍是想獲取祕密。」

原本秦濤已經陷入了雲裡霧裡，經過陳可兒的推論徹底的懵了，史前文明？外星遺址？墨氏門人到底在守護什麼？秦濤想起了通往第二遺跡金屬大門內壘壘的白骨，是什麼樣的信念支持著這些人背井離鄉，在暗無天日的地下拼死一戰直至全軍覆沒？

此時此刻，秦濤心底有無數個疑問難以解答：「為什麼我們所見的這些在歷史上，甚至野史流傳民間的故事中都沒有任何記載和體現？」

舒文彬用手撫摸著墨氏殘碑：「這才恰恰說明了問題的所在，中華文明五千年，有文字記載的不過三千六百多年，從大約西元前兩千零二十九年到春秋戰國時期，諸國並存，討伐紛爭等等，戰爭從來沒有一天停歇過，所以也有人說人類的發展史就是一部戰爭史，從夏商到春秋戰國之間足足有連續的一百七十餘年沒有任何記載，而我們的歷史學者一般採用國際慣例的順延方式進行歷史斷代和年代連接，實際上問題很有可能就出在歷史上這沒有記載的一百七十年間。」

秦濤一臉震撼道：「舒老的意思是有人刻意從歷史上抹去了這其中的一百七十年？」

「完全有這種可能！」沈瀚文起身來到殘碑旁：「古代的通訊方式十分落後，春秋時期讀書上學被看重是相當了不起的壯舉，因為生產力低下，所以不可能普及教育，諸國連年征伐不停，如果當權者想刻意抹掉什麼歷史事件也不難做到，消失的歷史和湮滅的王朝在歷史上數不勝數，今日的我們只能通過古墓或者遺存的文物上區區幾行銘文進行推論和斷代，實際上對歷史是非常不公正和不負責的。」

秦濤望著這座被沈瀚文、陳可兒、馮育才、舒文彬賦予了無數使命和想像的三邊金字塔，又看了一眼殘碑中提到了戰魂殿和英烈塔，三邊金字塔似乎沒有什麼特別，既然墨氏門徒在此處駐守抵抗異獸，除了殘破的鎧甲和白骨外，一定就會留下一些有用的線索。

秦濤望著戰魂殿的方向略微猶豫了一下：「我們要不要上去看看？」秦濤的提議讓沈瀚文瞬間動心了，但是還是穩定了一下情緒道：「怎麼上去？」

其實，之前秦濤就仔細的觀察過戰魂殿的位置和構造，既然是墨氏門人用來祭拜之處，那麼就一定會有通道，隨著觀察的洞燭入微，秦濤發覺自己想多了，根本沒有辦法沿著帶有內弧的濕滑石灰岩石壁徒手攀爬上去。

不過，陳可兒的史前文明遺跡和外星文明遺跡的設想也讓秦濤腦洞打開，秦濤先讓李壽光使用六七式通用機槍射擊石灰岩石壁，由於石灰岩的特性，鋼芯的被甲彈侵入了大約二十多公分，秦濤看了彈孔深度滿意的點了點頭。

秦濤準備了三十根與彈孔粗細相同的鋼棒背在身上，李壽光開始精準射擊，每開過一槍，秦濤就將一根鋼棒插入彈孔，借助著鋼棒向上攀爬。

陳可兒、沈瀚文等人看得是心驚膽顫，就連負責射擊的李壽光手心都捏了一把汗，因為他的射擊點距離秦濤只有不足二十公分，畢竟站在那裡的是自己的連長，李壽光也略微的開始緊張起來。

而且，隨著高度的不斷上升，李壽光射擊的角度也開始由臥姿射擊變成跪姿射擊，子彈的侵入角度也越來越大，秦濤插入的鋼棒也出現了近三十度的傾斜，令得攀爬變得艱難緩慢起來。

就在秦濤準備更換鋼棒向上攀爬的一瞬間，李壽光開始緩緩扣動扳機，將扳機壓到兩道火的位置，正在攀爬中的秦濤踩著濕滑鋼棒的左腳一滑，身體擋住了李壽光的瞄準方位。

砰！一聲槍響！秦濤張目結舌的一動不動，崖壁下的眾人也都緊張得不敢大呼吸。這是秦濤記憶中有生以來距離死神最近的一次，呼嘯而過的子彈餘溫似乎還沒消散，秦濤記得自己的老團長曾經介紹過在戰場上因為異常的緊張，所以連中彈都渾然不知的情況，那麼此時的自己是否過於緊張了？

過了五、六秒，秦濤嘗試著憋了一口氣，直到憋到自己面紅耳赤才換氣，以證明自己確實沒有被擊中，因為身體沒有漏氣。秦濤心有餘悸的瞪了李壽光一眼，李壽光不好意思的撓了撓頭。

郝簡仁為了在舒楠楠面前逞強推開李壽光，接過六七式通用機槍的一瞬間郝簡仁就後悔了，這哪裡是什麼通用機槍啊！跟六五班用輕機槍完全兩碼事，這東西他〇的就是一挺重機槍，重機槍不叫重機槍，叫什麼通用機槍，這不是坑人嗎？

郝簡仁臉憋得通紅，用盡全力連續穩定擊發，秦濤迅速攀爬到石壁縫隙平臺還有最後一步的時候，郝簡仁精疲力竭的打出最後一槍，身形微微一晃，轉身向著舒楠楠得意的擺出一個造型。但郝簡仁沒想到自己已經到了渾身脫力的境況，根本無法單手持槍，六七式通用機槍失控的同時還被郝簡仁帶動了扳機，噠噠、噠噠！秦濤身旁冒出一溜火光，子彈擊打在石灰岩上，破碎的岩石將秦濤的面頰劃了一個細口子。

秦濤轉身看了一眼，郝簡仁抱著機槍倒在地上？射手不是李壽光嗎？什麼時候換了郝簡仁？帶著一臉的疑惑，秦濤登上山崖上的小平臺，將背後的登山繩繫好固定，將軟梯拽了上來，科考隊員開始攀爬軟梯，秦濤想起之前那差點把自己報銷掉的一槍，急忙脫下上衣檢查，這一檢查不要緊，上衣的衣擺，肋下幾個地方竟然有三個彈孔，混紡面料的軍服還散發著焦糊味道。

秦濤摩拳擦掌等待郝簡仁上來，但準備痛打郝簡仁的願望落空了，郝簡仁根本沒上來，除了李壽光和三名男科考隊員外，只有馮育才和沈瀚文通過軟梯爬上了平臺，而陳可兒似乎在一旁的小溪裡面發現了魚，郝簡仁帶著幾名戰士在陳可兒的呼喊下跑去幫忙抓魚。

戰魂殿名字聽得十分霸氣，從下仰望也顯得十分神祕，但是進去之後才發現，原來戰神殿是用石灰岩的石條築基，附以圓木構件的一座一層半結構不足二十平方米的小建築，山體的石縫空間有限，戰魂殿的規模顯然也受到空間所限，至於為何要建到如此高的地方，馮育才給出的理由是怕遭到破壞。

秦濤用力推了一下看似腐朽不堪的大門，兩扇大門竟然轟然倒地摔得四分五裂，激盪起一陣灰塵。

沈瀚文咳嗽了一下，拍了拍秦濤的肩膀：「秦連長，這些構架都已經近乎於垮塌邊緣，下次這種體力活就讓我們的隊員來吧！我們要進行搶救性的發掘。」

沈瀚文的潛臺詞秦濤明白，就是別幫倒忙了，在秦濤看來，能不能活著出去都另當別論，還一門心思的做文物搶救發掘？這是一種什麼工作敬業精神？秦濤同時回憶起了郝簡仁的提醒，要麼是真正的大公無私，要麼就是心懷叵測！到底是大公無私的奉獻，還是心懷叵測的步步為營？秦濤一時也難以辨別。

馮育才並沒有進入大殿，在附近的石壁上搜尋一些壁畫和雕刻，似乎在尋找什麼線索，顯然馮育才與沈瀚文關注的研究方向並不相同。秦濤也注意到了，沈瀚文持有的那本野田一郎的手札拿在馮育才的手中，馮育才沿著石壁不斷的搜尋，試圖尋找到一些隱藏的蛛絲馬跡。

最終，馮育才在一座盤膝而坐的人物雕像面前停了下來，先是伸手輕撫，續而伸出舌頭舔了舔雕像面部？又舔了舔雕像的臂部、腿部？幾乎把雕像的各個部位都舔了一遍？

被馮育才怪異行徑驚得目瞪口呆的秦濤將目光投向了沈瀚文，沈瀚文微微一笑：「馮教授可能是發現了什麼線索，鹽分的堆積與年代往往是成正比的，可能是馮教授認為雕像的幾個部分年代存在差異。」

沈瀚文能夠把野田一郎的手札交給馮育才，兩人之間也不再勢同水火，從針鋒相對轉為合作，這是秦濤所願意看到的，秦濤相信只有大家齊心協力才能面對當前的危機。

馮育才似乎發現了什麼，將野田一郎的手札放在身旁雕像的石柱上，開始用小鑿子輕輕的敲擊雕像的面部，隨著小鑿子的敲擊速度越來越快，不斷有石粉和碎塊從雕像脫落。

秦濤想起了剛剛被自己推倒摔得四分五裂的木門，於是看了沈瀚文一眼道：「這也是保護文物嗎？」

沈瀚文一臉尷尬道：「這個恐怕你得請教馮教授了，這種保護的方式我也是前所未見。」秦濤注視著臉不紅不白的沈瀚文，十分佩服沈瀚文能夠一本正經的胡說八道。

當馮育才將雕像的外皮全部敲落之後，秦濤頓時驚出了一身冷汗，一個年輕的女子被束縛著澆築在松脂中？

「這雕像裡面是活人？」這種死法讓秦濤有一種不寒而慄的感覺。

沈瀚文慎重的點了點頭：「春秋戰國晚期已經基本廢除了活人殉葬的陋習，不過當時很多術士相信用活人靈魂禁錮的手段，能夠增強他們的法力佈下封印，諸如此類稀奇古怪的理由，我們在白骨祭壇的周邊，日本的陰陽師當年不是也用類似方法封印了上千人。」

馮育才用刀將女屍包裹固定身體姿勢的布條逐一割開，很快，女屍胸前懷抱的一個陶板出現在眼前。清理陶板之後，馮育才環顧戰魂殿周邊近百尊雕像道：「為了供奉祭祀這些死去的勇士亡靈，這些侍女被製成活人陶俑殉葬。」

當年墨氏使用了這種極為殘酷的方式供奉亡靈，而日本人在進入第一遺跡之前也進行了大規模的人殉，是巧合還是有特殊的含義？回想起那些被封在明膠樹脂下絕望恐懼的面容，秦濤深感一陣不寒而慄。

不經意間秦濤發現馮育才隨手放在地面上野田一郎的手札，眉頭開始皺起，秦濤一直不相信野田一郎這麼一個精於算計，對人性以及心理把握如此透徹的傢伙會把自己置於死地，而且，顯然之前同野田一郎的接觸，這傢伙真真假假虛虛實實竟然取得了自己的一些信任，若不是陳可兒提醒，自己就真的陷入了野田一郎的邏輯思維慣性陷阱之中了。

野田一郎這個傢伙會不會就在什麼地方監視自己一行人？想到這裡，秦濤從懷中掏出望遠鏡，警惕的搜尋附近。

◊

秦濤哪裡知道，此刻野田一郎的日子也很不好過，毛利十兵衛在山川大夫的指揮下窮追不捨，野田一郎以往最為得意的心理戰、詭計等等，在絕對的實力差距面前根本無從施展。

沿著關東軍基地被狂追了一圈的野田一郎最後決定破釜沉舟，順著被毛利十兵衛砸開的井口直奔第一遺跡的幽潭所在，就在毛利十兵衛再次將野田一郎淩空摔飛，野田一郎借著毛利十兵衛打擊的力量縱身飛入幽潭之中，毛利十兵衛徒勞的站在金屬殿宇的頂部望著幽潭止步不前，顯然，即便體型碩大形同惡魔的毛利十兵衛也十分懼怕幽潭裡面的東西。

片刻之後，山川大夫抵達幽潭：「這傢伙和當年一樣，愛賭，愛賭的人只有一個缺點，那就是只要輸一次就萬劫不復。」

山川大夫一揮手：「我們去第二遺跡等待他，野田一郎會乖乖交出從我這裡盜走的密匙的，至於那些中國人不足為患。」

毛利十兵衛悶聲悶氣道：「真的不足為患嗎？密匙在你手中整整三年，也沒見你成功開啟第二遺跡。」

身處陰影中的山川大夫有些不悅道：「那是因為我們當時走了捷徑，而中國古代的墨氏門徒他們成功的利用了這處史前文明遺跡，每一個遺跡的開啟都是有程式和順序的，我們當年因為時間緊迫選擇了捷徑，那不是我一個人的錯誤。」

毛利十兵衛譏諷道：「那麼這次你就有信心能夠開啟第二遺跡？野田一郎和我才是研究墨氏文明的專家，按照我們的方法也許現在我們已經取得了第三遺跡墨氏守護的核心祕密了。你這個徒有虛名的傢伙，這麼多年連四方青銅鎖都打不開，除了鑿穿山體走你的捷徑，你最大的功績就是害了我們所有人，讓我們這麼多年在地獄裡過著人不人鬼不鬼的日子。」

山川大夫緩緩走出陰影，臉上的肌肉彷彿一層裝甲一般，一隻血紅的眼睛閃著詭異的紅光：「毛利你這個傢伙太過分了，所有人都是為了帝國而犧牲，不是為了我山川大夫。」

毛利十兵衛巨大的身影緩緩的縮小，最終縮到正常人體大小，由一個狂躁的怪物變成了一個駝背蒼老的老者。山川大夫看了一眼老者：「儘快打開第二遺跡對我們大家都有好處，我們現在從墨氏銅板中破譯的資料證明當年我們得以進化成功是因為有一種提煉自龍體內的神祕元素，第一遺跡已經沒有龍活動的痕跡了，而那些龍骨也被消耗殆盡，現在大家都沒有退路了，我們的身體機能近期開始不斷的退化，留給我們的時間已經不多了，那些魑魅戰士也開始出現死亡，想要獲得永恆的生命，就必須按照墨氏銅板上記載的打開第三遺跡。」

老者緩緩轉過身，幽潭的綠光照射在老者的臉上顯得是那麼的詭異，如果秦濤在場的話，一眼就能夠認出，老者正是失蹤的李老頭，那個他照顧了快兩年的幽靈。

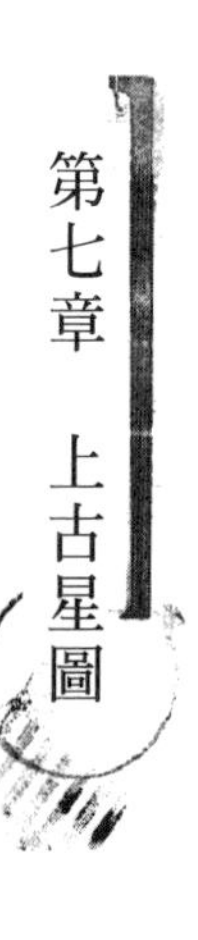

第七章　上古星圖

轟的一聲悶啞的爆炸聲，秦濤舉起望遠鏡確認爆炸是發生在小溪旁，隨後傳來一陣喜悅的歡呼聲？

秦濤迅速順著繩梯返回地面，當他氣喘吁吁站在小溪旁見到的是陳可兒赤著白皙的小腳，在溪水中歡快的來回追趕被手榴彈震暈的魚，小溪的源頭是一個不大的水潭，源源不斷的地下泉水從中湧出。

郝簡仁見秦濤到來，嘿嘿一笑：「濤子哥，別擔心了，都驗過了，水質完全沒有問題，你看這魚有多大？」秦濤望著郝簡仁手中扣著魚鰓提起的兩條足足十幾斤重的魚微微一愣，這方頭方腦的魚似乎有點眼熟？篝火在熊熊燃燒，十幾條魚分別插在火堆旁，一旁的炭火上還架著一條幾十斤的大魚，郝簡仁忙著從篝火中把木炭挑出扔進炭火堆中，不停的給魚灑上自製的調味料。

秦濤疑惑的望了一眼小溪的源頭那個小水潭，那麼小的水潭竟然會有這麼大的魚？

一會，魚肉的飄香讓秦濤也暫時忘記了一切，幾天來的乾糧已經吃得秦濤嘴裡沒有半點滋味，白色的湯汁在鍋中翻滾，焦黃的烤魚讓人垂涎欲滴。

最讓秦濤驚訝的是，郝簡仁竟然從四零火箭彈的電木桶中掏出十幾瓶二鍋頭？

秦濤開始還沒當一回事，打趣郝簡仁真會藏東西，轉瞬秦濤的臉色就變了，火箭彈的桶中裝的是二鍋頭？那火箭彈呢？自己之前打出去的一發難道是最後一發火箭彈？

回想起自己打出的那發火箭彈，如果沒有命中能量反應爐後果不堪設想，秦濤將所有的火箭彈桶都檢查了一遍，果然裡面都是二鍋頭，秦濤面色鐵青的來到郝簡仁面前：「這是怎麼回事？」

郝簡仁理直氣壯道：「當時是你讓我裝的，你說帶五十發就夠了，其餘的裝點酒，山裡冬夜苦寒給大家暖暖身子。」秦濤回憶了一下，出發前自己在禮堂門口確實好像說過，天知道陰錯陽差，遭遇突襲的時候很多彈藥的物資還沒來得及從白骨祭壇搬運下來，唯一搬運下來的一整箱火箭彈竟然裝得是二鍋頭？

秦濤帶著李壽光在每個洞口都用手榴彈佈置了絆發的詭雷。

郝簡仁應該做廚師，做公安真的是浪費人才，面對陳可兒的誇獎，郝簡仁愣了好一會兒，琢磨不明白陳可兒到底是誇自己還是損自己。

舒楠楠見郝簡仁一臉迷惑，笑著解釋道：「在國外廚師是一個非常受人尊敬的職業，尤其那些能夠烹調出美味的大廚，更是令人無比嚮往羨慕。」得到了舒楠楠的肯定和表揚，郝簡仁更加賣力了，竟然用鋁制的鍋蓋天線給舒楠楠煎魚段？

「你怎麼能用電臺的鍋蓋天線煎魚？電臺怎麼辦？」在秦濤眼中，郝簡仁為討好未來媳婦已經到了喪心病狂、令人髮指的地步，面對秦濤的質疑，郝簡仁指了一下被怪物抓得幾乎變了形的電臺道：「先不說強磁干擾的問題，誰要能把這東西修理好，我就能把天線也修理好，我這是廢物利用，節約，這是節約。」面對郝簡仁的強詞奪理，秦濤也迅速的敗退了，和一個戀愛中的男人爭執也是一種不理智。

眾人圍繞在篝火旁，吃著香噴噴的魚肉，喝著辣嗓子的二鍋頭，彷彿將之前幽潭遇襲的事情全部忘了。秦濤沒敢喝酒，匆忙的吃了幾口魚肉就爬上了一塊七、八米高的石灰岩，警惕的觀察四周圍的情況，秦濤的面前擺放著一箱子彈和十幾個空彈夾，之前的戰鬥中秦濤發現五六式裝具只能攜帶三個彈夾和幾包散裝子彈，根本無法滿足高強度戰鬥的需要，於是決定自己動手豐衣足食。

秦濤將四個五六式裝具分別拆卸，將其製成一個胸前三個彈夾，後腰兩側各三個彈夾的背心式裝具，對於自己的手藝還算滿意的秦濤一發接著一發的往彈夾裡面壓入子彈，通過之前的兩次戰鬥，秦濤發現了制式裝備一些平常訓練難以發現的致命缺點，果然實戰才是武器裝備最好的試金石。

一名戴著啤酒瓶底一般厚厚鏡片，喝得興起的男科考隊員望著獨自一人坐在巨石上的秦濤道：「秦連長真酷，那天怪物潮水一樣湧進來的時候，用刺刀就那麼一下，就幹掉一隻怪物！」

一旁的滿臉雀斑的女科考隊員一臉花癡道：「找男朋友就得找秦連長那樣的，多有安全感，也不知道秦連長有沒有心上人？」男科考隊員取笑女科考隊員道：「高彩霞妳知道嘛，上次秦連長誤闖陳副隊長帳篷，據說陳副隊長當時在洗澡。」

高彩霞一臉震撼和驚訝之餘，當即八卦道：「真的假的？李劍飛，你說可要負責任，陳副隊長真的在洗澡？」

「千真萬確！當時我就在旁邊，陳副隊長差點找槍把秦連長崩了，多虧被沈教授勸阻了。」郝簡仁突然插了一句，讓一大群科考隊員更加興奮起來，彷彿一個個都親眼看見陳可兒洗澡，秦濤闖入的尷尬情景了。

郝簡仁見狀離開了一小會，找到了正在小溪邊獨自喝酒的陳可兒，兩人小聲交談了一會，郝簡仁滿臉笑容的離開，完全沒注意到隔著一塊石灰岩在擦洗身體的舒楠楠。

郝簡仁返回篝火旁見眾人還在津津有味的聊著八卦，於是故意道：「其實我認為陳副隊長對秦連長很有好感，他們兩個簡直就是天生一對。」

高彩霞當即反駁：「陳副隊長是留學國外的博士，秦連長是軍人家庭，兩人的生活環境、教育程度和意識形態都有差異，怎麼可能在一起？」一眾科考隊員紛紛附和高彩霞的觀點，郝簡仁則要與眾人對賭，如果陳副隊長對秦連長真有意思，兩人能單獨愉快相處，所有科考隊員每人輸秦濤十元，相反秦濤賠給每人十元，當然了，多壓多賠。

借著酒勁，高彩霞把一疊大團結紙幣丟在郝簡仁面前：「一千塊，壓你輸！」一堆錢很快堆在了郝簡仁的面前，在眾人閉氣凝神的注視下，陳可兒竟然真的拎著兩瓶酒走上了巨石，直奔秦濤而去。

已經喝光了最後的六九威士忌，陳可兒拎著兩瓶二鍋頭和大半條烤魚來到秦濤身邊坐下，秦濤聞到了魚的香味，頭也沒回道：「算你小子有良心，沒白給你們放哨，我現在最擔心的就是那些怪物從哪個洞口突然湧出。」

「把魚肉撕成條喂我，我一手槍油沒辦法吃。」面對秦濤大大咧咧的吩咐，陳可兒微微一愣，還是將一條魚肉撕下遞到秦濤口中，秦濤也毫不客氣的張嘴一下把陳可兒的手指也含入了口中。

纖細細滑的手指，似乎還帶有輕微香味的手，郝簡仁那爪子該沒這麼細白吧？

秦濤的眼睛的餘光突然發現郝簡仁還坐在篝火旁手舞足蹈的吹牛，那這雙手是誰的？秦濤緩緩的轉過頭，陳可兒微笑的望著自己，而自己則含著陳可兒的手指？

緩緩張開嘴，陳可兒臉上也一片緋紅，秦濤大腦一片空白似乎還有些不舍，陳可兒見狀打破尷尬，搖晃了一下手中的酒瓶道：「喝點吧！」

秦濤看了一眼陳可兒，這些天的經歷讓秦濤多少對陳可兒有些刮目相看，一個看似在溫室嬌生慣養的資本主義大小姐，沒想到在這種困難艱險的逆境中，竟然還能保持一種樂觀的精神。秦濤遲疑一下接過酒瓶，狠狠的灌了一口，這些天來他的壓力一直是最大的，科考隊遭到襲擊，秦濤作為安全保衛的負責人可以說是難辭其咎。

人員裝備損失過半的科考隊仍然在沈瀚文的鼓動下檢查工作，這一點是最讓秦濤震驚的，或許如同舒文彬說過的，每個人都有屬於自己的人生軌跡，每個人都拼命想留下什麼給這個世界，想到這裡，秦濤就能理解這些忘我工作之餘還能放鬆縱情喝酒唱歌的青年人了。

陳可兒見秦濤依然在一發一發的壓著子彈：「心理有話就說出來，憋著多沒意思，你們這樣的軍人其實挺有意思的。」

「我們這樣的軍人？挺有意思的？」秦濤微微一愣，不解的看著陳可兒，陳可兒從身旁拾起一個小石塊用力丟出去：「我小的時候母親空難去世，父親全世界參加各種考古，今天在埃及，也許明天就在緬甸或亞馬遜雨林，他每半年給我郵寄一次生活費，每年的耶誕節我們能夠見上一面，僅此而已，我六歲開始就在寄宿學校自己照顧自己。」

陳可兒好像在說一個與她絲毫不相干的人經歷或故事，與秦濤碰了下酒瓶，猛灌了一大口後繼續道：「你們男人都在追求成功，可是成功是一個沒有標準的度！我接觸過一些國外的飛官，海軍陸戰隊和法國外籍軍團的軍人，他們那些軍人與你們根本不是一類人，他們也忠於自己的國家，但他們不會隨時準備為國家犧牲，他們有屬於自己的生活，而你們則似乎更純粹一些。那天你決定留下的時候，我就想你們可能回不來了，明知不可為而為之不是勇敢，是愚蠢你明白嗎？」

秦濤皺了皺眉頭，喝了一大口酒：「我小時候犯了錯誤我爹直接上棒子，對待階級敵人的那種仇恨，往死裡打，我爹是軍人，文化程度不高，但就是認準了棍棒出孝子，我後來跑得快也是被我爹追出來的，我爹追不上我了，就養了條大狼狗，放狗啊！我一直懷疑我是撿來的。」

噗嗤！陳可兒一口酒噴了出去，笑道：「我還挺羨慕你的，有一個天天打你的爹，我父親連打我的時間都沒有，我十二歲到十五歲期間，我們只交流了七句話，其中五句是紙條的留言。」

秦濤一撇嘴：「羨慕我？等我們脫險後，我帶妳去見見我們家老頑固，妳就知道我能活下來長這麼大真不容易。」

陳可兒聽說秦濤要帶自己見家長，頓時微微一愣，她回國後很多人試圖給她介紹對象，但愛情怎麼可能是介紹的？應酬式的見了幾個之後，她又抽煙還喝酒的做派嚇跑了絕大多數，陳可兒也清楚了所謂的見家長是「談戀愛」的最高禮節。

陳可兒喝了口酒，看了秦濤一眼，心中暗暗嘀咕，這傢伙該不會是暗示我什麼吧？

喝得微醺的郝簡仁望著坐在大石塊上的秦濤與陳可兒笑道：「談上了，看吧！我就說他們兩個之間有戲，來來來，給錢，給錢，不許耍賴！」

一大群科考隊員哀聲歎氣之餘，紛紛慷慨解囊，然後一哄而散，郝簡仁眉飛色舞的開始數錢，一旁的舒楠楠則一臉擔憂：「你這是作弊，你和陳副隊長合夥坑大家的錢。」

「噓！」郝簡仁心虛的環顧左右：「我的小姑奶奶，親姑奶奶，妳還能大聲點不？我這不是為了咱們考慮嗎？妳看，這些錢足夠咱們結婚了，回去我托人給妳買塊瑞士自動錶，未來咱們家得有電視機，要美利堅大木箱子那種的舶來品！」

舒楠楠臉一紅，輕輕的呸了郝簡仁一下：「不要臉，誰答應跟你結婚了？做夢吧！」舒楠楠雖然轉身快步離開，但心底覺得甜甜的，有郝簡仁在她身邊，她就不會害怕，覺得希望就在眼前。

將錢收好的郝簡仁對巨石上的陳可兒揮了揮手臂，陳可兒則對郝簡仁擺出了沒問題的手勢，秦濤有些好奇：「你們兩個打什麼啞謎呢？」

陳可兒微微一笑：「剛剛下面那群科考隊員無聊就開始八卦你我，你的好朋友郝簡仁利用我與你單獨相處設局，讓人誤以為我們是情侶贏了科考隊員不少錢，你的朋友很有經濟頭腦。」

秦濤瞪著眼睛盯著陳可兒道：「我就說郝簡仁這小子一準沒憋好事，這妳都答應他？」

陳可兒一聳肩膀：「挺好玩的，而且你也蠻優秀的，現在這種情況下我只能降低標準選你做我男朋友。」

自己是被降低標準才選中的？秦濤聽著陳可兒的話覺得十分彆扭，卻又不好發作，只能盯著郝簡仁的身影惡狠狠道：「今天晚上我們需要一個通宵守夜巡邏的哨兵。」

秦濤舉起望遠鏡看了一眼戰神殿的方向，一個身影似乎在把什麼東西搬來搬去。秦濤詢問得知馮育才沒有吃飯，獨自一人留在戰魂殿清理之前發現的幾十塊銅板，有研究員反映這些銅板上刻的並不是以往的墨氏祭文圖文，而是一種從未見過的象形文字？

「象形文字？」秦濤之前讀過一部名為《世界古文字同釋》的書籍，這部書主要介紹的就是世界上的各種象形文字的起源和來歷，諸如埃及的象形文字、赫梯象形文、蘇美爾文、古印度文以及中國的甲骨文，都是獨立地從原始社會最簡單的圖畫和花紋演化而來的。

秦濤記得沈瀚文曾經與馮育才爭論過春秋圖騰文與墨氏祭文的細微區別，但是兩人都認同墨氏祭文與春秋圖騰文都是從一種古老的象形文字中演化而來的。

所以，一個遺跡裡面出現兩種古老的文字也實屬正常，陳可兒還對此進行了推論，認為沈瀚文與馮育才的觀點都是正確的，因為隨著春秋時期墨氏門徒的勢力抵達開始建設經營墨藏，墨氏門徒缺少大量的勞力，附近的遊牧部落就會成為墨氏的目標，他們很有可能把墨氏祭文當做溝通手段傳授給附近的部分鄂倫春的先民。

隨著時間的流逝，演化自古象形文字的墨氏祭文對遊牧民族來說過於複雜，所以才會出現生澀難懂，甚至無法破解的所謂春秋圖騰文。沈瀚文與馮育才研究的實際上是一種古形象文字的演化體，唯一不同的是沈瀚文的研究方向從一開始就被誤導了。

隨著時間的推移，天坑裡面開始逐漸的暗了下來，秦濤看了一眼手錶，十七點一刻，冬至後天黑得越來越早了，沒有了外界自然反射光源，天坑頂部的高純度韻母礦脈反射的光也黯淡得逐漸消失了。

六、七堆篝火組成了一個環形的營區，秦濤查看過後建議全部人都到戰神殿的平臺上過夜休息，沈瀚文採納了秦濤的建議，畢竟把軟梯拽上去，戰神殿距離地面三十多米距離，即便那些怪物再度出現，面對三十多米的高度也束手無策。即便如此，秦濤依然安排了值班機槍和哨兵，郝簡仁成為了不二人選。

幾名科考隊員很快在山體裂縫的平臺上燃起篝火，驅散了黑暗帶來的濕寒。馮育才似乎也找到了幾十塊銅板的排列順序，一邊與沈瀚文和舒文彬小聲討論，一邊快速記錄著什麼。

一會工夫，兩人來到篝火旁，馮育才似乎刻意選了一個遠離篝火的位置翻開筆記道：「這些銅板記載的就是我們前往第二遺跡的線索，不過我們在這裡還有更大的發現。」

馮育才看了沈瀚文一眼，沈瀚文有些神情激動道：「經過我與馮育才同志共同翻譯，確認了這些銅板記載的內容很大一部分竟然是《秦紀》。《秦紀》啊！《史記》是我們第一部有證可查完整的史料，但史記多經後朝後人杜撰修改，很多地方模糊不清甚至模棱兩可，就是因為秦統六國後，大量銷毀列國史料所造成的斷代，而《秦紀》也在阿房宮大火中被焚燒一空，沒想到在這裡能找到《秦紀》的一部分，這對我們研究歷史斷代定年無疑有巨大幫助。」

陳可兒也驚訝的站了起來，來到排列整齊的銅板前仔細觀察：「《秦紀》的年代要遠於《竹書紀年》，如果兩者之間記載的內容相同的話，那麼我們就能夠確定《竹書紀年》所記載的才是真實的歷史，而不是後世杜撰的產物。」

馮育才不動聲色的點了點頭：「確實如此，《竹書紀年》因為其史料中記載與儒家刻畫宣揚的歷史與人物故事經歷大相徑庭，在宋代遭到了朱熹等儒家門徒的修編刪改，如果能夠找到完整的《秦紀》，或許就能夠證明《竹書紀年》的真實性，這也是對我國歷史真實史料的補充。」

《竹書紀年》？秦濤的記憶中史記似乎是最為權威的史書，但是在這些專家眼中《史記》的真實性卻有待考據。

沈瀚文頗為感慨道：「我們認知的歷史是堯舜禹湯禪讓互助，而《秦紀》與《竹書紀年》中卻告訴我們，舜逼堯，禹逼舜，湯放桀，武王伐紂，此四王者，人臣弒其君者也。《竹書紀年》相對於漢儒經典太異類了，可以說《竹書紀年》衝破了儒家古代歷史體系，讓儒家編造的美好世界觀崩坍，因為《竹書紀年》沒有相關佐證，更無從尋得之前國家史官編輯的史料，野史等雜記不足為證，現在《秦紀》的發現正好佐證了

《竹書紀年》，這將是一個驚人的大發現。」

陳可兒點了點頭：「我父親認為《竹書紀年》有非常大的研究價值，可惜的是春秋時期的文字在晉國時期已經無法完全辨認，很多內容當時可能有誤，最為關鍵的是《竹書紀年》被儒家門徒篡改得面目全非，使得研究價值大大降低。」

舒文彬將一截乾枯的木棒丟入篝火中：「《竹書紀年》的問題在於所紀錄的史料與《史記》所描述的不單只內容不同，而是價值取向大相徑庭。《竹書紀年》描述了從夏朝到戰國時期歷代所發生的血腥政變和軍事衝突，這是當時儒家學說所無法接受的。」

秦濤微微一愣：「那麼《秦紀》與第二遺跡之間有什麼關係？」秦濤的問題讓沈瀚文微微一愣，馮育才用沙啞的聲音回應道：「在銅板的背後有一幅墨武破陣圖，這幅圖就是我們尋找第二遺跡的關鍵所在。」

「墨武破陣圖？」秦濤來到銅板前，大約三十多塊兩尺見方的銅板被擺成了一個圈子，銅板的正面雕刻的是先秦小篆的《秦紀》，後面顯然是利用《秦紀》銅板刻上去的花鳥魚蟲篆體。

而且，就連秦濤都能看的出來刻制的手法似乎十分粗糙和倉促，加上花鳥魚蟲篆體本身就是一種嵌入式的象形文字，刻得又不十分規範，馮育才大致的按其意思將銅板圍成了一個圓圈，每塊銅板旁都有白紙寫上翻譯過來的內容，這些天長地短，山高潭深之類的話更加讓人莫名其妙。

舒文彬私下與秦濤嘀咕，刻在《秦紀》銅板後面的花鳥魚蟲篆體中起碼有三分之一左右是無法識別的，沈瀚文與馮育才也只能憑藉著經驗進行推論和猜測，更為主要的，舒文彬認為自從進入墨藏之後，墨氏的東西都是精工細作，機關更是一環套一環，充分的利用了史前遺跡的一些設施。以墨氏的作風怎麼可能如此潦草的將開啟第二遺跡的關鍵刻在《秦紀》這樣重要的銅板史書後面？

要知道古人，尤其春秋時期對史書是相當的敬畏，秦皇大肆焚燒史書，列國傳記也為大秦帝國的覆滅埋下了伏筆。舒文彬認為這很可能是當年充作遺跡勞力或者囚徒悄悄刻在銅板上的暗記，為的是有朝一日能夠逃出生天。

秦濤看了一會感覺有些頭暈腦脹，因為這些銅板背後所刻的花鳥魚蟲篆體翻譯過來，所表達的意思根本是天差地別，秦濤甚至懷疑表情嚴肅的沈瀚文和馮育才是一邊靠猜一邊靠蒙翻譯出來的。

望著沈瀚文和馮育才親力親為將銅板搬來搬去，似乎在尋找規律，秦濤有些迷惑不解，古人就真的閒得難受，什麼東西都要編個密碼暗語？難怪那麼多古籍、工藝、技術都能失傳，除了敝帚自珍之外，更多的恐怕就是門戶之見了。

《墨武破陣圖》到底要表達什麼意思？秦濤想幫忙卻只能乾著急，沈瀚文將馮育才剛剛搬動的銅板又調換了位置，馮育才則將沈瀚文定位的銅板替換搬離，兩個人幾乎都是低著頭各忙各的，最後兩人一抬頭，銅板排列的亂七八糟。

一旁的陳可兒卻安逸的靠在秦濤身上睡著，秦濤小心翼翼的給陳可兒披上大衣，皺著眉頭盯著圍成一個圓圈的銅板發呆，陳可兒也起身無奈的搖了搖頭：「考古往往就是這個樣子，一旦陷入閉環，很可能就要等下一個線索或者契機出現。」

為了避免兩位老教授把自己累倒，費山河和幾個雇傭兵被廢物利用起來，幫忙搬銅板，在沈瀚文和馮育才的指揮下幾名傭兵忙得不亦樂乎。

下一個線索和契機？秦濤非常清楚科考隊現在面臨最大的問題，那就是時間，危機四伏的地下遺址中，彈藥和物資補給只有消耗沒有補充，就算能夠解決食物問題，那彈藥怎麼辦？子彈打一發少一發，耗盡彈藥用刺刀對付那些怪物？

秦濤突然想起了之前開啟通往第二遺跡大門的背後有人刻下的「死亡才是解脫。」秦濤看著銅板圍成的圓圈突然意識到了什麼，當即大喊道：「李壽光、郝簡仁你們過來一下。」

很快，八堆篝火在天坑的八個洞口被點燃，天坑中間也被點燃了一大堆篝火！秦濤看了看篝火，又看了看排列的銅板，面對沈瀚文等人微微一笑！

天坑中央的一大堆篝火呼應著八個洞口的八堆篝火，與銅板排列的形狀大致相同，郝簡仁偶然間在一個洞口發現了一組被泥灰掩蓋起來的石雕花鳥魚蟲篆體，經過一番搜索，八個洞口都發現了相應的花鳥魚蟲篆體。

沈瀚文與馮育才迅速將與洞口石刻一樣的篆體銅板按位置排列後，兩人目瞪口呆的站在原地，好一會工夫，沈瀚文才無奈的感慨道：「竟然是八卦？我們怎麼就沒想到？河圖洛書，中華文明的起源啊！」

馮育才盯著天坑中星羅棋布的巨石，立即找來一張星圖，用複寫紙定位標出石頭的位置，雖然與星圖有所相差，但百分之七十是吻合的。

沈瀚文比對星圖激動道：「去年科學院考古隊在河南濮陽西水坡發掘的形意墓，距今約六千五百多年。墓中用貝殼擺繪的青龍、白虎圖像栩栩如生，與現代龍的形象幾乎沒有任何區別。同時還出土了河圖四象神野陶像，令人驚奇的連二十八星宿都俱全。遺址整體佈局，上合星象，下合地理。同年在安徽含山出土的龜腹玉片，則為洛書圖像，距今至少五千多年。真難以相信那時的先人已精天文，能夠利用數學、物理。據專家考證，當時有專家提出河南濮陽形意墓中之星象圖應該是距今三萬年前到兩萬五千年前之間的，所以河圖、洛書本質上就是上古星圖。」

找到了解決辦法，馮育才與沈瀚文幾乎同時分別開始工作，陳可兒在制高點戰魂殿的平臺上，開始描繪天空中用巨石標注的星空圖，沈瀚文與馮育才則將八卦中的乾、震、坎、艮、坤、巽、離、兌分別定位。一群專家知識份子搖身一變成了一群風水先生，天坑的長寬，頂部雲母帶的寬度和長度，每個洞口之間的等距，天坑底部小溪和水潭的方位等等測繪資料不斷的匯總到陳可兒這裡。

秦濤等於給眾人打開了思路，剩下的工作也確實不是秦濤力所能及的了，最讓秦濤擔憂的是那些怪物隨時會從陰暗的角落裡面衝出來。

一想起那個怪物竟然用李老頭的腔調和自己交談，所說的竟然和那晚李老頭跟自己所言的完全一樣，難道那個身高三米的巨大怪物就是李老頭？

現在回想起來，那些留在衛生隊牆上的墨氏祭文，實際上就是指引自己如何打開第一遺跡四方青銅鎖的線索。或者說從一開始，自己就陷入了一場局中局之中，李老頭在佈局，野田一郎在佈局，沈瀚文也有自己的局，後來的馮育才似乎也有不可告人的祕密。

最讓秦濤想不通的是，李老頭與自己相處了快兩年，他怎麼能夠確定自己這個小連長一定有機會擔負這麼重要的任務？

秦濤胡思亂想這會功夫，沈瀚文已經將所有的幾十塊銅板完全分配完畢，在陳可兒的零號圖紙上，八卦的八個方位對應標注得一清二楚。

見秦濤走了過來，陳可兒有些興奮的介紹道：「秦連長，太神奇了，八卦的八門八個方位第一塊銅板是定位也是起點，第二塊銅板是緯度，第三塊銅板是經度，第四塊銅板是終點，天啊！這三十二塊銅板的組合簡直是神乎其技，竟然構成了一個經緯線數字矩陣，只要正確計算就能找到正確的路線前往第二遺跡，這才是《墨武破陣圖》的規律所在。」

沈瀚文返回戰魂殿平臺上細緻檢查了一遍陳可兒標注的圖紙，發現星空的部分似乎有些欠缺？反覆看了幾遍，秦濤才意識到這上古星圖與天坑內地形地物不匹配的問題所在，東南角的那個小水潭，此前王志國的遇難讓所有人現在都對水潭、地下河之類的有些敏感緊張。

之前郝簡仁在水潭附近炸了不少大魚，秦濤無論如何也不相信小小直徑不足十米的水潭裡能有幾十斤的大魚？而且，就連天坑頂部的石英雲母礦脈都代表著銀河，這個水潭到底代表著什麼？陳可兒的圖紙上留下了一小片的空白。

◊

一陣陣發動機的轟鳴聲響徹夜空，六三式５３１Ａ履帶裝甲車即便更換了寬幅履帶，行駛在泥濘坡陡的山路上也有些力不從心。六輛裝甲車排成縱隊以每小時不到二十公里的速度爬行，李建業站在指揮塔上任憑風雪吹過巍然不動，林場十六號場站就在眼前了，李建業的心情越發的沉重起來。

撲朔迷離的各種詭異事件讓所謂的行動已經徹底成為一匹失控的野馬，什麼時候會出問題？會出什麼問題？出多大的問題？沒人能夠告訴李建業，現在李建業掌握的情況是最初兩名負傷的戰士後運地方醫院全身臟器衰竭死亡。然而，死亡並非終結，把兩具能動的屍體算在內又鬧出了五條人命，多虧鎮壓的果斷才沒造成病毒擴散和大面積感染。接著詭異的事件一件開始接著一件，先是上個月團裡配合科學院地質勘探部門行動，結果科學院地質勘探部門查無此事，錢永玉更是查無此人。

團駐地遭到不明身份敵對勢力武裝分子的滲透，奉命搜尋關東軍祕密基地，控制受到感染的十號場站和十六號場站，配合專家提取病毒樣本就算完成任務，卻又橫生枝節，發現了春秋時期古代密藏遺址，秦濤指揮的兩個加強排和整個科考隊現在超過七十二小時失去聯繫。

龍骨？關東軍祕密基地？春秋時期密藏遺址？突變病毒？死而復生的嗜血怪物？還涉及了什麼史前文明遺跡？史前文明遺跡又是個什麼東西？

李建業望著亮著燈的十六號場站的小樓微微一愣，雖然前進基地已經變更向前推進了，但十六號場站應該還有一個加強班留守在這裡，怎麼可能連一個哨兵都沒有？裝甲車發動機傳出的巨大轟鳴聲在寂靜的林場中顯得十分不協調，李建業命令車輛熄火，按理說如此大的響動，場站兩層小木樓裡的人不會聽不見？

陷阱？李建業舉起右手握拳在空中快速劃了幾個圈：「車輛發動，步兵登車，打開射孔戒備。」裝甲車內副駕駛趴在周視鏡上緩緩搖動車頂的探照燈，經過調整，六輛車形成了一個三百六十度的火力防禦圈。

由於光線的關係，李建業隱約看到似乎有東西在附近的林子裡面竄來竄去？

李建業猶豫了一下，開啟了無線電公共頻道：「我是一號指揮車，我是一號指揮車，二到六號車是否有發現？是否有發現？」很快，其餘五輛車全部報告發現有不明物隱藏在周邊樹林內，二號車步兵班長請求下車搜索被李建業拒絕。

啪的一聲！指揮車上的探照燈被樹林中飛出疑似石頭的砸碎，探照燈頓時熄滅。

探照燈被石頭擊碎？李建業的心中咯噔一下，先不說探照燈罩的特種玻璃自身幾乎接近防彈玻璃的強度，探照燈還加裝了一公分直徑鋼筋焊制的保護格欄。

「發射一枚照明彈！」隨著李建業的命令，一枚五三式四十毫米照明彈升空，場站附近照得一片慘白，樹林中隱約有十幾個人影在不停的搖搖晃晃。

突然，這些人影全部彎下腰用雙手雙腳如同野獸一樣奔跑！李建業忽然想起了自己看過的那些資料片和照片，這是感染者，或者說是病毒突變者，沒有任何猶豫：「開火！開火！」

高射機槍、並列機槍、車體航向機槍連同車載步兵的班用機槍和衝鋒槍、半自動步槍，曳光彈如同一條火鏈一般將試圖撲上來的病毒突變者抽倒在地，即便被十二點七毫米口徑高射機槍攔腰打斷，上半身依然用手扒著地面前進，直到腦袋被打爆。

短暫的交火後，李建業打開指揮塔，空氣中充滿了腐爛的臭味和焦臭味，十幾具屍體大多被打得支離破碎，手腳的比例是那麼的怪異，青面獠牙，皮膚發黑緊繃如同鎧甲一般？

幾名車長也目光呆滯的望著眼前的一片狼藉，因為從屍體上綠色的軍服、大衣判斷，這些瘋掉了的怪物應該就是之前駐守在這裡的一個加強班的戰士。

經過清點，十三具屍體，一個加強班有十二名戰士，多出的一具屍體很可能就是這次感染事故的源頭。

「把遺體收攏立即火化！」李建業的命令得到了立即執行。火焰噴射器的火焰讓在場的每一個人都感覺臉上烘烤的疼痛，但沒有人願意多說一句話，李建業心中也異常的壓抑，情況比預計的還要差，或許自己從心裡上並沒有做好最壞的準備。李建業望了一眼出發時還讓他信心百倍的六輛裝甲車，現在看來可能真的要實施呂長空的備用計畫了。

沉思片刻，李建業深深的呼了口氣：「電訊員，給團作戰司令部發報！」

夜幕降臨，窗外飄起了雪花，呂長空站在窗前心神不寧，根據李建業的報告，形勢已經到了即將失去控制的地步，作為行動的直接指揮者呂長空承認自己確實有些草率了，沒經得住沈瀚文的鼓動，在沒有做好準備的情況下開始行動，而且行動從一開始就已經出現了失控的徵兆。

各方境外勢力的滲透和干涉也是之前沒有預料到的，站在地圖前呂長空沉思片刻，秦濤的檔案呂長空看過不下幾十遍，這是一個非常優秀的基層軍事幹部，根紅苗正（註12），作風優良，訓練有素，正是自己奉命組建的七九六一部隊鎖定的特別人才，但是前提是秦濤能夠先活著渡過當前的危機。

呂長空不敢把寶全部壓在秦濤身上，猶豫再三還是拿起了紅色電話，有備無患和萬無一失是呂長空一向做事的準則。

◊

地下天坑如同一個世外桃源一般，而秦濤非常清楚這個看似祥和寧靜的世外桃源實際上危機四伏。

一陣劇烈的咳嗽過後，沈瀚文看了一眼手絹中的一片殷紅，環顧左右悄悄將手絹收入口袋中。沈瀚文突然想起了上次在醫院，醫生告訴自己最多還有一到三個月的生命，當時沈瀚文唯一的感覺就是五雷轟頂，他才五十歲，無論科研還是職位都是最好的黃金年齡，天妒英才？或許除了這句成語外，沈瀚文也想不到更好的措辭了。

活著是為了什麼？這個問題沈瀚文想了很久，一次重大的發現，能夠讓自己在生命即將燃燒殆盡之前名揚天下，被人記住，或許有一個驚世發現以自己的名字命名，倒在探索未知的道路上，或許是自己最好的選擇。

沈瀚文翻開工作日記，又打開了從馮育才處取回的野田一郎的手札，翻到最後一頁，只見日記上有兩個發黑的、帶著油漬的指印？好奇之餘沈瀚文聞了一下，一股令人難以忍受的臭味差點令沈瀚文窒息。什麼東西這麼臭？沈瀚文清楚的記得這本手札是當時七九團的政委李建業親手交給自己的，每一頁他都仔細閱讀過，這兩個發黑滿是油漬腐臭的手指印到底是怎麼回事？

沈瀚文將疑惑的目光投向一直持有手札的馮育才，馮育才披著斗篷還在孜孜不倦的工作，一旁的陳可兒已經趴在繪圖板上睡著了，秦濤躡手躡腳的給陳可兒蓋上了一件大衣。

小夥子還滿細心的，沈瀚文給了秦濤一個十分中肯的評價，秦濤拿起望遠鏡看了看即將熄滅的篝火，天黑之後天坑內的溫度也開始驟然下降，由於之前損失了大量的裝備與物資，大多數科考隊員都緊挨在一起禦寒，即便戰魂殿平臺上的篝火燒得十分旺，也難以抵禦這種滲透進骨子裡的寒意。

沈瀚文來到秦濤身旁望著天坑中僅剩的一堆篝火，回頭看了看因為疲倦和恐懼，幾天都沒有休息好過的科考隊員歎氣道：「秦連長拜託你一件事情。」

秦濤微微一愣，平心而論秦濤對沈瀚文沒什麼好感，就是因為沈瀚文所謂的保密使得擔任護衛任務的部隊與科考隊都遭到了重大損失，在秦濤眼中沈瀚文是一個眼中只有工作不近人情的傢伙。

秦濤沒表情地看了沈瀚文一眼：「沈教授你說，能力所及之內我一定盡力。」

沈瀚文點了點頭：「如果有機會，一定要把這些年輕人都帶出去，我老嘍，這把老骨頭也幹不了幾天了，實在也是幹不動了，這次探險任務是我最後一次任務，也還是我人生的最後一站，你明白嗎？」

秦濤聽了沈瀚文的話頓時一愣，沈瀚文苦笑道：「一個月前我被診斷出絕症，醫生判斷我還有一到三個月的生命，我的時間不多了，希望能留下點成果讓後人懷念。」

沈瀚文輕撫著自己的工作筆記道：「我也沒想到此番收穫竟然這麼大，可以說不虛此行，只不過苦了參加此次科學考察的年輕隊員，他們還有未來，他們是未來科學發展的基石，不能讓他們全部都折損在這裡。」沈瀚文的請求對於秦濤來說是一個無法承諾更加無法兌現的諾言，身處朝不保夕、危機四伏的地下史前文明遺跡中，誰能夠替誰承諾？更無法兌現什麼諾言。

秦濤轉身看了一眼熟睡的陳可兒，實際上，秦濤總感覺抽煙喝酒是陳可兒保護自己的一種方式，而自己對陳可兒也說不上喜歡還是愛，有一種想接近卻又不知道如何接近的感覺。

沉默片刻，秦濤對沈瀚文點了下頭：「沈教授，我無法給你承諾，因為我不確定我自己是否能夠做到，但是我可以給你一個承諾，那就是我會死在這些科考隊員前面，那些怪物必須踏過我的屍體才能傷害他們，僅此而已。」秦濤環顧左右見沒有人，解開幾顆扣子，裡面露出四枚拉火環連在一起的手榴彈。

沈瀚文驚訝的望著秦濤：「秦連長你這是幹什麼？」

秦濤微笑道：「光榮彈！與敵人同歸於盡，中國軍人甯死不降，無論對手是誰，甚至是什麼東西！」

沈瀚文若有所思道：「為什麼要告訴我？」

秦濤繫上鈕扣道：「你告訴我一個祕密，我也告訴你一個祕密，我們兩不虧欠，扯平。」

沈瀚文一臉無奈：「我還要告訴你一個祕密！」沈瀚文掏出了野田一郎的手札翻到最後兩頁，露出腥臭的兩個黑色指印：「秦連長你認為這是什麼？」

黑暗之中，水潭輕輕湧起一層漣漪，野田一郎從水潭悄悄的浮出水面，望著尚未熄滅的一堆篝火，野田一郎滿臉驚訝，喃喃自語道：「這些傢伙不簡單，竟然讓他們誤打誤撞來到了這裡？看來他們還沒找到第二遺跡。」水面開始翻動氣泡，野田一郎急忙上岸躲在了岩石縫中，一個巨大的黑影幾乎把直徑十米的水潭填滿，悄然的浮起又迅速的消失掉了。渾身近乎脫力的野田一郎癱倒在石縫中，回想起自己被這條叫做魚虯的怪物追得險象環生，沒想到相隔幾十年這條怪魚竟然還活著？想起墨氏史料中關於魚虯的零星記載，這種兇猛異常幾乎刀槍不入的怪物竟然是龍的食物？難怪毛利十兵衛與山川大夫不下水追自己。

野田一郎感覺身體一陣陣的虛弱，手部開始不受控制的變形，臉頰下也逐漸生出長毛，野田一郎知道自己的身體出了問題，關鍵在他醫療機構的專家們根本找不出他患病的原因，有些專家甚至得出結論，按照野田一郎的體檢結果分析，他四十多年前就應該已經死亡了？

那次讓野田一郎刻骨銘心的實驗後，野田一郎擁有了超乎尋常的能力與體能，憑藉著黑吃黑的第一桶金和無限的精力，野田一郎利用戰後短短幾十年建立起了一個龐大商業帝國。

為了搞清楚自己身上到底發生了什麼，野田一郎也收購了數家著名的醫療機構，紅色的液體和勞工身上抽出的精神能量不斷注入體內的那種撕心裂肺的疼痛，與浴火重生的痛快淋漓，野田一郎一直不相信有什麼永遠不死，有什麼長生不老，當他體驗到了這種擁有的感覺之後，就再也不願放手了。

同樣，實驗的失敗率也是極其驚人的，以至於成功的三人中，最強悍的山川大夫獲得了傀儡兵的指揮權，嚮往自由的毛利十兵衛和貪圖享受的野田一郎先後逃離了遺址。

野田一郎從脖子上摘下了一個二十公分左右長度的金屬板，這是當年山川大夫冒險鑿穿第三遺跡神殿，從裡面獲取用來開啟第二遺跡關鍵的兩塊金屬板的其中一塊。第三遺跡中有什麼，山川大夫從來不提半個字，卻不顧一切尋找開啟遺跡的方式。野田一郎清楚的記得，跟隨山川大夫前往第三遺跡的三百傀儡兵一個也沒有回來，山川大夫本人也遭到了重創，自己則趁機盜走其中一塊銅板逃離地下遺跡。

在隨時失去永生，變成一具屍體的恐懼中，精疲力竭的野田一郎慢慢陷入了沉睡之中。

◊

關東軍祕密基地中，重新開機發電機後，黃精忠與徐建軍、焦大喜將兩個班的兵力分為三組，交替掩護前往白骨祭壇大殿，一路小心翼翼的眾人抵達祭壇大殿，見到的是一片狼藉，到處是鮮血和彈殼，彈孔遍佈，徐建軍作為戰鬥的親歷者依然有些毛骨悚然。

讓徐建軍驚訝的是被封閉的井口已經被完全摧毀了，巨大的磁石極度反物理常識的漂浮在井口下方的風洞上方。黃精忠被那些讓明膠和樹脂封藏起來的人體標本嚇了一跳，焦大喜啟動了遺留下的兩部柴油發電機，嗡嗡的響聲伴隨著光明讓白骨祭壇大殿亮了起來。

到處都是怵目驚心的痕跡，唯一令人疑惑的是所有的屍體都不見了？黃精忠決定立即沿著秦濤撤退的路線搜索。

擔負搜索任務的王二牛小組返回，王二牛扛著一個巨大的木箱，打開木箱發現裡面躺著一支或者說是一挺二十毫米小炮更為貼切的東西。黃精忠看了一下武器箱上的九七式自動炮的字樣頓時恍然大悟：「這是日本人的九七式反坦克步槍，產量不高，算是個稀罕的東西。」

王二牛將彈夾內的七發二十毫米一百式彈藥裝填完畢，抱起來比劃了一下：「用這傢伙對付那些怪物准行。」王二牛將九七式二十毫米反坦克步槍抱在懷中扣動扳機，轟！一聲嗡鳴，十幾米外石壁上的石灰岩被轟出了一個半米直徑的坑。

焦大喜呵呵一笑，用力拍了王二牛肩膀一下：「只有你這個牛犢子才能抱得起來這麼大的東西。」

◊

戰魂殿前，秦濤添了幾塊木柴，借著篝火的火光來回翻看野田一郎手札上兩個黑色、帶著油漬的指印，環顧四周，秦濤悄悄的把郝簡仁叫醒。睡意十足的郝簡仁有些不耐煩的打著哈欠，一邊聽著沈瀚文敘述疑點，聽著聽著郝簡仁開始變得精神起來，拿過手札反覆查看後，沉思片刻道：「這是屍油！」

「屍油？」沈瀚文驚訝無比。

秦濤盯著郝簡仁道：「你能夠確定嗎？」

郝簡仁點了點頭：「這點專業素養我還是有的，人死之後的數小時，腸道內的細菌使蛋白質等有機物分解，產生硫化氫、硫醇、甲烷、二氧化碳等腐敗氣體，很快會出現屍斑，而屍斑會在死亡二十個小時左右達到最高峰，隨後會消退，若死後腐敗前人體在相對非常乾燥的環境中，屍體水分就會大量蒸發，使得屍體呈乾狀呈淡黃褐色或黑色，屍油溢出體外是十分正常的，只不過這兩個指印有些奇怪？」

沈瀚文與秦濤對視了一眼，秦濤點了點頭，沈瀚文壓低聲音道：「我懷疑這兩個指印是馮教授留下的。」

郝簡仁轉身看了一眼馮育才的方向：「馮教授？」

沈瀚文確認道：「我交給馮教授野田一郎的手札時，上面還沒有這兩個腥臭的指印，馮教授歸還手札之後就有了，而且你們誰見過馮教授吃飯？他已經不眠不休超過七十二個小時了，這是正常人的表現嗎？」

郝簡仁表情嚴肅環顧秦濤與沈瀚文：「你們的意思是馮教授是個活死人？」

「活死人？」秦濤、沈瀚文、郝簡仁緩緩轉頭望向馮育才，一陣疾風吹過，吹得篝火呼啦啦響，嚇得三個人一大跳，秦濤不由自主的把手按到了槍套上。

「怎麼辦？」三個人相互看著對方，大家都清楚如果現在隊伍中突然出現一個活死人會有什麼樣的後果。秦濤望著馮育才的背影道：「沈教授你應該是最瞭解馮教授的人，馮教授可不可能會出現我們擔憂的這種情況？」

秦濤用手指敲了敲野田一郎的手札，沈瀚文也有些猶豫道：「按理說我確實是應該瞭解老馮，但我們在研究方面的意見不同，基本屬於老死不相往來，對他的境況確實不太清楚。」

秦濤回憶了一下白骨祭壇大殿的戰鬥和之後的阻擊戰，馮育才似乎都沒有直接面對過哪些怪物，更沒有被怪物所傷。馮育才是黃精忠派人送抵祕密基地的，按理說應該不會有問題，但野田一郎手札上兩個沾滿屍油的黑色指印又鐵證如山，排除沈瀚文冤枉馮育才的可能，因為馮育才是不是活死人非常容易驗證。

其實，秦濤對馮育才身上的怪味早就有察覺，還曾經開玩笑建議馮育才洗個澡，現在回想起來那很可能就是屍臭，尤其是溫度升高的地方馮育才身上散發的味道就更濃一些，而溫度降低氣味就減少很多甚至難以聞到。

秦濤與郝簡仁拿起衝鋒槍，打開保險，環顧四周還在熟睡的眾人，小心翼翼的向似乎正在全神貫注工作的馮育才靠近。

翻毛硬底皮鞋在石灰岩的碎石上發出沙沙的聲音，秦濤瞪了發出聲響的郝簡仁一眼，郝簡仁無奈的一聳肩膀用手指了指腳下。

當兩人距離馮育才背後還有不到三米的距離時，馮育才突然站了起來，頭也不回道：「想知道什麼？這裡不方便，你們跟我來吧！」馮育才逕自走向戰魂殿，秦濤與郝簡仁對視了一眼，兩人又看了看站在原地幾乎沒動的沈瀚文。

馮育才冷哼一聲：「想知道真相是需要勇氣的！」馮育才的身影消失在戰魂殿的黑暗之中，秦濤與郝簡仁交換了一下眼神，兩人持槍快速小跑跟進，沈瀚文無奈的跟在兩人身後。

不遠處，擔任哨兵的李壽光發現秦濤、郝簡仁、沈瀚文往戰魂殿方向跑去，也沒太在意，畢竟唯一登上戰魂殿山體石縫的通道就在他腳下，沒有繩梯那些怪物是不可能飛上來的。

秦濤等人進入戰魂殿，只見馮育才站在陰影之中，戰神殿門外熊熊燃燒的篝火只照亮了大殿正門。

馮育才站在原地一動不動，秦濤和郝簡仁下意識的抬起槍口瞄準馮育才，沈瀚文站在秦濤身後一臉擔憂的望著馮育才道：「老馮，你把斗篷脫掉，我們就是想確認一下，並沒有難為你的意思，現在是特殊時期，希望你理解我們。」

馮育才呵呵一笑：「你們想知道我到底是活人還是死人是吧？你們見過死人還能繼續科學研究進行分析的嗎？你們見過死人還能行走自如的嗎？」

秦濤深深的呼了口氣：「馮教授請你不要激動，我們只是想驗證一下，冒犯之處請多諒解。」

馮育才踱步來到篝火能夠照亮的地方，緩緩脫去斗篷道：「其實你們猜對了，我真的是一個活死人，我的身體生理機能雖然停止了，但是我的意識和思維還存在，我自己無法解釋這種現象，我來這裡也是為了尋求答案的。」

馮育才脫掉斗篷後伸出雙手摘下手套，秦濤等人頓時全部被震驚了，馮育才的雙手發黑乾枯，如同之前所見的那些乾屍的爪子一樣，難怪馮育才總是戴著手套不肯脫，更讓人無法直視其容的是馮育才的臉部只剩下鼻子、額頭與眼睛附近還算是完整，其餘部分皮肉大多已經脫落，露出暗紅色的肌肉脈絡？

「你到底是怎麼了？」面對沈瀚文的詢問，馮育才無奈的仰頭道：「半年前，地質勘探院第一〇二九所的專家錢永玉找到了我，提供給我一件造型奇特的合金器物，根據錢永玉提供的線索是來自白城第十林業站的伐木工人發現的。」

馮育才坐到了一旁的石灰岩上，這個舉動也讓秦濤和郝簡仁悄悄的放下了槍口，馮育才感激的看了一眼秦濤：「就是那個造型奇特的合金器物把我變成今天人不人鬼不鬼的模樣，與其一同送來的還有一批金屬簡書，最開始我以為是臆造的東西也沒去關注，直到錢永玉再三催促，我才做了碳十四測年，沒想到那個合金器物的歷史竟然超過三萬年？白山地區是沒有任何早期文化遺址的，而且即便有早期文化遺址，也不可能造出如此精美的器物，更讓我驚訝的是這些器物上的紋路似乎與電路或者電磁路有關，為此我請教了國內的一些行業權威，而且這些紋路加以區分，竟然就是我研究多年幾乎放棄的春秋圖騰文？」

郝簡仁皺了皺眉頭：「那你為什麼會變成現在這副模樣？」

馮育才微微歎了口氣：「好奇心是每一個科研工作者最大的弊病，我也不例外。我將那個橢圓形有如橄欖球一樣的器物進行了通電試驗，結果被感染，全身臟器衰竭，後來當我醒過來的時候發現我在太平間，我變成了一個沒有痛覺，不需要吃喝也不需要休息，每天不斷腐爛的怪物，錢永玉派人將我接走，並且給了我證件和介紹信，讓我去十六號場站找部隊，會有人帶我去一個地方，只有那個地方才有救我的辦法。」

郝簡仁面無表情：「現在錢永玉已經死了，他還跟你說過什麼？」

馮育才無奈的搖了搖頭：「錢永玉說我只要進入科考隊，其餘的就不用我管了，他會來找我的。」

沈瀚文沉思片刻：「秦連長之前也提到了一個叫錢永玉的人，而通過我的瞭解，地質勘探科學院根本沒有一〇二九所，更沒有錢永玉這個返聘的老專家存在，但是老馮又拿著錢永玉給的證件和介紹信抵達了我們才發現不久的關東軍祕密基地？這一切似乎早就有所佈置，秦連長之前也配合過錢永玉的地質勘探工作，難道沒有發現什麼異常嗎？」

秦濤回憶了一下：「我連配合地質勘探在埋骨溝進行了一系列的爆破，並未發現異常，錢永玉給的介紹信和師作戰司令部的命令也都是真的。」

郝簡仁若有所思道：「這個錢永玉可不可能是什麼特殊祕密部門的？」

秦濤擺了擺手：「現在所有的猜測都只能是猜測，另外馮教授，你的事情到現在為止只有我們四個人知道，我希望大家保密不要引起不必要的混亂，郝簡仁你去把費山河找來，我們瞭解一下錢永玉帶領的地質勘探隊是如何遇襲的。」

大半夜的被人叫醒，郝簡仁押著費山河走向黑漆漆的戰魂殿，費山河心底是七上八下，走走停停：「郝公安同志，這麼晚了有什麼事嗎？你放心，我一定知無不言，言無不盡，全力配合。」

郝簡仁用衝鋒槍頂了一下費山河的後背道：「誰是你同志？你個階級敵人，敗類、走狗、賣國賊，不老實我現在就一槍崩了你，就說你奪槍意圖逃跑。」

郝簡仁把費山河嚇出了一身冷汗，費山河清楚這個郝簡仁可不是什麼講理的人，最早要把自己活埋滅口的就是他，環顧左右見秦濤帶著衝鋒槍站在不遠，上下平臺的繩梯旁還有兩名哨兵，無機可乘，只好老老實實的跟著郝簡仁來到戰魂殿大堂。

馮育才重新披好了斗篷坐在黑暗的角落裡，秦濤在戰神殿中央燃起了一堆篝火，費山河湊近篝火搓了搓手：「秦長官有什麼吩咐？」

秦濤微笑：「你還真是能屈能伸，在境外幹雇傭兵的大多是狠角色，看來你也不是小嘍囉，我就問問你當時發現科考隊員遺體的地方是什麼樣的情況？」

費山河微微一愣，秦濤的話顯然沒有把他當做嫌疑犯，於是回憶道：「我們抵達他們的營地附近發現營地內的發電機還在工作，主要區域照明穩定，於是我下令繞過營地，但當我們抵達山體爆破的洞口過鋁梯的時候，發現鋁梯下三米多深的石縫中全部都是身首異處的殘肢斷臂，羅傑檢查了部分屍體，發現這些人基本都攜帶了你們裝備的五四式軍用的制式手槍和匕首，武器沒有使用過的痕跡，說明他們是突然遭到全面襲擊的，否則營地不可能保持那麼完整，讓我們誤以為營地有人。」

秦濤將目光轉向郝簡仁：「你在費山河身後大約二十分鐘的路程，你看到了什麼？」

郝簡仁眼前閃過那些殘破程度近乎於大卸八塊的屍體：「我和費山河看到的是一樣的情況，如果從時間上判斷費山河確實沒有作案時間，即便殺人他也沒有必要將屍體肢解，完全是吃力不討好。」

費山河略微猶豫了一下：「其實我有一個感覺，那不是一堆被肢解的屍體，那是一堆食物。」

「一堆食物？」費山河語出驚人，秦濤也起身來回踱步，盯著費山河的眼睛道：「你怎麼會有這種想法？」

費山河一攤手：「就是一種直覺而已，我們吃牛排也要實際一塊一塊的切好食用，那些屍體給我的感覺好像就是牛排一樣。」

秦濤的目光轉向一臉詫異的郝簡仁，郝簡仁回憶了一下：「我們沒有仔細檢查屍體，但是根據我們當時的觀察，那些屍體似乎被切得很整齊，疊放在一起，不像是隨意丟棄。」

馮育才在一旁突然插話道：「無論是什麼，我們終究會面對的，錢永玉是什麼身份都不重要，重要的是我們開啟第二遺跡，開啟真正的探索旅程。」

秦濤轉身看了看郝簡仁等人，點頭確認：「如何才能夠開啟第二遺跡？」

沈瀚文收起工作日記：「我們之前判斷天坑的中央部分地下是空的，之前使用脈衝探測器進行了脈衝探測，結果與我們猜測的相同，最為關鍵的問題在於如何開啟，馮教授認為開啟的機關就隱藏在戰魂殿中。」

郝簡仁揉了下鼻子：「既然有了結論，大家也就都沒休息了，開始找吧！」

一場轟轟烈烈的搜尋工作展開，房頂？雕像？地面？牆壁？石柱？浮雕？壁畫？沒有一樣逃得了科考隊員們的毒手，在科考隊員累得精疲力竭之際，秦濤命令李壽光帶領十幾名戰士也加入了搜尋的行列，找不到就拆！

三個小時後，太陽東升，精疲力竭的人們坐在已經面目全非的戰魂殿內不言不語，馮育才與沈瀚文則蹲在一個角落裡不甘心的在分析著什麼？

陳可兒將一塊石頭用力丟了出去，石頭帶著拋物線掉落下去，在陽光的反射下，天坑頂部的雲母石英礦脈又開始發光了，發光的一瞬間，秦濤彷彿發現地面上似乎也有發光的亮點閃耀？

「用水沖地面上的石頭，快，把能發光的都洗出來！」所有一切能夠裝水的物件全部被翻了出來，一圈、兩圈、三圈、四圈直至第九圈，一個直徑五十米由雲母礦石鑲嵌在地面組成的九個圓圈全部顯露出來，輝映著礦脈反射的光芒。

站在戰魂殿平臺上的陳可兒，一眼就看出了下方九個圓圈之內另外套著有兩個小圈，秦濤立即帶著七、八名戰士開始用工兵鏟進行挖掘，挖了大概四十公分，工兵鏟似乎鏟到了什麼硬物，十幾名科考隊員也加入了挖掘的序列擴大挖掘範圍，一會工夫，兩個兩米見方的石柱凸起在地面上，每根石柱旁還有四道石筍用來固定石柱？

秦濤圍著兩根石柱轉了一圈，轉身看了一眼戰魂殿平臺上的沈瀚文和馮育才等人，瞬間做了一個連自己都倍感驚訝的決定，炸掉石筍。

沈瀚文面帶疑惑的望著秦濤帶人似乎圍著石柱在裝什麼東西？當李壽光扯著起爆導線跑開的時候，沈瀚文才明白過來，秦濤竟然要對他們還沒現場勘察的石柱實施爆破？

沈瀚文快步走到陳可兒面前：「快，趕快通知秦連長不能蠻幹，立即停止爆破。」

陳可兒一臉莫名其妙的指著自己的鼻子：「我去通知秦濤？不能爆破什麼？現在讓我下去通知秦濤停止爆破作業嗎？」陳可兒的疑惑讓氣急攻心的沈瀚文瞬間醒悟，缺乏有效的聯絡方式，等人下去恐怕早就引爆了。

沈瀚文、馮育才等人在山體裂縫的平臺上拼命揮舞手臂和呼喊，試圖引起秦濤的注意。秦濤假裝看不見也聽不見，李壽光見狀提醒道：「連長，那邊好像在喊你？」

秦濤瞪了一眼李壽光：「我沒看見，準備起爆！」

李壽光嗯了一聲，大吼道：「起爆準備！倒數五、四、三、二、一！起爆！」

砰、砰、砰砰砰砰砰砰！連續八個炸點迅速連環炸開，一陣硝煙塵土彌漫之後，巨石發出了刺耳的摩擦聲，巨石緩緩開始沉入地下，隨著地面一陣顫抖和震動，天坑中央位置竟然緩緩升起一座祭壇，祭壇四周有四尊四米多高，三頭六臂如同夜叉一般的巨大武士從地面頂破石板地面緩緩升起。秦濤注意到，似乎所有武士手持的刀劍、伏魔錘、流星鞭等武器全部指向中央的祭壇。

祭壇的中央有一個用水晶鑲嵌的圓形套五角形圖案，走近這四尊武士像，秦濤驚訝的發現這些武士的身上全部都刻滿了墨氏祭文？在沈瀚文和陳可兒的配合下，馮育才開始著手進行翻譯。

而在巨大的祭壇旁堆滿了累累白骨和遺棄的鎧甲和青銅武器，很多鎧甲與破碎的盾牌上都有怵目驚心的裂痕，尤其一副鍛造的鐵甲似乎遭到了什麼巨大衝擊力的重擊而破碎。

秦濤很難想像冷兵器時代，這場如此慘烈的交戰似乎並沒有勝利者？除了白骨還是白骨，這是一支什麼樣的武裝？從武器和鎧甲的制式上判斷，除了一些使用特製武器的屍骨外，大多數的屍骨都是來自一支成建制裝備統一的武裝。

郝簡仁悄悄的將幾把青銅劍裹在自己的背包中，秦濤用眼角的餘光掃了一眼，他只是好奇郝簡仁為什麼要拿這些算不得值錢的東西？畢竟之前關東軍的祕密基地內儲存了大量的黃金和珠寶，郝簡仁當時幾乎不屑一顧。

隨著翻譯工作的不斷深入，馮育才也沒有了開始的興奮，速度開始緩慢下來。秦濤清楚馮育才一定是遇到了難題，陳可兒有些無奈道：「很多圖符都是新發現的，極為生僻，我們之前掌握和發現的墨氏祭文的母圖缺少組合方式，墨氏祭文的圖符組合方式可能不僅僅是之前我們認為的三種，很有可能是九種，如果是九種的話，那麼複雜程度遠超過人類現有的一切文字和語言的複雜程度。」

沈瀚文也歎了口氣：「很難想像幾千年前的先人能夠創造出如此複雜的文字系統？組合方式就如同我們漢字的偏旁部首一樣，但遠比漢字系統要複雜多得多，太不可思議了，簡直就是一種藝術的美。」

秦濤撫摸著武士身上的圖符若有所思道：「這東西看著有立體感？文字存在的意義是記載、記錄與交流，搞得誰也不認識有什麼意義？」

郝簡仁在一旁幫腔道：「就是，就是，弄得好像怕人能看明白，不失傳才見鬼了，根本就是鬼畫符，根本不是正常人能造得出來。」

馮育才起身用沙啞的聲音繼續道：「確實不是正常人能造得出來，我能翻譯其中大部分，內容非常令人震驚，與秦連長之前猜測的相同，墨氏流派並非在保護什麼，而是在抵禦異種的入侵，這裡就是他們為之戰鬥的古戰場，從炎黃時代至黃金時代至今，包括墨氏流派在內一脈相承的勇者群體已經戰鬥了數千年了。」

「異種的入侵？什麼異種？這場戰爭誰贏了？」對於秦濤的疑問，馮育才並沒有急著回答，而是踱步來到石像下用手撫摸著地面上鑲嵌的水晶：「當然是勇者一方輸了，也不能完全說他們輸了，他們慘勝之後已經無力應對異種的下一次猛攻了，於是封印了這裡，上一次戰役發生在兩千多年前，其中一名叫做『風』的勇者斬殺了異種的王族逼退了異種，暫時結束了戰爭，異種播撒的『毒』卻腐蝕了勇者們的軀體和靈魂。」

馮育才來到另外一座武士像前看了看武士像又看了看腳下：「如果我們打開這裡，我們可能也要面對傳說中的異種入侵，沒人知道那些怪物從何而來，我猜測那些奇形怪狀的屍骨就是那些被感染的勇者，根據石像上墨氏祭文的記載，最後一次大戰的時間點在西元前二一〇年夏，史書記載有白星劃破天際墜於白山地區，始皇帝派人尋其蹤跡，秦軍誤入遂與勇者聯手抵抗異種，此役秦軍盡沒。」

秦濤聽馮育才提到了秦軍，忽然想起了那些水下穿著鎧甲的將軍和兵士。

沈瀚文眉頭緊鎖推了推眼鏡湊近武士像疑惑道：「提到了秦始皇？白山落星古書雜記多有記載，據傳說白山之名來自於當年落下的白色之星，秦始皇亡的那年發生的異種入侵？」

郝簡仁從背包裡面抽出了幾把青銅劍放在地上，挑出其中兩把一模一樣的青銅劍道：「這兩個劍的長短工藝相同，符合制式武器的標準，而且還要比其餘的各種青銅劍都要長三分之一，幾位教授幫我看看，這是當年的秦劍嗎？這東西應該很值錢吧？」

沈瀚文接過青銅劍看了看：「確實是秦劍，而且保存的非常完好，難得，難得。」郝簡仁興高采烈的把秦劍裝了起來，舒楠楠好奇詢問道：「你帶這東西幹什麼？」

郝簡仁一邊收拾背囊一邊道：「這東西可值錢了，這幾把就夠咱們換棟小樓結婚用了。」

舒楠楠臉一紅氣憤道：「誰說要嫁給你了？做你白日夢吧！」

馮育才、舒文彬、沈瀚文都目不轉睛的看著一心惦記著倒賣文物的郝簡仁，郝簡仁厚顏無恥的嘿嘿一笑：「沒多拿，就五把，就拿了五把。」

沈瀚文一臉無奈和尷尬的笑了笑，彷彿下了巨大決心一般：「這麼多青銅武器和器物，也不差這幾把。」秦濤用力踹了郝簡仁一腳，竟然當著科考隊的專家和隊員公然要倒賣屬於國家的文物？這小子本身還是公安，應該不會這麼沒覺悟吧？

郝簡仁轉身看著秦濤微微一笑，一瞬間，秦濤忽然明白了郝簡仁的用意，這小子並不是要倒賣什麼國家文物，他是在給所有人一個希望，一個活著出去的希望。

通過馮育才的翻譯，秦濤證實了自己之前的猜測，那就是墨氏流派雲集的眾多勇者並不是在保護什麼，而是在抵禦，開啟第二遺跡乃至第三遺跡，他們很有可能遇到異種甚至更多無法想像的危機。最為關鍵的是，根據翻譯出來的武士像上的墨氏祭文推斷，第三遺跡本身就是一個巨大的戰場，而且根本沒有所謂的出口，自己一行人繼續走下去的結果就是死路一條。

路在自己腳下，馮育才與沈瀚文依然在不斷的努力翻譯著武士身上的墨氏祭文，可以說這些墨氏祭文直接關乎他們未來的生死，多掌握一條資訊，可能就會多一分活下去的希望。

郝簡仁剛剛的鬧劇讓所有人都恢復了動力，再一次充滿希望，郝簡仁靠在一旁的石灰岩上，望著丟給自已一塊餅乾的秦濤道：「打發狗呢？一塊不夠，痛快點！你那一腳簡直是踹階級敵人，下次踹費山河，往死裡踹，還有他們是俘虜，餅乾給一塊就夠，憑什麼給他們也發三塊？」

一旁正在旁邊抬物資的費山河聽到郝簡仁和秦濤的對話腳下一絆差點摔倒，用無比幽怨的眼神看了一眼郝簡仁急忙離開，在費山河眼中郝簡仁簡直就是一個心胸極度狹隘的神經病患者，自己又沒吃他家大米？不就是一場遭遇戰嗎？如果當時自己不手下留情把郝簡仁報廢在那裡，估計秦濤見到自己第一面就能直接把自己崩了，費山河十分清楚，郝簡仁的嘴皮子比較狠，而秦濤是真正的殺伐果斷，郝簡仁得罪了最多受點皮肉之苦，秦濤可不敢得罪，那是要命的。

望著郝簡仁一臉無賴表情，怕郝簡仁繼續在費山河等雇傭兵的供給上繼續糾纏，秦濤無奈的又給了郝簡仁一塊餅乾，每人每天三塊餅乾的標準是秦濤自己訂的，當然不能違反。

郝簡仁吃了一塊餅乾，卻把其餘的四塊用手絹小心翼翼的包了起來，塞進了自己的鋁制軍用飯盒內，對秦濤嘿嘿一笑道：「有備無患，我這是給楠楠留著，舒老的身體不行，不吃飽更不成。」

秦濤有些驚愕，一向是自己吃飽全家不餓，整日沒個正經的郝簡仁好似變了一個人一樣？懂得照顧別人和顧全大局了，尤其是之前沒跟自己通氣，假意貪財給眾人重建希望的舉動，這還是郝簡仁嗎？

秦濤一直不相信人能迅速的成長起來，但是郝簡仁卻讓他看到了奇跡，經歷了諸多磨難，顯然郝簡仁從不堪一用快速的成熟了起來。

秦軍將士的遺骨被全部清理，幾乎所有人都懷著一種莫名的憂傷，很難想像幾千年來有這樣一群人默默無聞的在白山地域的山脈之中戰鬥，史書上連隻言片語都沒留下，或者這才是軍人盡忠職守的終極體現。

◊

七九團作戰司令部內人頭攢動，呂長空站在二樓的陽臺上獨自抽著煙，李建業給自己發回的電報就攥在手中，明明是一張紙，此刻卻有千鈞之重。

一名參謀來到陽臺立正敬禮：「報告，有一位八處的同志找您。」

「八處？」呂長空微微一愣，在他的記憶中有太多個處級單位了，八處，哪裡的八處？八處是什麼處？會不會是那個「八處」？莫名其妙的要見自己？知道自己在七九團的人並不多。

猶豫了一下呂長空點頭：「把人帶進會議室。」

呂長空有節奏的敲擊著桌面，作戰參謀帶來了一男一女兩個人，男的一身藏藍色的中山裝英武挺拔，女的身著藏藍色的套裙端莊典雅，兩人進入房間後立正敬禮，異口同聲：「八處偵查副主任王大海，八處偵查科長杜曼如，奉命協助呂政委完成七九六一部隊的組建以及整編工作。」

呂長空起身倒吸一口涼氣，他奉命組建帶有特殊性質的七九六一部隊是絕密，就連張師長和七九團的李建業政委都不清楚。

王大海從皮包中掏出一封蠟封的檔遞到呂長空的桌子前面：「首長看過就明白了。」

呂長空將信將疑，撕開蠟封拿出只有一頁紙的檔看了一眼頓時明白了，原來這個所謂的八處就是傳說中神龍見尾不見首的那個八處啊！專門負責處理各種危機的特殊部門「八處」！讓呂長空更為驚訝的是八處竟然只是個科學研究機構？而自己奉命組建的七九六一部隊實際上才是八處未來的行動隊，難怪八處要派人過來所謂的幫忙，實則是提前介入。

杜曼如將一份資料放在呂長空面前：「我處科長周世軍私自盜用我處名義，以地質勘探院一〇二九所名義前往白山地區進行所謂地質調查，日前已知這個分隊已經失去聯絡多日，得知該地域有駐軍部隊活動，所以想請駐軍幫助搜索失聯分隊，根據我們掌握的情況，白城地域山脈中可能存在一個史前文明遺址，之前林場第十號場站的感染事件就與其有密切關係。而且多方境外勢力已經進行了滲透，上級指示我們要對史前文明遺址進行詳細調查，對境外勢力給予抓捕驅逐，並且我們帶來了一批物資給七九六一部隊。」

呂長空揉了一下太陽穴：「我部奉命協助科學院一個科考小組進入白城山脈地域進行科學考察活動，發現關東軍祕密基地與春秋時期古代文明遺址，推測關東軍祕密基地、春秋古代遺址、史前文明遺跡同處疊加在一個區域內，我分隊遭到了不明怪物的襲擊出現較大傷亡，我們已經第三次派出增援分隊，增援分隊已經抵達十六號場站，與前方的聯繫由於強磁干擾已經中斷，這就是我們現在掌握的全部情況。」

呂長空起身拿著資料質問王大海和杜曼如：「你們既然已經掌握了情況，為什麼不及時通報？如果你們及時通報所掌握的情報，我們就不會冒然行動。」

王大海起身道：「是這樣首長，我們八處主要職能是科學論證和驗證的科研機關，只有兩個行動組，白城疫情時間原本與龍骨事件是分別建檔處理的，沒想到幾個事件全部有密切的關聯，以至於科考隊行動出了意外，白山事件也隨著不斷升級，現在已經到了我們內部評估的八級橙色警戒了。」

「八級橙色警戒是個什麼概念？」面對呂長空的疑問，王大海解釋道：「九級是有危害世界性影響的災難，八級是區域性影響的災難，實際上超過七級進入橙色就已經是超重大災難了。」

呂長空用力拍了一下桌子：「事情這麼嚴重，你們為什麼不提前通報？讓我們也有所準備。」

王大海剛想解釋，杜曼如悄悄的用腳碰了一下王大海。

杜曼如有些無奈道：「事態發展的速度與我們的情報溝通傳遞、評估完全不成正比，我們缺乏有效的溝通機制，各單位協調溝通方面確實存在問題，我們的內部也出了一些問題，個別同志私自行動破壞了整體部署，因為保密紀律的關係我們不能隨意將掌握的情況進行大範圍通報，另外科學院的考察隊也是事發突然，我們也沒料到科學院方面會迅速派出一支科學考察隊。」

王大海咳嗽了一下：「那麼首長能否帶我們見下七九六一部隊的同志們？」

一提起七九六一部隊，呂長空也有些尷尬道：「因為上級沒確定七九六一部隊的級別和編制，所以只在七九團選了一批骨幹。」

王大海面露欣喜與杜曼如對視一眼：「那我們就先見下骨幹。」

呂長空皺起了眉頭，隨即拿出一疊檔案：「見也不是不行，問題是這些挑選出的骨幹都已經參加行動進了山，要見本人恐怕要等他們回來了。」

王大海一臉無奈與杜曼如對視一眼：「那麼首長我們能帶走這些檔案嗎？」

呂長空點頭同意：「趙參謀會給你們在團招待所安排房間，吃過午飯你們就到團作戰司令部報到，既然來了就一起參與吧！」

王大海與杜曼如離開後，呂長空眉頭緊鎖，八處的出現讓呂長空有一種不好的預感，因為八處向來是報憂不報喜，八處來人了，還帶了大批的裝備抵達，就說明事態很可能比自己預估的最壞情況更為嚴峻。

招待所的房間內王大海抽著煙來回踱步：「你為什麼阻止我把全部情況告訴呂長空？要知道呂長空是現在這裡唯一能夠幫助我們的人，我們不說實情讓人家怎麼幫我們？處裡的第二小隊還在四川腹地執行任務。」

杜曼如歎氣道：「周世軍化名錢永玉私自行動，對我處已經構成了極壞的影響，我們現在要做的就是把影響消減到最低值，減低危害將功補過，在這種情況下呂長空會不會全力幫助我們尚且是未知數。」

王大海搓了搓手：「必須把全部實情告訴呂長空，再隱瞞下去一旦危機爆發，我們就是千古罪人，把我們掌握的情況立即全部通報給部隊方面，如果出了問題，我承擔全部責任。」

王大海與杜曼如離開招待所直奔團作戰司令部而來，呂長空站在二樓的窗戶上面無表情的望著兩人，或許八處的到來又是一種轉機也未嘗不可，一不留神，呂長空手中的玻璃杯掉落在地，摔得粉碎，晶瑩的玻璃渣子飛濺的到處都是。

◊

秦濤連續呼了幾口氣，掄圓了大錘用力砸在鑲嵌著水晶圖案的地面上，水晶的碎塊到處飛濺，郝簡仁一旁瞪大了眼睛喃喃自語道：「這是不是有點太暴殄天物了？這麼大塊的水晶，濤子哥你真下得了手？」

水晶顯然不是那麼好砸的，根據馮育才的判斷第二遺跡的入口就應該在下面，而沈瀚文則判斷第二遺跡的入口在山體裂縫戰魂殿的平臺上，一個上，一個下，無奈之下只好由李壽光看著費山河等人在山體裂縫的戰魂殿平臺上尋找遺跡入口，而秦濤則帶著郝簡仁和幾名戰士按馮育才的猜測進行挖掘，完完全全是力氣活。秦濤喘著粗氣瞪了郝簡仁一眼：「別廢話，下來砸幾下你就知道了。」

郝簡仁一副吊兒郎當的架勢擺了擺手：「哥不是我不幹，咱們一個月賺三十塊錢不到的人，大塊大塊的砸水晶？拆文物？虧心不虧心？浪費啊！暴殄天物啊！」

「快過來，這裡有發現！」陳可兒的呼喊聲驚動了秦濤。

天坑內東側的一面牆壁被陳可兒帶領兩名女科考隊員砸出了一個洞？

這個偶然的發現讓天坑中對應八卦方位的八個洞口豁然變成了九個，而且未必只有九個洞口，或許還有更多的洞口存在，只不過是現在尚未發現。

既然八個洞口很有可能變成了九個，那麼之前全部推斷的依據就存在誤判的可能，陳可兒的發現驚動了沈瀚文、馮育才、舒文彬三人，三個老學者蹲在一塊空地上反覆在計算新洞口出現的位置，試圖論證之前自己判斷的正確性。

有人說過兩個女人聊起天能頂五百隻鴨子，三個教授發生爭執就是一個養鴨場了，顯然面紅耳赤的沈瀚文既說服不了馮育才，也說服不了舒文彬，舒文彬似乎也並不準備讓步，他們三個人對新出現的墨氏祭文符圖竟然每人都有自己的理解，三位秦濤眼中德高望重的專家學者從八個方位演算結果的論證，已經爭辯到了墨氏祭文的對譯正確與否。

秦濤望著把近百個新出現的符圖鋪在地上爭論不已的馮育才、沈瀚文和舒文彬，無奈的向陳可兒走去。

洞口已經被郝簡仁完全砸開了，洞口充滿了機械工具施工的痕跡，用多層的棉麻布塗抹水泥和石灰岩粉加上一些石灰岩碎塊，讓整個洞口顯得與正常山體看上去毫無差異，從封閉洞口的手法來判斷，很像日本人的行徑？

如果這個洞口是人工開鑿的，那麼馮育才、沈瀚文與舒文彬他們的爭論基本完全沒有任何意義，因為這個洞是日本人挖的，秦濤看了一眼討論得如火如荼的沈瀚文、馮育才與舒文彬，打開手電筒照了一下洞內，掏出手槍扳開機錘頭對陳可兒道：「我先進去看一下情況，確認沒有危險了，你們再進來。」

陳可兒點了下頭，秦濤的舉動讓她感覺很溫情，在以往的探險考察行動中，陳可兒都是自己照顧自己，也沒有人會主動去幫助你，每一次科考探險都是一次心靈與身體的苦難歷程，被人照顧的感覺是蠻好的。陳可兒望著秦濤從洞口進入洞中，一旁的郝簡仁將幾支手電筒捆在一起，擰掉手電筒罩，一手持槍，一手高舉如同火把一樣的集束手電筒跟隨秦濤進入洞中。

秦濤發覺身後有聲響，一轉身發現是郝簡仁跟了進來，到底是死黨，秦濤對郝簡仁點了下頭叮囑道：「跟在我身後，注意安全。」

郝簡仁嗯了一聲，高舉著集束手電筒試圖照亮更大的範圍，隨著秦濤的手電筒巡視，秦濤發覺這個洞裡的空間其實並不大，二十多平方公尺的空間內堆放著一些箱子和一部分密封的設備，箱子上的日本證實了秦濤的猜測。

洞內非常憋悶，沒有一絲的風感氣流，電筒光柱中的灰塵幾乎漂浮不動，證明這個洞並無其他出口。陳可兒身後的一名女科考隊員有些奇怪道：「為什麼不用火把？火把要比電筒亮得多，還能驅散蟲蟻蛇鼠那些討厭的東西。」

恰好郝簡仁退出洞口聽到了女科考隊員的疑惑：「火把？誰知道裡面有什麼？用手電筒都是冒險行為，可惜我們沒有冷光照明設備，只好冒險，面對未知環境舉著火把就進，很有可能會變成燒雞，砰！爆燃那種，頭髮、眉毛、睫毛都燒掉！整張臉就好像黏在一起。」

女科考隊員被郝簡仁唬得一愣一愣的，秦濤拍了一下郝簡仁的肩膀道：「別沒事嚇唬人玩，陳副隊長，裡面安全沒問題了，郝簡仁你去告訴三位教授不用爭論了，這個洞是日本人當年挖掘用來收藏設備的，與其餘的八個洞口沒有任何關係。」

郝簡仁一臉壞笑：「他們討論的那麼熱烈，就讓他們多討論一會唄。」

秦濤一瞪眼睛，郝簡仁無奈的一擺手：「我去，我去！我去還不行嗎？就會欺負老實人。」

很快，陳可兒將洞中日本關東軍當年藏匿的物資和器材搬了出來，一清點頓時為之震驚，幾乎所有的物資和器材都保存得非常完好，關鍵部件都用油紙和密封油進行了塗抹，雖然過了幾十年，但是在相對封閉環境溫度穩定的洞穴內，這些物資和設備都得以完好的保存下來。

陳可兒在忙著清點物資和設備，秦濤在忙著監督費山河等人挖掘祭壇，馮育才等人在忙著爭論墨氏祭文最新發現的符圖組合的含義，並沒有人注意到，在天坑上部的一道裂縫中，山川大夫曉有興趣的盯著天坑內忙碌的眾人：「毛利君，你當年埋下的那批物資被他們發現了！」

毛利十兵衛望著忙碌的科考隊員：「我們當年窮盡一切辦法也沒能找到開啟第二遺跡的正確方式，雖然你鑿穿了十幾公里的岩層，可是又能如何，面對龐大的地下遺跡，我們實在太渺小了，那不是我們應該擁有的力量。」

山川大夫一揮手：「有一種假設，我們的人類文明並不是第一季，甚至是第四或者第五季，文明發展到了一定的巔峰就會被人類自身永無止境的貪婪和欲望所湮滅，只要我們掌握第三遺跡的核心，我們就能夠超脫文明湮滅，成為神！」

毛利十兵衛悄無聲息的站在黑暗中一言不發望著不遠處另外一道更為狹窄的石縫，在石縫的陰影中一道微弱的紅光一閃即逝。

山川大夫不屑道：「野田這個傢伙總是愛搞這些上不得檯面的小把戲，毛利君，你認為我們什麼時候現身比較好？」

毛利十兵衛悶聲悶氣道：「山川君，你真的認為開啟第二遺跡和第三遺跡會給我們帶來所想要的東西嗎？」

山川大夫微微一愣：「我們等了這麼久，為的不就是這一天嗎？難道你不想回家嗎？永生不死成為神一樣的存在？」

毛利十兵衛歎了口氣：「我的家在廣島，我已經沒有家了，幾十年前我們就應該為了我們的罪孽死去，我們現在活著和死去有什麼分別？」

山川大夫也陷入了沉默之中，目不轉睛的盯著野田一郎藏身的石縫。

無意中找到了一批日本人當年藏匿物資和器材讓陳可兒高興不已，因為這批器材內竟然有德國蔡司的高倍電感顯微鏡，要知道這在幾十年前可是絕對高端近乎奢侈的存在。

沈瀚文有些驚訝的撫摸著黃銅鏡架道：「從一八四六年普魯士蔡司公司創立至今，在全世界光學儀器和精密測量儀器領域，蔡司產品始終以其至高無上的品質和不斷領先的技術獨步天下，而且百年來一直堅持這種品質，確實了不得，我們很多時候缺少的就是一種這樣的堅持。」

陳可兒將之前收集的那些怪物的樣本依照標號進行樣本分析，之前很多因為遺失設備而不能進行的試驗也全部可以開始實施了。

秦濤環顧天坑四周的岩壁，幾十道大小不一的裂縫如同一張張嘲笑的嘴臉，似乎科考隊在天坑停留的時間已經太長了，這讓秦濤產生一種緊迫的危機感。

轟！隨著費山河與李壽光大錘的猛掄，祭壇的地面開始不斷崩坍，周邊的人開始先後退去，地面不斷開始塌陷的同時，很多石塊竟然發出了滾動的聲音還從地下傳出水聲？

地面最終塌陷了一個直徑十米的大坑，從坑口能夠看到一條十分寬闊的臺階通往地下，秦濤踢開碎石踏上看似十分濕滑的臺階卻發現臺階似乎並不滑？秦濤一轉身對一臉擔憂的陳可兒微微一笑。

哎呀！自作孽不可活，一個得意之後，秦濤腳下突然一滑，劈哩啪啦的摔了下去，漆黑的洞口傳來秦濤的呼喊著和翻滾聲。

眾人目瞪口呆之後，李壽光舉著火把高呼：「快救連長！」然後一馬當先衝了下去，郝簡仁也打著手電筒跟了進去，隨著哎呀一聲，一陣連續的翻滾和慘叫之後，陳可兒驚訝的發現在最後的幾聲慘叫聲中，秦濤的聲音似乎最大？

沈瀚文微微一笑：「能叫喊出來就說明沒問題，我們放安全繩，每隔一段繫一個手電筒。」

馮育才、舒文彬、沈瀚文等人順著安全繩抵達了階梯的底部，一千兩百七十五階臺階，秦濤、李壽光、郝簡仁三人被卡在臺階的中間一座石像腳下，秦濤不幸墊底。

望著也摔得七葷八素的郝簡仁和李壽光，秦濤有一腳把兩人踹下去的衝動，陳可兒關切的站在一旁將秦濤扶了起來，秦濤剛想道謝，就聽見陳可兒招呼科考隊員：「過來兩個人檢查一下這雕像，看看有沒有被撞壞？」

郝簡仁抽煙時無意中引燃了階梯旁的油槽，一條火龍般的油槽燃起了熊熊大火，將地宮照亮。秦濤這才注意到幾乎每隔幾十階臺階就有一座武士像，更讓人怵目驚心的是上千階的臺階上竟然堆滿了累累屍骨，殘破的鎧甲和武器，戰場？更像是一座屠宰場！郝簡仁拾起一個宛如狼頭帶有獠牙的怪異骷髏頭骨遞給秦濤道：「這是人還是獸？人怎麼會有這麼長的獠牙？如果是野獸的話怎麼還穿著鎧甲？」

秦濤接過頭骨看了一眼就被深深的震撼到了，秦濤的第一印象是：這是一個狼的頭骨？狼秦濤見過，但足足有籃球這麼大的狼頭骨秦濤確實是第一次見到，秦濤親眼見到這個頭骨是郝簡仁從一個金屬頭盔裡面拿出來的，頭骨下方和後方都留有利刃劈砍的痕跡。一隻巨大的野獸穿著厚重的金屬鎧甲，扛著一把巨大如同鍘刀一般的砍山刀？秦濤自行腦補了一下，環顧四周圍陳可兒正在提取屍骨上的DNA殘留，沈瀚文則在忙著進行碳十四測年的校正曲線分析。

陳可兒對鎧甲的式樣和武器的比對毫無結果，利用日本人遺留的設備做金屬成分的分析至少需要幾個小時，利用這個時間，陳可兒組織科考隊員將大量的器材和設備運進了地宮。

馮育才拿著另外幾個異形頭骨驚歎道：「遍查《握奇經》、《幽冥錄》、《異物志》、《古異記》這些古籍，原本以為都是一些荒誕不羈之說，沒想到卻是真的？這恐怕就是墨氏所抵擋的異類吧？或許這裡就是最終之戰的戰場！我們神話中的妖魔鬼怪或許就是出自其中。」

馮育才顯得有些過於興奮，秦濤環顧馮育才口中的所謂古戰場，大部分都是人類的屍骨和遺棄的武器，只有很少一部分是異類的屍骨。這些所謂的異類與《山海經》中描述的妖怪有什麼區別？如果歷史上真實存在這些異類的話，那麼很多傳說故事恐怕就不是故事那麼簡單了！

自己原有的世界觀和認知不斷被顛覆，面對被開啟的第二遺跡，秦濤看了看階梯盡頭，似乎當年並沒有什麼勝利者，被封閉的入口就是希望這段歷史被永遠的隱藏下去，自己現在開啟第二遺跡的做法到底是不是正確的？或者說自己親手開啟了潘朵拉魔盒？

身處科學與超科學的邊界是一種什麼樣的感受？秦濤無法形容，也不知道該如何形容。秦濤只感覺到了危險，自從科考隊啟程之日，似乎就有一隻無形的大手在推動一切。危機從來都沒有真正被解除，而是在步步逼近，就如同套在脖子上的鎖鏈在不斷的收緊，秦濤突然產生了一種束手無策的感覺？

陳可兒信步來到秦濤身旁，望著遍地的遺骨道：「或許我們的到來本身就是一個錯誤。」

秦濤微微一愣：「歷史上那麼多說不清楚的事情，而我們現在面對的是根本不存在的歷史，我甚至已經開始有些迷茫了？我們打開第三遺跡真的會有出路嗎？如果真的有出路，這些人為什麼會全部死在裡面？而且還要如此牢固的將此地封藏起來？」

很快，碳十四測年「校正」的結果出來了，異類使用的鎧甲和武器竟然有五千多年的歷史，而人類遺留的武器和骸骨等也有兩千多年的歷史，而利用日軍遺留設備做的金屬鑒定結果更是讓人大跌眼鏡，那些異類使用的武器和鎧甲的成分並不在元素週期表上！

陳可兒告訴秦濤，出現這種結果只有三種可能，第一種是檢驗順序、測試劑和分析結果出了問題，第二種可能就是這些武器和鎧甲不是地球上的產物，還有一種可能，當年在冶煉這些鎧甲和武器的時候裡面加入了特殊的隕石材質，導致其中含有特殊成分。

秦濤將整個地宮搜索了一遍，並沒有發現前往所謂第三遺跡的通道，馮育才與沈瀚文則如獲至寶的發現地宮周圍的牆壁上全部刻滿了銘文，秦濤希望他們能夠尋找到蛛絲馬跡，一種不安的情緒在秦濤的心底開始漫延。

「連長有情況！」李壽光的一聲大吼讓秦濤的心猛的一緊，真是好的不靈壞的靈啊！

一千多級臺階秦濤一口氣衝了上去，氣喘吁吁，腿也開始有些微微發抖，李壽光舉著集束手榴彈和七、八名戰士警惕的盯著一前一後，一高一矮，一老一中年兩人緩緩走過來。

山川大夫身上的日軍軍服非常刺眼，黃呢子的防風斗篷中露出軍刀的刀柄，臉上沒有一絲血色，彷彿僵化一般，兩隻眼睛卻閃動著妖異的紅色。

跟在山川大夫身後的毛利十兵衛，也就是秦濤熟悉的那個李老頭，秦濤警惕的盯著山川大夫與毛利十兵衛兩人的身後，十分擔心那些如同惡鬼一般喪失人性的怪物衝出來。

山川大夫在距離秦濤十米的距離停下了腳步，似乎用力的呼吸了一下：「真懷念當年啊！北海道的風雪，好吃的料理和純烈的瓦缸燒。」

毛利十兵衛望著秦濤擠出了一個難看的笑容：「我們又見面了。」

秦濤抬起了槍口：「是以一種讓我無法接受的方式相見，這種相見不如不見。」

山川大夫用雙手拄著武士刀：「合作，我們可以共贏，各取所需，不合作我只好殺光你們。」山川大夫得意的環顧四周：「野田君就不要躲了，該面對的一定要面對，你這個懦夫，你還能一逃了之？」

秦濤警惕的用槍口對準山川大夫：「我相信你能隨時殺掉我們，但你之前沒有那麼做，反而是不斷給我們施以壓力，你需要我們幫你啟動遺跡？」

山川大夫冷哼一聲：「這麼自信？」

隨即趕來的陳可兒微笑道：「你們使用了催化劑實施轉化的方式本身就是錯誤的，僥倖成功最終也難逃退化不是嗎？你急需進入第三遺跡開啟新的一輪進化，我非常好奇，沒有知覺，不能辨識味道，固化僵硬，這樣的永生不死有什麼意義嗎？」

山川大夫微微一愣：「你怎麼知道催化劑試驗的事情？」

「他們有我的手札，裡面記錄了與你相關的試驗路徑和分析。」野田一郎頗為狼狽的從陰影中走了出來，秦濤微微皺了下眉頭，在場這麼多人，竟然沒人發現野田一郎的行跡？

野田一郎看了秦濤一眼：「放下我們各自的身份，戰爭已經結束了，我們想活下去，你們同樣也需要活下去，合作看來是我們唯一的選擇，這一點一向智商欠缺的山川君應該也同意吧？」

秦濤冷哼一聲：「我如果說不同意呢？你們打得什麼主意當我不知道？第三遺跡到底連通著什麼樣的未知？這個龐大的遺跡到底是為了保護還是防禦而存在的？身為軍人我可以隨時為之犧牲，或許同歸於盡才是我們唯一的選擇。」

山川大夫看了一眼陳可兒：「軍人的榮譽？我似乎又看到了當年誇誇其談的野田君影子了，這美麗的女孩也註定要凋謝在這裡成為腳下的白骨嗎？太可惜了，真的是太可惜了。」

山川大夫的出現確實出乎了秦濤的意料之外，沈瀚文、馮育才、舒文彬幾個人也先後來到了地下階梯的入口處，對於山川大夫提出的合作幾乎沒有人敢相信，至於再一次出現的野田一郎則更不可信了。

秦濤相信在場的眾人也非常清楚，山川大夫殺光所有人並非是句空話；野田一郎放著富甲一方的日子不過，非要深入白山腹地冒險本身就存在諸多疑點；而自己曾經熟悉的李老頭，眼前的毛利十兵衛似乎也有自己的佈局，從接近自己到團衛生隊牆上的那些古祭文；馮育才作為一名受害者似乎也在尋求什麼？甚至可以說開啟第二遺跡大門的線索是毛利十兵衛留下的也不為過。

秦濤環顧山川大夫、野田一郎、毛利十兵衛，這三個當年日本關東軍瘋狂試驗的產物，很明顯，一定是山川大夫、野田一郎、毛利十兵衛他們自身出了問題，而解決問題的方式或者辦法在第三遺跡。

山川大夫的現身也說明了時間對其的緊迫性，秦濤看了一眼沈瀚文和陳可兒，馮育才的躍躍欲試已經讓秦濤感到非常的不安了，顯然馮育才與山川大夫、野田一郎、毛利十兵衛幾個傢伙很可能出現了同類感應，四個人之間不斷的相互打量。

站在馮育才身旁的幾名科考隊員似乎察覺到了什麼，於是開始小心翼翼的往後退。郝簡仁拉著舒楠楠也悄悄退往一旁，馮育才微微的歎了兩口氣，山川大夫有些得意的環顧秦濤、沈瀚文等人道：「看來你們之中也有人隱藏了一些祕密吧？」

馮育才摘下斗篷露出了發黑乾枯的面頰，黑色緊繃的肌肉和不停湧動的血管讓人有一種見到了地獄惡魔的感覺。一陣驚呼聲中，嗓音沙啞的馮育才緩緩道：「我是被人陷害，我來這裡是為了尋求恢復本來面貌的辦法，與你們這些喪心病狂的傢伙豈能相提並論？」

毛利十兵衛不屑道：「抬高自己的同時去貶低別人有意思嗎？幾十年前的那場戰爭中，多少人是被無辜裹挾進來的？個人的命運如何與一個民族和一個國家的命運去抗爭？不要用你的道德來綁架我，不要把你自己說得那麼光明正大，你已經完成了標準進化，你應該感覺得到，你擁有以往從來沒有的驚人記憶力和邏輯推理能力，你可以徒手打穿一面牆，你可以飛奔如獵豹，你難道不享受這一切超常於正常的快感和樂趣嗎？」

毛利十兵衛的話讓馮育才頓時微微一愣，山川大夫望著馮育才玩味道：「如果你口中的治癒會讓你失去這一切的能力，讓你又變回百病纏身、毫無建樹的你，你願意嗎？」

馮育才許久不言，痛苦的閉上了眼睛，山川大夫用空洞的聲音道：「我們看似敵人，實際上我們是同一類人，我們可能成為新人類，新世界的神，新世界的主宰，今天我們在場的每一個人都有機會成為神，只要我們協力合作！」

山川大夫似乎用力挺胸張開臂膀繼續蠱惑道：「難道你們沒有夢想嗎？難道你們甘願如此碌碌無為嗎？難道你們不想俯視世界嗎？」

山川大夫似乎在竭力扮演救世主的角色，但是山川大夫在秦濤眼中就是一個不折不扣的笑話，一個神棍的誕生。

「山川大夫你敢公開真相嗎？」陳可兒的大聲質問迴蕩在天坑之中。

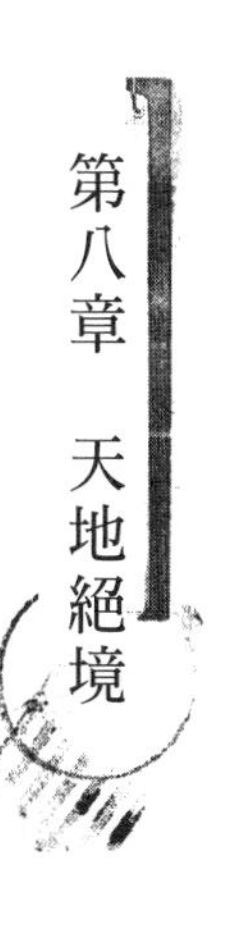

第八章　天地絕境

陳可兒的質問聲迴蕩在天坑內，幾塊石壁上鬆散的小石塊逐個落下，在水潭中激起幾朵水花。

山川大夫望著與陳可兒同來的舒文彬，帶有威脅意味的將軍刀拄在身前道：「什麼真相？哪裡有什麼真相？這原本就是一個有強權無公理的世界，物競天擇，適者生存。」

舒文彬狠狠的瞪了野田一郎一眼，野田一郎則微笑的鞠躬道：「請多保重身體。」

面對野田一郎的厚顏無恥，舒文彬後續準備的慷慨之言一下子全部被噎了回來，氣得舒文彬手腳直哆嗦，舒楠楠和郝簡仁急忙給舒文彬捶背順胸，好一番手忙腳亂。

郝簡仁指著野田一郎道：「我告訴你，別以為爺們怕了你，要不是爺們打不過你，現在就把你這個怪物大卸八塊送給實驗室當樣品。」野田一郎一臉懵地回味郝簡仁的話到底是什麼意思？

郝簡仁得意的看了一眼秦濤，秦濤點了下頭：「成熟了不少。」

郝簡仁一臉惋惜道：「要是有八二無座力炮就好了，直接轟了他，炸碎了喂狗？」

秦濤微微一愣嚴肅道：「你怎麼確定狗就會吃？萬一中毒了怎麼辦？狗是人類的朋友！」秦濤意味深長的看了野田一郎一眼，結果野田一郎根本不搭話，一副悠然自得的模樣彈了一下衣服上的灰土，彷彿秦濤與郝簡仁都是透明的一般。

陳可兒站在秦濤身旁，輕輕的用手肘觸碰了一下秦濤的腰道：「如果不是剛剛舒老破譯了一段最為關鍵的墨氏祭文體，我們根本不知道我們將要面對的到底是什麼？而山川大夫包括野田一郎他們都非常清楚，開啟第三遺跡之後我們會面對什麼，你們以為自己毀掉的墨藏典籍是唯一的嗎？」與陳可兒已經有了一定默契的秦濤開始注視著山川大夫和野田一郎的一舉一動。

野田一郎皺了下眉頭看了一眼山川大夫，山川大夫雖然面無表情，但這時候也開始有點略微不安。野田一郎與山川大夫的細微表情沒能逃脫秦濤的注意，秦濤知道陳可兒賭對了，從毛利十兵衛側身注視野田一郎與山川大夫的表情能夠判斷，這是一個連毛利十兵衛都不知道的祕密。

野田一郎眉頭緊鎖，似乎想在陳可兒和舒文彬的臉上尋找什麼？

山川大夫沉默許久無奈道：「幫助敵人的敵人就等於是在幫助我們自己，這是無可厚非的……」

「該死，山川你這個蠢貨，不要說，絕對不能說！」野田一郎氣急敗壞的阻止了山川大夫繼續說下去。

山川大夫歎氣：「已經到了這種地步，說與不說還有意義嗎？」

野田一郎沈默了許久，最終無奈的搖了下頭道：「我們都是只緣身在此山中啊！傻瓜都知道，這是一個該死的陷阱，既然我們不能殺光他們，就告訴他們好了，就算他們準備陪我們一起死在這裡，我相信還是會不斷有人前來的，人類永遠不缺乏冒險精神不是嗎？」

山川大夫愣了一下，盯著陳可兒點了下頭：「根本沒有第二套墨藏，我猜的對嗎？」

陳可兒微微一笑：「你們太自負了，華夏民族古老的智慧豈是你們能夠預料得到的？第二遺跡的地宮中存有全部墨藏的石刻。」

山川大夫與野田一郎交換了一下目光，幾乎異口同聲：「這怎麼可能？」

舒文彬不屑道：「有什麼不可能的？你們沒進入第二遺跡直接進入了第三遺跡，自然無法發現這套刻在地宮內的墨藏，只不過，我們發現了墨藏卻沒能進行破譯。」

舒文彬嘴角出現了狡黠的笑容，野田一郎的嘴角不自然的抽動了一下，山川大夫拄著軍刀望著陳可兒和舒文彬：「你們很厲害，竟然能夠讓我上當，很厲害。」聽到山川大夫誇獎陳可兒，野田一郎恨不得把山川大夫撕成塊，腹誹山川大夫這個無恥的傢伙上過的當還少？哪次聽你指揮都要功虧一簣！

山川大夫卻不以為然道：「很簡單，我們當年因為時間緊迫採用了石灰岩貫穿爆破技術，雖然進入了第三遺跡，卻無法啟動遺跡，因為我們體內的DNA基因鏈出現了不同程度的變異，無法滿足遺跡核心設施檢驗基因的條件。」

秦濤皺了下眉頭：「你們可以隨意虜獲一個正常人就能完成？」

野田一郎歎了口氣：「我們做過很多次的嘗試了，男人、女人、老人、甚至孩子、野獸等等都做過了嘗試。」

野田一郎看了一眼山川大夫，繼續道：「所以我們懷疑問題出在我們對墨藏的解讀上，當時毛利十兵衛日以繼夜的解讀墨藏，世人皆知墨藏為七十二章，實際上墨藏算上總綱和墨氏祭文拆組母本一共有八十一章之多，最為關鍵的就是總綱和異變錄。」

毛利十兵衛死死的盯著山川大夫和野田一郎，野田一郎聳了下肩膀道：「毛利君你也不要耿耿於懷，當年只有你自己對這種只存在傳說中的墨氏楔形圖文有研究，我與山川君所學的一切都是你教給我們的，所以我們也怕毛利君你當時存有私心，獨自掌控不死大軍。」

毛利十兵衛仰天大笑，看了秦濤一眼頗為寂寥道：「我的同鄉野田君，我的長官山川君，我們三人共患難，當年為了帝國甚至連自己的生命都不顧，如果不是該死的進化液不足，我怎麼會變成今天這副模樣？我那年才三十五歲，我的玉子才一歲啊！你們竟然瞞著我這麼多年，如果不是今天，你們是不是想一直隱瞞下去？」

野田一郎尷尬的假意咳嗽一下，解釋道：「毛利君，其實當時我與山川君之間也是相互提防，後來我第一個逃走就是不想無端的相互猜忌，雖然我在外面，但一直關注著白山地域，你們一直不斷的釋放出各種異動給外界，試圖引科考隊前來，那個傢伙的變異應該是你們的傑作吧？」

野田一郎一指馮育才，山川大夫點了點頭：「非常可惜那個傢伙太過謹慎，而且他們的人無意中竟然找到了當年我爆破的那條直通第三遺跡的通道，似乎還在第三遺跡找到了什麼？他們不按我們設想的程式來，我只好動手清理了他們。」

聽了山川大夫的話，秦濤忽然插嘴道：「是不是一支地質科考隊？」

山川大夫點了點頭：「他們領隊的老傢伙很有意思，曾經三次祕密探索這裡，一次比一次規模大，這個愚蠢的傢伙竟然不知道是我在一直縱容和保護他們。」

秦濤看了一眼一旁彷彿守得雲開霧散的費山河，對郝簡仁點了下頭：「地質勘探隊也有問題。」

郝簡仁點了點頭：「我們能不能活著出去都是個問題，他們的問題只能留給別人啦。」

費山河一臉媚笑湊了過來：「各位你們也聽到了，不是我們幹的，現在真相大白了，把我們放了吧！就當成一個屁，放了乾淨俐落。」

秦濤拉動了槍機：「突突了更乾淨俐落，你們是武裝侵略明白嗎？地質勘探隊不是你們殺的，你們也是罪大惡極，這是給你們立功贖罪的大好機會，你們要好好把握！」

費山河一臉絕望欲言又止，秦濤叫住費山河繼續道：「退一步說，我現在答應釋放你們，好，你們往哪裡走？我們現在身處絕地，外無援兵，近有強敵，你們打算怎麼走？」

秦濤與費山河爭論的片刻，毛利十兵衛與山川大夫和野田一郎又因為墨藏的總綱爆發了新一輪的言語衝突，衝突激烈程度可謂口沫橫飛。

內訌？秦濤對此頗為喜聞樂見，最後三個傢伙拼命放手一搏，死掉兩個重傷一個，自己則可以乘勝追擊，宜將剩勇追窮寇，不可沽名學霸王（註13）！

理想是美好的，現實是殘酷的，山川大夫、毛利十兵衛、野田一郎嘰嘰歪歪半天根本沒有動手的意思，一旁郝簡仁首先沉不住氣了：「你們三個有完沒完？這麼多年的恩怨不放手一搏怎麼能對得起自己？動手，往死里弄！」

毛利十兵衛看了郝簡仁一眼：「再怎麼說也是我們內部的問題，不勞閣下費心了。」

秦濤來到沈瀚文身旁道：「怎麼辦？和這幫傢伙合作等於是與虎謀皮，我建議實在不行翻臉動手。」

沈瀚文拽了一下秦濤的衣袖：「秦連長不要這麼衝動，我們要審時度勢，合不合作我們也要分清利害關係，把握好時機。」

秦濤愣了一下看著沈瀚文，警惕道：「沈隊長，正邪不兩立，邪不勝正！與敵人就是要黑白分明，我們身為軍人，職責所在，不畏強敵，生死無懼！」

郝簡仁堅定的站在秦濤身旁，邊用布條將幾枚手榴彈捆成了集束手榴彈，一邊道：「濤子就聽你一聲令下，刀山火海，咱們眼皮都不眨一下。」

沈瀚文氣得一跺腳，聲嘶力竭：「秦濤同志，郝簡仁同志，我提醒你們，我還是這個科考隊的隊長，我現在命令你們不要衝動，聽從命令。」

秦濤望著山川大夫、野田一郎、毛利十兵衛道：「這幫傢伙跟我們合作只能證明他們還有更大的陰謀，與其合作不如與其一戰。」

是戰還是選擇合作？鐘乳岩滴下的水落在秦濤發燙的面頰上，一絲清涼讓秦濤平復了些許平靜的情緒。秦濤握著衝鋒槍護木的手掌心開始出汗了，毛利十兵衛異變後恐怖的體態和靈活的跳躍，秦濤是親眼所見，明知不敵，卻有赴死之心，這是中國軍人最真實的寫照。絕對不與任何敵人妥協，戰鬥到最後一顆子彈，流盡最後一滴血，秦濤自幼受到的教育告訴他，強敵面前絕對不能退縮，死也要轟轟烈烈。

科考隊開始明顯的兩極分化，科考隊員們開始搖擺不定，很多人不明白一向和顏悅色的秦連長為何會如此暴躁，明明沒有勝算還要拼死一戰？

幾乎所有的戰士全部堅定的站在秦濤身旁，氣氛開始變得緊張起來。

山川大夫將軍刀橫在自己面前：「這就是你們的選擇？」秦濤回頭看了一眼陳可兒，陳可兒淡然的點燃了一支小雪茄，吞雲吐霧之間對秦濤微微一笑。

秦濤拔下了保險撥片，野田一郎與毛利十兵衛幾乎同時按住了山川大夫的手，野田一郎望著秦濤微笑道：「你贏了，在我們的共同敵人沒出現之前，我們保持現狀如何？」我們共同的敵人沒出現之前？秦濤反覆嘀咕著野田一郎的話，顯然野田一郎似乎在暗示著什麼。

毛利十兵衛見秦濤保持沉默，於是繼續道：「或許我們等翻譯墨藏中那些遺失和被人刻意隱藏起來的內容之後，再做決定？」

山川大夫冷哼一聲：「沒有我們的引導，你們一個都別想活著出去，幫我們想辦法打開第三遺跡，大家皆大歡喜，否則殺光你們留下我們在這裡繼續等死。」山川大夫的脖子後面流下了一絲黏液渾然不覺，轉身之際秦濤注意到了流淌到山川大夫斗篷上的黏液。

秦濤意識到，這似乎同樣也是山川大夫他們最後的抉擇了，無法開啟第三遺跡他們同樣死路一條，但如果開啟第三遺跡會不會引發更為惡劣和嚴重的後果？山川大夫之前提到的新人類和新世界、成神等等蠱惑人的言論讓秦濤心有餘悸。

「沈隊長現在怎麼辦？」面對秦濤的詢問沈瀚文微微一愣，隨即明白了秦濤剛剛的歇斯底里實際上等於在透對方的底牌，顯然秦濤已經有了把握才來徵求自己的意見，對於秦濤剛剛表現，沈瀚文對秦濤不得不刮目相看。

◊

涇渭分明的兩幫人進入地宮，戴罪立功的費山河等人在清理地宮石壁上的石刻，開始的時候沈瀚文、舒文彬對毛利十兵衛警惕十足，反而馮育才從容自如，自從身份被揭露之後，馮育才似乎變得輕鬆起來，甚至開始講一些只有他自己才會笑的笑話。

隨著對墨藏研究的展開，從專家學者的角度讓幾個人湊到了一起，反倒是山川大夫獨自警惕的在地宮內來回巡視，秦濤通過山川大夫的舉動細微之處的小動作，比如摸下石刻，欣賞一下武士像的舉動判斷山川大夫肯定也是第一次進入這裡。

整整八十一卷墨藏，生澀難懂不說，很多地方即便破譯之後也讓人有些懵懂，從開天闢地到大荒時代，從三族之戰到堯舜禹湯，幾乎所有的歷史解讀都讓所有人感到一種徹底的顛覆，一大群科考隊員此刻也顧不得毛利十兵衛、野田一郎與乾屍一般的馮育才，都圍在一眾學者身旁，隨著不斷的解讀，發出一陣陣的驚呼。

陳可兒來到秦濤身旁，隨意的坐在一塊崩裂的雕像軀幹上，望著正在給彈夾壓子彈的秦濤道：「你準備用眼神殺死那個怪物？」

秦濤微微一愣，從山川大夫身上收回目光道：「我懷疑他們還隱藏有更深層的目的，他們躲在這裡面幾十年，連山體都挖通了，還無法啟動第三遺跡，就說明第三遺跡不是那麼容易啟動的，我們對關東軍祕密要塞基地和這下面暗藏的墨藏到底瞭解多少？沈隊長他們幾乎是在摸著石頭過河。」

陳可兒微笑：「我怎麼感覺你有些杞人憂天？探索未知世界就是這樣的，充滿了謎團和未知，下一步或許是天堂，或許是地獄，沒人知道，也正是如此才吸引人如同飛蛾撲火一般投身進來，人都知道最美的可能也是最毒的存在，沒有人抵抗得了這種致命的誘惑。」

秦濤微微一愣，望著陳可兒關心道：「是不是受涼發燒了？怎麼滿嘴胡話？郝簡仁把退燒藥拿來。」

「拿你個大頭鬼啊！一點情調都沒有！」陳可兒狠狠的給了秦濤一拳離開，秦濤揉了揉疼痛不已的胸口，這一拳可真夠有勁的！

秦濤剛把武器擦拭保養完畢，就聽到之前還通力合作破譯墨氏祭文的毛利十兵衛、沈瀚文、馮育才、野田一郎爭論起來，聽到爭論聲音的山川大夫也走了過去。

山川大夫的到來讓圍在附近科考隊員嘩啦讓出了一百八十度的一個區域，秦濤想笑之餘，山川大夫這個傢伙似乎最適合放在城西的大莊早市，保證有淨街的功效。

秦濤聽了好一會兒才聽明白為何爭論，原來當年山川大夫和野田一郎瞞著毛利十兵衛將刻有總綱的金屬刻板私下都藏了起來，剛剛幾個人因為破譯過程中意見不統一，馮育才建議山川大夫和野田一郎取回那些被藏起的金屬刻板方便識別。

而據山川大夫與野田一郎藏所，當年藏匿的總綱等被藏在第一遺跡和關東軍祕密基地的夾層中，真可謂是一個人藏的東西，一百個人找不到，更何況偌大的基地還有與之相連的古代遺跡。

秦濤提出讓山川大夫和野田一郎回去取回來，結果兩人都支支吾吾的顧左右而言他，秦濤氣急：「你們兩個不就是這裡面威脅最大的怪物嗎？你們怕什麼？把總綱那些刻板都取回來，我們也好與地宮內的進行比對。」

毛利十兵衛點了點頭幫腔道：「確實如此，我沒見過刻板的總綱內容，沒有比對就無法驗證石壁上所刻的內容是否與金屬板上的相同，畢竟石刻的圖文略微有些模糊，總是不如金屬板的清晰，就麻煩山川君和野田君走一趟了。」

山川大夫臉上完全看不出任何表情，野田一郎的臉上卻精彩極了，野田一郎望著毛利十兵衛道：「我記得我們應該是同一陣線的，不是嗎？」

毛利十兵衛微笑：「你們什麼時候把我當成是同一陣線了？該不會需要我的時候我就是同一陣線的，如果不需要我了呢？我不想成為消失者。」

秦濤知道今天陳可兒與舒文彬聯手設下試探山川大夫、野田一郎、毛利十兵衛三人的辦法確實奏效了，三人之間產生了巨大的矛盾。讓秦濤更為確定的是，既然山川大夫與野田一郎能出去，就說明還有通道可以通往外界，只不過途中充滿了連山川大夫都不願意面對的危險。

如果之前山川大夫所說，當年從關東軍祕密要塞地下基地打通石灰岩層直通第三遺跡的事情是真的，那麼就應該有兩條通道能夠出的去，秦濤開始暗中盤算進入第三遺跡之後如何防止山川大夫等人突然發難，利用當年他們挖掘的通道快速將人員撤退，然後再炸毀通道？這似乎是一個不錯的選擇。

現在日本人之間已經有了嫌隙，如何把這個嫌隙擴大？以便抵達第三遺跡之後，讓山川大夫和野田一郎無暇顧及科考隊突圍才是秦濤的當務之急。

山川大夫頗為不滿道：「你們不要在吵鬧了，基地是我們唯一感覺到安全的地方，遺跡中有遊蕩的怪物隨時將我們吞噬掉，我們當年有三千人，現在只有不足一千了，都成為了消失者。」

馮育才有些好奇詢問道：「什麼怪物？如此強悍連你們都能吞噬？」

山川大夫猶豫了一下：「剛剛的墨藏中不是提到了嗎？九種怪獸以它最為兇猛，反正你們遲早也會見到，那東西你們中國人叫它龍，潛伏在黑暗之中，來無影，去無蹤，動作迅猛兇殘，地下河中的怪魚跟龍相比起來最多只能是食物。」

秦濤無比震驚：「真的有龍？遺跡中有龍？你們確定不是幻覺而是見到了活的龍？」

山川大夫不屑的看了大驚小怪的秦濤一眼，不再搭理秦濤，毛利十兵衛歎了口氣：「確實與神話傳說中的龍很相像，只要遇到基本都是在劫難逃。」

秦濤略微有些好奇：「遇到基本都是在劫難逃？既然你們都遇見過，你們是怎麼逃掉的？」

毛利十兵衛停頓了一下：「你只要比你身旁人跑得快就行了。」

面對毛利十兵衛如此誠懇的回答，幾乎所有人都不由自主的看了一眼身旁的人，雖然每個人的主觀意識上都認為是三個日本人在嚇唬人，但還是本能的看了看身旁。

龍？這個讓秦濤印象極為深刻的字，即便在墨氏祭文的圖文組合中也頻繁的出現，實際上秦濤最關心的是，龍是朋友還是敵人？

地宮內一片寂靜，火把偶爾爆出一個火星，發出一陣細微的劈啪響聲。一排排刻在地宮石壁周邊的「墨典」宛如久候的武士一般，雖然年代久遠依舊清晰，墨典記載了墨氏流派的發源和之後經歷的一切祕聞，其中還有包括春秋戰國、先秦等等密辛，可謂令人瞠目結舌。

秦濤腦海中早已固化的歷史故事很多全部又被一次徹底顛覆，如果說《竹書紀年》是一種顛覆的話，那麼墨典記載的就更加令秦濤難以接受了，秦濤記得曾經聽過人類的歷史是一部戰爭史的說法，而墨典的記載基本就等同一部連續不斷的戰爭史，以往熟知的仁和禮讓都成了一場場陰謀和殺戮的開始。

秦濤望著山川大夫和野田一郎，兩個怪物站在一起相互推卸爭辯讓秦濤產生了一種錯覺？

短暫激烈的爭論之後，山川大夫與野田一郎顯然在擔心甚至是害怕什麼？都不願意去取被他們藏起來的金屬刻板，能讓兩人如此忌諱的到底是什麼？難道真的是他們口中說的龍嗎？之前那些作為燃料的紅色骨骼真的是龍骨？

秦濤不由自主的將目光轉向了毛利十兵衛，對於秦濤毛利十兵衛是深感內疚的，畢竟欺騙了秦濤許久。實際上這是山川大夫與毛利十兵衛商議好的對策，利用十號場站和十六號場站有人發現金條、銀元為名吸引人進山發現祕密基地，再使得一部分人感染病毒，造成一些可控的影響，吸引考古或者科考隊前來，控制住科考隊幫助他們開啟第一遺跡和第二遺跡乃至第三遺跡。

不過，顯然事態的發展也超乎了山川大夫與毛利十兵衛最初計畫，野田一郎的意外攪局和地質勘探遲遲不入局的錢永玉，加上秦濤的臨戰指揮，讓山川大夫控制科考隊成為了一句空話，被迫與科考隊形成他們最不願意看到的合作關係。山川大夫與野田一郎之間都有各自不可告人的考量，似乎這個合作關係是秦濤見過最脆弱的合作關係沒有之一。

隨著毛利十兵衛與馮育才、沈瀚文、陳可兒等人合作，破譯工作的快速進行，秦濤也開始聽明白了一些其中的環節，比如墨典是墨藏的一部分，墨藏記載著很多與已知的歷史或者神話相違背的地方和記載，墨藏就如同一部黑化的歷史，很多地方令人不寒而慄。尤其墨藏的最後幾個部分和總綱內記載了上古諸神征伐九州鎮壓妖邪異類的故事，更記載了作為上古血脈的墨氏一族鎮守征伐妖邪異類的事蹟。

當完成全部破譯工作後，就連毛利十兵衛都顯得有些恍惚，原本就彎腰駝背的毛利十兵衛劇烈的咳嗽了一番：「我們一直在追尋人類的起源，物種進化是有規律性的，突發和異變只能是個例，而人類的整體進化則是十分突然的，甚至是跳躍性的。短短兩百萬年的時間靈長類的其中一個分支能進化成人？簡直無稽之談。人類的進化是經歷了一個短暫的大爆發之後在二十萬年時間內形成了我們今天的人類文明。」

一瞬間，秦濤就感覺自己整個人都迷茫了，到底是什麼讓達爾文的進化論遭到了質疑甚至否定？

陳可兒也有些茫然：「如果說我們已知的人類起源和很多歷史都被顛覆了，你相信嗎？」

秦濤微微一笑：「你們說的很多我都不太懂，不過我知道如果今天不死，晚飯還得吃，日子還得過。」

陳可兒被秦濤一本正經的模樣氣笑了：「所有人都是無比震驚和震撼，你卻想的是晚飯？真難為你了。」

秦濤聳了下肩膀：「剛剛說我杞人憂天，你們現在何嘗不是杞人憂天？人只要活著就還要生活。」

沈瀚文來到秦濤對面望著秦濤：「人們往往無法明白最簡單的道理，也就是源自與此。」

馮育才緩緩的坐在石像的軀幹上，雖然郝簡仁升起的篝火映得地宮紅通通的，但是好像他一點也感覺不到溫暖一般。馮育才拽了一下身上的斗篷自言自語道：「我也不知道我自己到底是冷還是熱，因為我一點感覺也沒有，但我卻能聽見爬蟲蛇鼠經過的聲音，再也嘗不到一點味道，哪怕是一點點味道，如果就這樣活著，千年萬年與一具屍體有什麼區別？難道這就是所謂的永生不死？」馮育才對山川大夫、毛利十兵衛怒目而視，野田一郎悄悄的向一旁撤了幾步，一副事不關己，高高掛起的架勢。

山川大夫一副無所謂的模樣：「你們中國的歷代君王皇帝不都在追尋長生不老嗎？得到就意味著失去，

是你的貪婪之心讓你被感染，無論是為了獲得力量還是尋求治療絕症，這一切都源自內心深處的貪婪，不要偽裝和粉飾、壓制你的欲望了。」

山川大夫環顧四周用軍刀一指秦濤：「除了他之外，你們全部都活在自己的欲望之中，或許連他都在內，軍人渴望榮譽何嘗不是一種欲望？」幾乎所有人都沉默不語，絕望與悲觀的情緒在悄然的漫延，與這些怪物一起聯手抗衡更厲害的怪物？活著出去似乎成為了普通人的一種奢望。

秦濤檢查了一下武器，關閉保險後望著野田一郎道：「墨典總綱已經破譯得差不多了，你難道沒有什麼想說的嗎？」

野田一郎表情怪異的盯著地面，許久才緩緩道：「對於龍你們瞭解多少？」

秦濤立即反問道：「你又知道多少？」

野田一郎看了一眼毛利十兵衛和山川大夫，踱步來到墨典文刻前駐足道：「我們當時以為墨氏遺民是為了守護，但實際他們是在防禦，防禦他們心中一種極端恐怖的存在，而這種恐懼更多的來自龍這種生物。」

郝簡仁十分驚訝道：「真的有龍存在？」

毛利十兵衛點了點頭：「開啟第一遺跡的大門就是用龍骨投入反應爐作為動力，龍骨尚且蘊含如此驚人的能量，這種生物活著的時候只能用恐怖來形容，我們當年自以為可以開啟第三遺跡最終的封印，結果我們釋放出了那個恐怖的存在，損失了一半的人手我們才狼狽退出。」

馮育才眉頭緊鎖：「但是墨典上記載龍是幫助墨氏一族抵擋異類的入侵？」

山川大夫搖了搖頭：「我們當時斬斷龍淵深鎖的時候認為這不過是一個傳說而已，那怪物一出現就大開殺戒，我們根本沒有任何機會。」

陳可兒輕輕撫摸著墨典文刻：「會不會在龍的眼裡，你們與異類沒什麼區別？或許說你們的進化無論失敗與否都會成為龍眼中的異類？」

野田一郎似乎對陳可兒的理論並不贊同，一指墨藏道：「墨藏上明明記載著龍是幫助墨氏流派對抗異類入侵的，我們又不是異類？為什麼會攻擊我們？這根本就說不通。」

郝簡仁一撇嘴：「因為是中國龍，你們日本鬼子，中國龍打鬼子天經地義。」郝簡仁的胡攪蠻纏讓氣氛陡然緊張起來，秦濤想起了那些被封印在雕像裡的武士，墨氏祭文記載這些武士是抗擊異類而死，等待復生，那麼墨氏祭文提到的復生是不是就是指野田一郎等人的經歷？成為另外一種毫無意義的生命形式，每天看著自己腐爛腐朽，說是永生，在秦濤看來無疑是一種酷刑。

如果真如自己猜測的一樣，打開第三遺跡簡直就是有百害而無一利的事情，與野田一郎等怪物合作開啟第三遺跡，恐怕自己就會成為千古罪人，一直在是否與野田一郎、山川大夫、毛利十兵衛合作搖擺不定的秦濤終於決定，寧為玉碎不為瓦全，第三遺跡就是潘朵拉之盒，絕對不能被開啟。

秦濤做了自己的選擇，一直沉默不語的沈瀚文也悄然的作出了自己的選擇，沈瀚文已經意識到，自己恐怕命不久矣，野田一郎、山川大夫與毛利十兵衛的例子就活生生的擺在他面前，千分之一的機會雖然渺茫，但對於生死抉擇之間，求生的欲望還是讓沈瀚文想為之一試。

對於沈瀚文來說選擇的機會只有一次，他從秦濤堅定的目光中已經看懂了秦濤的選擇，與野田一郎、山川大夫合作，或許自己還有繼續活下去的機會。沈瀚文緩緩走了幾步，赫然站在了野田一郎身旁，秦濤等人頓時目瞪口呆，馮育才也猶豫了一下，緊接著走到沈瀚文的身旁，兩人對視了一眼都沉默不語。

野田一郎先是有些驚訝，隨後露出了一絲得意的笑容，秦濤的臉陰沉得能滴出水一般，郝簡仁站在秦濤身旁一言不發，腰間槍套上的保險扣已經打開，翻開的皮蓋能夠直接看到裡面的手槍已經張開了機頭。

陳可兒站在了秦濤的身旁，秦濤記得李政委曾經說過，人的一生就是在不停的選擇中度過，每一次選擇都是人生的一次岔路口，已知的時間線發生的人生事件不存在任何假設，因為時間不能倒流。

可以說此時此刻是秦濤這輩子所面臨最重要的選擇，甚至說是抉擇更為貼切，秦濤的手放在腰間的手榴彈上，手榴彈尾部的保險蓋已經被旋開，防潮紙也被扣開，拉火環的白線顯得十分刺眼。

一陣微風吹過，拉火環晃動了一下……

地宮之內，涇渭分明的兩個陣營，一方想繼續探索，一方不想繼續開啟遺跡，沈瀚文有充足的理由選擇站在野田一郎一方與其合作，幾個猶猶豫豫的科考隊員也站到了沈瀚文與馮育才身後。

舒文彬靜靜的站在原地，舒楠楠一臉擔憂的攙扶著舒文彬，似乎做了一個十分重大的決定，舒文彬拄著拐杖走到了秦濤身旁，秦濤對舒文彬致以一個十分難看的微笑，這會秦濤真的笑不出來。

沈瀚文對舒文彬的選擇無奈的搖了搖頭，這是沈瀚文意料之中，也是意料之外，現在的狀況可謂是一觸即發，這是沈瀚文最不願意看到的情況。

科考隊的分裂同樣也是秦濤不願意看到的，如何阻止野田一郎是秦濤面臨的最大問題，秦濤也清楚自己根本無法阻止野田一郎，尤其還有幾百個形同惡鬼的轉化試驗的失敗品，野田一郎、山川大夫、毛利十兵衛不殺自己這些人，顯然還有他們的目的，換句話說這支科考隊還有極大的利用價值。否則以山川大夫的行事作風，絕對不會輕易提出所謂的合作，秦濤的選擇不多，甚至沒有選擇，要阻止事態失控和繼續惡化，他就必須先下手為強，殺掉沈瀚文、馮育才等選擇合作的科考隊員，這是秦濤唯一的辦法。

秦濤的手指已經開始扣住了手榴彈的拉火環，郝簡仁則上前一步擋在了舒楠楠身前，一旁的幾名戰士也在秦濤的暗示下做好了戰鬥準備，同歸於盡似乎已經成了唯一選擇。

沈瀚文歎了口氣：「秦連長你是軍人，在你的世界裡面只有黑白和敵我，但我是一名科研工作者，我們所進行的科研和探索是為國家和民族乃至全人類服務，我們要放棄狹隘的思想。合作，固然對野田一郎等人有好處，如果我們能夠解開史前文明之謎、人類起源和進化之謎，這是足以影響人類歷史進程。」

山川大夫也沉聲道：「你沒有任何勝算，無謂的抵抗只能帶來死亡，我們聯手開啟第三遺跡，完成救贖難道不好嗎？同時還能揭開兩千多年前的迷霧，尋找這段失落歷史的真相，戰爭已經結束了，我們不是敵人，我們只不過是三個為了生存而奮鬥的老傢伙，活下去，看看新世界是我們共同的願望。」

山川大夫的規勸讓秦濤覺得這個傢伙一定有陰謀，殺掉沈瀚文和馮育才？陳可兒和郝簡仁以及舒文彬、舒楠楠以及自己的十幾名袍澤部下怎麼辦？

軍人隨時做好犧牲的準備，但陳可兒、舒文彬、舒楠楠是無辜的，郝簡仁是自己的死黨，他能理解自己的選擇，但要危及舒楠楠？郝簡仁會不會一如既往的支持自己？這一點秦濤也不敢確定。

身在地下世界，秦濤覺得一切都變了，包括人心在內。

◊

與此同時，濕滑黑暗的關東軍地下工事內，燈光不知道何時熄滅的，徐建軍也不打算去啟動檢修什麼發電機，他與黃精忠現在的任務就是儘快與秦濤取得聯繫，徐建軍的印象中關東軍的地下工事並沒有這麼大？當前走的這條路似乎從來沒走過？由於原來的通道塌陷了，所以這條新選的通道讓徐建軍格外緊張。

徐建軍可以肯定自己之前沒走過這條通道，在他的記憶裡地下基地的銅板指示圖上也沒有這條通道存在，伊格吉蹲在地上捏起一塊苔蘚聞了聞：「這裡有人走過，最多半天時間！」

靠聞苔蘚和踩踏的痕跡就能判斷經過的時間長短？徐建軍感覺自己的思維有些跟不上，但現在這種情況下，他和黃精忠只能選擇相信伊格吉。

背著一捆爆破筒的焦大喜抱著五六式班用輕機槍走在隊伍的最後，王二牛則抱著六七式通用機槍走在隊伍的最前面，剛剛轉過一個彎，通道濕滑的地面上倒斃著幾具怪物的屍體？

王二牛仗著膽子嘗試用槍管將屍體翻過來，沒見識過厲鬼般可怕怪物的黃精忠對王二牛的縮手縮腳非常不滿：「膽子這麼小？一具屍體而已，怕什麼？」

沒等徐建軍開口阻攔，無知者無畏的黃精忠竟然接連把兩具關東軍士兵的屍體全部翻了過來，黃精忠用手電筒照了照屍體蒼白微微有些猙獰的面孔疑惑道：「都什麼年頭了，怎麼可能還會有鬼子兵？該不會是什麼惡作劇吧？」徐建軍、焦大喜等人圍了過來，在手電筒和火把的照亮下，眾人發現這兩具面孔似乎還有些猙獰的屍體比之前厲鬼一般的模樣似乎有些消滅了？不是消滅，應該是溶化了？焦大喜好奇的摸了一下沾了一手的黏液，嫌棄的往一旁牆上抹。

這是什麼情況？徐建軍陸續在通道內發現了幾十具這樣的屍體，這些穿著日軍軍服的惡魔都溶化了？

儘快找到秦濤是徐建軍此刻唯一的任務，因為馮育才的存在已經嚴重的威脅到了科考隊的安全，徐建軍十分希望秦濤能夠發現馮育才的真實面目，並且及時處置。

◊

車輛顛簸在崎嶇的山路上，王大海看了一眼身旁一言不發的杜曼如，是他向呂長空主動請纓，而杜曼如認為她與王大海最大的優勢在於情報分析，不是深入第一線。

杜曼如無奈的看了一眼王大海道：「周世軍私自盜用我處名義，以地質勘探院一〇二九所名義前往白山地區進行所謂地質調查，我判斷他們可能已經出事了，我們八處主要職能是科學論證和驗證的科研機關，我們不是行動隊，王大海同志，術業有專攻這句話不是開玩笑隨便說說的。」

王大海也一臉無奈：「你以為我真想逞英雄？別忘記處長親自前往蜀中腹地坐鎮指揮，最多一周就要回來，我們要在處長回來前平息事件，完成對周世軍的抓捕和控制。」

杜曼如歎了口氣：「抓捕周世軍？談何容易，周世軍在八處籌建那年就加入了八處，他處理過的案子比你我看過的案卷都多，我們兩個抓捕周世軍等於是給他送人頭，而且是很沒有技術含量的送人頭。」

王大海搓了下手，哈了一口氣詢問司機道：「這次配合科考隊負責帶隊的秦連長你熟悉嗎？」

司機微微一愣道：「我是汽車連的，不是秦連長的兵，不過我們這位秦連長可不是一般人物，現在軍裡十幾項紀律都是由他一個人保持，除了不能飛天遁地幾乎是無所不能。」

汽車連的兵一般都是自來熟，幾句話就把杜曼如逗樂了，王大海也如釋重負道：「有秦連長的幫忙，還有李政委的增援我相信肯定馬到成功。」

杜曼如還是略微有些擔心道：「我最擔心秦濤連長和李建業政委知不知道他們將要面對的是什麼？」

王大海頓時一愣，猶豫道：「恐怕連我們也不清楚我們將要面對的是什麼吧？一個值得讓周世軍違紀違法的巨大誘惑？」

負責開車的司機從後視鏡中看了王大海和杜曼如，心裡嘀咕這兩人可真有意思，團裡兩次組織人進山卻又沒明確任務？該不會是秦連長他們出了問題吧？

王大海深深的呼了口氣，好似給自己和杜曼如打氣一樣道：「放心吧！呂首長不是說了嘛，李建業政委是可以信任和依靠的。」

此時此刻，眉頭緊鎖的李建業也是一臉無奈，十六號場站空無一人還遭到了不明怪物的襲擊，黃精忠所謂的前進基地更是空無一人？整個營地如同被放棄了一般？天色將黑，風起雪飄，自己要不要派人搜索附近？

李建業望著開始發黑的天空，頓時產生了一種靠人人走，靠牆牆倒，靠山山崩的感覺，黃精忠這個不靠譜的傢伙到底想幹什麼？

李建業哪裡知道黃精忠、徐建軍一行人竟然迷路了，在七拐八彎的地下通道中迷了路，就連追查行蹤痕跡最為厲害的伊格吉也有點矇頭轉向，畢竟這是在地下，不是在地面，伊格吉的建議是按原路退回，可是對黃精忠和徐建軍來說，他們有路可退嗎？

機不可失，時不我待，李建業決定冒險連夜出發尋找關東軍地下工事的入口，唯一的地圖在科考隊出發時候被沈瀚文帶走了，自己手中連一份備用地圖都沒有，李建業想不通，如此重要的地圖為什麼不備份？

茫茫大山密林雪原，自己手下這幾十號人往裡一扔就如同大海撈針一般，碰碰運氣吧！李建業摘下軍帽抖了一下上面的積雪，山路崎嶇甚至沒有路，六三式履帶裝甲車幾乎是寸步難行。

每輛車留守司機和車長外，其餘人員全部加入徒步搜索，一陣風雪急襲而過，李建業不由自主的打了一個冷顫，心中默默祈禱，千萬不要出什麼意外才好。

很快，其中一隊搜索隊發射了兩枚紅色信號彈，這是之前約定好的聯絡信號，我軍單兵缺乏有效通訊的弱點讓李建業一籌莫展，不要說單兵，連一級才有電臺，營一級才有矽兩瓦電臺，班排級別的戰術單位只能靠哨音聯絡，信號彈只能進行簡單的溝通和指示。

李建業看了一眼一直在不停轉換頻率呼叫秦濤、黃精忠兩部電臺的通訊兵，秦濤與黃精忠兩部電臺就如同消失了一般，耳機中只有沙沙的靜電摩擦聲，好像科考隊和支援分隊都被這大山和風雪吞噬了一般。

被這風雪搞得有些心浮氣躁的李建業拍了電臺主機殼一下，嘟囔道：「什麼破東西？」兩名通訊兵頓時一愣，政委不經常發火，但是政委發火都很嚴重，李建業看了一眼不知所措的通訊兵：「繼續呼叫！」

突然，一個信號意外的被接入了，通訊兵迅速核實呼號和密語以及電臺編號，電臺確實是七九團的電臺，但操作人卻十分陌生，通訊兵立即將這個情況報告給了李建業。

「接進來！」李建業下達命令，通訊兵立即進行操作，電臺的耳機中傳來一個十分悅耳的女聲：「我要找李政委！」

聽到電臺中竟然是一個女人的聲音？李建業微微一愣：「我就是李建業，妳是哪位？」

杜曼如對王大海點了下頭：「你好李政委，我是八處的幹事杜曼如，呂長空同志安排我們來協助你工作的，請李政委務必等我們抵達再行動，我們掌握了一些新情況，電臺通訊無法全部說清楚，請你務必等待我們到達。」

李建業心頭升起一團疑雲，八處是幹什麼的？李建業並不太清楚，但是呂長空是上級派來整個行動的總指揮，就連張師長都口稱老首長，李建業的第一反應是這事不簡單，要不要等八處的人？

李建業猶豫了一下：「現在情況十分嚴峻，如果需要我等待你們，你們最好快一點。」

「好的，多謝李政委。」杜曼如放下電臺通話手柄，看了王大海一眼：「事態嚴重了。」

王大海深深的吸了口氣：「真是越怕什麼就越來什麼啊！」

◊

一滴晶瑩的水滴從鐘乳石滴下落在了秦濤的臉上，彷彿是戰鬥信號一般，秦濤瞬間掏出手榴彈甩向山川大夫和野田一郎，快速出槍射擊手榴彈的尾部！

手榴彈轟然爆炸，郝簡仁立即掩護舒文彬和舒楠楠等人撤向地宮的出口，爆炸的硝煙散盡，毛利十兵衛巨大的身影顯露出來，異變後的毛利十兵衛擋住了手榴彈的彈片，沈瀚文與馮育才一臉驚恐，他們沒想到秦濤會選擇動真格的。

山川大夫則無所謂的從臉上拔下一塊彈片，野田一郎則輕鬆的從毛利十兵衛身後走出來，發覺自己被人當成擋箭牌的毛利十兵衛不滿的瞪了野田一郎一眼。

從戰術角度秦濤成功的吸引了山川大夫的注意力，實際上山川大夫幾乎是不屑與秦濤交手，秦濤一邊快速移動，一邊用衝鋒槍連續向毛利十兵衛射擊，毛利十兵衛則用雙手護住了臉，任憑秦濤不斷射擊。

子彈打在毛利十兵衛佈滿鱗片的巨大肢體上迸濺出一溜火花，秦濤將三枚手榴彈捆在一起，甩向了毛利十兵衛。帶著白煙的集束手榴彈在空中不斷翻滾，山川大夫身形一動空氣中蕩起一道氣流，集束手榴彈瞬間改變了方向落在地宮的一角，轟的猛然爆炸，細小的彈片肆意迸濺。

秦濤眼前一花，自己已經趴在了地宮中央的祭壇之上，環顧左右才發現郝簡仁和自己的部下已經全部被解除了武裝，驚愕之餘秦濤意識到了，毛利十兵衛是屬於力量型，相當於盾牌，而山川大夫則是速度型，相當於刺矛，那麼野田一郎相當於什麼？

山川大夫有如疾風一般的速度讓所有人震驚，短短幾秒鐘時間將全部人的武器從手中繳械奪走，這是什麼速度？秦濤非常清楚自己毫無勝算，沈瀚文與馮育才看自己的眼神也發生了變化，顯然之前的冒然行動已經徹底將沈瀚文與馮育才推到了山川大夫陣營。

「無論什麼原因和藉口，都無法掩飾你們的行徑，背叛與出賣同樣可恥。」秦濤的話讓沈瀚文如同置身於冰天雪地之中，沈瀚文也清楚自己跨出這一步，作出選擇的那一瞬間，自己就已經沒有退路了。

山川大夫一步步的緩緩走向秦濤，突然，一陣細密的石頭破碎聲音傳來，山川大夫停住了腳步，疑惑的望向聲音傳來的方向。

集束手榴彈爆炸的方位出現了一處小範圍的坍塌，一根看似支撐的石柱開始發生龜裂，而且龜裂漫延的十分快，轉眼間整個石柱佈滿了龜裂紋。頃刻間石柱轟然倒塌，其餘環在四周的十餘根石柱彷彿受到了重量的壓迫也開始陸續發生龜裂，山川大夫轉身就向地宮出口跑去，用的卻不是之前那種視覺不可及的速度，而是比正常人快上幾倍的速度。

隨著轟隆聲響，兩塊圓形的斷龍石從入口兩側的高臺上滾落而下，契合在一起將地宮的入口徹底封閉，地宮內除了燃燒的火把之外頓時陷入一片黑暗。隨著更多的火把被點燃，恐懼卻隨著龜裂聲在無休止的漫延，每個人的臉上都露出了驚恐的表情，就連山川大夫與毛利十兵衛都謹慎的站在地宮的中央。

野田一郎瞪了秦濤一眼，埋怨秦濤之前的魯莽，馮育才則歎了口氣道：「秦連長，我們確實不是有意欺騙你的，沒想到直接被你察覺出來，從你的角度講我們確實是叛徒，不論我們出於何種目的。」

秦濤微微一愣，陳可兒皺了皺眉頭，環顧龜裂聲此起彼伏的大殿道：「沈教授與馮教授是什麼時候達成協議的？從而故意對我們隱瞞墨典總綱以及異聞錄中記載？」

沈瀚文一臉尷尬的望著馮育才道：「其實我們也是打開地宮開始翻譯墨氏祭文時候達成的協議，你們都清楚如果不能抵達第三遺跡找到治療和恢復的方法，馮教授恐怕也只有不足一個月的生命了，而我被醫生判斷晚期肺癌擴散，最多只有不足一個月的生命，第三遺跡是我們活下去的唯一希望，即便我們希望破滅，我們也會因為親手解開人類歷史上最大的祕密而名垂青史。」

馮育才微微的歎了口氣：「墨典實際上就是一部墨氏流派對抗異族入侵的史詩，現在很難斷定墨典中的異族到底來自何方，但是墨氏成功的利用了史前文明留下的遺跡抵擋了異族的數度入侵，如果我們不開啟第三遺跡，我們是無法瞭解當年墨氏流派到底在抵禦什麼？萬一再度發生異族入侵，我們又該如何抵禦？而且墨典最後似乎還有內容被人為的刻意抹去了，當年抹去這些內容的人想隱藏什麼？」

秦濤眼中沈瀚文已經陷入了瘋狂，常言道：「人之將死，其言也善。」但是秦濤眼中的沈瀚文為了生存和留名於世甚至不惜一切，這種癡迷讓秦濤不寒而慄。不過馮育才的話對秦濤也有所觸動，萬一再度發生異族或者異類入侵該怎麼辦？

沈瀚文深深的呼了口氣，接著劇烈的咳嗽起來，看了一眼手帕揣入了口袋中：「秦連長，我一輩子沒做過一件壞事，從來沒幹過損人不利己的事情，為什麼？為什麼偏偏讓我遇到這種事情？我從來不抽煙，卻得了肺癌？這難道不可笑嗎？」

秦濤沉默不語，如果講大道理談人生，一萬個秦濤恐怕也不是這些專家學者的對手，秦濤有自己的堅持和執著，忠誠、信仰、榮譽這三個詞從秦濤穿上這身軍裝就註定將要伴隨他一生。沈瀚文與馮育才的所謂理由和苦衷對秦濤來說根本就是無病呻吟，我可以死，但不能背叛我的信仰。

轟，又有一根石柱崩裂，野田一郎也開始緊張起來：「山川君，毛利君，還記得我們在第三遺跡遭遇的類似事件嗎？」

臉部僵化的山川大夫點了下頭，說話的聲音好似腹語一般：「也是一個類似的裝置，開啟後那個怪物就從深井中衝了出來，沒有翅膀卻能夠飛行，尖牙利齒，如蛇似怪。」

毛利十兵衛警惕的巡視著周邊，把手一揮，將武器全部丟到秦濤面前，意味深長的看了秦濤一眼：「如果當年的情景重現，我們都會死無葬身之地。」

山川大夫看了秦濤一眼一言不發，秦濤、郝簡仁紛紛拾起武器，就連山川大夫也開始緊張起來，秦濤知道毛利十兵衛不是在欺騙自己，分裂成兩個陣營的人們在巨大的危機和壓迫面前又回到了同一戰線。

隨著兩根石柱連續破碎，秦濤緩緩的推開衝鋒槍的保險撥片到了連發的位置上，無意中秦濤掃了山川大夫一眼，或許之前山川大夫驚人的速度讓自己束手無策，但是實際上秦濤也發現了山川大夫的弱點。那就是山川大夫的異化似乎有諸多的限制，之前山川大夫似乎準備憑藉速度逃脫不成，過程中並未使用之前那種駭人聽聞的速度逃離，就證明山川大夫的異化存在弱點，既然有弱點就能夠被戰勝。

連續幾乎所有的石柱全部破碎後，地宮的地面猛烈的震動一下，四周傳來似乎是金屬齒輪摩擦的聲音？地宮四周圍的地面開始塌陷，人們驚恐的向地宮的中心聚集，塌陷越來越大，青銅製造的地火燈槽也翻落下墜，燈槽裡的油脂灑落如同火雨一般。

當地宮核心坍塌到不足十米直徑的時候，坍塌停止了，地宮的核心開始在齒輪的摩擦聲中緩緩下降，一旁的青銅鎖鏈在配重巨石的下沉力作用下緩緩上升。

秦濤看了野田一郎一眼，野田一郎一臉迷惑道：「似乎與上一次不一樣？上一次是地宮中心升起一口被青銅鎖住的古井，龍就是從古井中爬出來的。」

地宮核心僅剩下的平臺上，幾乎所有人都處於惴惴不安的情緒中，隨著平臺的不斷下降，秦濤驚訝的發現自己竟然身處在一個直徑超過五十米，傾斜角度七十五度到七十七度之間幾乎垂直的地洞之中，而且，地洞的石壁竟然顯得十分光滑，甚至局部能夠反光和照人？秦濤摸了摸唯一靠近平臺的一側石壁，給人的感覺十分的光滑，這是什麼岩石？怎麼好像玻璃一樣？

秦濤的喃喃自語引來了沈瀚文和陳可兒、舒文彬等人，沈瀚文顯然對秦濤的那枚手榴彈還十分心有餘悸，站的離秦濤稍微遠了一些。

風雪在不斷的吹打掩埋著一切，之前郝簡仁發現堆滿勘探隊員屍體的壕溝中，被凍得如同冰棍一樣的屍體突然動了動？

黑色光滑透明的石壁回映著火把的光亮發出閃爍的光芒，幾乎所有人都對這種奇異的岩石發出感歎之際，陳可兒用手提式的放射性檢測儀檢測了石壁的放射性指數後，一臉震驚道：「這個指數區域是托立尼提物質？石灰岩只有超過一千五百度才會出現托立尼提物質。」

秦濤對於陳可兒口中的托立尼提物質完全沒有任何概念，陳可兒見狀解釋道：「世界第一顆原子彈在美國新墨西哥州的沙漠中進行試爆後，沙漠中的沙石就因爆炸的高熱而融化，凝固成了玻璃狀物質，就是我剛剛所說的托立尼提物質。」秦濤沒聽太明白，但是知道了陳可兒口中的托立尼提物質其實就是原子彈爆炸後一些岩石體的結晶。

沈瀚文有些驚訝道：「在古印度的史詩傳說《瑪哈巴德拉》中，曾經描繪過一場大約史前五千年的古代核戰爭，天空被黑暗籠罩，大地崩裂，河流沸騰乾涸，人體與鎧甲消散等等諸多的描寫反應了核戰爭的殘酷景象，但是這裡可是白山地下深處？不太可能出現核爆炸，或許是地質變化產生的。」

山川大夫皺了皺眉頭詢問毛利十兵衛：「他們說的原子彈就是廣島和長崎爆炸的超級炸彈？」

毛利十兵衛茫然的點了點頭：「是的！我們一直在錯誤的堅持一個更大的錯誤，導致了可怕的災難。」

山川大夫盯著毛利十兵衛道：「那不是一個錯誤，而是一個民族崛起的吶喊聲，武士不死！」

馮育才敲擊了一下托立尼提物質構成的石壁：「實際上，世界各地都流傳關於古代戰爭場面的神話與傳說，而且在考古過程中很多考古學家也注意到了頗多此類痕跡。比如在以色列、伊拉克及撒哈拉沙漠中都發現了因高溫而玻璃化的地層，在土耳其的卡巴德奇亞遺跡及阿爾及利亞的塔亞里的遺體中，也發現了因高溫破壞而形成的化石，更有在西亞的歐庫羅礦山中的鈾礦石上發現了核子分裂連鎖反應的痕跡，這些都證明史前文明是存在的，為什麼這些高度發達的文明會最終走向滅亡，恐怕就不得而知了。」

舒文彬輕輕撫摸著濕滑亮潤的石壁：「並不是只有原子武器爆炸才能產生托立尼提物質，很多古隕石墜落之地也有大量的托立尼提物質產生，只要符合高溫、高速撞擊這些條件，托立尼提物質就能夠形成，這個巨大帶有角度並且直徑如此一致的洞穴並不符合爆炸產生的常規形態，更像是什麼東西從天而降鑽入了地面？」舒文彬抬頭望了一眼頭頂方向，平臺已經下降了大約一百多米的深度，地下開始變得寒冷起來。

秦濤抬頭仰望一眼，真如舒文彬所言什麼巨大的物體從天而降，摧朽拉枯衝入地面？否則不會形成一個直徑幾乎完全相等的地洞彷彿直通幽冥一般。

陳可兒面帶疑惑道：「關東軍祕密基地所在的位置海拔三千六百米左右，我們連續下降深入山體腹部大約已經有四百米左右，也就是說我們所在的深度差不多是海拔三千二百米左右，如果某個物體從天而降帶著巨大的熱源，重力加速度擊穿山體並且形成托立尼提物質的通道，如果是這樣體積的隕石恐怕會造成不亞於白堊紀恐龍滅絕的那次大撞擊的效果，但是白山山脈的地質特徵從玄武紀至今沒有重大變化，所以這次撞擊應該不是隕石撞擊造成的。」

野田一郎環顧四周：「我們之前採用了山川君的方式直接選擇挖一條僅供一人同行的隧道前往第三遺跡，這裡我是第一次來。」

野田一郎將目光轉向山川大夫和毛利十兵衛，兩人都搖了搖頭，毛利十兵衛眉頭緊鎖：「我們可以確定是有東西從太空墜入地面，否則也不會形成這種嚴格意義上的『腔行通道』，至於是什麼，在沒開啟第三遺跡之前我們恐怕都無法得知。」

山川大夫用軍刀敲了一下石壁：「你們的意思是有什麼東西從天空紮入了地面形成的這一切？而且還不是隕石？」

陳可兒點頭確認：「有這種可能，畢竟托立尼提物質是有著嚴格的形成條件的，白山山脈雖然是古火山地質區域，但是火山是無法形成這樣的熔岩噴管的，而且形成這樣的傾斜角度更符合空中墜入的推理。」

山川大夫有些迷茫，野田一郎則一臉輕鬆：「早讓你跟我們出去見識一下世界了，你非要做稱霸的美夢，現在人類都已經登月了，熱核武器的威力只需要一顆就能抹去我們的國家，科技進步日新月異，現在的不可能，十幾年之後就會成為現實。」

如果不是山川大夫面部完全僵化，肯定會驚訝的臉下巴都能掉下來，郝簡仁發現山川大夫的眼中充滿了難以置信的目光，於是調侃道：「老古董，沒什麼可驚訝的，你如果願意以後就在山裡面繼續坐井觀天、稱王稱霸好了。」

秦濤眉頭緊鎖，陳可兒、沈瀚文、舒文彬的討論內容讓他感到十分的震驚，史前的核戰爭，從太空墜入山體之中的竟然不是隕石？那會是什麼？在充滿好奇的同時，秦濤也聞到了危險的味道，由尋龍引發的一次科考探險已經完全徹底的變了，變得詭異充滿了各種無法預料和不可控，這是秦濤最不願意看到的。

突然，平臺猛的一震，似乎卡在了什麼位置上？秦濤探了探頭發現平臺下面全部都是水，深不見底的一個水潭，水的顏色似乎都是黑色的，面對平臺一個雕刻著篆體墨字的大門擋住了眾人的去路。

十幾米高的石制大門顯得古樸厚重，秦濤看不出大門有什麼特別之處，但是厚重他還是能夠感覺得到的，因為秦濤組織了十幾個人嘗試推了幾次，大門紋絲不動。

幾乎所有人的注意力全部集中到大門上的時候，平臺緩緩升起悄然返回，幾名剛剛完成最後一趟設備和物資搬運的科考隊員略微猶豫，平臺就離開石門的岸邊，秦濤猛然發現急忙轉身返回已經來不及了。

一名男科考隊員和一名傭兵冒險跳入潭中，一名女科考隊員在眾人的鼓勵下剛準備從已經升起十米多高的平臺上跳下之際，水潭中突然湧起一股大浪，一道紅光閃現，傭兵在慘叫聲中半截被咬斷的軀幹甩到了岸上。另外一名男科考隊員拼命游向岸邊，秦濤等人打開武器保險，紛紛向科考隊員身後射擊試圖阻止怪魚靠近。

子彈打在水中激起了一、二米高的浪花，怪魚掀起的水浪在密集的射擊下忽然消失，水面上留下一大片血跡，就在男科考隊員即將得救的一瞬間被一個巨大的漩渦卷了下去，水中反騰出一陣血水激盪。

功虧一簣也好，差之毫釐也罷，一條年輕的生命在自己眼前消失，如果再快幾秒鐘，如果沒有猶豫和耽擱，如果射擊的火力再精準和猛一些，現實是殘酷的，沒有那麼多的如果。

秦濤從一旁李壽光手中拽過六七式通用機槍，對著水中扣動扳機，彈鏈上最後幾十發子彈全部射入水中，潭水恢復了平靜。

費長河蹲在傭兵半截的屍體前，緩緩的為傭兵合上了眼睛，又看了一眼唯一倖存下來的羅傑。

上升的平臺發出刺耳的摩擦聲，同時還傳來女科考隊員絕望的嚎哭聲，那哭聲讓所有人都有一種撕心裂肺的感覺，令人無奈的是只能束手無策，秦濤深深的呼了口氣，溫度降低，空氣中出現了哈氣。

一具巨大的魚屍從水中浮起，魚頭上的彈孔不停的冒出血，秦濤覺得有些煩躁不安，苦於沒有炸藥，只能耐心等待，希望山川大夫、野田一郎能夠給出有用的建議。

沈瀚文用考古的刷子輕輕刷過石門上的浮刻，陳可兒也在小心翼翼的清理這石門上的青苔，經過清理發現石門上的浮刻的紋路全部是墨氏祭文圖文構成的，經過解讀大致的含義就是這裡是通往星辰勇士征途的大門。

秦濤一直在盯著沈瀚文，沈瀚文略有尷尬小聲道：「這次翻譯沒有隱瞞，秦連長放心。」秦濤之前的那枚手榴彈也確實嚇到了沈瀚文，如果不是有毛利十兵衛這個擋箭牌，沈瀚文早已是千瘡百孔了。

一種煩躁的情緒在漫延，山川大夫與野田一郎、沈瀚文、馮育才幾個人蹲在一幅地圖前，由於指南針失靈，無法測定方位與身處地下深度，山川大夫竟然憑藉著記憶畫出了他所打通的通道方向和去過的遺跡各處位置。經過圖紙比對，很快一張連同關東軍祕密基地，第一遺跡、第二遺跡，以及第三遺跡在內的地圖被勾勒出來，秦濤天生對地圖十分敏感，任何地圖他都幾乎是過目不忘，這麼多年的軍旅生涯他還養成了一個習慣，那就是愛看各種地圖甚至還包括一部分圖紙。

通過這幅地圖，秦濤可以完全確定他們現在就身處在山脈主峰的腹地某處。經過一番比對和討論，最終確定，這石門後面就是通往第三遺跡唯一的通路，毛利十兵衛異化後對著石門揮舞巨爪，除了掉落些許石粉和灰塵毫無任何效果，誰也沒想到竟然在抵達第三遺跡的大門同時卻陷入了絕境？原路返回更是癡心妄想。

沒有任何人注意，那具巨大的魚屍悄無聲息的沉了下去。

經過一番清理，石門的一部分被清理乾淨，一個似乎圖騰圖案的青銅徽章鑲嵌在距離地面三米多高的地方。郝簡仁跳起來幾次都沒摸到那個巨大的青銅徽章，於是回頭對費山河、羅傑一招手：「你們過來幫忙。」一臉不情願的費山河和羅傑試圖把郝簡仁舉起來，結果郝簡仁卻一擺手示意羅傑上，自己與費山河把羅傑舉了起來。

舒楠楠一臉擔心的扶著舒文彬站在一旁，陳可兒見狀微笑對秦濤道：「這似乎不是你死黨的作風？」

秦濤無奈的搖頭一笑：「這小子鬼靈精怪的，他怕上面有什麼機關，自然不肯先去嘗試了。」

陳可兒微微歎了口氣，遙望漆黑一旁的洞口方向：「真是步步驚心啊！難怪父親一直阻止我繼承他的事業做一名探險家，果然尋求未知的路上白骨累累。」

羅傑小心翼翼的轉動著青銅盤，卻毫無任何效果？

在場的眾人都感到十分的費解，秦濤帶人用器材箱搭起一個平臺，沈瀚文、馮育才、陳可兒、舒文彬，甚至野田一郎與毛利十兵衛輪番上陣研究這個被認為是開啟石門關鍵所在的青銅盤。

秦濤近距離觀察發現這個青銅盤實際上只有表面非常簡潔的紋飾，並沒有所謂的刻度和墨氏祭文的印記，無論正時針還是逆時針都能進行三百六十度的旋轉，旋轉幾圈都沒有問題。

很可能只是一個裝飾品，神情有些低落的沈瀚文的論調讓所有人都感到沮喪，距離第三遺跡近在咫尺，前進無路，後退無門？

毛利十兵衛觀察了一下已經被徹底托立尼提物質化的石壁，顯然攀爬沒有任何可能，就連看似穩如泰山的山川大夫也開始急躁起來，在石門前來回踱步。

野田一郎則配合郝簡仁和費山河等人將裝運器材的木箱拆開點燃，給眾人禦寒，篝火給這個寒冷黑暗的地下世界似乎帶來了一絲希望，也僅僅只是一絲希望而已。

秦濤將自己的羊皮內襯短大衣給陳可兒披在肩膀上，同時遞給了陳可兒兩顆糖果，讓陳可兒微微一愣。最普通的硬制水果糖，彩色的塑膠糖紙，糖紙上赫然印著最可愛的人，對於吃慣了瑞士軟糖義大利巧克力的陳可兒來說實在太微不足道，或許往日陳可兒看都不會看一樣，此時此刻陳可兒卻感到了一絲的暖意和感動。陳可兒並不知道，參加此次行動的官兵每人都有五顆這樣的糖果，因為沒有巧克力這樣高熱量食物只能用糖果代替，這些印有軍屬光榮，獻給最可愛的人字樣的糖果被戰士們珍藏起來，很多戰士犧牲的時候，這些糖果依然揣在他們貼身的口袋中。

與眾人的焦慮急躁不同，秦濤反而淡定了許多，或許命運就是命運，冥冥之中一切早已有了安排，篝火的火光中不時傳出木材燃燒的劈啪聲。

沿著一處下行通道幾乎完全迷路的徐建軍在牆角刻上了一個十字，黃精忠無奈的將指南針合上，自從抵達關東軍祕密基地附近，黃精忠就發現自己的指南針開始出現異常，直到現在指南針徹底完全的瘋掉了。

通道的下行角度也似乎越來越大？而且越來越濕滑，腳下開始出現水流，徐建軍吩咐焦大喜讓所有人小心不要滑倒，並且要求每個人都用綁腿把武裝帶都連在一起。黃精忠將綁腿繫在自己的武裝帶上，發覺所有人都連在一起，黃精忠有點擔心，看似十分安全，萬一滑倒一個會不會拽倒一大片？就在黃精忠小心翼翼的摸索著濕滑的石壁緩步下行，突然，腳下一滑，黃精忠的擔憂變成了現實，而就發生在自己身上。十幾個人鏈成一片引發了多米諾效應，順著濕滑、狹窄的下行通道呼喊著滑了下去。

◊

哎呀！步伐匆匆正趕往發出信號方向的李建業仰面朝天摔在了雪地上，藉著火把一看才發現原來雪層下面竟然是一層冰？紅色的冰透露著詭異的顏色？

一名戰士用刺刀劈砍冰層後十分震驚道：「政委，真的是冰？血紅血紅的冰。」

李建業皺了皺眉頭一揮手：「山體岩石含有各種礦物質，導致地下水變色很正常，都注意腳下，加快前進速度，嚮導班搜索前進。」

在一片堆滿勘探設施的營地內，這個營地之前秦濤來過，郝簡仁來過，費山河作為傭兵也來過，現在李建業也到來了，對於這批當時拿著上級檔的地質勘探隊，李建業確實進行了核實，命令是真的，於是派出了秦濤的連協助爆破施工勘探，秦濤的連長奉命返回後，李建業也把這件事徹底的淡忘了。

沒想到這支勘探隊竟然沒有撤退，如此之多的設備和器材完好無損的保存在雪地中，簡直是對國家財產的極大浪費，一種不可饒恕的犯罪行徑，但是地質勘探隊的人員哪裡去了？李建業依稀記得地質勘探科考隊的負責人是叫做錢永玉的老專家。

地質勘探隊該不會出問題了吧？否則怎麼會拋棄如此眾多的設備和物資露天存放，下達搜索營地命令片刻之後，一名戰士快步跑到李建業面前：「報告政委，我們有新發現！」

新發現？李建業皺了下眉頭，跟隨這名戰士抵達一堆被帆布蓋住的物資堆旁，巨大的帆布已經被掀開，十幾箱武器幾乎全部被打開，幾乎清一色嶄新的五六式衝鋒槍、火箭筒、高射機槍以及大批彈藥。

李建業有些震驚，一個地質隊即便擁有武器至多幾支半自動步槍，根本無需這麼多武器，從數量判斷足以裝備兩個步兵加強連了，這夥人真的是地質勘探隊嗎？李建業心頭升起了疑問，想起了在團部與呂長空的一番對話，關於地質勘探隊的負責人錢永玉查無此人的相關情報，難道這夥人與突如其來的科學考察隊深入白山腹地進行相關探索也有關係？

先是有亡命之徒冒死進入我軍營地試圖開啟一個駐軍十幾、二十年都沒能發現的密室，詭異的日軍軍官和惡鬼影像幻境？兩名受傷的士兵死而復生到處咬人？病毒感染者接連失控，科考隊遇襲事件，中途加入的科學家馮育才竟然死亡月餘之久？

這一切的一切讓李建業心中的謎團越來越大，似乎尋找不到解開的具體辦法和對策。

很快，前往搜索並發出信號的小隊回轉營地向李建業報告，在營地兩百米左右距離外發現一處入口，另外在入口附近發現了一個滿是屍體的壕溝。

滿是屍體的壕溝？李建業先是一驚，隨即跟隨戰士前往查看情況。

漫天的大雪讓王大海的心情似乎變好很多，用王大海的話說這是個適合小酌怡情的好天氣，只可惜時間、地點都不對。

杜曼如與王大海緊趕慢趕終於及時趕到，並且也來到了營地，杜曼如有刑偵勘察功底並且有較為豐富的刑偵經驗，得知李建業去查看佈滿屍體的壕溝這一情況後，杜曼如反而並未急忙趕往事發現場，而是選擇自己留在營地尋找可疑的蛛絲馬跡，由王大海去配合李建業尋找一下屍體中是否有周世軍。

王大海匆忙離開後，杜曼如首先查看了一下指揮車，地上淩亂的腳印已經毫無任何價值，一張糖紙和幾枚煙頭引起了杜曼如的注意。煙頭都是一個牌子的，大樺樹是一包兩毛錢的劣質煙草，嗆人辣嗓子，適合煙癮大的人，一般兩個群體抽的比較多，一個是當地的農民和山民抽，還有就是津貼費只有幾塊錢到幾十塊錢的駐軍幹部戰士抽。

其中一枚中華煙的煙蒂讓杜曼如仔細觀察了好一會，煙蒂的尾部被咬得變了形，煙卻只抽了一半？杜曼如回憶起周世軍抽煙咬過濾嘴的小習慣和只抽一半的浪費行徑，杜曼如可以斷定這個所謂的錢永玉百分之一百就是周世軍。

同時，一張瑞士軟糖的糖紙也引起了杜曼如的注意，白山地區經濟相對落後，什麼人能夠吃到需要外匯券購買的瑞士軟糖？

「杜曼如同志，我們政委請你過去一趟！」一名戰士打斷了杜曼如的思路，恰好挽救了杜曼如沒被自己超強的邏輯推理帶進溝了，因為瑞士軟糖的糖紙是郝簡仁為了討好舒楠楠悄悄偷了陳可兒的軟糖盒子，那張糖紙不過是作為識貨的資深吃貨郝簡仁吃完隨手一丟的結果，根本沒有任何意義。

迎著風雪，杜曼如望著被從壕溝中揀除了人體殘肢斷臂拼成人形，然後再一具一具的辨認，杜曼如也意識到了問題所在，那就是自己讓王大海去辨認屍體中是否有周世軍，關鍵是王大海並沒有見過周世軍。

屍山血海一句成語，只有四個字，說起來朗朗上口，可是一堆殘肢斷臂拼成一具具完整的人形又是另外一回事，在場的戰士幾乎每一個人都吐了幾次，王大海差點把苦膽都吐出來，還好是冬季，這些殘肢斷臂和軀幹都被冰凍了，如果是夏季後果簡直不堪設想。杜曼如吐了三次之後，胃裡再也沒有什麼可供嘔吐之物了，也完成了全部的辨認工作，令人非常失望的是沒有周世軍。

辨認無果，李建業一揮手道：「把裝甲車開過來，留下半個班看守洞口，其餘人員清點武器彈藥和物資，準備進洞繼續搜索。」

杜曼如略微猶豫了一下走到李建業面前：「李政委，我們請求參加搜索任務。」

李建業上下打量了杜曼如與王大海一番：「你們八處的人我放心，準備個人攜行的物資吧！」

「好的！」王大海興奮的一轉身，不料腳下的鋁合金梯子被冰雪覆蓋後十分滑，整個人哎呀一聲摔進了溝中。李建業一臉難以置信的表情看著杜曼如，杜曼如無奈只好尷尬的解釋道：「意外，意外！」

◊

隨著一連串的喊叫聲在空蕩的地下響起迴蕩，秦濤警覺的提起武器來到水潭邊，徐建軍、焦大喜、黃精忠等人從一個距離水面十幾米高的孔洞內直接滑入水潭接連響起一連串的噗通聲。

一時間，水花四濺！噗通聲連續響起，郝簡仁驚呼一聲：「是我們的人！」

「快救人，注意掩護！」秦濤見狀將衝鋒槍放在地面，將上衣一脫縱身跳入潭中幫忙救人，水性較好的焦大喜等人也在水中用刺刀割斷綁腿進行自救。

郝簡仁、李壽光等人都端著槍密切的注視著水面，雖然之前的怪魚被殺死了，但是誰敢保證那怪魚只有一條？雖然物種法則是個體越強數量越少，但沒人願意拿自己的生命開玩笑。

李壽光提在手中的六七式重機槍的槍口有些微微顫抖，沒有良好的射界，水潭中救人的秦濤與落水的眾人把水潭攪得如同開鍋了一般，想有效的掩護水潭內的秦濤等人簡直就是在開玩笑。

當最後一名落水的戰士被救上岸，幾乎所有的人都鬆了一口氣。

徐建軍用力的拍了一下秦濤的肩膀：「怎麼樣，你們都出發了幾天了，我才用了五分鐘就追上了你們！」徐建軍的話才說了一半就愣住了，轉而摸向腰間的手槍，黃精忠、焦大喜等人也發覺了問題，那就是野田一郎加上山川大夫、毛利十兵衛這幾個傢伙都在大門附近，尤其沈瀚文似乎正在和馮育才研究什麼？

黃精忠焦急的一把拽過秦濤道：「秦連長，這個馮育才是冒名頂替的，真的馮育才教授已經死亡一個多月了。」

秦濤一臉無奈：「說來話長，大家把濕衣服都脫下來烤烤火，地下溫度比較低，同志們注意保暖禦寒。」

黃精忠、徐建軍、焦大喜等人呆若木雞，他們完全想不明白這裡面到底出了什麼問題，前一天還被怪物追殺，如今都安然無恙的坐在一起，彷彿一個團隊一般？與這些異化的怪物合作？難道秦濤叛變了？

不可能，絕對不可能，徐建軍敢用生命擔保秦濤不會當叛徒。

幾乎同時，每個人的心頭都升起了疑雲，現場的氣氛從會師的喜悅變得尷尬和凝重起來，徐建軍一把將烤火，幾乎凍得嘴唇發青的眾人七手八腳脫下濕衣服，裹上毯子蹲在篝火前，火光熊熊。

秦濤拽到一旁語重心長道：「連長，你可要把握住自己啊！這可是大是大非的問題，一點含糊不得，這一點我必須要提醒你。」

秦濤換了一套乾衣服，給篝火添了點木頭：「這裡是山體腹部三百多米深，還是先聽我說到底發生了什麼事情吧！」

秦濤給眾人簡單的介紹了一下關於三重遺跡不同的時代特徵，徐建軍等人才清楚，第一遺跡也就是日本關東軍尋找到的古代遺跡，並且依託這個遺跡修建了祕密地下基地，續而關東軍又發現了比第一遺跡更為古老的第二遺跡，雖然都是墨氏流派所建造，但是從紋飾建造風格上已經有了很大不同，期間金屬冶煉等技術至少相差千年。最終，發現了更為古老的第三遺跡，但日本人並未按照墨氏流派所設定的程式開啟遺跡，自作聰明走捷徑挖隧洞直抵第三遺跡，不料卻遭到了異獸的襲擊，秦濤之所以不說明是龍用異獸代替，是怕嚇到黃精忠他們。

畢竟在地下什麼都有可能發生，自己之所以選擇與異化的山川大夫等怪物合作，原因很簡單，要調查清楚墨氏流派到底在抵禦什麼？此事事關重大，而且絕對不能將墨氏流派一直抵禦的東西放出去了，無論是什麼。至於山川大夫、毛利十兵衛、野田一郎、馮育才等人則是為了一種史前文明遺跡中遺存的類似綜合劑一類的東西，而沈瀚文教授則是身患絕症，認為第三遺跡中可能有治療絕症的靈丹妙藥。

秦濤還給眾人介紹了關於山川大夫、野田一郎、毛利十兵衛異化能力的優勢和短板，可以說徐建軍、黃精忠、焦大喜等人的到來，給原本有些勢單力薄的秦濤與郝簡仁注入了信心和實力。

秦濤非常好奇黃精忠、徐建軍等人是如何抵達這裡的？而且還是從托立尼提物質化石壁上一處極為隱蔽的入口滑入水潭？

黃精忠一臉無奈把迷路的經過簡單的介紹了一下，自己腳下一滑，沒幾分鐘七轉八拐就掉進了水潭。徐建軍將沿途發現許多之前異化成怪獸，大多似乎溶解的日軍士兵屍體的情況告訴了秦濤，徐建軍與黃精忠在途中分析，這些異化的怪獸可能得了某種疾病或者到了極限？如果異化失敗品會出現這種問題，那麼野田一郎、山川大夫、毛利十兵衛等同樣也會出現這種問題。

徐建軍建議利用好山川大夫等人這個弱點，其實這個所謂的弱點對於秦濤來說基本就是雞肋，食之無味，棄之可惜，硬拼自己已經嘗試過了，並不是一個好選擇，爭取更多人站在自己一方，孤立對方才是最好的選擇。一旁，焦大喜正在查看帶來的十幾組爆破筒聯，這正是秦濤現在最缺乏的的裝備。秦濤清楚山川大夫這些傢伙嘴裡是不會有什麼實話的，不遠處費山河與羅傑兩人似乎是可以爭取的目標，秦濤打定主意，一定要弄清楚山川大夫等人隱藏的陰謀同時，徹底摧毀他們口中所謂的史前文明遺跡，讓一切妄想全部變成癡人說夢。

秦濤看了一眼隱蔽洞口的位置，除去水潭中可能還有潛藏的未知威脅，那個隱蔽洞口位於水面十幾米的距離，托立尼提物質化的石壁光滑如鏡子一般，普通人根本無法攀爬。

秦濤將目光轉向了毛利十兵衛和山川大夫，山川大夫頗為無奈稱自己的優勢是速度而不是跳躍，毛利十兵衛只好在眾人的掩護下進行了兩次不成功落湯雞式的攀爬。

毛利十兵衛爬上岸如同動物一般抖動身上的水珠，示意山川大夫也嘗試一下，山川大夫只好異化加速順著托立尼提物質化的石壁奔跑，結果是接連兩次落水，連續落水激起了山川大夫的好勝心，於是接連嘗試，以各種姿勢落水。最終，山川大夫以自己的實際行為證明了即便異化也不可能靠近那個隱蔽的洞口，山川大夫返回岸上之後來到黃精忠等人面前，拿出之前基地和遺跡已經探明部分的地圖，詢問他們是沿著哪條路徑滑下落入潭中？

黃精忠、徐建軍、焦大喜幾個人紛紛回憶迷路的過程，開始的時候山川大夫還能找到標出行進路線，畢竟山川大夫在地下基地生活了幾十年，但很快山川大夫也被繞糊塗了，尤其是一條從未出現過的通道在地圖山體空白的部位延伸了出來。

山川大夫也十分無奈，雖然在地下遺跡探索幾十年，但是地下遺跡的範圍遠超已經探明的範圍，而且山川大夫對考古和探索未知絲毫不感興趣，他所感興趣的是偶然在第一遺跡中發現的，能夠賦予普通人類異化能力的「神之血」，為了得到更強大的力量，陷入瘋狂的山川大夫在無法順利開啟遺跡的前提下，竟然挖掘了隧道直通第三遺跡，結果導致了與異獸的激烈衝突。

出路，無論是開啟第三遺跡的前行之路，還是返回地面的出路，現在對於秦濤來說都是無路可走，可供選擇的機會等於沒有，陷入了進退兩難的絕境之中。

不遠處，沈瀚文等人還在研究如何開啟大門，陳可兒在篝火旁睡得十分安逸，試圖在水潭邊抓魚的焦大喜被秦濤抓了回來，得知水潭裡有能把人咬成兩半的怪魚，焦大喜再也不肯靠近水潭半步。

巨大古老的石門上的青銅轉盤被一圈又一圈的反覆旋轉著，黃精忠、馮育才、舒文彬、野田一郎、山川大夫，幾乎每個人都使勁了渾身解數。

秦濤站在一旁望著不停爭論的幾個人，似乎主要的意見分成了兩派，沈瀚文建議集中對青銅盤進行分析，認為開啟大門的關鍵在青銅盤上，否則為何在大門上要鑲嵌一個可以三百六十度旋轉卻毫無用處的青銅盤？馮育才支持沈瀚文的看法，認為墨家流派畢竟是中國古代非常擅長機關機械的製造，有效的利用地下河與地熱作為動力驅動石製或青銅合金構件，而且馮育才提出了關於墨氏流派鑄造的特殊青銅合金耐腐蝕程度遠超現在生產的合金鋼的論調。

相對沈瀚文和馮育才，山川大夫似乎更為急迫，想利用黃精忠等人攜帶的爆破筒在大門附近的石灰岩上進行打孔爆破，山川大夫似乎總願意走捷徑。而對此沈瀚文和馮育才、舒文彬堅決予以反對，擔心會引發其它連鎖反應。野田一郎和毛利十兵衛這次也未支持山川大夫，似乎所有人都認為，古代雖然沒有炸藥，但是也能挖掘如此工程浩大的地下殿堂，更別說鑿穿石灰岩石壁了，如果可以直接鑿穿，那麼墨氏古人為何會修建一座如此堅不可摧的大門？

無休止的的爭論讓秦濤心煩意亂，似乎有些筋疲力盡的秦濤身體微微晃動了一下，秦濤也忘記了自己多久沒有睡覺了？看了一眼酣睡中的陳可兒，秦濤來到篝火旁邊，靠著濕滑的石壁挨著陳可兒，剛剛閉上眼睛就進入了夢鄉。

秦濤太累了，如果不是身陷絕境毫無辦法的話秦濤依然無法入睡。而這一刻，秦濤能夠安逸的睡上一會了，或許等醒來一切就都迎刃而解了。

睡夢中，秦濤彷彿回到了兒時，一片綠蔭之下，母親模糊不清的面容，慈祥的聲音似乎在哼唱一首自己從小百聽不厭的兒歌，秦濤卻無論如何也記不起歌名？

潺潺之水，連綿之。

爍爍之金，戈銳之。

森森之木，影山之。

炎炎之火，幻環之。

率賓之土，共奉之。

九州方圓，九鼎中。

遙望天樞，神蹤尋。

父親黑著臉訓斥母親不許給自己灌輸那些封建殘餘，一瞬間，母親不見了，明媚的陽光瞬間變成了烏雲密佈，電閃雷鳴。

一道宛如神龍一般的閃電劃破蒼穹，龍？

秦濤猛然間驚醒，陳可兒坐在自己身旁，自己則躺在了陳可兒的大腿上？

面紅耳赤的秦濤慌忙起身，陳可兒將用飯盒燒的熱水遞給秦濤，落落大方道：「怎麼了？做噩夢了？」秦濤不置可否的點了點頭，又搖了搖頭，暗中偷看陳可兒，陳可兒彷彿什麼事也沒發生過一樣，不遠處徐建軍、黃精忠、郝簡仁幾個人笑得都快岔了氣。

秦濤也恨自己不爭氣，明明是靠著石壁睡著的，怎麼睡醒過來是枕著人家陳副隊長的大腿？人家可是女同志啊？自己的行徑與流氓有何區別？

反觀陳可兒似乎根本沒當回事一般，認真的在煮著咖啡的同時自言自語道：「就算是真的出不去了，起碼也要喝一杯正宗的咖啡。」

陳可兒抬頭給了秦濤一個微笑，秦濤頓時想起了貓屎咖啡的那個梗，頓時感覺胃中略微有些翻江倒海，只好心虛尷尬的擺了下手：「咖啡不多了，留給妳喝吧，妳放心咱們一定能夠出去。」

陳可兒歎了口氣：「咖啡還有一些，這樣的環境誰也不敢保證能活著出去。」

秦濤深深的呼了口氣，盯著陳可兒的雙眼道：「一定能的，我能保證妳活著出去。」

陳可兒被秦濤近乎表白式的談話驚到了，略微有些不好意思道：「秦連長你不用安慰我，從我決定從事探險追尋未知的那一天起，我就預料到會有這麼一天，無論如何多謝你的心意了秦連長。」

秦濤點了點頭：「我保證妳能活著出去也許是句空話，但是我可以保證讓妳比我後死。」

一瞬間，陳可兒的臉蛋紅得如同秋天的蘋果一般，自問見過多少英俊官宦富家子弟的追求，秦濤這番不似情話更勝情話的話讓陳可兒沉寂的心怦然心動！

陳可兒把頭低得快要浸入咖啡鍋了，秦濤無奈的撓了撓頭，離開前還叮囑道：「陳副隊長，我說得都是真的，我以軍人的名義向妳保證。」

陳可兒揮了揮手，心都快跳出來的陳可兒此刻恨死了秦濤，當著這麼多人說那麼老土卻又感動人的話？陳可兒見過送整車玫瑰的，見過包下整個海灘放煙火的，見過月夜之下給自己拉小提琴的，還有更甚者為自己組織了宏大的盛裝舞會，但沒有一種能夠打動陳可兒的心，沒想到今天秦濤幾句笨嘴笨舌的話竟然讓自己怦然心動？

會不會是因為身在地下含氧量低，自己的情感邏輯思維出現了混亂導致的問題？也許是地下過於壓抑導致自己的情感宣洩出現了偏差？秦濤這個土的掉渣的傢伙怎麼可能是自己的白馬王子？陳可兒忽然一愣，突然想起了秦濤那個壞傢伙曾經告訴自己，騎白馬的不都是王子，還有和尚唐僧。

站在不遠處的徐建軍、黃精忠、郝簡仁、焦大喜等人目瞪口呆，望著秦濤的背影目光充滿了發自內心的敬佩，秦濤已然成為了眾人心中的偶像。

秦濤睡醒後赫然發現，沈瀚文、舒文彬、馮育才等人竟然還在石門前爭論著什麼，剛剛走近就聽到馮育才那沙啞的聲音：「或許我們應該換一種思路，一路走來抵達第三遺跡的大門前，難道大家沒有察覺什麼嗎？」

陳可兒來到秦濤身旁將羊皮內裡的短大衣還給秦濤，秦濤擺了下手拽了一下軍裝：「我是男人，我不冷。」陳可兒十分驚訝的望著秦濤，她從來沒聽說過應對寒冷，男性與女性有什麼不同之處？不過秦濤把大衣推給她，陳可兒心底還是暖洋洋的，相比之前落水在篝火前烤衣服和鞋的徐建軍、黃精忠等人，陳可兒披在肩膀上的大衣著實讓人羨慕。

以至於，徐建軍和黃精忠都感歎秦濤忘本，渾然忘記了秦濤是第一個跳下水救人的，只不過秦濤的背囊內還有一套備用的乾衣服而已。

沈瀚文聽了馮育才的話似乎有些不解，喃喃自語：「換一種思路？老馮你把話說明白一些。」

馮育才走到石門前，用手中考古用的鋼錘猛的砸了幾下石門，一時間火星亂蹦，眾人上前一看痕跡頓時發出一陣驚呼，這哪裡是什麼石門？竟然反射著金屬的光澤。

馮育才撫摸了一下被砸的位置：「我們之前對大門的清理並不徹底，這個巨大的石門是金屬框架的，金屬骨架將兩扇門對應分成八個區域，而每一個區域的紋路又自成一體，大門下部這條紋飾看似相同其實不然，以圖案的細微差別來區分又分為五段，請問大家會聯想到什麼？」

「難道是五行和八卦？」才思敏捷的陳可兒迅速搶答，野田一郎和毛利十兵衛也被陳可兒的回答吸引了過來，顯然是大門的研究出現了突破，山川大夫遠遠的站在水潭邊的一塊巨石上，警惕的盯著發黑的潭水一動不動。

馮育才高深莫測的來回踱步道：「難道你們真的沒意識到關東軍的祕密基地、第一遺跡、第二遺跡、第三遺跡的區別和不同嗎？」

眾人沉默不語，似乎都在思考什麼，秦濤對考古和諸多生僻的歷史知識可謂知之甚少，但是從進入關東軍祕密基地經歷了第一遺跡和第二遺跡的一番混戰之後，包括從天坑的地宮墜落抵達第三遺跡，秦濤似乎察覺到了一絲的不同，卻又說不明白，馮育才的話則給了秦濤明確的提示。

眾人依然紛紛沉思不語，畢竟事關重大，所有的人包括野田一郎都顯得十分謹慎，秦濤試探道：「馮教授，關東軍的祕密基地是幾十年前挖掘的，也談不上什麼你們所說的古代遺跡建造特徵風格，但從第一遺跡到第二遺跡乃至現在的第三遺跡的大門，我有一種特別的感覺，那就是這三個遺跡似乎一個比一個建造的時間要更久遠，雖然表面上看上去三個遺跡的建築風格和特徵都很接近，我總是感覺第二遺跡是模仿第三遺跡建造的，而第一遺跡則是模仿第二遺跡建造而成的。」

馮育才微微一愣，似乎有些激動道：「秦連長你接著說，你為什麼會有這樣的感覺？你具體的說一說。」

陳可兒、沈瀚文包括野田一郎都一臉驚訝的望著秦濤，秦濤有些不好意思道：「其實就是一種感覺，因為我們在第一遺跡外的水潭中發現了秦朝的兵將甚至更早春秋時期的遊俠，而我們抵達第二遺跡發現地宮之後裡面無論是發現的武器和鎧甲似乎比春秋和秦時期先進很多，從我個人的角度認為第一遺跡、第二遺跡、第三遺跡並不是同一夥人建造的，時間間距可能遠遠要比我們想像的更久遠一些。」

馮育才滿意的點了點頭：「沒想到秦連長比我們這些專業的還專業，我想說的正是如此，三個遺跡之間有一定的聯繫，但是未必會有絕對必然的聯繫，或許秦連長說得很對，這三個遺跡是由三批人不同年代建造而成的，那麼我們應對不同的遺跡就需要不同的思路，一味的遵循開啟第一遺跡和第二遺跡的經驗是無法順利開啟第三遺跡。」

馮育才讓在場的所有人有一種開闊思路的感覺，秦濤似乎又想起了什麼，於是開口道：「馮教授，大家還記得在地宮發現了很多非人非獸的骨骼，我當時趁大家不注意，用工兵鏟測試了一下這些骨頭的硬度。」

「測試的結果怎麼樣？」沈瀚文急忙追問了一句，所有人的目光全部集中在了秦濤身上，當時那些巨大的非人非獸穿著巨大金屬鎧甲的骨架遍地都是，也不乏有人反覆研究，郝簡仁就曾經戴在頭上差點把舒楠楠嚇哭，但是卻沒有一個人意識到測試一下那些怪異骨骼的硬度。

由於那些骨骼太多，與人類的枯骨摻雜在一起幾乎遍佈整個地宮，所以也沒有人搜集樣本，當時所有人的注意力全部集中在墨典之上，隨即科考隊發生了分裂，秦濤用手榴彈解決問題之後就更無人關注了，地宮墜落那些骨頭全部掉落不見蹤影。

秦濤返身從背囊後面卸下了工兵鏟拿到了眾人面前，郝簡仁湊了過來發現了工兵鏟側面一個五毫米左右的凹口無比驚訝道：「工兵鏟砍骨頭砍凹了？」

秦濤點了下頭：「確實如此，砍得火星四濺，那個頭骨反而沒有什麼事，我當時震驚之餘也沒太當回事，後來發現工兵鏟竟然都凹陷了，才嚇了一跳。」

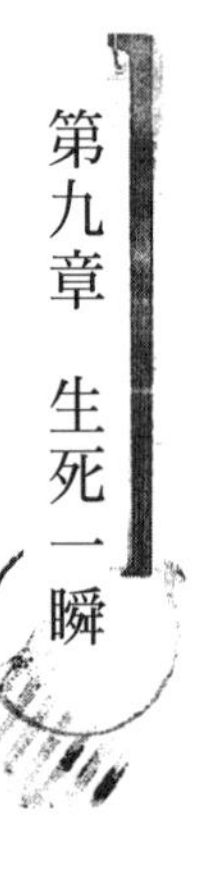

洞內無端的掀起一陣風，吹得篝火發出呼呼的聲音，迎風坐著距離篝火太近的幾名科考隊員連同黃精忠都被亂串的火苗燒到了頭髮、眉頭和睫毛。

秦濤無意間看了一眼站在水潭邊巨石上的山川大夫，不知道什麼時候山川大夫竟然將軍刀拔出了一小段，警惕的盯著水潭，這傢伙該不會是準備抓魚吧？對於山川大夫的怪異舉動秦濤並未在意，因為山川大夫本身就是一個怪物一樣的傢伙，一個怪物有點怪異之舉實屬正常。

郝簡仁拿起工兵鏟反覆查看驚訝道：「六五式六四一一工兵鏟是使用錳鋼材料，採用冷鋼軋鋼板製成的，硬度極高，韌性強，劈砍骨頭竟然砍成了這樣，就表示那些地宮裡的骨頭竟然比錳鋼還硬，這怎麼可能？」

郝簡仁知道秦濤不會在這個時候開這種玩笑，但錳鋼的工兵鏟絕對是肉搏戰的利器，雖然自從武器大量裝備之後步兵分隊已經停止了工兵鏟的搏鬥訓練，工兵鏟的堅固性還是有口皆碑的。

工兵鏟劈砍骨頭自身凹陷了五毫米，這種震撼讓沈瀚文、舒文彬和馮育才三人之間相互交換了一下意見，舒文彬眉頭緊鎖道：「無論是什麼，我都不希望遇到這樣的怪物，骨質密度和骨質硬度一般都是相對而論，秦連長劈砍的骨頭硬度恐怕已經超過了一般意義上的硬合金，真的很難讓人想像。」

野田一郎則神色凝重道：「當年我們為了尋找寶藏修建地下祕密基地並挖掘遺跡，在得到神之血的時候，記得墨氏祭文曾經提到過神族這個詞，神之血液是神族的根本所在。」

「神之血是什麼？」

秦濤感到有些迷惑，馮育才與沈瀚文等人對於野田一郎突然提出的這個說法更加迷惑，幾乎所有不信任的目光全部集中到了野田一郎的身上，野田一郎頗為驚訝解釋道：「我並沒有刻意隱瞞任何資訊，因為這只不過是我們當年的猜測，是沒有任何依據和證據的猜測，難道連無根無據的猜測也要告知你們嗎？」

「有理不在聲高！」秦濤的話讓野田一郎長歎了口氣，顯然剛剛野田一郎的一番辯解並未被眾人接受，起碼秦濤並未選擇相信野田一郎。

野田一郎是神之血的受益者，如今距離受害者為期不遠，加上之前野田一郎一貫擠牙膏一樣透露資訊的行為方式，滿口假牙滿嘴謊話，秦濤更加堅信野田一郎一定還隱藏了些什麼至關重要的情報和資訊。

毛利十兵衛無奈道：「神之血和降神是第一遺跡的說法，但是到了第二遺跡墨氏祭文的記載就變成了異化液和入侵了，相信等我們真正開啟第三遺跡就能揭開一切謎團了，我們當時猜測降神與入侵如果是同一個意思，那麼入侵的異族是否是當年高度發達的史前文明遺民回歸？要麼乾脆就是異類的入侵？」

毛利十兵衛看了一眼秦濤：「你們剛剛的猜測是完全正確的，我們也認為三個遺跡並非一個時期和同一批人修建而成的，第一遺跡大約是在距今兩千多年前的春秋時代修建的，第二遺跡則至少是在史前一千多年前修建的，而第三遺跡因為缺乏參照物和比對物，我們現在無法確定其修建年代。」

陳可兒一臉震驚：「按照你們的推論，我們現在看到和破譯的墨氏祭文實際上可能並非是墨氏流派所創，墨氏流派不過是傳承了上一個文明的載體？」

毛利十兵衛與陳可兒的話讓秦濤感覺自己的歷史白學了，其實不止是秦濤有這樣的感覺，郝簡仁、黃精忠、徐建軍等等都有這樣的感覺。

郝簡仁撓了下頭插嘴道：「兩千年加一千年才三千年，我們中華民族有五千年的悠久歷史和文化傳承。」郝簡仁一開口就意識到了問題，因為所有的人都注視著他。

沈瀚文輕輕的拍了拍郝簡仁的肩膀，意味深長道：「小郝，我們常說的五千年悠久的歷史文明很大部分是兩河、兩江流域的石器時期的部落文明，因為地域的不同，大致分早中晚三期，有的部落文明在晚期出現少量銅器，但還不會有意識地批量製造青銅合金，作為從新石器時代到青銅器時代的過渡期，而我們有文字記載的歷史不過三千六百餘年，我們現在面對的不是兩河、兩江流域的部落文明，而是一個未知擁有高度文明的史前文明體系，這個未知的史前文明體系擁有複雜的文字體系和工業文明的痕跡。」郝簡仁眨了眨眼睛，他非常清楚自己肚子裡面的那點乾貨，如果輕易拿出來很容易被人家當成笑話，就算不輕易拿出來也是一個笑話，和一幫歷史學者考古專家討論歷史？關廟門前耍大刀，孔府門前賣文章一般。

秦濤望著巨大的石門以及上面的青銅盤，總感覺有些眼熟？端起水罐正準備喝水的秦濤忽然發現水面上倒影著自己的面容。

天啊！秦濤瞬間跳了起來，來到一旁的空地上用刺刀在地上畫出了一個圖案，招呼眾人圍了過來，馮育才一眼就認出了秦濤畫的是墨氏祭文中代表龍的圖文。

沈瀚文皺了皺眉頭：「秦連長？這個字元在墨氏祭文中代表的是龍的圖文，你有什麼新發現嗎？」

秦濤跳上木箱轉動青銅盤到了向上的角度，用炭筆在石門上劃出了一個圖文的四方框！

幾乎所有人全部驚呆了。

其實，答案就在眾人的面前，而所有人的精力和注意力全部集中到了石門和青銅盤上，卻忽視了青銅盤與大門上紋路的組合。

陳可兒順著秦濤的思路將大門整體分為八個大區域和五種石材，眾人又一次變換角度和思維審視面前的巨大石門。整體石門是由某種金屬框架構成，巨大的金屬骨架將兩扇門對應分成八個區域，而每一個區域的紋路又自成一體，大門整體石材的不同很自然的分成了五個部分，之前陳可兒判斷對應的是八卦和五行，所有人的注意力全部被集中在了八卦和五行上面。就連秦濤都知道八卦來源於河圖和洛書，據傳說是三皇五帝之首的伏羲所發明，伏羲氏在天水卦臺山始畫八卦，以至於傳出了一畫開天的故事。

沈瀚文皺了皺眉頭：「其實陰陽五行與周易八卦一樣用來推演世界空間時間各類事物關係，每一卦形代表一定的事物。乾代表天，坤代表地，巽代表風，震代表雷，坎代表水，離代表火，艮代表山，兌代表澤。八卦就像八個無限無形的大口袋，把宇宙中萬事萬物都裝進去了，八卦互相搭配又變成六十四卦，而且八卦有先天八卦與後天八卦之分。八卦乃是易學體系的基礎，先秦易學主要是『三易』即夏代的連山、商代的歸藏、周代的周易，其實融會貫通莫不如此。」

舒文彬忽然一愣道：「你剛剛說什麼？」

沈瀚文有些迷惑不解：「我剛剛說了八卦就像八個無限無形的大口袋，把宇宙中萬事萬物都裝進去了，八卦互相搭配又變成六十四卦，而且八卦有先天八卦與後天八卦之分？」

舒文彬搖了搖頭：「你說的是乾代表天，坤代表地，巽代表風，震代表雷，坎代表水，離代表火，艮代表山，兌代表澤。」

沈瀚文點了點頭，他確實剛剛說過，但是他不明白這幾乎大家都懂的對應解釋還有什麼特殊含義？

舒文彬興奮的咳嗽了幾下：「其實我們走入了一個誤區，八卦對我們來說是平面，而這個大門則是立體的，上面的材質搭接至少構成了三維結構體，我們嘗試設想把八卦代入到三維世界會出現什麼變化？」

舒文彬的提示讓在場的幾個人都有一種茅塞頓開的感覺，陳可兒興奮的卸下青銅圓盤道：「現在等於八個區域乾代表天，卻沒對應天？坤代表地，卻對應著風？巽代表風，卻對應著雷？這個青銅圓盤就是調整旋轉每個區域的鑰匙，只要恢復了正常的對應就能夠開啟大門？」秦濤雖然不太明白，但聽陳可兒說到似乎找到了開啟大門的辦法，與陳可兒對視之下，露出了一絲微笑。

「你們能不能靜一靜？」山川大夫瞪了一眼還在圍繞找到開啟大門方法興奮的眾人，眾人才發現山川大夫的軍刀已經完全被抽了出來，秦濤警惕的將衝鋒槍上膛，因為山川大夫從出現就沒拔過刀，既然連山川大夫都要拔刀就說明威脅正在靠近，或者說是已經來臨了。

山川大夫雙手握著軍刀站在巨石上盯著潭水漆黑的水面一動不動彷彿一座雕像一般。

水裡有東西？秦濤微微皺了皺眉頭，他從來沒見過山川大夫拔刀，而且毛利十兵衛和野田一郎也顯得十分緊張？

「注意水潭方向。」秦濤緊張的推開保險撥片，槍口跟隨著目光來回巡視，李壽光和焦大喜分別抱著兩挺輕機槍站在潭邊。

一潭死水，甚至連微瀾都沒有，秦濤疑惑的轉頭看了一眼開始將青銅盤移位，旋轉每個區域試圖將八卦與五行對應歸位的沈瀚文等人。

突然，水潭內一股水沖天而起，頓時湧起幾人高的湧浪。李壽光見狀不對端著五六式輕機槍開始對湧浪掃射，秦濤、焦大喜等人紛紛開火，一時間彈如雨下，子彈似乎擊中了湧浪中的什麼？

一聲震得人耳膜將要破裂的嘶吼長嘯之後，湧浪消失，大量的潭水依舊湧上平臺，所有人的小腿都浸泡在水中，篝火瞬間被熄滅。

秦濤驚訝的發現隨著湧浪的出現，似乎水位也在升高，片刻就到了腰部，秦濤焦急的看了一眼還在破解大門的沈瀚文等人。毫無徵兆的一個湧浪突然打來，李壽光、焦大喜、郝簡仁、舒文彬、馮育才等人被湧浪打倒，陳可兒等人也被湧浪的餘波沖得東倒西歪。

李壽光好像發現了什麼，剛剛大呼了一聲水裡有東西，就被拖倒，鮮血頓時染紅了潭水，一旁的焦大喜試圖去營救李壽光，不料也被拖倒，焦大喜用力扣住扳機不停向水中射擊，沒有射擊角度的秦濤只好上刺刀淌水追擊。

忽然，秦濤覺得好像有什麼快速向自己衝來，甚至能夠感受到水下暗流的衝擊，山川大夫一瞬間跳起用軍刀劃開水面，水中湧出一股鮮血，山川大夫連續揮舞軍刀劈砍向水中，水面被血色染紅。

秦濤這才注意到，早已不見了李壽光和焦大喜的身影？

啊！又有一名戰士被拖走，秦濤淌著齊腰深的水不斷向水潭中射擊，直到彈夾打光空倉掛機。

突然一個巨大的湧浪再次掀起，山川大夫迅速後退，毛利十兵衛卻逕自迎了上去，湧浪如同發生了爆炸一般，胸口留下兩個拳頭大窟窿的毛利十兵衛倒退著飛了回來，異化狀態片刻解除。

一路走來都沒有這區區一分鐘的傷亡大，自己最得力的兩個排長和一個戰士、一名科考隊員犧牲了？秦濤將腰間的手榴彈綁在一起，一旁冷眼旁觀的野田一郎沉聲道：「都走了，你現在什麼也炸不到。」

「那些是什麼？」秦濤有點被憤怒沖暈了頭腦，毛利十兵衛十分虛弱道：「那就是你們想要找的，這裡最終的守護者，也是我們心底最大的恐懼。」

野田一郎和山川大夫來到毛利十兵衛身前查看了一下傷勢，野田一郎搖了搖頭，山川大夫僵硬的詢問道：「為什麼要衝上去？你明明可以不死？」

毛利十兵衛虛弱道：「不死有什麼意義？帝國？家人？我們為之奮鬥的一切都沒了，你們有沒有想過，如果真的能夠獲得永生，無知、無嗅，看不到任何顏色，我們如同一塊冰冷的石頭一樣活在黑與白的世界中，難道這就是我們所追求的嗎？僅僅是為了活下去？」

「八嘎！」山川大夫似乎有點亂了分寸。

毛利十兵衛阻止了山川大夫道：「我的路走完了，剩下的路屬於你們了。」毛利十兵衛的身體迅速的枯萎沉入水中，這時大門傳來一陣機械響聲，沈瀚文興奮的與舒文彬對視了一眼，舒文彬臉色蒼白喘著氣。

「大門開啟了，大門開啟了！」幾乎所有的人都湧向大門開啟的那道門縫，水潭中那個恐怖的存在令人不寒而慄。

舒文彬逕自倒在了水中，秦濤上前扶起舒文彬才發現，舒文彬的腰部竟然有近五分之二的肉被咬掉了？腰間流淌的鮮血染紅了水面。郝簡仁見狀一把奪過秦濤手中的集束手榴彈拉出保險環逕自投了出去！

轟！巨大的水浪帶著一陣白煙散去，水潭上飄起一條近一米長直徑三十公分白色蠕蟲一樣的東西？讓人直打冷顫的是蠕蟲的一端竟然是一張三百六十度佈滿了尖牙利齒的大嘴？

「這是什麼？」秦濤用手電筒照了照白色蠕蟲一樣的東西？

野田一郎皺了皺眉頭：「一種變異的蠕蟲，我們叫它死亡使者，這東西沒有視覺，靠口中發出的聲波識別方向，靠獵物自身的體溫捕捉獵物，口中能噴射出強酸，在陸地上行動遲緩，在水中十分靈活。」

「那掀起大浪的是什麼？」

面對秦濤的詢問，野田一郎不置可否的聳了下肩膀：「反正都已經被我們擊退了，是什麼都不重要了。」

秦濤雙目赤紅環顧左右，舒文彬已經失去意識了，舒楠楠哭的傷心欲絕，郝簡仁站在一旁完全束手無策，大部分人都已經通過大門開啟的縫隙進入門內，以躲避潭中的怪物。

巨大的石門僅僅開啟了一條縫隙，勉強通過一個人，很多裝備和設備被之前的湧浪沖走，更多的浸泡在水中也無法使用了，輕裝簡行四個字對現在的科考隊來說並不是什麼好消息。

郝簡仁將哭暈的舒楠楠扛在肩膀上，看了一眼飄走的舒文彬屍體抬手敬了一個軍禮，秦濤也意識到舒文彬遇襲的時候恐怕正是在拼命扭動青銅盤將八卦中的「乾」最後歸位。舒文彬竟然能忍受常人根本無法忍受的痛苦？幾乎每個人都沉默不語，就連白骨祭壇和第一遺跡慘烈的激戰都沒有出現太大的傷亡，或者說沒有一次性損失如此之多對秦濤重要的人，一股悲憤之情從秦濤心底升起。

難過的不止是秦濤一個人，徐建軍抹了一把眼淚，拿起武器繼續前行，黃精忠一臉木訥，讓他感覺羞愧的是從開始到結束他一彈未發，他完完全全的被震撼到了。偌大的科學考察隊現在僅僅只剩下十三個人，準確的說還有三個不是人。

逝者已逝，活著的人還要前進，尤其身邊還有兩個威脅存在，山川大夫和野田一郎。

費山河與羅傑似乎很幸運，兩個人除了受到驚嚇之外沒什麼大礙，一個被湧浪衝擊撞傷了胳膊，一個劃破了腿，站在一起正好湊成天殘地缺。費山河與羅傑慘是慘了點，相比死去的他們還是幸運的！

秦濤環顧四周，大門之後黑漆漆的一片，郝簡仁在階梯一側發現了油槽，不知名的油脂體已經成了膏狀，還帶有一絲微微的香氣？

沈瀚文看過後連聲驚呼這難道就是之前墨典提到過「鉤龍脂」？可燃燒千百年不息？

秦濤不屑的看了一眼油脂：「什麼千百年不熄，現在不是一樣熄滅了？哪有什麼長生不老，也沒有什麼萬古不腐。」

郝簡仁見舒楠楠一臉抑鬱，為了轉移舒楠楠的注意力，好奇靠近詢問道：「龍聽說過很多，鉤龍是什麼龍？剛剛在外面襲擊我們的就是鉤龍嗎？」郝簡仁的提議果然引起了舒楠楠的注意，舒楠楠用力握著隨身的挎包，裡面還有一枚手榴彈，是之前郝簡仁交給她防身的。

陳可兒看了一眼面無表情的山川大夫，轉身對郝簡仁道：「鉤龍不是龍，山海經內中山經曾有記載，東流注於江海，其中多有怪蛇，更詳盡的就是西漢時期異聞錄中昌郡有異蛇，數丈長，尾有股，卷食人畜吞噬，準確的說鉤蛇應該是一種已經滅絕的巨型異變蟒蛇。」

「真的滅絕了？」面對郝簡仁的追問，陳可兒也啞口無言，雖然說是物競天擇，但是必須要承認人類才是真正大自然的殺手、摧毀者和破壞者，滅絕只不過是相對而言，地球上還有很多人跡罕至之地，誰敢保證那裡不會發現什麼新物種？

鉤蛇油被一發照明彈點燃，階梯，一眼看不到頭的階梯，與其說是階梯倒不如說是好像什麼融化凝結的一般，更像是大自然的鬼斧神工，只不過被巧妙的利用而已。

或許自己不能活著走出去，但自己一定要將這一切搞個清楚，弄個明白，不但是給自己一個交待，更是給犧牲的戰友一個交待。秦濤的心結一瞬間打開了，步伐也變得更加堅定起來了，眼前的臺階也似乎沒那麼難攀爬了，扶著陳可兒，秦濤一步一步向第三遺跡走去。

臺階的盡頭是一處如同古羅馬鬥獸場一般的凹地，鉤蛇油已經將整個遺跡照亮，遺跡中隨處可見丟棄的骸骨和各個時代不同的鎧甲武器。不遠的地方在石灰岩壁上還留有一個兩米直徑的洞口，洞口下方有鏽跡斑斑的鋼結構梯子，秦濤不用問也知道那就是山川大夫當年走的捷徑。

沈瀚文、馮育才等人興奮不已的跑向遺跡中心區域，就連一向穩坐釣魚臺的山川大夫與狡猾多端的野田一郎也行動起來。

郝簡仁扶著舒楠楠站在秦濤身旁，費山河竟然也出人意料的站在上面，好奇道：「你難道不想擁有那種力量？永生不死？」

費山河搖了搖頭：「我從小就清楚一件事，任何事情都是要付出代價的，永生不死？既然擁有如此強大的力量，他們幹嘛還窩在這漆黑陰冷潮濕，終日不見陽光的地下？如果是這種永生打死老子也不要。」

秦濤突然發現聰明是相對的，並非智商高還是成績好就能夠被認定為是聰明，費山河的選擇何嘗不是一種聰明的表現？站在高處一覽眾人，有癡迷、有驚喜、有無助、有激動！可謂眾生百態。

整個第三遺跡給秦濤只有一個感覺，這裡更像是一個控制中心？

◊

風雪呼嚎，黑壓壓的樹林隨著狂風呼嘯搖擺已經接近了三十度角，如果林木隨著暴風雪出現，大量折斷倒下，身處在林中的分隊也會遭到重創，隨著雪勢和風勢越來越大，能見度也在不斷的降低，李建業略微猶豫一下揮手命令部隊進入洞穴搜索前進。

畢竟相比不斷落下的樹枝和倒下的樹木，洞穴內還算是安全一些，如果電臺能夠進行聯繫，李建業得知秦濤等人之前的各種堪稱離奇的遭遇，李建業怕是寧願在裝甲車中蹲一夜，也不會冒然下命令進洞搜索前進。

杜曼如和王大海走在隊伍的中間，顯然李建業是有意將兩人保護起來，杜曼如無奈的瞪了王大海一眼，笨手笨腳的王大海基本算毀了八處的金字招牌，一個走路都能摔跤的傢伙。

走在兩人身旁的李建業對於八處瞭解的不多，既然呂長空批准了兩人前來就說明這兩個人對自己接下來的任務會有幫助，否則呂長空不會無緣無故派兩個拖累給自己。

「你們八處這次前來就是為了找周世軍？而你們所說的周世軍就是之前尋求我們駐軍協助的地質勘探一〇二九所的錢永玉專家？」

面對李建業的詢問，杜曼如無奈的點了點頭：「情況確實有些特殊，我們八處一直以來只有一個行動組就是由周副處長負責的，而八處的主要任務是調查取證和研究，我們並不是行動組，大多都是各個方面的科研專家和學者。」

李建業有些奇怪道：「既然如此，那麼這次你們為何要主動參加任務？把你們所知道的全部情況轉交給我們，我們可以替你們完成任務。」

王大海心有不甘道：「我們八處確實主要擔負科學論證和研究工作，但前方負責行動的同志大多又不瞭解他們所面對的未知層面存在的危險性，所以總部領導指示成立一支七九六一危機部隊，我們八處作為七九六一危機部隊的科研分隊，協助共同開展工作。」

「七九六一部隊？」李建業記得呂長空和他提過這個相關番號，要求抽調精英人員組建七九六一部隊，因為當時無法確定七九六一部隊級別，無法抽調對應級別的幹部，所以就暫定參加此次行動的秦濤擔任這支新組建的七九六一部隊的「代部隊長」。

李建業似乎有些明白了七九六一危機部隊擔負任務的真正意義，一支專門處理應對各種未知危機的特殊部隊，秦濤似乎確實是一個非常不錯的人選，而八處的人迫不及待的加入搜尋一名他們曾經負責行動的副處長？這裡面似乎隱藏著一些杜曼如和王大海都不願意透露的祕辛？

「政委有情況！」前方尖兵班的呼喊警醒了正在思考如何從杜曼如與王大海口中套出實情的李建業。通道中的戰士紛紛推開保險，嘩啦、嘩啦子彈上膛的聲音響成一片，經歷了十六號場站詭異的一切之後，幾乎所有人的神經都處在高度緊張之中。

李建業微微皺了下眉頭，這些戰士雖然經歷了一次短暫的交火擊退了怪物，但是依然缺乏戰鬥經驗，嘩啦一聲拉動機柄推彈上膛的聲音，無異於是在提醒躲藏在暗中的敵人我們來了。

李建業快步來到尖兵班面前，杜曼如和王大海緊跟其後，王大海抵達事發地域就看了一眼，直接哇的一口吐了出來，遍地傭兵的殘肢斷臂，李建業自然無法得知這支由日裔組成的傭兵隊是野田一郎當初布下的殺手鐧。只不過這些殺手鐧全部都被人給處理成了兩截甚至肢解成了零件，李建業順著傭兵的屍體前行了一段，赫然發現地面上幾處不同的腳印，甚至還有一行腳印似乎帶著血跡？

「會不會這些入侵者還有倖存者？」杜曼如謹慎的提出了自己的看法。

李建業擺了下手：「不會的，那些遇害者的武裝分子穿的是進口風琴底的專用雪地作戰靴，而我們的官兵穿的是網底翻毛大頭鞋，而這個帶血跡的腳印穿得則是光明三五〇一廠的冬季皮暖靴，這種短靴只裝備寒區部隊的團以上幹部。」

李建業轉身看了杜曼如和王大海一眼，杜曼如與王大海似乎也有些驚訝，李建業對身旁的幾名戰士擺了下手：「後續分隊停止前進，留下半個班在洞穴入口處配合裝甲車實施警戒，尖刀班繼續向前搜索，發現情況立即報告。」

分隊配合尖兵班迅速開展行動，片刻功夫就只剩下李建業、杜曼如、王大海三人，李建業假意咳嗽了一聲道：「有什麼事情就直接說吧，我們都是為了同一個目標，沒有必要相互隱瞞，如果因為你們的隱瞞導致我的戰士出現了意外傷亡，你們也知道這裡是什麼地方，發生意外實屬正常，也非常容易。」

李建業用赤裸裸威脅的口氣警告了杜曼如和王大海，王大海一臉驚訝似乎不知如何是好，杜曼如則微微一笑：「李政委，請您稍安勿躁，關於白山地區的各種祕聞傳說可以說近千年來層出不窮，但案卷當時大都掌握在周世軍手中，我們對白山地域的密檔知之甚少，周世軍此番不惜冒用組織名義調集人力物力，更是糾集了一批他身旁的亡命之徒，周世軍為人一向小心謹慎絕對不會無的放矢，我建議我們應該加快速度，無論周世軍懷有何種不可告人的目的，我們一定要搶先阻止他。」

李建業沉思片刻：「現在周世軍的隊伍幾乎可以說是全軍覆沒了，從慘烈的現場來看這不是一般的凶案，是有周密計畫的突襲和屠殺，我唯一費解的是凶徒為何還要將屍體肢解？這是一種病態的行徑。而秦連長負責保護的科學考察隊在內包括支援和增援的分隊，現在全部進入了這個區域並且音訊皆無。」

李建業的目光來回審視著杜曼如和王大海，如果提到信任二字，李建業能夠無條件的相信秦濤，也能信任自己的老上級張師長，杜曼如和王大海顯然不在被無條件信任的行列。

杜曼如一臉無奈聳了下肩膀：「李政委請你相信我們，我們掌握的情況也並不比你們多，我們需要你的支援和協助，緝拿叛徒周世軍歸案。」

李建業見杜曼如和王大海不像說謊的模樣，也點頭道：「你們的一切行動要聽我的指揮，明白嗎？」

杜曼如和王大海交換了一下目光點頭道：「請李政委放心。」

李建業點了點頭：「命令尖刀班保持警惕搜索前進，後續分隊跟進。」

黑暗中，鄂倫春嚮導伊格吉發現前方有火光閃動，急忙躲藏起來，檢查了一下半自動步槍的彈倉。

兩名尖兵小心翼翼的前進，十六號場站的怪物到底是什麼？政委不讓說也不讓問，每個人心底都有一個屬於自己的解釋，看過山海經的認為那是妖怪，去過動物園的認為那是生病的猿類或者猴子，總而言之沒人知道那是什麼？也沒人關注為什麼怪物還穿著破爛襤褸的軍服？

緊張的氣氛在悄然之間漫延，沒人知道下一秒會發生什麼事情，參與行動的幹部戰士都清楚，之前秦連長和幾次增援的兵力已經超過了一個連，現在連團政委都親自帶隊冒著暴風雪進行搜索，本身就說明了問題。

缺口、準星、目標，三點成一線，伊格吉深深的呼了口氣，目標越來越近，越來越清晰，是咱們自己的部隊！伊格吉興奮的站了起來，全然忘記了在陰暗的洞穴中他只不過是一個黑影，剛一揮手就被尖兵發現，一個張牙舞爪的黑影突現，本來處於十分緊張狀態的一名戰士扣動了扳機。

噠噠、噠噠噠噠！一個長長的點射，槍口噴焰照亮了射擊戰士的臉頰，鮮血噴濺，伊格吉如同麻袋一樣噗通一聲摔到了地面上，發出了痛苦的呻吟。

「為什麼開槍？」突如其來的槍聲讓李建業的神經猛地一緊，杜曼如與王大海迅速跟進。

李建業沒見過伊格吉，也不知道科考隊途中臨時雇傭鄂倫春嚮導的事情，發現受傷的竟然是一個鄂倫春人，李建業十分驚訝。

伊格吉虛弱的告訴李建業自己是被沈瀚文雇傭的當地嚮導，兩次跟隨科考隊進入關東軍基地，與徐建軍和焦大喜等人失散後一路憑著記憶摸索到這裡。伊格吉告訴李建業在關東軍祕密基地內部還隱藏著幾個巨大的古代遺跡，科考隊遭遇了怪物的襲擊，從白骨祭壇大殿退入了地下的井中後中斷了聯繫。

李建業查看了伊格吉中彈的位置，急忙安排人將其送往醫院，杜曼如和王大海交換了一下目光，兩人一瞬間明白了周世軍的目的所在。

人生在世短短幾十年光景，有人為了事業奮鬥甚至失去了家庭和健康，有人在追求人生的極致，也有人在追求平淡養生。有人想青史留名，有人追求享受人生，更有人想獲得力量！權利的渴望，財富的渴望等等諸多的渴望，沒有人猜得明白周世軍是為了什麼？位居要職卻不惜一切代價，以至於陷入瘋狂。

對於王大海、杜曼如來說，原來在關東軍的祕密基地內部竟然還有未知的古代遺跡？但是他們無法得知未知古代遺跡中到底隱藏著什麼，以至於周世軍竟然不惜背叛組織？

八處作為對未知神祕存在進行探索的一個部門，對各種未知神祕存在一直抱有極大的敬畏，雖然大多數的未知神祕存在如同昆侖山死亡谷、都滿雪山等等都已經用科學進行了完美的詮釋，但確實還有很多是現今科學層面所無法解釋的。

增援分隊在李建業的指揮下誤打誤撞竟然找到了山川大夫之前所挖的那條通道，一條他們自認為可以避開一切危險，最終卻讓他們損失慘重，望而止步的通道。

◊

秦濤站在遺跡中央橢圓如同一個扣在地上的酒盅一樣的塔上，密密麻麻的符號佈滿塔身。

沈瀚文有些焦急的詢問山川大夫：「你們說的可以治療絕症的進化液，還是什麼神之血到底在哪裡？」

站在一旁的馮育才也是一臉急切，山川大夫用軍刀一指面前劃了一個近乎一百八十度的弧形：「應該就在這裡。」

野田一郎看了一眼手掌中滲出的少量透明液體來到山川大夫身旁：「留給我們的時間不多了，之前那些實驗失敗品想必早就融化了吧！」

山川大夫面無表情的環顧四周：「這裡就是第三遺跡的核心所在，神之血一定就在這裡的什麼地方，我們也是在這裡遭遇那兇猛無比的怪獸的。」

秦濤能夠從散落一地的日軍屍骨判斷出當年戰鬥的慘烈，山川大夫口中的龍會不會是某種巨型蟒蛇？畢竟之前陳可兒所提及的鉤蛇也是龐然大物。

坐在一旁的舒楠楠因為失去了爺爺過分悲痛，竟然趴在郝簡仁的膝蓋上睡著了，郝簡仁從挎包裡掏出最後一個酒精爐點燃，藍色的火苗似乎帶給舒楠楠一絲溫暖。

陳可兒圍著橢圓形的核心塔體轉了幾圈，詢問山川大夫：「你們當初進來的時候這裡是什麼情況？」

山川大夫微微一愣：「我們架設好鋼架之後，開始派人搜索第三遺跡，當時這個橢圓體是在地下，後來有士兵誤觸機關，橢圓體升起那怪物就出現了。」

山川大夫口中說出怪物兩個字讓秦濤頓感十分怪異，一個怪物在評價另外一個怪物？秦濤回到橢圓體上，發現核心區域的橢圓體似乎有三座成為一個三角陣列，只有這一座升起，其餘兩座還藏身地下。

「我們大家尋找機關，看看能不能把另外兩座橢圓體升起！」秦濤的話嚇了郝簡仁一大跳，急忙托起舒楠楠的頭墊在背包上，幾步來到秦濤身旁急切道：「濤子哥，那幫鬼子升起一個就死了一大半，你現在要把三座全部升起來？咱們得死多少回啊？」秦濤猶豫的工夫，沈瀚文、馮育才就已經開始帶人尋找了，野田一郎與山川大夫也加入了尋找的序列，郝簡仁無奈的跺了一下腳。

陳可兒卻望著橢圓形的塔若有所思道：「秦濤，你有沒有一種感覺？隨著我們越來越深入探索，從關東軍的祕密基地到第一遺跡、第二遺跡、第三遺跡，時間越古老的遺跡反而在技術層面似乎越先進？」

秦濤與郝簡仁頓時微微一愣，陳可兒說出了他們自從進入遺跡之後心底一個共同的疑惑，為什麼越古老的遺跡反而很多機關和設施都會顯得越先進？從第一遺跡完美比例的超級青銅合金到第二遺跡的各種啟動方式，燃燒龍骨作為燃料的動力爐，幾乎完全是前所未見的，難道人類是在退步？或者真的存在史前文明？顯然這一切不是秦濤能夠理解得了的。

秦濤清楚自己現在只有一個任務，那就是把剩下的人活著帶離這個魔窟一般的地下世界，原本被視為頂級存在幾乎無法戰勝的山川大夫似乎也開始虛弱了，被神之血強化過的毛利十兵衛也抵擋不住異變巨獸的雷霆一擊，活著出去似乎變成了一個很奢侈的想法。
人在絕境中求生的欲望產生的能量是無法估量的，拚死一搏未必會死，秦濤決定升起三座橢圓塔看看情況。
很快，沈瀚文在第一座塔身上發現了兩處暗格，暗格中只有三支罐狀的凹槽並且空無一物，山川大夫看過後與野田一郎對視，他們可以確定那罐狀物和他們當年在第一遺跡得到的神之血液的保存器皿幾乎相同，但是如何升起第二座塔成為了困惑眾人的難題。
郝簡仁無力的靠在塔上歎氣道：「當年死了這麼多人才升起了一座塔，由此可見這塔並非那麼好升的，我看我們還是找出路儘快離開這裡吧！」
野田一郎跨步站在郝簡仁面前：「不找到神之血誰也不能離開。」
郝簡仁把玩著一枚手榴彈不屑道：「老子是被人嚇唬長大的？好害怕啊！什麼狗屁神之血，對你們幾個怪物有用，對我們有什麼用？小爺可不想變成你這樣的怪物。」
郝簡仁的話讓一旁努力尋找開啟機關辦法的馮育才微微一愣，輕歎道：「誰想變成這個鬼樣子，早知道還不如死了痛快，都是那個該死的傢伙陷害我！」
郝簡仁身體往塔上一靠，不料腳下打滑，背部的彈夾袋子掛住了塔身，郝簡仁摔倒的過程中塔身似乎微微轉動了一點？
雖然只有微微的轉動，山川大夫頓時如獲至寶，開始緩緩轉動塔身，果然隨著塔身的不斷轉動，第二座塔從地下升起。眾人隨即轉動第二座塔，第三座塔如其所願的在一陣機械轉動聲中從地下升了起來。
等待驚喜出現？等待天崩地裂？等待異變怪獸？足足一分鐘，這一分鐘對所有人來說比一個世紀時間還長，如果剛剛發生了小行星撞擊地球，眾人不感覺意外，最讓人意外的意外是什麼也沒發生？
周圍一切寂靜得讓人懷疑，山川大夫和野田一郎瘋狂的在尋找其餘兩座塔上的暗格，讓他們失望的是暗格裡面的凹槽依然是空空如也？

沈瀚文與馮育才一臉失望夾雜著絕望站在兩人身旁，野田一郎如同一個洩氣的皮球一般頹廢的坐在地面上，兩眼空洞無光喃喃自語：「怎麼可能是這樣？墨典明明記載了最後的神之血就存放在這裡，難道有人比我們先到一步？」

費山河幫助羅傑綁紮傷口：「我們身處在一個原本就是未知的世界，貪婪讓我們瘋狂，而瘋狂就是毀滅的開端。」秦濤詫異的看了一眼費山河，一個為錢而戰鬥的傢伙竟然能夠有如此的覺悟確實來之不易，說明這個傢伙本質層面還有挽救的希望，秦濤對傭兵刀口舔血的生活並不瞭解，但從骨子裡並不把傭兵當成軍人看待。軍人是奉獻、是犧牲，如果把榮譽、勇氣、豪情與滿是銅臭的金錢聯繫在一起，那就是一種侮辱。

陳可兒爬上了第三遺跡核心區域的制高點，墨典中的符文圖案一個個的在腦海中閃過，陳可兒總覺得第三遺跡的核心區域的形狀有些眼熟，卻又一時想不起來？

秦濤來到陳可兒身旁關心詢問道：「有什麼發現嗎？」陳可兒點了點頭，又搖了搖頭：「一種很混亂的感覺，具體的我也說不太清楚，你看這個核心區域的整體形狀和佈置像什麼？」

秦濤拿起了舒文彬之前製作的一個正方形九格木框，這是舒文彬教秦濤分辨識別墨氏祭文的一件輔助道具，因為複雜的墨氏祭文的符文如果連在一起僅憑肉眼分辨很容易產生錯誤，所以要分成區域便於識別。九格木框還在，舒文彬人卻不在了，最遺憾的是連屍體都沒能搶回來，進來的大門依然還開啟著，潛伏在潭水中的怪物也一定在等待時機，只要那傢伙無法上岸，秦濤就沒太多的擔心，畢竟所有活著的人沒有一個人有下水的打算，甚至連念頭都沒有。

九格木框之下，第三遺跡地面上的紋路和三座橢圓形而米高的圓塔被分為了五個區域，秦濤能夠辨認出大體五個符文，但是一個也不認識，只好把九格木框交給了陳可兒。

陳可兒利用九格木框讀出了九個符文把秦濤嚇了一跳，無論秦濤怎麼看都還是大體五個符文？陳可兒疑惑之下用秦濤的方式一看也愣在了原地，竟然真的也有五個符文的區分。秦濤將郝簡仁呼喊到自己身邊，郝簡仁用九格木框看過之後大體只有三個符文？

沈瀚文、馮育才甚至山川大夫和野田一郎在內的所有人都看過後，秦濤將所有人解讀歸納成五種不同組合方式的符文解讀，秦濤注意到了，如果按陳可兒看到的九個符文任意組合的話，那麼答案將是一個天文數字，如果按照郝簡仁看到的三個符文組合還勉強能夠接受。

最為主要的是，沈瀚文等人發現第三遺跡的符文與第二遺跡有所不同？與第一遺跡發現的墨氏祭文出現了較大的變化？似乎更為複雜多變，顯然不能延續使用第一遺跡發現的墨氏祭文體系去解讀。

一個發現的同時，等於另外一個困境的出現！

陳可兒甩了一下頭髮略微有些無奈道：「通過這些符文的複雜程度的比對，我認為這些符文很有可能就是我們一直在尋找的始祖符文。」

破解古老文字的關鍵在於對這個古老文明的解讀，古文字尤其是符文體多是與圖騰崇拜有關，但墨氏祭文的符文體顯然並非如此，所以以往的很多經驗都難以借鑒，消失在歷史中的墨氏流派繼承了一個未知的史前文明的傳承？而且墨氏符文的獨特性與普通的象形文字和楔形文字完全不一樣，更像是電容與電路，並且第一遺跡墨塚的墨氏祭文與第二遺跡出現的墨氏符文就已經出現了簡化，以至於第三遺跡的符文令所有人冥思苦想，不得其解。

就在眾人苦苦思索之際，一個身影緩緩的從開啟的門縫穿過，如同暗夜的幽靈一般沒有半點聲息。如果杜曼如和王大海在場，他們就能一眼認出這就是他們一直在苦苦追查的事件元兇，秦濤口中的勘探隊專家錢永玉，不！應該是八處行動科的周世軍。

陳可兒皺著眉頭望著地上一堆拓圖的圖紙，忽然靈光閃動將圖紙重疊在一起，用手電筒從下面往上照。原本被分開的符文又一次重疊在一起，秦濤馬上就看出了不同之處，簡單的看地形地勢沒有立體感，而幾張拓圖的重疊卻讓眼前的一切有了一種立體感，彷彿一個空間一樣？

秦濤的喃喃自語被陳可兒聽到，陳可兒點了點頭：「我一直認為墨氏祭文的單一符文其實所表達的和含有的信息量不僅僅是表達文字那麼簡單。」

沈瀚文幾個人也蹲在拓圖面前開始分析，秦濤感覺眾人似乎找到了路徑，關鍵的問題是如何才能踏上這條路？

山川大夫迅速的一轉身，手按軍刀用沙啞近乎嘶吼的聲音道：「出來！」

秦濤當即擋在了陳可兒面前，槍口下意識的提高了兩寸，指向光亮不所及的黑暗，郝簡仁也迅速反應，將舒楠楠擋在身後，有了被襲擊的經驗，沈瀚文等人紛紛尋找藏身的隱蔽物，一陣雞飛狗跳之後，遺跡一片寂靜。

一個輕到幾乎沒有聲音的腳步在緩緩靠近，秦濤發覺可能是待在地下時間太長了，自己的聽覺似乎也變得敏銳起來？

一個身影緩步從黑暗中走出，秦濤與馮育才頓時一愣，頓時脫口而出，「錢永玉？」「黃國輝？」

來人胖乎乎的臉上戴著一副寬黑邊的眼鏡，微微一笑：「錢永玉、黃國輝都是我的曾用名，你們可以稱呼我周世軍，世界的世，軍隊的軍，我來自八處，我們算是老相識了秦連長，感謝你炸開了山體才找到了墨氏流派關於三重遺跡最後的記載。」

馮育才死死的盯著周世軍，周世軍卻一副不以為然的模樣：「馮研究員，如果不是我你現在早就死了，哪裡還能來這裡尋找你的未來？」

周世軍看了山川大夫和野田一郎一眼：「你們真的以為你們守住了這個地下世界的祕密？你們帶出來的那些進化液的進化成功機率低到完全可以忽略，你們根本不懂什麼是墨氏文明，更不懂得你們自以為是守著的是什麼樣的一種存在。」

郝簡仁望著狂妄不可一世的周世軍搖了搖頭：「怪物？瘋子？現在又來了一個自大狂神經病，濤子哥咱們還真是多災多難啊！」

秦濤緊盯著周世軍：「我不關心他是不是神經病，我唯一的問題是他是怎樣進來的？」秦濤的話讓所有人如同醍醐灌頂一般，是啊！除了山川大夫幾個人為了尚未找到的進化液不願離開，其餘的人都在為了如何離開感到焦慮和困惑。在這個關頭周世軍竟然堂而皇之的進來了？他是怎麼進來的？

就算當年山川大夫的通道還可以用，或者還有他們之前沒能發現的密道這都不是問題，周世軍是如何躲過石門外的水潭的那個怪物？

周世軍似乎明白了眾人的疑惑，拍了拍衣服上的血跡微微一笑：「我扛了一具屍體過來，值得大驚小怪嗎？」

誘餌？秦濤一瞬間明白了一切，周世軍在他眼中早已不是那個學術嚴謹的老專家了，周世軍真應該去當演員。

周世軍來到遺跡的核心位置看了看早已空置的凹槽微微一笑：「你們不會天真的以為有了進化液你們就能夠完成進化成為完全體了吧？」

山川大夫依然十分警惕的手握軍刀緊盯著周世軍怒道：「為什麼不行？」

周世軍搖了搖頭：「我們的歷史，不！全世界的歷史都有一個非常大的問題，那就是由後朝寫前朝，幾百年的物是人非，當年的真相早已因為各種原因被抹滅和篡改，哪裡有什麼真的歷史？你們現在所面對的就是一段被人為刻意抹去的歷史。墨氏祭文實際上是從一維到五維度空間的一種史前文明或者異星文明留下的產物，包含了無數的資訊，文明發展到一定維度才能繼續解讀下去，比如野田在美國設立的研究所對墨氏祭文的破解一直進展緩慢，為什麼最近半年突飛猛進，野田你難道不好奇嗎？」周世軍所說的關於墨氏祭文的符文的來歷讓所有人幾乎耳目一新，沈瀚文與陳可兒、馮育才等人都眉頭緊鎖。

野田一郎皺著眉頭驚呼道：「我祕密在美國設立的研究機構用於破解墨氏祭文，你是怎麼知道的？」

周世軍不屑的一笑：「我如果不知道，你怎麼會提前知道自己大限將至，怎麼知道要回白山與他們會合？不要以為只有你是聰明人，當你感覺自己是聰明人的時候，其實你就是最蠢的一個。」

秦濤下意識的將槍口對準了周世軍：「既然這段被湮滅的歷史被人為刻意抹去，你為什麼能夠知道？你怎麼知道墨氏祭文符文的來歷？」

周世軍微笑道：「我姓墨，祁子就是我了，墨氏流派的鉅子。」

「不可能！」陳可兒當即反駁道：「我們之前看到了全部的墨典，包括遺失的那些章節，墨氏流派的分裂不過是明修棧道，暗度陳倉，為了是集中力量，祁子是墨氏真正的掌權者，三千年前的祁子怎麼可能還活著？」

所有人的目光全部集中在了周世軍身上，周世軍一指山川大夫和野田一郎：「他們又怎麼解釋？如果我擁有最終極的進化液神之血，千載不過彈指一揮間而已。」

沈瀚文皺了皺眉頭：「我可以確定你不是真正的墨氏鉅子祁子，因為每一代的墨氏都有光明和黑暗之分，一個現身世俗，一個藏身於黑暗之中的隱形鉅子祁子，就如同以色列的十人長老團裁決制度一樣，為了避免再次出現差點讓希伯萊人滅絕的大屠殺，長老團一旦九個人達成了一致意見，最後一個人負責的就是反對，否決前九個人的意見，墨氏流派隱形的鉅子祁子負責的就是否定墨氏流派內部達成的統一意見。所以，你根本不可能是墨氏流派的祁子，但我推斷你與墨氏流派一定有很深的淵源。」

周世軍凝視沈瀚文片刻哈哈大笑：「沒有千年的帝國，更沒有千年的家族流派，墨氏流派一樣無法免俗，時間才是最無堅不摧的存在，墨氏流派是一群執著的人，我確實與墨氏沒有關係，但二十多年前一次偶然的任務讓我瞭解到了墨氏流派，最後一任墨氏流派的黑暗鉅子祁子即將病亡之際，將他僅有的傳承交給了我，他耗盡生命也沒能找到墨塚振興墨氏流派，但是我找到了，只不過有一群討厭的傢伙一直妨礙著我。」

秦濤怒目而視：「所以你就動了貪欲？你不要忘記你的身份。」

周世軍皺了皺眉頭：「每個月十幾塊的工資加上職務補助、野外補助、高原海島補助，還要配合著糧票，不要跟我講什麼奉獻，我不是你們軍人，無欲無求的抱著你們的榮譽使命可以過一輩子，你走你的陽關道，我過我的獨木橋。」

周世軍來到升起的三座圓塔前，用手在密佈塔身的符文上連續按下，塔身竟然裂開形成座椅一樣的形狀，周世軍看了一眼山川大夫等人：「你們當年一共發現了九種不同的進化液對吧？」

野田一郎驚愕之餘點了點頭：「確實是，我們幾乎做了所有的嘗試，但是幾乎都失敗了。」

周世軍點了點頭：「你們三個的成功是偶然的，因為這九種進化液的不同配比是有模式的，墨氏有著嚴格的等級制度，你們所謂的完整體不是通過簡單的注射和靜脈輸入，而是需要啟動這部儀器，將九種進化液按順序裝入不同的位置，才能產生終極能與異類抗衡的神選者，也就是人類基因重組的完美進化體。」

周世軍說得越多就讓秦濤越感到心驚膽顫，周世軍沒必要對眾人暴露這麼多的資訊，山川大夫等人佔據這裡幾十年，野田一郎與毛利十兵衛期間一度離開也是為了尋求破解符文的辦法，但顯然他們知道的與瞭解的都沒有周世軍多，這怎麼可能？

周世軍顯然也看出了秦濤的疑惑：「秦連長，墨典之所以被稱之為墨典，就是因為它是一部屬於墨氏流派的史書，而歷代祁子口口相傳和記在羊皮古卷上的傳說和故事，才記載的是真正的細節和內幕。」

吱嘎、吱嘎！軍刀被緩緩抽出刀鞘的聲音響起。

山川大夫在緩緩的抽出軍刀，軍刀與刀鞘不斷迸濺出火花，發出刺耳難聽的聲音。顯然，雙手開始流下越來越多透明液體的山川大夫已經陷入了狂暴，他清楚留給自己的時間已經不多了，而這個似乎知道一切的周世軍顯然沒有經過進化強化，不可能是他的對手，那麼武力威脅就成為了最好的選擇，山川大夫打不過門外深潭裡的怪物，雖然虛弱了很多，但眼前的這些人他還不放在眼中。

秦濤示意郝簡仁等人向自己靠攏，有了之前對付山川大夫不成功的經驗，在萬般無奈的緊要關頭，秦濤才會選擇與這個瘋子放手一搏。

望著正將幾枚手榴彈捆成集束的秦濤，山川大夫和野田一郎都不由自主的皺了皺眉頭，秦濤對著座椅一樣的設施努了努嘴，山川大夫頓時明白了秦濤的意思，秦濤等人向一旁退去，不由自主嘀咕了一句：「你這個瘋子！」被山川大夫稱之為瘋子，秦濤頓時整個人感覺都不好了，試想任何人被一個瘋子稱之為瘋子都不會有好心情的。

周世軍似乎明白了一切，微笑著走到三個圓塔中間，似乎尋找了一會，分別按下了之前被沈瀚文解釋為金木水火土五行的五個符文。

沈瀚文頓時驚呼：「那是代表金木水火土五行的符文，看來我們之前的推斷是正確的，無論墨氏祭文的符文變化得多麼複雜，但始終不離的是五行八卦的根基。」

周世軍鄙視的看了沈瀚文一眼道：「夏蟲不可以語冰，一維度與二維度乃至三維度直到我們無法理解只能推論的四維度和五維度甚至多維度空間裡，每多一個維度，一切的法則都在不停的變換，而且都是從質變到量變的巨變，我剛剛按下的是代表太陽系的五顆星球，還五行八卦，你們這些傢伙就是胡說八道慣了。」

周世軍將沈瀚文訓斥的老臉通紅，自覺的退到一旁不言不語。

陳可兒悄聲提醒秦濤記住周世軍的操作步驟，秦濤用心將周世軍的每一步操作都記在了心底。秦濤無意間碰觸陳可兒手的時候發覺陳可兒的手冰冰冷冷，嘴唇幾乎沒有一絲的血色？

突然，地面一陣晃動，剩餘兩座圓塔也變成了座椅模樣，遺跡的核心圍繞著座椅分別升起了三個晶瑩剔透的水晶柱，遺跡中心緩緩升起了一個巨大的金屬門，金屬門上的水晶似乎從升起開始就不斷被點亮？在秦濤眼中那些不斷變化被點亮的水晶好像一種倒計時？

與此同時，遺跡中央地面開啟，升起了一個圓盤狀的平臺，平臺上竟然有一具動物的骨骼，準確的說是尚未完全成為骨骼還帶有一些鱗甲皮毛，長約二十多米，直徑三米的巨型骨架？

紅色的骨骼讓秦濤想起了之前當做燃料的那些骨頭，巨大的頭顱上似乎有斷裂的角，身體似蛇卻又有短粗壯碩的四肢和巨大的尾巴，這傢伙與神話中的龍幾乎沒有區別啊？

龍真的存在？秦濤甚至有些不敢相信自己的眼睛，傳說中的龍真的存在？秦濤忽然發現龍骨上竟然插著一截軍刀？

山川大夫上前拔出了斷裂的軍刀看了一眼銘文：「果然是我的禦風，沒想到這傢伙早已經死了。」

秦濤微微一愣：「當年與你們在第三遺跡戰鬥的異獸已經化為白骨了，那石門外水潭中襲擊我們的又是什麼？」秦濤的質問讓山川大夫頓時一愣，野田一郎也面露疑惑自言自語：「難不成這裡面還有我們未知的怪物？」

周世軍不屑道：「異獸自然來自另外一個維度，至於這個異獸是不是傳說中的龍誰也不能確定。」周世軍轉身連續輸入符文，秦濤頓時明白了三座已經變成座椅模樣中間刻有漂浮符文的水晶實際上就是一個控制器。

片刻之後，在眾目睽睽之下，水晶的基座下開啟了一個暗槽，裡面存放著一套九種進化液的罐體，山川大夫與野田一郎、馮育才、沈瀚文頓時緊張起來，沈瀚文放在挎包裡的手緊緊的握著一枚手榴彈。

秦濤敏銳的注意到了九個罐體似乎每個罐體上都有不同的符號，而凹槽中似乎也有類似的符號，但是周世軍在安裝的時候卻似乎打亂了順序，並未按照相同符號匹配的方式安裝罐體？

一桃殺三士？雖然周世軍沒有明說，秦濤見到這一套九支金屬罐的進化液被周世軍按入凹槽中，周世軍高舉雙手離開的一刻就明白了。秦濤相信無論是山川大夫、野田一郎、馮育才還是沈瀚文都明白這是周世軍的詭計，但他們都無法退縮，即便戰勝了所有人，還要賭一下周世軍之前所說的一切，包括那套墨典從未記載，聞所未聞的進化液使用理論的真實性。

前進一步是萬丈深淵，後退一步是絕路，秦濤擦了一下額頭上凍結的汗水，遺跡內的溫度似乎比之前降低了很多，之前還有些溫濕的環境竟然悄悄的變得寒冷起來？秦濤警惕的注視著圍繞著進化液的四人，郝簡仁則將槍口對準周世軍，不時威脅道：「別打老子壞主意，老子動一動手指，超度你歸西。」

費山河與羅傑兩人相互攙扶著站在一旁，顯然一副置身事外的架勢，這趟渾水早已超出了費山河的精神承受範圍，沒瘋掉已經是謝天謝地了，與怪物和瘋子搶奪不算太靠譜的進化液？在費山河看來這種行徑才是神經病，自己又不是命懸一線等著救命，也不想當英雄拯救世界，幹嘛去玩命搶奪？

陳可兒毫無徵兆的暈倒在地，嚇了秦濤一大跳，急忙托起陳可兒的身體，陳可兒的手冰冷的幾乎不敢讓人用手去觸摸，而額頭卻滾燙的可以煎雞蛋。秦濤頓時有種束手無策的感覺，環顧身旁眾人，衛生員犧牲在了白骨祭壇，科考隊隨隊的醫生犧牲在了通往第二遺跡的機關處，相應物資已經被丟棄的差不多了，別說醫生了，現在就是找個急救包出來都困難。

周世軍向前靠了幾步，郝簡仁快速拉動機柄推彈上膛警告道：「你想幹什麼？」周世軍看了陳可兒一眼：「她被感染了，而且已經超過了二十個小時，進化液是她唯一的希望，否則你只能看著她變成那些毫無意識瘋狂嗜血的怪物了。」

秦濤情急之下開始檢查陳可兒，發現陳可兒的腰間衣服破了一道口子，仔細一看裡面五公分長的傷口，周圍的皮膚已經開始變黑發硬。秦濤情急之下詢問半昏迷狀態開始胡言亂語的陳可兒，陳可兒先是虛弱的回答在白骨祭壇，隨後開始抽搐翻白眼，猛然間抱住秦濤猛親了幾下，然後徹底昏迷了過去。

秦濤將目光投向了周世軍，周世軍微笑的望著圍著核心區域站著的四人，顯然四個人之間沒有人想賭周世軍還知道哪裡有進化液，或許這就是最後一次機會。

四個人中沈瀚文最弱，馮育才已經陷入了瘋狂，瞪著通紅的眼睛不停的哀嚎，山川大夫則死死的盯著野田一郎，顯然已經將野田一郎當做自己唯一的敵人，野田一郎則面無表情站在原地，一副與我無關，卻又置身事內不肯放手的架勢。

秦濤檢查了一下彈夾叮囑郝簡仁：「幫我照顧好可兒，我去去就來。」郝簡仁明白秦濤的決定，但是身為朋友想勸卻又不能勸，郝簡仁清楚秦濤作出的決定往往都是十頭牛也拉不回來的，而且郝簡仁也似乎察覺了，秦濤對這個陳可兒有意思，可是有意思歸有意思，拿命去和怪物拼？雞蛋碰石頭？

郝簡仁最多只能在心底腹誹，秦濤掏出刺刀卡好，打開保險走進了四個人的圈子中，山川大夫、野田一郎、馮育才、沈瀚文四個人的目光全部集中在了秦濤身上。

野田一郎看了一眼躺在地上的陳可兒，又看了看秦濤面無表情，沈瀚文似乎欲言又止，馮育才則死死的盯著秦濤，那種目光好似惡狗護食一般。山川大夫轉向秦濤皺了下眉頭，猶豫的山川大夫整個臉都是僵硬的，所以一皺眉就感覺整張臉都在顫抖一般。

山川大夫用滲人的目光盯著秦濤道：「你也要和我爭？」

沈瀚文早已沒了學者的風度，掏出手榴彈拉著引線嘶吼道：「來啊！不讓我活誰也別活，機會要靠自己爭取，戰天鬥地我誰也不怕。」

秦濤點了點頭：「有點自不量力？我也這麼覺得不是嗎？一桃殺三士果然是妙計，也是高招，最關鍵的是我們必須要以死相搏，只有一套進化液不是嗎？我非常奇怪如果周世軍不是為了進化液而來？遺跡中還有什麼比進化液更吸引人的存在嗎？」

秦濤的話一出口，周世軍的臉色頓時一變，用惡毒的目光巡視所有人，眾人也再度將目光集中在周世軍身上。其實，世間很多事情看似有解決的辦法實則卻是無解，而很多看似無解的死局其實有解，只不過要換種思維，把最渴求的東西先放一放，想一想或許就能夠解決問題。

周世軍的死局在於他賭山川大夫、野田一郎、馮育才、沈瀚文一定不敢賭下一次或許有或許沒有的機會，只要四人一動手，無論剩下任何人周世軍都會成為最大的受益者，但是關鍵時刻秦濤因為陳可兒被感染突然介入爭奪，以至於秦濤換了一種思維發覺周世軍的目的其實沒那麼簡單。

周世軍微微的歎了口氣：「你們這些愚蠢的傢伙，真的要為一番毫無根據的蠱惑之言選擇放棄眼前的機會嗎？你們要清楚秦連長為了他的女人也需要進化液。」周世軍故意把目標引向陳可兒，但是沈瀚文、山川大夫、野田一郎包括馮育才都是聰明人，他們一旦醒悟過來就會變得十分警惕，周世軍的蠱惑對他們來說毫無任何作用。

眾人從四周圍開始向周世軍包圍而去，周世軍則擺出一副不被信任，懊惱無奈的樣子。

忽然，郝簡仁一指秦濤身後的方向大吼一聲：「姓馮的你要幹什麼？」

人之初，性本善，性相近，習相遠。秦濤過分高估了某些人的道德水準，同時更加低估了求生意志下人性的巨變。

馮育才以極快的速度坐在了巨椅上，快速的按動幾個符文，巨椅瞬間合攏，以山川大夫的速度，軍刀也只能徒勞的劈砍在圓塔之上。

怒不可遏的山川大夫轉身怒視秦濤，正準備對秦濤動手之際，卻被野田一郎攔住：「周世軍那個傢伙去哪裡了？」開始虛弱失去力量的山川大夫環顧四周，發現周世軍竟然在遺跡核心區域那個堆放龍骨的平臺上似乎在啟動那個巨大的金屬框架門？

金屬框架門上的晶石不停的在閃爍，該死的！沈瀚文指著金屬框架大門嘶吼道：「秦連長快阻止他，不能讓他啟動大門，那個就是被墨氏流派封印的多維度通道啊！」

雖然秦濤並不知道墨氏流派封印的多維度通道到底是什麼？但是從沈瀚文焦急的口吻中能夠感覺到那不是什麼好東西，一旦被周世軍啟動恐怕後果不堪設想。秦濤端槍瞄準周世軍，幾乎所有人的目光全部集中在了秦濤手中的槍上，殺死周世軍沒有進化液陳可兒怎麼辦？秦濤頓時猶豫了。

沈瀚文似乎察覺了秦濤的猶豫大喊道：「如果多維度通道打開，先進的高等文明會怎麼對待我們？想想哥倫布發現新大陸後的慘狀吧！誰說文明發展越先進就會越文明？文明只對文明本體自身。」

郝簡仁操起衝鋒槍開始不斷點射，無奈射擊技術不好，子彈紛紛落在周世軍的身旁，周世軍全神貫注的在啟動大門。

維度通道？高等文明？秦濤深深的呼了口氣，端起衝鋒槍瞄準周世軍連續單發射擊，整整三十發子彈幾乎全部命中，周世軍在彈雨中被打得東倒西歪，令人驚奇的是單膝跪地的周世軍發出了桀桀的笑聲？

打不死？郝簡仁驚呼了一句，好像剛剛開槍射擊的人是他一樣。

山川大夫拄著軍刀凝視周世軍道：「這傢伙身上沒有進化液的味道，這傢伙怎麼可能打不死？」

秦濤發現周世軍頭部幾處中彈的地方似乎露出了綠色的晶體，還在微微發出淡淡的光芒？

周世軍冷笑道：「原本想你們自相殘殺讓我省點力氣，我們伊澤爾星神族作為遠古宇宙遺族怎麼會使用那種低等種族的東西，我們生出來就是完美的，不需要螺旋式進化，想想你們人類可悲的進化成功機率，任何一個維度都有一個共同的法則，那就是群體越大單體能力越小，相反單體能力越強群體數量越少。」

一臉驚喜與興奮的沈瀚文立即詢問道：「伊澤爾星在哪裡？你們是如何來地球的？你們的科技已經發展到了什麼程度？如果你願意，我們願意為你們重新架起與人類建立友誼的橋樑。」

周世軍的眼睛開始變成綠色，身體也似乎開始被綠色的晶體進行修復，看著被子彈打得殘缺的手指被綠色晶體所替代，周世軍環顧眾人不屑道：「伊澤爾就是你們口中的獵戶座，你們是奴隸的後代，偉大的神族不屑於同奴隸談判，你們當年推翻了偉大的神族統治的冰河世界，你們即將為了你們的罪孽而受到懲治。」

「這傢伙是什麼？」郝簡仁快速的為衝鋒槍換了一個新彈夾。秦濤皺著眉頭望著人不人鬼不鬼的周世軍，發現身旁不遠處一直看著不順眼的山川大夫似乎順眼了很多，一個比怪物還怪物的傢伙出現了，陳可兒命懸一線，該死的馮育才竟然搶先進入了進化器。

秦濤忽然發覺自己握著的衝鋒槍開始變得有些凍手了？環顧四周發現整個遺跡不知從什麼時候開始出現了厚厚的冰霜？

周世軍用沙啞異化的聲音道：「寒冷，只有寒冷才能帶給我們力量！」

陳可兒掙扎著來到秦濤身旁低聲道：「關於地球的幾次大規模的冰河期，全世界的學者們提出過各種各樣的解釋，但至今沒找出令人信服的答案，最終形成了天文學和地球物理學成因說的兩種可能，實際上在全世界的神話體系裡都有一個共同點，就是神！人類崇拜的原始起源，有科學家推論人類文明到我們這一季是第五季文明，而地球歷史上經歷了四次大規模的冰河期，我們推測如果史前文明的人類推翻趕走了適應低溫的伊澤爾異類，那麼這個傢伙要開啟的很可能就是星際之門，讓曾經奴役和毀滅過地球文明多次的伊澤爾異類重返地球？」秦濤又摸了摸陳可兒的頭，確認陳可兒還在發燒就放心了，因為在秦濤看來陳可兒就是在認真的與自己胡說八道。

周世軍盯著秦濤一臉猙獰道：「你的女人說得沒錯，趕走神族的就是那些墨者的先祖，但是今天誰也別想阻擋伊澤爾神族重現光輝？」

陳可兒望著綠色晶體在不斷漫延的周世軍道：「你們與人類的起源是什麼關係？人類如果進化到完美狀態會是什麼樣？進化液是你們文明的產物？」

周世軍微微一愣：「生命是宇宙中最為神祕的存在，就算第五維度文明也無法詮釋生命的起源，至於人類的完美狀態，那將會是一場災難！人類總是不斷的進行自我毀滅的重複，一個只懂得破壞的碳基生命族群而已。至於進化液可不是我們伊澤爾神族的產物，我們誕生那天開始就是完美的，不完美的都要被最終清除，進化液是你們人類史前文明留下的產物。」

秦濤壓低聲音對郝簡仁道：「一會動起手，你帶著陳可兒去中間的那個晶石，我估計下面一定還有一組進化液，我看過進化液的九個罐體都有不同的符號，記住在凹槽裡面尋找對應的符號安放進去。」

郝簡仁看了一眼臉色蒼白的陳可兒點了點頭：「濤子哥你要小心，兄弟我還欠你一頓東門涮肉呢。」

秦濤深深的呼了口氣看了山川大夫一眼，在此之前大家無論從任何角度都是敵人，現在似乎又有了新的敵人，這個敵人還不是人類，來自獵戶座的伊澤爾神族？顯然秦濤與山川大夫都找到了共同的敵人。

與山川大夫交換了一下目光，野田一郎也似乎做好了準備，郝簡仁將多餘的武器發給了幾名科考隊員，郝簡仁猶豫了一下將班用輕機槍丟給了費山河和羅傑，費山河感激的點了下頭。

周世軍似乎對來自秦濤和山川大夫的威脅視而不見，聽而不聞，反而小有興趣的望著馮育才進入的進化裝置：「人類是一個有創造力的種族，你們確實發明創造出了很多可怕的東西，為了對抗我們你們甚至不惜毀滅自己，進化液就是你們當年其中一種武器，瘋狂嗜血的存在，用你們人類的話說，你們在地獄中打開了潘朵拉的匣子。」

「在地獄中打開了潘朵拉的匣子？」秦濤皺了皺眉頭，忽然進化裝置卸出多股白色的蒸汽，隨之緩緩打開。

咕咚、咕咚！白霧中響起了沉重的腳步聲。

秦濤甚至感覺到了地面在微微的顫抖，馮育才的進化成功了？或許是失敗了？秦濤無法斷定。

一隻巨大的黑色爪子出現在眾人面前，眾人瞬間石化！

馮育才進化成功了，只不過這種成功讓人難以接受，怪物？魔鬼？妖怪？

黑色的鱗甲覆蓋著足足兩米多高的巨大軀體，怪物在不停的審視自己的身體，秦濤的第一直覺是一隻站立起來的巨大蜥蜴，蜥蜴身體上的鱗甲如同一副金屬鎧甲一般，巨大三趾爪子也閃爍著金屬的光澤。

馮育才竟然進化成了怪物？郝簡仁與秦濤對視了一眼，明明是救命，原本不人不鬼的樣子還算能看，現在徹底成了妖怪？

周世軍微微一笑，連續操控水晶，遺跡中心的圓臺開始緩緩升起：「這就是你們人類自己的傑作，戰獸！唯一的問題是這種怪物沒有思維和理智，甚至還會自相殘殺。」

砰！羅傑手中的半自動步槍走火。怪物晃動著巨大的頭顱似乎找到了目標，秦濤忽然想起在遺跡附近和地宮裡那些巨大如同怪獸一般穿著鎧甲的白骨，原本以為那些是來自不同維度的入侵者，哪裡知道那些怪物是史前文明的人類自己締造出來與伊澤爾異類戰鬥的戰獸。

人類自己毀滅的自己？想起周世軍的那句話秦濤不由自主的打了一個冷顫，抬起槍口瞄準周世軍的頭部，或許這個根本就不是周世軍，一個僅僅剩下軀殼的怪物，不能讓這個傢伙為所欲為！

一瞬間，秦濤扳動扳機，單發精確射擊，接連三發子彈擊中了周世軍的頭部，綠色的晶體被打得四處飛濺，但是綠色晶體在肉眼可見的速度開始恢復？遺跡內的溫度似乎越來越低了？

周世軍轉身俯視了秦濤一眼，秦濤明白再多的子彈恐怕也殺不死這個傢伙。

啊！羅傑飛了出去！巨大的戰獸就站在羅傑剛剛站的地方，幾乎所有人的注意力都被秦濤射擊周世軍所吸引。準確的說羅傑的上半身飛了出去，下半身的腸子流淌出來，戰獸的鼻孔噴出兩道熱氣。

「混蛋！」費山河扣動扳機，子彈在戰獸身上迸濺起一連串的火花，戰獸嘶吼！

秦濤推了一把愣在原地的郝簡仁：「快帶陳可兒去進化裝置那裡，快啊！」郝簡仁與舒楠楠慌忙扶著陳可兒前往進化裝置，根據秦濤的推斷，六個水晶柱起碼還應該有五套完整的進化液。

戰獸嘶吼中似乎察覺了郝簡仁的意圖，猛的從背後撲向郝簡仁、陳可兒、舒楠楠的背後。

砰、砰、砰！彈殼帶著青煙旋轉的飛出槍膛，被擊中的周世軍看了秦濤一眼，輕輕的揮了下手，一副渾然不在意的模樣。

巨大的戰獸似乎完全失控了，郝簡仁此時打開了水晶柱體開始按照秦濤交待的匹配符號填裝進化液，費山河的機槍只能給戰獸留下一道道白色的痕跡。連續兩名科考隊員被戰獸撕裂，秦濤也發現了戰獸的弱點，那就是防禦力超強，但是速度卻不快，山川大夫憑藉著速度能夠與其周旋，不過山川大夫的狀態似乎也並不好，郝簡仁啟動進化裝置救陳可兒被他發現了。山川大夫索性甩開野田一郎，逕自奔向最後一台進化裝置，野田一郎見狀將戰獸引向了山川大夫。

一瞬間，大好的局面在人性的自私面前被徹底破壞，沈瀚文也奔向了將馮育才變成怪物的那台進化裝置，能不能成功，會不會變成怪物已經不是沈瀚文所要考慮的問題了，機會，把握眼前唯一的機會。

費山河因為山川大夫與野田一郎的爭搶被戰獸逼進了死角，秦濤立即開槍不斷射擊戰獸相對脆弱的頭部，費山河趁勢將兩枚手榴彈投進了戰獸的口中。爆炸的衝擊波閃過，費山河被氣浪沖倒在地，戰獸的頭部也被炸得血肉模糊！白色的骨骼讓人有一種不寒而慄的感覺。

「這樣都不死？」失控的戰獸竟然連續撞倒了兩座進化裝置，前一分鐘還爭搶不停的山川大夫和野田一郎頓時目瞪口呆，眼看戰獸就要危及陳可兒的進化裝置，郝簡仁端著衝鋒槍用幾乎貼在戰獸頭部的距離開火。遭到重擊的戰獸瘋狂反擊，巨大的利爪橫掃之下，郝簡仁毫髮無損，野田一郎卻被殃及池魚，被抽飛到一旁。

秦濤忽然想起了石門外水潭裡的那個怪物，把戰獸引過去，讓怪物解決怪物。秦濤一邊開槍一邊吸引戰獸，郝簡仁和費山河也看出了秦濤的意圖，三人交替開火導引兩隻眼睛全部被炸瞎的戰獸向水潭靠近。失去了眼睛又陷入了瘋狂失控的戰獸果然一頭栽進了水潭中，水潭中頓時飄起了一團血霧，巨大的漩渦攪動了幾下就再無聲息了。

秦濤等人見狀急忙撤回了遺跡，此刻周世軍所站的圓盤已經升到了遺跡的頂端，兩根巨大的佈滿符文的金屬圖騰柱開始不斷的旋轉，似乎周世軍在啟動什麼裝置？

◊

此時，李建業及時趕到，杜曼如與王大海面對異化的周世軍也是目瞪口呆，束手無策，就在這時陳可兒的進化裝置完成開啟，陳可兒從裡面倒了出來，還好沒變成怪物，檢查了一下傷口不見了，進化到底產生了什麼效果尚且不得而知。

山川大夫望著進化後幾乎毫無效果的陳可兒顯得非常失望，兩人開始把注意力集中到了周世軍身上，因為顯然周世軍掌握著太多他們不知情的情報，只要控制住周世軍他們就能繼續完成進化，顯然九種進化液的配比一定是有固定程式的，他們自己誤打誤撞不是變成陳可兒這樣毫無效果，要麼就變成戰獸那樣的怪物，顯然兩種都不是山川大夫和野田一郎的選擇。

李建業望著高高在上不停操作圖騰柱的周世軍詢問秦濤：「秦連長，這到底是怎麼回事？」

秦濤一臉無奈和不解的盯著周世軍解釋道：「那傢伙說自己是從什麼伊澤爾來的，普通的輕武器對那傢伙效果十分有限，我們上去也不知道該如何阻止那傢伙。」

這時，陳可兒悠悠的清醒過來，山川大夫和野田一郎一見更多的部隊抵達，於是開始攀爬圖騰柱，兩人準備直接控制住周世軍。當兩人幾乎接近圓盤的時候被周世軍發現，兩道白色的光從圖騰柱頂端發射出來，山川大夫和野田一郎瞬間被冰封墜落地面摔得四分五裂。

山川大夫的能力秦濤是清楚的，竟然被兩道光束瞬間冰封解決？這讓秦濤震驚不已。秦濤與李建業當即阻止戰士，而隱蔽起來，但周世軍似乎根本不在乎秦濤等人，一心在操作圖騰柱。

陳可兒望著周世軍道：「我剛剛看見了很多幻象，如同記憶體一樣存入了我們頭腦中，伊澤爾是潛伏在我們人類社會中的異類，它們生活在極寒低溫星球，一直試圖把地球的冰河期延續下去，並且奴役人類，我們必須要阻止他繼續操作，雖然我不清楚圖騰柱的作用，但我感覺那東西十分危險，充滿了毀滅的味道。」

李建業看了一眼秦濤：「用四零火把那傢伙打下來。」

秦濤擔憂的看了一眼已經整體變成晶石狀的周世軍：「恐怕夠嗆，乾脆把這地方徹底夷為平地。」

「不行！你們不能這麼不負責任！」一直不見蹤影的沈瀚文竟然還活著？

秦濤對沈瀚文的最後一絲敬意早已煙消雲散了，秦濤當即斬釘截鐵道：「不摧毀留下來害人嗎？」

李建業當機立斷：「動手，用火箭筒轟擊圖騰柱，把我們帶來的炸藥全部堆上，留下一個戰鬥小組由秦濤指揮，其餘人員全部撤出去。」

李建業檢查了一下武器，眉頭緊鎖詢問秦濤道：「有沒有把握？有多大把握？」

秦濤微微一笑：「沒有必勝的把握，但是有犧牲的決心。」

李建業拍了一下秦濤的肩膀：「活著回來，我這不需要烈士。」陳可兒望著秦濤的背影幾次欲言又止，最終跟隨部隊開始準備撤退，秦濤忽然想起門外水潭裡面還有一個巨大的危機，結果詢問李建業等人，他們竟然安然無恙的通過，根本沒遭遇到什麼襲擊？難道是那怪物吃飽了？

怕什麼來什麼，李建業的好運氣到頭了，兩名毫無準備的戰士被捲入了水潭裡，這次眾人看到了怪物的本尊，巨大的類似章魚一樣擁有多條觸角的怪物，只要勒住了人，觸角裡面就會伸出很多管狀牙齒，將人直接吸成乾屍。

這是什麼東西？李建業有點發蒙的同時，秦濤組織了三個四零火小組從三個不同的角度射擊圖騰柱，並且點燃了引爆炸藥的導火線。

火箭彈呼嘯著飛向周世軍，果然不出秦濤所料，周世軍利用圖騰柱產生的光柱擊落了兩枚火箭彈，第三枚火箭彈命中了平臺，一陣爆炸的煙霧散去，周世軍控制的一根圖騰柱已經被損壞。惱羞成怒的周世軍開始尋找罪魁禍首，秦濤則利用地形地勢撤退，依然留在遺跡核心尋找進化液的沈瀚文成為了周世軍的目標，沒來得及任何反應就被凍成了冰塊。

石門外一陣怪物的嘶嚎聲和武器的射擊聲，無論是衝鋒槍還是輕機槍，雖然打得怪物汁液橫飛，但是都無法對這個尚且無法斷定體積大小的怪物造成太多的實質性傷害。

「這應該是一種史前的軟體巨獸，早就滅絕，完全不應該存在的怪獸。」陳可兒面露驚恐好像看到了什麼，進化的結果就是陳可兒的頭腦中被硬性的塞入了一大堆的資訊，正在消化這些資訊的陳可兒還處於一種混亂狀態。

「把裡面那個怪物引來對付外面的怪物！」秦濤的提議被李建業接受，十幾支步槍集中火力將周世軍引了過來，周世軍的出現讓巨大的軟體怪物似乎察覺到了什麼，放棄了攻擊秦濤等人，直奔周世軍而去。

周世軍被怪物巨大的肢體纏住的一瞬間，就把怪物的軟體冰封斷裂，怪物發出悲鳴的同時舞動更多的觸角向周世軍襲來，已經完全喪失了人類形態的周世軍似乎在努力想把整個水潭冰封起來，一次性解決這個怪物，秦濤等人反而成了看客。

導火線在緩緩的燃燒，所有人都意識到，如果不在爆炸前離開這裡，恐怕就要永遠的留在這裡了。

趁著兩個怪物相互角力之際，秦濤掩護陳可兒等人先行撤離，兩個怪物之間的戰鬥已經到了難解難分的地步，周世軍似乎拼盡全力想將不大的水潭徹底冰封，但是失去了圖騰柱的他，能力似乎也在減弱。

逃出生天對於秦濤來說很有一種劫後餘生的感覺，通道之內寒冷感還在漫延，也就是說剩下的那根圖騰柱還在發揮功效。

所有人在飛快的沿著通道奔跑，李建業下令丟棄全部裝備輕裝前進。

大地在不停的顫抖震動，通道在分解和崩塌！

一切開始變得虛幻起來，秦濤最後一個逃出通道，整整半座山峰都塌陷了下去，關東軍的祕密基地、史前文明的遺跡等等一切的一切彷彿成為了一場夢？

最初為了尋找的龍，到底找到了嗎？秦濤自己也沒有答案。再次感受到寒冷讓秦濤清醒了一些，裝甲車發動機的轟鳴聲讓秦濤頭疼欲裂。

什麼都沒有！搞塌了一座山峰，犧牲了這麼多戰士和科考隊員，卻什麼也沒有得到。

陳可兒緊緊的抱著懷中的一個皮包不肯放手，在最危機逃命的緊要關頭也不肯鬆手，沒人注意到小包裡裝得是什麼。

秦濤忽然發現自己胳膊上有一道傷口？傷口四周圍已經發黑失去了知覺，自己竟然被感染了？突如其來、莫名其妙的感染讓秦濤原本已經放鬆的神經又一次繃緊，一陣目眩之後秦濤暈倒在地。

恍惚聽到了陳可兒的呼喊聲，我這裡有藥劑，他還有救……

◊

秦濤的血液分離出來的血清有效的抑制了病情，當然這一切都是在秦濤昏迷過程中完成的。

一個月後，秦濤拿著一紙調令站在七九六一部隊駐地門口望著營區發呆，門口的哨兵目不斜視。一個月前的白山事件讓秦濤有一種夢幻一般的感覺，而自己體內似乎多了些什麼？聽力和視力比以前更好了，體力充沛到幾乎用不完，陳可兒則沒有了消息，徐建業給自己的解釋是當時發生的一切是平行空間產生的幻覺，所有人實際上是與不同時間的自己在戰鬥？

秦濤覺得徐建業都不會相信這樣的解釋，但是很多科學暫時無法解釋的事情只能把他當做神祕事件封存，或許有一天科學技術發展之後，有人挖出被深埋的遺跡？那個藏在周世軍身體中的伊澤爾怪物到底是否還活著？

一切的一切似乎都沒有定論，呂長空站在辦公樓的窗口望著站在部隊大門口的秦濤。

秦濤唯一知道的，是自己成為了七九六一部隊的一員，而且他還有一種預感，未來自己很可能與這類神祕事件有更多的接觸。

秦濤邁動腳步向前，這一刻時間彷彿被定格一般，新的生活開始了。

注釋

1 封建糟粕：封建社會遺留下來的一些不可信、不科學、不值得繼續保留的思想和習俗。

2 二把刀：知識不足或技藝不精的意思。

3 蘇修：赫魯雪夫成為蘇聯最高領導人後大力批判史達林主義和史達林，與中國產生了意識形態上的嚴重分歧，中國共產黨和中華人民共和國領導人毛澤東認為蘇聯的做法已經背離了社會主義路線形成了新的帝國主義，於是開始稱呼蘇聯及蘇共為「蘇修社會帝國主義」，簡稱「蘇修」。

4 病號飯：部隊裡專門為生病的士兵準備的飯菜。

5 反革命：原指一切反對革命，與革命政權對立，進行破壞活動，試圖推翻革命政權的行為，最早出現在法國大革命。但在共產國家革命發展的過程中，反革命被視為嚴重的負面行為，成為政治犯的罪名。

6 反動：在共產黨執政的社會主義國家中，普遍用於違背歷史唯物主義社會發展規律的各種反革命運動。在一九四九年之後的中國大陸，是與「封建主義」、「資本主義」等列在一起，被認定為必須取締和懲罰的。

7 八思巴文：蒙古元朝忽必烈時，由國師八思巴根據當時的吐蕃文字而制定的一種文字，用以取代標音不夠準確的畏兀兒人塔塔統阿創的塔塔統阿蒙古文。

8 階級敵人：共產主義國家常用政治術語，指階級鬥爭中處於敵對關係、敵對狀態的人、政治和社會集團。

9 奉燒：日軍戰鬥條令規定，如軍隊行動勝利，則軍旗一定要高舉；如有全軍覆沒的危險，則應焚燒軍旗。

10 上綱上線：指把問題提到階級鬥爭和路線鬥爭的高度來分析，是一種思想方法、話語方式。

11 樣板戲：全稱革命樣板戲，一九六七至一九七六年間，主要反映當時中國共產黨極左政治立場的舞臺藝術作品。

12 根紅苗正：毛澤東時代的政治慣用語，「根紅」就是家庭出身好，如工人、貧下中農、軍烈屬子弟，「苗正」是指「生在新中國，長在紅旗下」，不受舊思想的影響。

13 宜將剩勇追窮寇，不可沽名學霸王：毛澤東於一九四九年四月寫的《人民解放軍占領南京》，當年項羽放虎歸山，多次殺劉邦的大好機會在眼前都一一錯過，最終就自招滅亡。毛澤東借此典故，想說明共產黨要狙擊國民黨，不可學項羽那樣放虎歸山。

國家圖書館出版品預行編目(CIP)資料

龍淵 上卷 墨氏謎塚/ 驃騎著. -- 初版. -- 臺北市 : 臺灣東販, 2020.03
376面 ; 14.7×21公分
ISBN 978-986-511-261-5(上冊 : 平裝). --

857.7　　　　108023435

龍淵　上卷 墨氏謎塚

2020年03月1日初版第一刷發行

著　　者　驃騎
封面插畫　變種水母
編　　輯　鄧琪潔
美術編輯　黃瀞瑢
發 行 人　南部裕
發 行 所　台灣東販股份有限公司
＜地址＞台北市南京東路4段130號2F-1
＜電話＞(02)2577-8878
＜傳真＞(02)2577-8896
＜網址＞http://www.tohan.com.tw
郵撥帳號　1405049-4
法律顧問　蕭雄淋律師
總 經 銷　聯合發行股份有限公司
＜電話＞(02)2917-8022
香港總代理　萬里機構出版有限公司
＜電話＞2564-7511
＜傳真＞2565-5539

授權自廣州阿里巴巴文學